Küstenpost

SALIM GÜLER

Küstenpost

Ostseekrimi – Küstenkrimi

PAHLBERG

Salim Güler
www.salim-gueler.de
https://www.facebook.com/salim.gueler.autor
https://www.instagram.com/salimgueler

Lizenzausgabe des Pahlberg Verlags, ein Imprint des
Belle Époque Verlags, G. Pahlberg, Wiesenstr. 7,
72135 Dettenhausen,
mit freundlicher Genehmigung des Autors.

Lektorat: Christiane Saathoff, *www.lektorat-saathoff.de*

Innenlayout und Schriftsatz: Hans-Jürgen Maurer
Umschlaggestaltung: Simone Holland,
hollanddesign@gmx.de, https://bit.ly/3HHlXxt

Herstellung: Custom Printing, Wał Miedzeszyński 217/1,
04-987 Warszawa, Polen

ISBN: 978-3-98845-122-4

1

22. Juli, Niendorf

»Ist sie nicht schön, unsere Heimat?«, fragte Jutta.

Gustav Johannsen, Dienststellenleiter bei der Ostseekriminalpolizei, folgte dem Blick seiner Mutter über die Terrasse der *Seaside Lounge* und weiter zum Timmendorfer Strand bis zum Meer.

Die Wellen lagen friedlich, ein paar Möwen schwebten über den stahlblauen Himmel.

»Wunderschön«, bestätigte er. »Der Sommer meint es dieses Jahr sehr gut mit uns.«

Seit einigen Wochen hatte es tagsüber nicht mehr geregnet und mit einer Temperatur von 25 Grad war es in Gustavs Augen das perfekte Wohlfühlwetter.

»Möchte jemand noch was trinken?« Jule, eine der Kellnerinnen des Lokals, war an ihren Tisch getreten und sah fragend in die Runde.

»Einen Kaffee nehme ich gern«, antwortete Gustav.

»Für mich bitte einen Smoothie«, sagte Mads, Gustavs Neffe.

»Ich hätte gern noch einen schwarzen Tee«, meldete Jutta. »Was ist mit dir, Kind?«, fragte sie an Gustavs Nichte Lena gewandt.

»Im Moment brauche ich nichts, Oma, danke.«

Jule nickte und ging zurück nach drinnen.

»Sollten wir öfter machen mit der ganzen Familie frühstücken gehen«, bemerkte Gustav. Es kam es viel zu selten vor, dass sie alle gemeinsam frühstückten. Zum einen war es ihrem Beruf als Polizisten geschuldet, zum anderen lag es daran, dass

Mads und Lena in einer Beziehung waren und die wenige Freizeit, die sie hatten, mit ihren Partnern verbringen wollten.

»Einer fehlt aber noch«, entgegnete Jutta. »Vergiss Albert nicht, er gehört auch zur Familie.«

»Wie könnte ich unseren lieben Bürgermeister vergessen, der mehr Zeit bei mir im Büro verbringt als im Rathaus«, erwiderte Gustav schmunzelnd.

»Sei nicht so gemein, du weißt, dass er sich schon immer für die Polizeiarbeit interessiert hat. Ich erinnere mich noch sehr gut, wie er es liebte, deinem Vater über die Schulter zu schauen. Er fand das viel spannender als du.«

»Oma, du kennst Gustav. Er mosert gern, dabei kann er gar nicht ohne Albert«, antwortete Mads und beugte sich zu Gustavs Schäferhund Meiko herunter, der ihm zu Füßen lag, um ihn zu streicheln.

»Ich weiß, dass er Albert liebt, trotzdem gehört es sich nicht, so über seinen besten Freund zu reden.«

»Höre ich da bester Freund?«, ertönte wie auf Zuruf die dunkle Stimme von Albert Lange. »Hat der alte Brummbär wieder gestänkert?«

»Du kennst doch Gustav«, antwortete Jutta und stand lächelnd auf. Die anderen folgten ihrem Beispiel, Gustav streckte ihm als Erster die Hand zur Begrüßung entgegen, da er ihm am nächsten stand.

»Ladys first, das solltest du ja wohl wissen«, mahnte Albert scherzhaft und umarmte Jutta, dann gab er ihr einen Kuss auf die Wange.

»Schleimer«, stichelte Gustav zurück, obwohl er sich sehr freute, dass Albert zu ihnen gestoßen war.

Der Bürgermeister der Gemeinde Timmendorfer Strand nahm Platz, im selben Moment kam Jule und brachte die Getränke, dann nahm sie Alberts Bestellung auf und ließ die Gäste allein.

»Was für ein schöner Tag«, stellte Albert fest. »Wie ich sehe, hat Meiko es sich schon beim coolsten Johannsen gemütlich gemacht. Man könnte meinen, er wäre Mads' Hund.«

»Meiko ist mein Schäferhund und er sitzt da nur, weil es dort schattig ist«, erwiderte Gustav.

»Schattiger ist es doch eher unter deinem stattlichen Bauch«, konterte Albert lachend, was Gustav nur mit einem Brummen quittierte.

»So unrecht hat er nicht, bester Onkel«, stimmte Mads grinsend zu.

»Wie geht es dir, mein Schatz?«, fragte Jutta an Albert gewandt.

»Ich kann nicht klagen, wir sind bis Ende August komplett ausgebucht. Kein Wunder, oder kann es zu dieser Jahreszeit einen schöneren Ort geben als die Gemeinde Timmendorfer Strand? Das Beste ist aber, dass ich hier mit meinen liebsten Menschen zusammensitze, meiner Familie, und ein leckeres Frühstück genieße.«

»Das hast du schön gesagt. Es ist toll, dass wir alle beisammen sind, und ich hoffe, dass Mads und Lena nächstes Mal ihre Partner mitbringen.« Jutta lächelte ihren Enkelkindern aufmunternd zu, während Jule Albert seinen Kaffee servierte und sich dann wieder entfernte.

»Sehr gute Idee. Vor allem wollen wir doch endlich Victoria kennenlernen«, sprang Albert ihr bei. »Wer hätte gedacht, dass Mads sich einmal wieder richtig verliebt.«

»Das bleibt abzuwarten«, entgegnete Gustav, er kannte seinen Neffen zu gut, er ließ nichts anbrennen.

»Da gibt es nichts abzuwarten. Das mit Victoria ist mir ernst. Oma hat sie schon kennengelernt«, widersprach Mads.

»In der Tat, und ich muss gestehen, sie ist eine richtig liebe Frau, sie trägt das Herz am rechten Fleck«, antwortete Jutta. »Ich würde mich sehr für Mads freuen, wenn er endlich die Frau fürs Leben gefunden hat. Wobei ich auch sagen muss, dass ich immer gehofft hatte, Mads und Emma würden ein

Paar werden. Es war von Anfang an etwas Besonderes zwischen euch beiden.« Sie sah Mads eindringlich an, während Albert sich sichtlich bemühte, seine Gesichtszüge unter Kontrolle zu halten. Er hatte seit jeher ein sehr schwieriges Verhältnis zu der Journalistin Emma Falk.

Als wäre es ein Zeichen, betrat Emma kurz darauf die Terrasse.

»Moin, Emma«, grüßte Jutta sie erfreut.

Emma kam zu ihnen und die Runde begrüßte sich.

»Bist du hier verabredet?«, fragte Jutta.

»Nein, ich war spazieren und wollte mir spontan einen Kaffee gönnen.«

»Dann setz dich doch zu uns.«

»Ich möchte euch nicht stören«, erwiderte Emma verlegen, aber Jutta rückte schon ihren Stuhl zur Seite und machte eine einladende Geste.

»Was redest du da, Kind. Setz dich zu uns, wir würden uns sehr freuen.«

Mads stand auf und zog einen Stuhl heran, worauf Emma sich neben ihn setzte.

»Sehr lieb von dir, danke.«

Gustav sah ihr an, dass sie sich etwas unwohl fühlte. Ob es an Albert oder Mads lag, konnte er gerade nicht einschätzen.

Jule hatte den neuen Gast sofort bemerkt und eilte zu ihnen.

»Wenn das nicht meine Lieblingsjournalistin ist«, sagte sie und begrüßte Emma überschwänglich, denn die beiden waren sehr gut befreundet. Sie wechselten ein paar Worte und Emma gab ihre Bestellung auf, worauf Jule erneut nach drinnen ging.

»Wie geht es dir?«, fragte Jutta.

»Kann nicht klagen, bei dem Wetter«, antwortete Emma lächelnd.

»Sehr schön. Wie läuft es bei der Arbeit?«

»Derzeit ist es etwas ruhiger.«

»Wollen wir hoffen, dass das so bleibt«, warf Albert ein, worauf Jutta ihm einen strengen Blick zuwarf.

Gustav musste sich ein Lachen verkneifen. Es war immer wieder amüsant, zu sehen, welchen Einfluss Jutta auf Albert hatte. Gefühlt war sie der einzige Mensch, von dem sich Albert etwas sagen ließ.

»Woran arbeiten Sie gerade?«, erkundigte sich Gustav.

»Ich recherchiere über den Bau der neuen Seebrücke«, antwortete Emma und wandte sich an den Bürgermeister. »Keine Sorge, Herr Lange, es wird ein positiver Artikel. Sie können beruhigt Ihren Kaffee trinken.«

»Sie dürfen Albert seine Sorge um die Gemeinde nicht krummnehmen, sie ist sein Baby.«

»Und ich mache nur meinen Job«, konterte Emma.

»Das wissen wir«, erwiderte Gustav, um die Wogen zu glätten. »Ehrlich gesagt, gefallen mir Ihre Artikel.«

Das war nicht mal gelogen. Emmas Schreibstil war sehr angenehm und ihre Texte waren unglaublich gut und genau recherchiert.

»Mir gefallen deine Artikel auch, ich lese sie wirklich gern«, pflichtete Jutta ihm bei.

»Vielen lieben Dank«, sagte Emma und gönnte sich einen Schluck aus ihrem Kaffeebecher, den Jule eben serviert hatte.

»Bedien dich doch«, forderte Jutta sie auf und wies auf die großzügige Frühstücksplatte in der Mitte des Tisches.

»Danke, aber ich bin nachher mit Stefan und Amir zum Essen verabredet. Wo sind eigentlich Christian und Victoria?«

»Christian ist mit Freunden Fußball spielen«, antwortete Lena.

Emma schaute Mads an.

»Victoria ist mit ihren Eltern in Travemünde. Wir treffen uns nachher«, fügte Mads hinzu.

»Also seid ihr richtig zusammen?«

»Ja, sind wir.«

»Das muss bei Mads nichts heißen«, kommentierte Jule den letzten Teil der Unterhaltung, den sie offenbar mitgehört hatte.

Mads winkte ab. »Ihr schätzt mich alle falsch ein. Victoria und ich sind exklusiv zusammen.«

Jule verdrehte nur die Augen, doch Emma sagte: »Ich freue mich für euch beide. Victoria macht einen sehr lieben Eindruck.«

Gustav entging nicht, dass Emma kurz bedrückt wirkte, auch wenn sie das jetzt zu überspielen versuchte.

»Ihr werdet euch gut verstehen«, versicherte Mads.

»Dann lasst uns doch mal alle zusammen was machen«, schlug Jule vor.

»Werden wir«, versprach Mads, »aber ich entscheide, wann.«

»Schämst du dich etwa für uns?«

»Überhaupt nicht, aber du weißt selbst, dass du auch mal einen dummen Spruch raushaust, ohne vorher den Verstand einzuschalten.«

»Mads«, ermahnte Jutta ihren Enkel.

»Sorry, Oma, du kennst doch Jule.«

»Kein Grund, so gemein zu sein. Jule war immerhin deine Exfreundin.«

»Jule kennt meinen Humor«, widersprach Mads.

»Ich bin da ganz bei deiner Oma«, sagte Jule und grinste schelmisch. »Mads darf ruhig netter zu mir sein.«

Gustav bemerkte, wie Albert auf seine Armbanduhr sah, daher blendete er das Geplänkel der anderen kurz aus und wandte sich seinem besten Freund zu.

»Bist du in Eile?«

»Ich wollte gleich bei Bodo vorbeischauen.«

»Unserem Postboten?«

»Gut erkannt«, bestätigte Albert.

»Was willst du von ihm?«

»Du bist ganz schön neugierig.«

Gustav hob die Handflächen. »Verzeih, dass ich gefragt habe.«

»Schwamm drüber. Ich erwarte seit einer Woche ein wichtiges Einschreiben, das bis heute nicht angekommen ist.«

»Wieso fragst du nicht in der Postfiliale?«

»Habe ich, aber die haben mich an Bodo weiterverwiesen, er sollte ihn längst zugestellt haben.«

»Könnte er an den Absender zurückgegangen sein?«

»Auch das habe ich erfragt. Da ist er nicht.«

»Vielleicht ist er verloren gegangen?«

»Mensch, Gustav, deswegen will ich ja mit Bodo sprechen. Möglicherweise hat er noch eine Idee«, reagierte Albert etwas unbeherrscht. »Möchtest du mich begleiten? Wir könnten danach mit Meiko ein wenig Gassi gehen.«

»Gute Idee. Warum nicht.«

»Dann hoffe ich, dass ihr zwei ganz viele hübsche Babys bekommt«, hörte Gustav Emma sagen, in ihrer Stimme schwang hörbar Ironie mit.

»Euch drücke ich die Daumen, dass eure Babys Stefans Temperament bekommen und nicht deines«, gab Mads zurück.

Gustav schaute flüchtig zu seiner Mutter, die den Schlagabtausch zwischen Mads und Emma interessiert beobachtete. Sie schien ihre Freude daran zu haben, als würde sie etwas sehen, was Gustav verborgen blieb, denn er hatte eher den Eindruck, dass Emma und Mads eine sinnlose Streiterei ausfochten.

»Möchtet ihr noch etwas?«, fragte Jule, die wieder an ihren Tisch gekommen war.

»Einen Espresso bitte«, antwortete Gustav.

»Vergiss den Keks nicht«, fügten Mads und Albert im Chor hinzu, womit sie auf Gustavs Vorliebe für süßes Gebäck zum Espresso anspielten.

»Albert und ich nehmen auch einen Espresso. Was ist mit dir, Lena?« Mads sah seine Schwester an.

»Ich bin restlos zufrieden. Oma?«

»Ich auch, Kind.«

Jule nickte und ging.

Emma schob ihren Stuhl zurück und öffnete ihre Handtasche. »Ich muss leider weiter«, sagte sie.

»Lass dein Portemonnaie stecken, mein Onkel macht das«, bremste Mads sie und zwinkerte Gustav zu.

»Das kann ich nicht annehmen, ich habe mich euch ja quasi aufgedrängt.«

»Das hast du überhaupt nicht. Es war schön, dass du dir kurz Zeit für uns genommen hast«, widersprach Jutta und schenkte Emma ein freundliches Lächeln.

»Gehen Sie ruhig zu Ihren Freunden, ich übernehme das«, bestätigte Gustav.

»Vielen lieben Dank.« Emma verabschiedete sich und kurz trat Stille ein, bis Jule mit den Getränken wiederkam.

»Jule, kannst du mir bitte die Rechnung bringen?«, bat Gustav.

»Lass dir bloß ein großzügiges Trinkgeld geben«, stichelte Mads.

»Das würde ich eh nicht annehmen, ihr seid Familie«, erwiderte Jule.

»Kommt nicht infrage. Du bist so fleißig, das muss honoriert werden«, widersprach Jutta.

Nachdem Gustav gezahlt und ihr ein anständiges Trinkgeld gegeben hatte, leerte er seinen Espresso und ließ anschließend den Keks in seinem Mund verschwinden. Am liebsten hätte er kurz die Augen geschlossen und sich seiner kleinen Espresso-Auszeit hingegeben. Das tat er sonst im Büro immer, wenn er allein war, doch diesmal verzichtete er darauf. Stattdessen standen er und Albert auf.

»Meiko«, rief Gustav seinem Hund zu, der keine Anstalten machte, sich ebenfalls zu erheben.

»Geh mit Onkelchen, nicht dass er dir dein Futter rationiert.« Mads streichelte den Hund, der sogleich aufstand und zu Gustav lief.

»Jutta, sollen wir dich nach Hause begleiten?«, fragte Albert.

»Nicht nötig, ich werde noch am Hafen spazieren gehen.«

Die Runde verabschiedete sich, dann gingen Gustav und Albert die Strandpromenade entlang.

»Ganz schön frech«, bemerkte Albert.

»Wer?«

»Na, diese Emma. Ist dir aufgefallen, wie sie sich bei Jutta lieb Kind gemacht hat? Ist schon ein cleverer Schachzug, sich bei ihr beliebt zu machen.«

»Du spinnst. Wann hat sie das bitteschön getan? Dein Emma-Bashing nervt langsam.«

»Das ist kein Bashing. Dass du dich bei Emma einschleimst, passt gar nicht zu dir.«

»Ich schleime mich bei niemandem ein, ihre Artikel sind einfach gut. Ich dachte ja, du wärst etwas netter zu ihr, seit du ihr das Leben gerettet hast.« Vor einigen Wochen war Emma bewusstlos in einen See gestürzt und Albert hatte sie ans Ufer gebracht.

»Das eine hat mit dem anderen nichts zu tun«, entgegnete Albert.

»Trotzdem, du solltest deine Einstellung ihr gegenüber überdenken.«

»Ich?«

»Ja, du.« Gustav sah seinen Freund an und schüttelte den Kopf. »Jetzt schau nicht so dämlich.«

»Unglaublich, da ist man Bürgermeister dieser Gemeinde und muss sich so etwas anhören.«

»Möchtest du, dass ich dir die Hand küsse und um Vergebung bettele?«

»Das wäre immerhin ein Anfang.«

So im Gespräch erreichten sie den Weidenweg, wo Bodo wohnte.

»Um was für einen Brief geht es eigentlich?«, fragte Gustav.

»Die Gemeinde bewirbt sich für die Olympischen Spiele.«

»Das wusste ich gar nicht. Rechnest du dir da wirklich Chancen aus?«

Albert sah Gustav entrüstet an. »Würde ich mir sonst die Mühe machen? Kiel war 1973 Austragungsort für die Segelwettbewerbe.«

»Na ja, Timmendorf hat kein Olympiazentrum und Kiel ist unsere Landeshauptstadt.«

»Deswegen bin ich der Bürgermeister und du Polizeichef. Dir fehlt das Visionäre. Stell dir vor, was das für eine Publicity mit sich bringen würde, ganz zu schweigen von den Millionen, die wir bekommen würden, um ein eigenes Olympiazentrum zu bauen. Wie könnte ich meine Gemeinde da nicht anmelden?«

»Dem kann ich nichts entgegensetzen«, erwiderte Gustav. Er wollte mit Albert nicht über diese in seinen Augen komplett irre Idee diskutieren.

Albert trat vor die Haustür des Einfamilienhauses, in dem Bodo lebte, und klingelte.

Niemand öffnete.

»Vielleicht ist er am Strand. Hast du seine Handynummer?«

»Selbstverständlich«, antwortete Albert, nahm sein Handy und wählte die Nummer. Das Freizeichen ertönte, da er den Lautsprecher angeschaltet hatte. Bodo nahm das Gespräch nicht an.

»Hörst du das?«, fragte Albert nach einer Weile.

»Was?«

»Na, das Klingeln. Das ist doch ein Handy.«

Gustav trat näher an die Haustür und jetzt hörte er es auch.

»Das Handy ist im Haus«, sagte Gustav und drückte erneut auf die Klingel.

Nichts.

Gustav presste sein Ohr an die Haustür, doch es herrschte Stille, da Albert den Anruf beendet hatte.

»Verdammt, da stimmt was nicht.« Ein ungutes Gefühl beschlich Gustav. Er drückte gegen die Tür, doch sie bewegte sich nicht, und er hatte auch nichts dabei, um das Schloss zu knacken. Wieder legte er sein Ohr an die Tür, da vernahm er ein Geräusch. Es klang, als würde drinnen jemand um sein Leben betteln.

Nun horchte auch Albert an der Haustür und seine Augen weiteten sich.

»Wir müssen da rein«, sagte er, seine Stimme klang sorgenvoll.

»Mach Platz«, forderte Gustav, dann nahm er Anlauf und rammte seine Schulter gegen die Tür. Sie gab nicht nach.

Er wiederholte das Ganze – erfolglos.

»Lass mich mal«, sagte Albert.

Bevor Gustav etwas erwidern konnte, ließ Albert sich gegen die Tür fallen, doch auch jetzt bewegte sie sich keinen Millimeter.

»Vielleicht ist ein Fenster offen«, schlug Albert vor.

»Du schaust nach. Ich versuche, die Tür einzutreten«, gab Gustav zurück.

Albert nickte und verschwand um die Hausecke.

Gustav nahm noch einmal Anlauf und rammte die Tür. Endlich gab sie ein wenig nach. Der kleine Erfolg ließ Adrenalin durch seine Adern schießen.

Meiko stand die ganze Zeit neben ihm und beobachtete das Geschehen aufmerksam. Da er als Polizeihund trainiert war, brachte ihn so schnell nichts aus der Ruhe.

»Du kannst mir leider nicht helfen«, sagte Gustav zu ihm, da kam Albert von seiner Runde um das Haus zurück.

»Alle Fenster sind verschlossen. Wir sollten die Scheibe auf der Terrasse einschlagen.«

»Ich versuche es noch einmal mit der Haustür. Wenn das nicht klappt, schlagen wir das Fenster ein.«

Gustav nahm ein letztes Mal Anlauf und ließ sich mit seinem vollen Körpergewicht gegen die Tür fallen.

Endlich gab sie vollständig nach und Gustav wäre fast gestürzt, konnte sich aber rechtzeitig abfangen.

»Meiko, du bleibst hier«, sagte Gustav und Meiko gehorchte.

Im Flur war das Geräusch noch deutlicher zu hören, es klang wie ein verzweifeltes Röcheln. Rasch erreichten sie das Wohnzimmer.

Ein Bild des Grauens zeigte sich ihnen. Bodo lag auf dem Fußboden, um ihn herum hatte sich eine Blutlache gebildet. Angsterfüllt schaute der Postbote die Eindringlinge an, beide Hände an den Hals gepresst, während Blut zwischen seinen Fingern hindurchsickerte.

2

Noch knapp zwei Stunden, dann würde Victoria zu ihm kommen. Mads freute sich auf sie. Es fühlte sich mit jedem Tag besser an, dass sie ein Paar waren.

Nach dem Frühstück mit der Familie war er in Richtung Seebrücke gegangen, um ein wenig spazieren zu gehen, bevor er nach Hause musste. Währenddessen ließ er den angenehmen Morgen Revue passieren. Dass Emma und Albert vorbeigeschaut hatten, hatte ihn gefreut, nur dass Lena so auffallend ruhig gewesen war, bedrückte ihn, er beobachtete das schon seit einigen Tagen bei ihr. Etwas schien sie zu beschäftigen. Mads konnte nicht einschätzen, was es war, nahm sich aber vor, es am Montag auf der Dienststelle anzusprechen.

Hoffentlich hat Christian keine Dummheiten gemacht, dachte er, da sah er, wie Jörn auf ihn zusteuerte.

»Moin, allmächtiger Thor«, grüßte der junge Mann ihn wie gewohnt, denn Mads sah dem Schauspieler Chris Hemsworth ähnlich, daher sprach Jörn ihn jedes Mal als Gottheit aus den Marvelfilmen an. Mads spielte das Spiel wohl oder übel mit, da Jörn eine geistige Behinderung hatte und die Anspielung so überaus charmant hervorbrachte.

»Moin, Jörn. Wohin des Wegs?«, erwiderte Mads.

»Ich habe mich vorhin zum Singen angemeldet. Jetzt wollte ich zum Hafen, ich habe ein bisschen Hunger.«

»Hast du nicht immer Hunger?«

»Wer fleißig ist, darf auch essen.« Jörn grinste schief, dabei hielt er sich die Hand gegen die Stirn, während er zu Mads aufschaute, da die Sonne ihn blendete.

»Fleißig? Was hast du denn gemacht?«

»Vorgesungen.«

»Aha, dann meintest du das also ernst mit dem Singen?«

»Logisch. Ich würde den großen Thor doch niemals anlügen. Heute war ein Vorsingen für das Konzert in zwei Wochen«, erklärte Jörn.

»Da machst du mit?«

»Klar. Die waren total begeistert von mir. Jetzt habe ich die Ehre, ein Liedchen zum Besten zu geben. Ich hoffe, du bist dabei.«

»Du meinst, auf dem Hafenfest?«

»Genau.«

»Na, das lasse ich mir bestimmt nicht entgehen. Bist du denn sicher, dass du das wirklich durchziehen möchtest?« Mads konnte sich nicht ernsthaft vorstellen, dass der junge Mann gut singen konnte, und er wollte auf keinen Fall, dass sich jemand auf Jörns Kosten lustig machte.

»Die Jury war richtig begeistert«, bekräftigte Jörn, er strahlte übers ganze Gesicht.

Nun lächelte auch Mads. »Dann freue ich mich für dich und bin gespannt.« Er wollte ihm die Vorfreude nicht ruinieren und hoffte auf das Beste.

»Ich auch. Jetzt muss ich aber weiter.« Damit verabschiedete sich Jörn und ging pfeifend die Promenade entlang. Mads sah ihm kurz nach, dann setzte er ebenfalls seinen Weg fort.

Auf der Seebrücke angekommen, ging er bis zum äußersten Rand und ließ seinen Blick über die Badegäste, den Strand und die Ostsee wandern. Eine Menge Menschen genoss das schöne Wetter in vollen Zügen. Kinder tollten am Rand der Wellen, Pärchen ließen sich in der Sonne bräunen oder spazierten am Strand entlang. Es war einer dieser Tage, an denen die Welt in Ordnung zu sein schien und alle Probleme meilenweit entfernt.

Das war die Magie der Lübecker Bucht. Abschalten und runterkommen.

Mads nahm noch einen tiefen Atemzug, dann ging er zurück Richtung Promenade, dabei musste er unwillkürlich an Emma denken, an den Tag, als er ihr auf dieser Brücke begegnet war und ihr plötzlich schwindelig geworden war. Er hatte sie vor einem Sturz gerettet und aufgefangen.

Damals hatte Emma gerade erst ihren Verlobten verloren, er war während ihres gemeinsamen Urlaubs an der Ostsee brutal ermordet worden.

Das Klingeln seines Handys riss Mads aus seinen Erinnerungen.

»Gut, dass du rangehst«, hörte er seinen Onkel sagen.

»Sag nicht, wir haben eine Leiche?«, gab Mads zurück. Es war noch nicht lange her, da hatte Mads einen Anruf von Gustav nicht angenommen, weil er die letzten Minuten mit Victoria hatte genießen wollen. Ein Fehler, denn Gustav hatte einen Mord melden und ihn um Unterstützung bitten wollen. Seitdem ermahnte Gustav ihn bei jeder Gelegenheit, dass das Handy eines Polizisten niemals ausgeschaltet sein dürfe.

»Nein, ich wollte bloß eine Pizza bestellen und hab mich verwählt.« Der Sarkasmus in Gustavs Stimme war nicht zu überhören. »Frag nicht lang und komm in den Weidenweg 14.«

»Soll ich Lena anrufen?«

»Nein, es reicht, wenn du kommst.« Damit beendete Gustav das Gespräch.

Mads schluckte seinen Ärger und seine Enttäuschung herunter. Er hatte sich so auf einen schönen Tag mit Victoria gefreut, aber so war das Leben als Polizist, selten planbar.

Seufzend rief er Victoria an und bat sie um Verzeihung, weil er ihre Verabredung absagen musste. Sie zeigte Verständnis und fragte, ob sie trotzdem in seiner Wohnung auf ihn warten könne. Seit ein paar Tagen hatte sie den Zweitschlüssel, da sie zwar noch in Lübeck wohnte, aber in Niendorf arbeitete und immer Mal wieder bei Mads übernachtete. Er freute sich über den Vorschlag und machte sich daher etwas weniger enttäuscht auf den Weg zum Weidenweg, der nicht allzu weit entfernt lag.

Als er ankam, sah er bereits einen Rettungswagen vor dem Haus stehen.

»Moin, Mads, dein Onkel ist drinnen«, sagte einer der Rettungssanitäter zu ihm. Mads nickte und bedankte sich, dann streichelte er kurz Meiko, der vor der Haustür wartete, und betrat den Flur.

Im Wohnzimmer traf er sogleich auf seinen Onkel und Albert. Zu ihren Füßen bot sich ein furchtbarer Anblick. Eine männliche Leiche lag ausgestreckt auf dem Boden, um sie herum hatte sich eine Blutlache gebildet, auch der Oberkörper des Toten war voller Blut. Mads schluckte.

»Hast du die Tür eingetreten?«, fragte er.

»Dein Onkel hat immer noch Power«, antwortete Albert. »Leider sind wir zu spät gekommen.«

Mads zog die Brauen hoch. »Er hat noch gelebt, als ihr angekommen seid?«

»Genau.« Albert atmete tief durch. »Wir haben ein Geräusch von drinnen gehört und daher die Haustür eingetreten. Als wir ihn gefunden haben, hat er geröchelt und sich die Hände an den Hals gepresst, dabei hat er uns so intensiv angeschaut, als wollte er uns etwas sagen. Dann ist er gestorben.« Er schüttelte sich bei der Erinnerung daran.

»Wo ist die Tatwaffe?«, fragte Mads. Angesichts der tiefen Wunde am Hals musste es sich um ein großes Messer handeln, das nahm Mads jedenfalls an.

»Das wüsste ich auch gerne«, antwortete Gustav. »Bitte nichts anfassen, bis Ole und sein Team hier sind.«

»Sowieso nicht. Darf ich mich wenigstens ein bisschen umsehen, bevor die KTU hier aufschlägt?«

»Hast du Einmalhandschuhe dabei?«

»Nein, ich bin gleich hergekommen. Du?«

»Auch nicht. Also nichts anfassen, ich möchte mir keinen Spruch von Ole anhören müssen.«

»Sollte ich hinkriegen.«

Im Augenwinkel bemerkte Mads, wie Gustav kurz die Augen verdrehte, als er sich zu dem Toten vorbeugte, dabei achtete er darauf, nicht in die Blutlache zu treten.

An der Leiche fiel ihm nichts Ungewöhnliches auf. Die Stichwunde war im vorderen Bereich des Halses, also musste der Täter vor dem Opfer gestanden haben.

Auge um Auge, schoss es Mads durch den Kopf, *dann hat er zugestochen. Ob Täter und Opfer sich gekannt hatten?*

Mads richtete sich auf und wandte sich wieder an Gustav. »Gab es Spuren an der Haustür, die darauf hindeuten, dass sich jemand gewaltsam Zutritt verschafft haben könnte?«

»Nein. Bodo muss dem Täter die Tür geöffnet haben.«

»Oder er ist durch eines der Fenster gestiegen«, überlegte Mads.

»Die waren alle verschlossen«, widersprach Albert.

»Das muss nichts heißen. Die Terrassentür könnte offen gestanden haben und der Täter hat sie geschlossen, als er die Wohnung verlassen hat. So was ist doch mit einem Faden kein Problem. Im Internet gibt es jede Menge Anleitungen dazu.«

»Genau deswegen sollst du ja nichts anrühren und keine Spuren verwischen«, wiederholte Gustav. »Wo bleibt nur Ole?«

»Habe ich da meinen Namen gehört?«, ertönte Oles tiefe Stimme. Der Leiter der Spurensicherung betrat den Raum.

»Moin, Ole. Du kennst doch meinen Onkel, er ist die Ungeduld in Person«, erwiderte Mads.

»Während des Dienstes bin ich nicht dein Onkel«, murrte Gustav.

»Ist angekommen. Ole, hast du Einmalhandschuhe für mich?«

»Will mir nicht erst mal einer erklären, was vorgefallen ist?«

Gustav klärte Ole kurz auf und endete mit den Worten: »Das Ganze muss wenige Minuten, bevor Albert und ich hier angekommen sind, passiert sein.«

Ole wiegte den Kopf. »Möglich. Sicher, dass er tot ist?«

»Sieht er für dich lebendig aus?«, fragte Gustav und gab ein abfälliges Schnauben von sich.

»Lass mich raten, du kennst den Toten, daher die miese Laune?«

»Das ist Bodo Petersen, unser Postbote«, antwortete Gustav.

»Wer tötet denn bitte einen Postboten? Nicht, dass er eine verheiratete Frau vernascht hat. Heißt ja nicht umsonst, wenn der Postmann zweimal klingelt«, scherzte Ole.

In diesem Moment betrat sein Team das Wohnzimmer.

»Jeder bitte Einmalhandschuhe und Hüterli für die Schuhe anziehen, ansonsten bitte den Tatort verlassen«, forderte Ole und kratzte sich kurz an der Glatze.

Oles Mitarbeiter teilten die Schutzausrüstung aus, dann ging Mads los, um sich in den anderen Räumen umzusehen.

Im Schlafzimmer lag überall Bekleidung über Boden und Bett verstreut.

Ein Einbruch, war Mads' erster Gedanke, doch zugleich fragte er sich, warum es im Wohnzimmer keine Einbruchspuren gab.

Sein Blick wanderte zu der bodentiefen Fensterfront. Wie auch das Wohnzimmer grenzte das Schlafzimmer an die großzügige Terrasse an.

Ob der Einbrecher hier eingestiegen ist und von Bodo überrascht wurde?

Er trat zu dem großen Fenster und sah sich Rahmen, Scheibe und Griffe genau an. Nichts deutete auf einen Einbruch hin, keine kleinen Schrammen von Einbruchwerkzeug oder Ähnlichem. Trotzdem würde er die Ergebnisse der KTU abwarten müssen, die Kollegen hatten noch ganz andere Möglichkeiten, feinste Spuren zu erkennen.

Als Nächstes ging er ins Bad. Es war ein gewöhnliches Badezimmer, die Hygieneartikel ließen darauf schließen, dass hier ein alleinstehender Mann wohnte, es gab keine Dinge, die in erster Linie Frauen benutzten.

Mads hatte Bodo auch noch nie mit einer Frau gesehen. Ob er eine Affäre gehabt hatte, würden die weiteren Ermittlungen zeigen.

Wie Gustav und Albert kannte er den Postboten schon lange, er lieferte seit Jahrzehnten die Post in der Gemeinde aus. Ein freundlicher Mann, der seine Arbeit ordentlich und ohne großes Aufsehen erledigte, soweit Mads sich erinnern konnte. Daher wollte ihm nicht einleuchten, warum jemand ausgerechnet einen Mann wie ihn ermordete, Bodo war in seinen Augen der ruhige, unauffällige Typ.

Mads verließ das Badezimmer und ging in den Flur, von dem aus eine Treppe in den ersten Stock führte. Dort gab es zwei Zimmer, das erste hatte sich Bodo offenbar als Büro eingerichtet. Ein Computer, ein Schrank und ein Schreibtisch mit Chefsessel standen darin.

Mads schaute sich die Akten an, die im Schrank einsortiert waren, fand jedoch nichts Verdächtiges. Also startete er den Rechner und wartete, bis dieser hochfuhr.

»Passwortschutz«, murmelte er verärgert. »Das muss sich Tim anschauen.«

Wenn einer das Passwort hacken konnte, dann Tim, er war ihr IT-Spezialist in der Lübecker Direktion.

Mads öffnete die Schubladen des Schreibtisches, ein paar Blätter lagen darin, ansonsten nichts, was interessant schien.

»Hier war der Einbrecher nicht«, sagte Mads zu sich.

Der zweite Raum war ein Schlafzimmer. Da die Vorhänge zugezogen waren, herrschte schummriges Licht. Mads schaltete die Deckenbeleuchtung an und schaute sich um.

Augenscheinlich handelte es sich hier um das Schlafzimmer einer Frau, einer alten Frau.

Wann ist Bodos Mutter wohl gestorben?, überlegte Mads. Sie musste hier geschlafen haben, und wie es schien, hatte Bodo das Schlafzimmer nach ihrem Tod nie verändert. Auf einem Stuhl lag noch Kleidung, an der Wand hing ein Gemälde, das die Eltern zeigte.

Skurril, dachte Mads. *Warum lässt man das Schlafzimmer im alten Zustand?* Zugleich fragte er sich, ob Bodo doch Geheimnisse hatte, von denen niemand etwas wusste, weil sie das Bild des freundlichen Postboten zerstören könnten.

Mads verließ die erste Etage und sah im Flur eine Tür, die wohl zum Keller gehörte. Er öffnete sie und knipste den Lichtschalter an. Eine alte Holztreppe führte nach unten. Langsam stieg er Stufe um Stufe hinab, dabei knarzte das alte Holz so laut, als wollte es ihn warnen, hier lieber nicht weiterzugehen.

Unten angekommen, stellte Mads fest, dass das Haus vollunterkellert war. Er öffnete die erste Tür, die vom Gang wegführte, und trat in den dahinterliegenden Raum. Als er das Licht einschaltete, wollte er seinen Augen nicht trauen.

»Wer bist du, Bodo?«, fragte sich Mads.

3

23. Juli, Niendorf

»In was für einer kranken Welt leben wir eigentlich«, sagte Amir, als Emma die Redaktion betrat.

»Wie wäre es mit einer Begrüßung?« Emma umarmte ihren besten Freund und Lieblingskollegen.

»Selbstverständlich, Süße, bitte entschuldige.« Amir gab ihr einen Kuss auf die Wange.

»So, und jetzt verrätst du mir, warum du dich so aufregst.« Emma setzte sich und stellte ihre Tasche ab.

»Hast du das noch nicht mitbekommen?«

»Was?«

»Du kriegst wohl keine Briefe und Mads erzählt dir ja nichts.«

»Du kennst ihn doch«, antwortete Emma. Sie lächelte kurz, als sie an das gemeinsame Frühstück mit Mads' Familie und Albert Lange denken musste.

Es hatte ihr Spaß gemacht und sie hatte sich sehr wohlgefühlt, obwohl Lange dabei gewesen war. Nur Lena hatte abwesend gewirkt, als würde sie etwas beschäftigen, aber Emma hatte es nicht angesprochen, da sie meinte, es würde sie nichts angehen.

»Typisch eitler Surferboy.« Amir verdrehte die Augen, dann wurde er wieder ernst. »Bodo, unser Postbote, wurde ermordet.«

»Du scherzt?«

»Sehe ich so aus? Bodo war gefühlt seit Ewigkeiten unser Postbote.«

»In Niendorf?«

»Ja, und in Timmendorfer Strand. Ich glaube, in letzter Zeit mehr in Timmendorf, das kann ich aber nicht mit Gewissheit sagen.«

Emma startete ihren Rechner. »Woher weißt du, dass er ermordet wurde?«

»Hat mir heute Morgen meine Nachbarin erzählt, die kennt Bodo ganz gut.«

»Interessant, auf der Webseite der Polizei steht nichts, die überprüfe ich regelmäßig.«

»Wundert mich nicht. Sicherlich will unser lieber Bürgermeister nicht, dass die Öffentlichkeit das spitzkriegt. Wir haben Hauptsaison, da hat er sicher Angst, dass seine geliebten Touristen stornieren könnten.« Amir schüttelte den Kopf. »Komischer Vogel. Keine Ahnung, wer den immer wieder wählt.«

»Eine Familie fällt mir da ein«, erwiderte Emma vielsagend.

»Wenn es nur die Johannsens wären, der Kerl ist ja schon seit über dreißig Jahren Bürgermeister.« Amir beugte sich zu Emma vor. »Sag mal, bist du nicht heute mit deinem Artikel fertig?«

»Das ist geplant. Warum?«

»Heute hängst du aber, Süße. Ist dir Mads wieder über den Weg gelaufen?«

»Wieso, was soll das mit Mads zu tun haben?«

»Immer, wenn ihr euch begegnet, bist du ein bisschen durch den Wind.«

»Das stimmt doch gar nicht.«

»Aber sicher.«

»Nein!«, erwiderte Emma vehement.

»Doch!« Amir lachte. »Wenn es nicht an Mads liegt, sag bitte nicht, dass du mit Stefan Streit hast.«

Nun lachte auch Emma. »Kann man mit Stefan Streit haben?«

»Nein, hast recht. So einen lieben Freund wünscht sich doch jede Frau.«

Stefan war Emmas Partner und vom Charakter her das genaue Gegenteil von Mads.

In diesem Moment betrat Tobias Wichmann, Chefredakteur und Herausgeber der Ostseezeitung, das Großraumbüro.

»Moin«, grüßte er in die Runde, dann winkte er Emma zu. »Kommst du bitte mal in mein Büro?«

»Klar.«

Emma fragte sich, warum ihr Chef sie sprechen wollte, in ihren Augen gab es keinen Grund dafür. Tobias ließ seine Redakteure eigenständig arbeiten, und meistens musste man nur in sein Büro, wenn er mit etwas unzufrieden war.

Bei Emma kam das leider öfter vor, wenn sich der Bürgermeister über sie beschwerte, aber derzeit gab es dafür keinen Anlass.

»Worum geht es?«, fragte Emma, nachdem sie Tobias gegenüber Platz genommen hatte.

»Keine Sorge, Albert Lange hat nicht wieder scharf gegen dich geschossen.« Er zwinkerte ihr zu.

»Wegen dem mache ich mir sicherlich keine Sorgen«, gab Emma zurück, obwohl sie erleichtert war, dass sie sich nicht wegen Lange rechtfertigen musste.

»Ich habe einen neuen Artikel für dich. Du hast doch heute Abgabe für deinen aktuellen.«

»Genau. Worüber soll ich denn schreiben?«

»Es geht um unseren Postboten.«

»Um Bodo?«

»Genau. Er wurde am Samstag ermordet.« Tobias beugte sich ein wenig vor. »Es ärgert mich maßlos, dass ich erst vorhin davon erfahren habe. Bodo war sehr beliebt in der Gemeinde, und ich möchte, dass die Ostseezeitung das würdigt.«

»Wie, würdigt?«

»Schreib über sein Leben, seinen Dienst als Postbote, was er für die Gemeinde geleistet hat. Einen schönen Nachruf.«

»Soll ich den Mord dabei gar nicht berücksichtigen?«

»Nein, du bist keine Polizistin und ich möchte in meiner Zeitung ganz sicher nicht Bodos Ansehen beschmutzen.«

»Wieso beschmutzen? Der Arme wurde doch ermordet.«

Tobias holte kurz Luft und fuhr sich über die Haare. »Du hast das Talent, immer etwas zu finden, was den Ruf der Opfer …« Er brach ab und sah sie forschend an,

»Ich mache nur meine Arbeit, und das ordentlich. Wenn jemand Scheiße baut und nicht der Saubermann ist, für den ihn alle halten, ist es sicherlich nicht mein Fehler, wenn ich das ans Tageslicht bringe«, empörte sich Emma.

»Schreibst du den Artikel? Sonst kriegt ihn ein anderer.«

Emma atmete durch. »Ich schreibe ihn.«

»Ohne Bodos Ansehen zu beschädigen? Ich möchte einen schönen Nachruf«, mahnte Tobias.

»Ist angekommen. Hast du schon jemanden im Kopf, mit dem ich reden sollte?«

»Wie wäre es, wenn du mit den Nachbarn anfängst. Soweit ich weiß, war er nie verheiratet, er hat weiter bei seiner Mutter gewohnt.«

»Lebt sie noch?«

»Nein, sie dürfte vor vier oder fünf Jahren verstorben sein.«

»Ich kümmere mich darum.« Emma nickte.

»Danke«, erwiderte Tobias. »Dann wären wir fertig. Informiere mich bitte, bevor du den Artikel final schreibst.«

»Das sowieso«, gab Emma zurück, stand auf und öffnete die Tür.

»Denk dran, keine schmutzige Wäsche.«

»Ist angekommen, Boss.«

Emma verließ das Büro und ging zurück an ihren Schreibtisch, der neben Amirs stand.

»Na, hat Lange wieder gegen dich gehetzt?«, fragte er.

»Nein, ich soll einen Nachruf auf Bodo schreiben.«

Amir zog erfreut die Brauen hoch. »Das ist doch schön, das hat Bodo verdient.«

»Tobias meinte, ich sollte bei Bodos Nachbarn anfangen, um mehr über sein Leben zu erfahren.«

»Da habe ich eine viel bessere Idee«, widersprach Amir.

»Die wäre?«

»Wir zwei fahren zu meiner Nachbarin. Sie kannte Bodo sehr gut, sie wird wissen, ob er nicht doch irgendwelche Leichen im Keller hatte.«

4

»Geh nicht«, bat Victoria und kuschelte sich an Mads. Er schloss sie in die Arme und gab ihr einen Kuss.

»Ich wünschte, ich könnte bleiben, aber du kennst meinen Onkel.«

»So streng, wie du immer sagst, ist er gar nicht.«

»Ein Johannsen verspätet sich nie«, ergänzte Mads und küsste sie erneut.

»Dann ab unter die Dusche, bevor ich dich vernasche«, erwiderte sie und gab ihm einen Klaps auf den Po.

Mads drückte Victoria ein letztes Mal an sich, dann stand er auf, um ins Bad zu gehen. Er genoss Victorias Nähe ungemein. Zu gern wäre er noch länger mit seiner Freundin im Bett geblieben, aber zu spät zur Arbeit zu kommen, kam für ihn nicht infrage, dafür war er zu professionell eingestellt.

»Ich weiß nicht, was ich mehr mag, Herr Johannsen. Deine Rück- oder deine Vorderansicht.« Victoria grinste ihn schelmisch an.

»Ich hoffe, du bist nicht nur wegen meines Körpers mit mir zusammen«, scherzte Mads.

»Den Spruch hast du von uns Mädels geklaut«, erwiderte Victoria lachend.

Mads warf ihr eine Kusshand zu, dann ging er ins Bad, um sich zu duschen und frischzumachen, anschließend kam er zurück ins Schlafzimmer und zog sich an.

»Du hast es echt gut«, bemerkte Mads.

»Warum?«

»Weil du heute frei hast und demzufolge geregelte Arbeitszeiten. Bei mir wird es die nächsten Wochen eng mit Freizeit. Ich hoffe, du weißt, worauf du dich mit mir eingelassen hast.«

»Das weiß ich ganz genau, mein Schatz, weil ich dich liebe. Alles andere ist unwichtig.«

»Und ich liebe dich.«

Mads trat zu ihr ans Bett, beugte sich vor und küsste seine Freundin, die die Gelegenheit nutzte und ihn enger zu sich zog, doch Mads gab dem Drang, sich erneut an sie zu kuscheln, nicht nach, schließlich wollte er noch Lena abholen.

»Ich muss echt los, Schatz«, sagte er.

»Leider«, seufzte Victoria. »Was denkst du, wann du heute Abend zurück bist?«

»Das weiß ich nicht. Ich melde mich bei dir. Was wirst du jetzt machen?«

»Keine Ahnung, vielleicht draußen frühstücken, das Wetter ist ja wunderschön. Danach werde ich ein wenig am Strand liegen.« Sie schwang die Beine aus dem Bett. »Ich werde auch gleich loslegen. Schlafen kann ich nicht mehr.«

»Das Frühstück in der *Seaside Lounge* ist echt gut.«

»Dann weiß ich, wo ich hingehe.«

Mads gab ihr einen Abschiedskuss und ging in den Flur, um seine Sachen zusammenzupacken.

Als Mads an Lenas Wohnung ankam, öffnete sich gerade die Tür und Christian, Lenas Verlobter, begrüßte ihn.

»Moin, Mads, komm doch rein. Lena ist noch im Bad.«

Mads betrat den Flur, in dem Moment kam Lena aus dem Bad, wie gewohnt im Rollstuhl.

Noch immer konnte seine Schwester seit dem schweren Unfall, den sie bei einem Einsatz erlitten hatte, kaum gehen.

»Bis heute Abend, Schatz«, sagte Christian zu Lena, dann flüsterte er ihr etwas zu, was Mads leider nicht verstand.

»Bei Gelegenheit«, hörte er Lena leise sagen, sie sah Mads an und senkte verlegen den Blick.

Mads konnte diese unbewusste Reaktion seiner Schwester nicht deuten, aber zusammen mit der Tatsache, dass Lena seit einigen Tagen seltsam ruhig war, vermittelte es ihm ein ungutes Gefühl.

»Moin, Schwesterherz«, sagte er in die eintretende Stille, umarmte sie und gab ihr einen Kuss auf die Wange. »Lass uns losfahren, nicht dass der alte Herr schimpft, weil wir zu spät sind.«

Als sie im Auto Richtung Timmendorfer Strand fuhren, wagte Mads doch noch einen Vorstoß.

»Wie geht's dir?«, fragte er.

»Ganz gut. Warum?«

»Du wirkst nachdenklich. Gibt es etwas, was dich bedrückt?«

Lena schaute ihren Bruder an. »Nein, eigentlich nicht. Die Hitze macht meinem Kreislauf ein bisschen zu schaffen.« Sie vermied es, ihn anzusehen.

Mads war sofort klar, dass sie schummelte. Irgendetwas lag ihr auf dem Herzen, etwas beschäftigte sie, aber sie traute sich nicht, mit Mads darüber zu sprechen.

»Du weißt, dass ich für dich da bin. Egal worum es geht, du kannst immer zu mir kommen«, unternahm Mads einen Versuch, sie aus der Reserve zu locken.

»Ich weiß, das Gleiche gilt für dich«, erwiderte sie und schaute Mads an. Ihre Augen wirkten nachdenklich, trotzdem wollte Mads nicht weiter nachbohren. Wenn Lena etwas beschäftigte, sollte sie aus freien Stücken auf ihn zukommen.

»Gibt es noch etwas, was ich wissen sollte?«, fragte Lena, als sie im Büro waren. »Uns bleiben zehn Minuten, bevor wir in die Besprechung müssen.«

»Nicht, dass ich wüsste. Ich habe dir gestern am Telefon alles mitgeteilt, was wichtig ist«, antwortete Mads. Er hatte Lena nicht extra zum Tatort gebeten, weil sie dort sowieso nichts hätte ausrichten können.

Während er noch in seinem Rechner nachschaute, ob neue Nachrichten eingegangen waren, klingelte sein Handy.

»Moin, Emma«, nahm er das Gespräch an.

»Moin, Mads, Amir hier. Ich mache nur den Anfang, damit du nicht mit Emma schimpfst, das hier ist nämlich meine Idee.«

»Warum sollte ich mit Emma schimpfen?«, fragte Mads, aber er hatte schon so eine Ahnung.

»Wir würden gern ein paar Infos wegen des Mordes an Bodo haben.«

»Verstehe. Da Emma weiß, dass ich ihr als Polizist keine Infos geben darf, hat sie darauf spekuliert, dass ich dir welche gebe?«

»Wie gesagt, es war meine Idee. Was weiß die Polizei über den Mord?«, erwiderte Amir.

»Dass es Mord war, kann ich bestätigen.«

»Komm, Mads, du weißt mehr.«

»Ermittlungsarbeit ist vertraulich.«

»Ich habe dir doch gesagt, er ist sturer als jeder Esel«, hörte er Emma im Hintergrund flüstern.

»Emma, du kannst laut reden, ich habe dich auch so gehört«, antwortete Mads. Er fand es irgendwie süß, dass Emma sich augenscheinlich nicht traute, ihn um Informationen zu bitten, diese Schüchternheit sah ihr gar nicht ähnlich.

»Ich flüstere gar nicht, dein Handy ist nur leise«, sagte sie nun lauter. »Ich wusste ja, dass du keine Infos rausrückst, aber Amir wollte unbedingt sein Glück versuchen.«

»Dann soll er Lotto spielen, da sind die Gewinnchancen höher. Gibt es sonst noch was? Ich muss nämlich arbeiten und kann es mir nicht erlauben, in Ruhe zu frühstücken, so wie ihr.«

»Woher weißt du, dass wir frühstücken?«, fragte Emma erstaunt.

»Weil Amir so laut schmatzt, dass es nicht zu überhören

ist«, witzelte Mads und unterdrückte ein Lachen, denn in Wahrheit hatte er nur geraten.

»Schlechter Scherz, Herr Johannsen. Geh ruhig in deine Besprechung und liebe Grüße an Lena.«

»Richte ich aus«, erwiderte Mads und beendete das Gespräch.

»Hast du wieder Amir und Emma geärgert?«, fragte Lena.

»Nein, habe ich nicht. Sie können es einfach nicht lassen, mich nach dem Ermittlungsstand eines aktuellen Falls zu fragen.«

Lena zuckte die Schultern. »Das ist ihr Job als Journalisten.«

»Mein Job als Polizist ist es, verschwiegen zu sein. Ich frage mich, woher die zwei schon wieder wissen, dass Bodo ermordet wurde, es stand in keiner Zeitung und es gab keine Pressemeldung.«

»Bodo kennt doch jeder in der Gemeinde.«

»Stimmt. Trotzdem, mein Gefühl sagt mir, dass Emma einen Artikel über die Sache schreibt, und das bedeutet, dass sie etwas wissen muss.«

»Wieso hast du sie nicht gefragt?«

»Weil sie im Gegenzug immer etwas erwartet. Egal, lass uns los, bevor unser Onkel schimpft.«

Sie verließen ihr Büro und gingen zum Besprechungsraum. Als sie eintraten, hatte Gustav gerade Platz genommen.

»Moin«, grüßten Gustav und die anwesenden Kollegen.

»Mads, baust du bitte die Leitung zu den Lübeckern auf?«, bat Gustav seinen Neffen.

»Bin dabei«, antwortete Mads. Sein Onkel würde das wohl nie allein hinbekommen, er war nicht bewandert in Computerdingen.

Kurz darauf erschien das Bild von Tim auf der Leinwand, der konzentriert Richtung Bildschirmkamera schaute, im Hintergrund war sein Büro in Lübeck zu sehen.

»Moin, Tim. Siehst und hörst du uns?«, fragte Gustav.

»Klar und deutlich. Ole dürfte auch gleich kommen.«

»Gut. Wir in Timmendorf sind vollzählig, dann warten wir noch kurz auf Ole.«

»Jede Wette, der holt sich ein Croissant«, bemerkte Mads. Ole hatte oft etwas zu essen während der Besprechungen dabei.

»Hat jemand was gegen mein Croissant gesagt?«, ertönte Oles Stimme, dann erschien sein Gesicht neben Tims auf der Leinwand, allerdings etwas weiter oben, da Tim fast zwei Köpfe kleiner war als Ole und deutlich schmächtiger.

»Hatte ich recht?«, fragte Mads.

»Wir haben keine Zeit für solche Scherze«, brummte Gustav und schüttelte verärgert den Kopf. »Wir suchen einen Mörder, also lasst bitte nicht den nötigen Ernst in meiner Besprechung vermissen.«

»Du hast es gehört, Mads, verärgere nicht den alten Johannsen«, stichelte Ole lächelnd und biss genüsslich ein Stück von seinem Croissant ab.

»Wie ich sehe, sind wir vollzählig, deshalb möchte ich keine Zeit verlieren«, sagte Gustav und überging damit Oles Bemerkung. Er holte kurz Luft, legte die gegeneinandergepressten Hände an die Lippen und atmete langsam aus. »Ich fange an, danach übergebe ich Ole das Wort«, begann er. »Bei dem Toten handelt es sich um Bodo Petersen, Geburtsjahr 1960, geboren in Niendorf. Er war alleinstehend, hat zuletzt mit seiner Mutter gelebt und das Haus nach ihrem Tod weiterhin bewohnt. Es gehört zu seinem Erbe. Bodo war in der Gemeinde bekannt und geschätzt, Albert und ich pflegten ein freundschaftliches Verhältnis zu ihm, wir kannten uns seit Kindestagen.«

Mads sah seinem Onkel an, dass er nachdenklich wirkte. Konnte es sein, dass ihn dieser Fall emotional stärker berührte, als er es zeigen wollte? Wie gut Gustav und Bodo wirklich befreundet gewesen waren, wusste Mads nicht.

»Bodo war ein freundlicher Mensch, der seiner Arbeit gewissenhaft nachging …«

Ole lachte auf.

»Lass das bitte, Ole, ich weiß, warum du lachst. Die Ermittlungen werden zeigen, welche Hintergründe es für das gibt, was Mads im Keller gefunden hat. Bodo hat mit siebzehn Jahren bei der Post angefangen, wir reden also von mehr als fünfundvierzig Jahren Tätigkeit bei einem Arbeitgeber. Wo finden wir heute noch so eine Loyalität? Ich lasse nicht zu, dass jemand von meinem Team oder die Kollegen in Lübeck Bodo vorverurteilen.« Gustav atmete hörbar aus.

»Ist mir nur rausgerutscht«, entschuldigte sich Ole, »das war nicht richtig. Wir werden selbstverständlich auch diesen Mordfall mit aller Professionalität behandeln.«

Wieder staunte Mads darüber, wie dünnhäutig Gustav reagierte. Es musste doch einen Grund dafür geben, nur welchen?

»Danke. Das erwarte ich übrigens nicht nur von dir, sondern von meinem gesamten Team. Es gehen keine Informationen nach draußen, ohne es mit mir abzustimmen«, sagte Gustav und warf Mads dabei einen strengen Blick zu.

»Verstehe, du meinst Emma«, reagierte er sofort.

»Mir egal, ob Emma, Amir oder wer sonst von den Medien Informationen abgreifen möchte. Die Arbeit mit der Presse darf nur über meinen Tisch gehen.«

»Ist angekommen. Nur zu deiner Information, Emma soll einen Nachruf auf Bodo schreiben, der Auftrag kommt von Tobias persönlich.«

»Sie ist Tobias' Angestellte, das interessiert mich nicht«, entgegnete Gustav knapp. »Zurück zu unserem Fall. Albert Lange und ich haben Bodo in seiner Wohnung gefunden, wir müssen den Täter nur um Minuten verpasst haben. Vielleicht kann Ole mehr dazu sagen. Von meiner Seite aus war's das vorerst.«

»Habe ich das Wort?«, fragte Ole.

»Fang an.«

Ole straffte die Schultern. »Wie ihr bereits wisst, handelt es sich bei dem Toten um den dreiundsechzigjährigen Bodo Petersen. Den Todeszeitpunkt können wir auf ungefähr 12:20 Uhr am Samstag festlegen, das ist der Zeitpunkt, als Albert Lange und Gustav die Haustür aufgebrochen haben.«

»Wann ist die Obduktion?«, fragte Lena.

»Am Mittwoch.« Ole ließ das letzte Stück Croissant in seinem Mund verschwinden, kaute kurz, dann fuhr er fort: »Mein Team hat keine Spuren gefunden, die darauf schließen lassen, dass sich vorher jemand gewaltsam Zutritt zum Haus verschafft hat.«

»Aber das Schlafzimmer war durchwühlt«, gab Nils Schüler zu bedenken, der mit seinem Kollegen Carsten Meinke Mads und Lena unterstützte.

»Das stimmt. Der Täter kann durch das bodentiefe Fenster im Schlafzimmer eingetreten sein. Es könnte offen oder zumindest auf Kipp gestanden haben, was bei den aktuellen Temperaturen nicht weiter verwundern würde. Spuren, die darauf hindeuten, haben wir nicht ausmachen können.«

»Oder der Täter wollte damit von dem eigentlichen Grund, warum Bodo ermordet wurde, ablenken«, überlegte Mads laut. Er wollte sich noch nicht darauf festlegen, dass sie es mit einem Einbruch zu tun hatten.

»Wäre denkbar, das herauszufinden, ist deine Aufgabe.«

»Ole, was hast du noch?«

»Das Opfer wurde durch einen Messerstich in den Hals ermordet, es kam zum Tod durch Verbluten. Wir haben keine Spuren gefunden, die auf einen Kampf hindeuten, weder Fasern noch Hautpartikel unter den Fingernägeln. Aber auch hier müssen wir die Obduktion abwarten. Ich könnte mir vorstellen, dass das Opfer den Täter entweder beim Einbruch überrascht und gestellt hat, wobei es zu dem tödlichen Messerstich kam, oder Opfer und Täter kannten sich und das durchwühlte Schlafzimmer war ein Ablenkungsmanöver.«

»Wenn es ein Ablenkungsmanöver war, kann das nur bedeuten, dass der Täter es nach dem Mord getan hat. Es ergibt keinen Sinn, dass er das Schlafzimmer vor der Tat durchwühlt«, wandte Lena ein.

»Klingt logisch«, stimmte Gustav seiner Nichte zu. »Wie gesagt, wir müssen den Täter knapp verpasst haben. Ole, wie lange kann ein Mensch mit einer offenen Stichwunde im Hals überleben?«

»Einige Minuten halte ich für realistisch«, antwortete Ole. »Ich hoffe, die Obduktion gibt uns eine Antwort darauf.«

»Nach einem Messerstich in den Hals müsste doch überallhin Blut spritzen, da sind lauter wichtige Adern«, fuhr Gustav fort.

»Sollte es«, bestätigte Ole, »und du fragst dich sicher, ob der Täter nicht einiges von dem Blut abbekommen haben müsste.«

»Genau. Wenn er durch die Haustür, den Keller oder durch eines der Fenster geflohen ist, wäre es doch wahrscheinlich, dass wir da Blutspritzer finden.«

Ole zuckte die Schultern. »Haben wir aber nicht. Weder an den Fenstern noch an der Haustür oder im Keller.«

»Seltsam.«

»Nicht unbedingt, er könnte Handschuhe getragen und sie ausgezogen haben. Oder er wurde nicht von den Blutspritzern getroffen. Soviel ich weiß, wurden keine Schuhabdrücke in der Blutlache um das Opfer gefunden. Vielleicht wurde auch nur seine Kleidung beschmutzt. Ich denke, wir sollten nicht zu viel Energie damit verschwenden, herauszufinden, wie der Täter unbemerkt entkommen konnte«, sagte Mads.

»Du hast recht«, stimmte Gustav zu, »wir sollten das im Auge behalten, aber tatsächlich nicht zu viel Zeit mit der Beantwortung dieser Frage verbringen. Dennoch ärgert es mich, dass Albert und ich den Täter um Minuten oder möglicherweise Sekunden …« Gustav brach ab. »Nein, es müssen mindestens zwei Minuten gewesen sein. Albert hat versucht, einen Eingang durchs Fenster zu finden, und sich deshalb auf dem Grundstück umgeschaut. Ihr habt auf dem Rasen oder im Garten keine Schuhabdrücke gefunden, richtig?«

»Das stimmt. Was nicht heißt, dass der Täter nicht durchs Schlafzimmerfenster oder die Terrassentür im Wohnzimmer geflohen ist, dort liegen Steinfliesen und bei dem trockenen Wetter finden sich darauf keine Spuren. Sollen wir das Grundstück ein zweites Mal absuchen? Noch ist der Tatort versiegelt.«

»Nein, das hat keinen Sinn. Es ärgert mich nur, dass wir zu spät waren und kein Nachbar etwas gesehen haben will – in Niendorf, am helllichten Tag.« Gustav massierte seine Stirn.

»Bei dem Sommerwetter sind die meisten halt am Strand«, entgegnete Mads. »Ist die Befragung aller Nachbarn denn abgeschlossen?« Er selbst hatte einige von ihnen bereits aufgesucht, aber die meisten waren zur Tatzeit am Strand gewesen oder hatten nichts mitbekommen. Die übrigen Anwohner sollten durch die Kollegen von der Streife befragt werden.

»Ja, niemand hat etwas gesehen«, antwortete Gustav verstimmt. »Wurde denn etwas aus dem Haus entwendet?«

»Das Handy haben wir nicht gefunden und auch die Geldbörse fehlte. Ob weitere wertvolle Gegenstände geklaut wurden, können wir nicht sagen, da wir keine Auflistung davon haben. Mein Eindruck ist allerdings, dass nichts weiter abhandengekommen ist.«

»Vielleicht war es tatsächlich ein Einbruch und der Täter ist durch Gustavs Klingeln aufgeschreckt worden?«, warf Carsten ein.

»Das halte ich für ausgeschlossen«, antwortete Gustav.

»Warum?«

»Wie hätte er aus dem Haus fliehen sollen? Albert hat sich

alle Fenster angeschaut, die waren verschlossen und vor der Haustür stand ich.«

»Nicht alle Türen waren verschlossen. Die Kellertür war offen«, gab Ole zu bedenken.

»Ihr habt aber keine Fingerabdrücke an der Tür sichergestellt?«, erkundigte sich Lena.

»Doch, haben wir, die werten wir noch aus. Sie müssen allerdings nicht zwingend vom Täter stammen.«

»Albert hat den Keller von außen nicht überprüft, er war nervös und hat wohl nicht daran gedacht und ich habe ihn nicht darauf angesprochen«, erklärte Gustav. »In der Tat wäre das aber eine Fluchtmöglichkeit, sollten wir ihn überrascht haben. Der Täter müsste sich dann über das Schlafzimmer Zutritt zum Haus verschafft haben, weil er wohl davon ausging, dass Bodo nicht da war.«

»Vielleicht hat er Mittagsschlaf gemacht?«, überlegte Carsten.

»Das Bett war unbenutzt. Außerdem würde sich das mit der Annahme beißen, dass der Täter durchs Schlafzimmer eingestiegen ist«, antwortete Ole. »Wenn ihr mich fragt, solltet ihr das mit dem Einbruch erst mal nicht weiterverfolgen. Es gibt zu viele Fragezeichen.«

»Ole hat recht. Wir behalten das im Hinterkopf. Ein Einbruch am Samstag mitten am Tag ergibt keinen Sinn. Einbrecher beobachten die Häuser, in die sie einbrechen wollen, und achten darauf, dass niemand anwesend ist.« Wieder rieb sich Gustav die Stirn.

»Manchmal macht Gelegenheit Diebe«, bemerkte Nils. »Bodo hätte auch im ersten Stock sein können, da ist der Computer. Möglich, dass er gezockt hat. Vielleicht kann Tim etwas Licht ins Dunkel bringen.«

»Noch ist Ole dran«, entgegnete Gustav. »Ole, hast du weitere Infos für uns?«

»Ehrlich gesagt, war es das. Wir müssen abwarten, was das

Labor für Ergebnisse liefert und ob wir bei DNA und Fingerabdrücken eine Übereinstimmung in unseren Datenbanken finden. Außerdem steht natürlich noch die Obduktion aus.«

»Informiere uns bitte, sobald du Näheres hast.«

»Mach ich sowieso.«

Gustav nickte und knetete seinen Daumen. »Tim, du kannst.«

Etwas beschäftigte seinen Onkel, das spürte Mads genau. So nervös und aufgewühlt hatte er ihn schon lange nicht mehr erlebt.

»Danke. Ich habe versucht, das Handy zu tracken«, begann Tim.

»Woher hast du die Handynummer? Hat es funktioniert?«, wollte Carsten wissen.

»In der Wohnung haben wir noch ein zweites Handy gefunden, das der Mutter. Der Akku war leer, aber nachdem ich es ans Netz angeschlossen hatte, konnte ich die Nummer im Adressbuch leicht finden.«

»Wer behält denn das Handy der toten Mutter?« Carsten verzog das Gesicht. Mads fand diese Vorstellung nicht weniger schräg.

»War die Rufnummer nicht in der Datenbank des Bürgerbüros hinterlegt?«, erkundigte sich Nils.

»Nein, und warum das Opfer das Handy der Mutter noch aufgehoben hatte, kann ich nicht einschätzen. Die Nummer des Opfers war auf jeden Fall nicht zu erreichen, auch konnte ich das Gerät nicht orten, daher gehe ich davon aus, dass der Täter es vernichtet hat.«

»Vielleicht hatten Täter und Opfer darüber Kontakt gehabt und deswegen wurde es vernichtet?«, überlegte Lena.

»Guter Einwurf«, pflichtete Gustav seiner Nichte bei. »Tim, haben wir irgendeine Möglichkeit, an die Daten auf dem Handy zu kommen?«

Tim zuckte die Schultern. »Der Desktoprechner ist nicht

mit dem Handy verbunden, ansonsten gäbe es noch die Möglichkeit, die Daten aus der Cloud zu synchronisieren.«

»Verstehe. Konntest du den Rechner hacken?«

»Das war nicht schwierig, das Passwort war der Vorname der Mutter.«

»Kann es sein, dass der Postbote ein Muttersöhnchen war?«, scherzte Carsten, doch als er Gustavs strengen Blick sah, zuckte er kurz zusammen.

»Hast du etwas Nennenswertes auf dem Rechner gefunden?«

»Nichts, was erklären könnte, warum er ermordet wurde. Ich konnte die besuchten Webseiten rekonstruieren, aber da war nichts Ungewöhnliches dabei. Das Opfer spielte gern Online-Rollen- und Ballerspiele, dafür war er auf einigen Portalen angemeldet. Die Daten analysiere ich noch, in den nächsten Tagen dürfte es Ergebnisse geben.«

»Gut. Auch dich möchte ich bitten, mich sofort zu kontaktieren, sobald die Informationen vorliegen«, sagte Gustav.

»Mach ich. Das war es vorerst von mir. Übrigens habe ich in unserer und anderen Polizeidatenbanken nichts über das Opfer gefunden. Nicht einmal einen Strafzettel.«

»Da gibt es auch nichts zu finden, weil Bodo ein vorbildlicher Bürger war«, entfuhr es Gustav. »Konzentriere dich bitte nur auf den Rechner und einen möglichen Täter.«

Tim nickte. »Ich wäre dann fertig.«

»Danke dir.« Gustav wandte sich von der Leinwand ab. »Mads, was hast du?«

»Leider kaum etwas. Die Nachbarn, die ich befragt habe, haben nichts gesehen oder waren zur Tatzeit am Strand. Es bleibt nur der Keller, der jede Menge Fragen offenlässt.«

5

»Ich habe dir doch gesagt, dass Mads nichts rausrückt«, sagte Emma. »Den Anruf hätten wir uns schenken können.«

»Ärger dich nicht, Süße. Hätte ja sein können, dass Mads uns mal gnädig gestimmt ist.«

Emma schnaubte. »Der? Dass ich so was mal aus deinem Mund höre. Du bist doch derjenige, der immer sagt, dass Mads nur an sich denkt.«

»So unrecht hat Amir damit nicht. Mads denkt nur an Mads«, bestätigte Jule, die in diesem Moment an ihren Tisch auf der Terrasse der *Seaside Lounge* trat.

»Das stimmt so nicht ganz. Wenn ich sehe, wie selbstlos er gegenüber Lena oder seiner Oma ist, sagt mir das, dass ein weiches Herz in seinem gestählten Körper steckt«, entgegnete Emma.

»Dann zeigt er es eben anderen und uns nicht.« Amir presste die Lippen zusammen.

»Mein Tipp an euch: Zerbrecht euch nicht den Kopf über Mads«, erwiderte Jule. »Möchtet ihr beiden Hübschen noch was?«

»Ich nehme einen O-Saft«, antwortete Amir, Emma schloss sich dem an und Jule entfernte sich.

Amirs Handydisplay leuchtete auf, er hatte eine Nachricht bekommen.

»Deine Nachbarin?«, fragte Emma.

»Richtig erkannt. Sie war gerade mit dem Hund Gassi. Wir dürfen sie in einer halben Stunde besuchen.«

Nachdem Amir die Nachbarin zuvor nicht erreicht hatte,

hatte er ihr eine Nachricht geschrieben und vorgeschlagen, die Wartezeit in der *Seaside Lounge* zu überbrücken.

Als Jule die beiden O-Säfte brachte, zog eine Frau Emmas Aufmerksamkeit auf sich, sie schien einen freien Platz auf der Terrasse zu suchen.

»Hallo, Victoria«, machte sich Amir bemerkbar.

Emma passte das nicht so recht, sie wollte Victoria nur ungern bei sich am Tisch haben.

»Hallo! Du bist doch Amir und du Emma«, antwortete Victoria freundlich und reichte beiden die Hand zur Begrüßung. Sie hatten sich bereits vor einigen Wochen kurz kennengelernt, aber noch nicht viel miteinander gesprochen.

»Möchtest du dich nicht zu uns setzen?«, fragte Amir.

»Ich möchte euch nicht stören.«

»Das tust du nicht, im Gegenteil, wir würden uns freuen. Wird eh höchste Zeit, dass wir Mads' Freundin näher kennenlernen, schließlich werden wir uns noch öfter über den Weg laufen.«

Victoria lächelte. »Dann gern.« Sie setzte sich. »Ich wollte etwas frühstücken, wie schaut es mit euch aus?«

»Wir haben schon. Wir sitzen hier nur unsere Zeit bis zum nächsten Gespräch ab.«

»Sagt nicht, dass ihr über den toten Postboten recherchiert?«

»Doch, genau das. Wir hatten deswegen auch schon mit Mads ein Telefonat. Wie kommt es, dass er mit dir darüber gesprochen hat?«, erkundigte sich Amir.

Emma verfolgte das Gespräch schweigend, sie wurde das Gefühl nicht los, dass Amir sie an den Tisch geholt hatte, um sie auszufragen.

»Wirklich viel hat er nicht erzählt, nur dass sein Onkel und Albert wohl ein sehr persönliches Interesse an dem Fall haben«, antwortete Victoria.

»Warum das?«

»Ich weiß es nicht, aber Gustav soll am Tatort ebenso wie Albert ziemlich nachdenklich und dünnhäutig gewesen sein. Mads hat die beiden wohl lange nicht mehr so bedrückt gesehen.«

Emma merkte auf. Steckte hinter dem Mord vielleicht eine viel größere Story als ein Nachruf und verband den Postboten möglicherweise ein Geheimnis mit dem Polizeichef und dem Bürgermeister? Eins war sicher, sie würde es herausfinden.

6

Die Geister, die ich rief, so sagt man doch. Gustav schüttelte sich, gleichzeitig lief es ihm kalt den Rücken herunter.

Seine Sorgen nahmen immer mehr zu, denn Erinnerungen, die er längst vergessen glaubte, weil er sie erfolgreich verdrängt hatte, kehrten zurück.

Konnte man die Vergangenheit überhaupt wirklich vergessen?

Nein. Die Wahrheit holte einen immer wieder ein, wenn nicht heute, dann morgen. Sie kam so oder so, man konnte ihr nicht entfliehen und sich nicht vor ihr verstecken.

Sein Herz schlug schneller und Schweißtropfen bildeten sich auf seiner Stirn. Er schloss die Augen, atmete tief ein und aus, dabei achtete er auf seinen Puls, und in der Tat beruhigte er sich langsam.

Ein Klopfen an der Tür ließ ihn aufschrecken.

»Verzeih, Cheffe, ich wusste nicht, dass du ein Nickerchen hältst«, sagte seine Sekretärin Petra Wiese auf ihre gewohnt trockene Art. »Der Herr Bürgermeister ist da und möchte dich sprechen. Soll ich ihn wegschicken?«

»Natürlich nicht. Außerdem habe ich nicht geschlafen, ich war nur in Gedanken.«

»Er hat geschlafen, Frau Wiese, ich kenne doch meinen alten Freund«, widersprach Albert, der nun durch die Tür trat. »Wären Sie so freundlich, uns zwei Espresso zu bringen? Für die Schlafmütze bitte einen besonders starken.«

Gustav seufzte nur, er hatte gerade keine Lust, mit seiner Sekretärin und Albert eine sinnfreie Diskussion anzuzetteln.

Petra verließ den Raum und Albert nahm ihm gegenüber vor dem Schreibtisch Platz.

»Es wartet viel Arbeit auf uns«, sagte Albert und seine Stimme wurde plötzlich ernst, sein Lachen wich einer besorgten Miene.

»Ich weiß.«

Es klopfte kurz an der Tür und Petra brachte die Espressi, danach verließ sie den Raum.

Gustav leerte seine kleine Tasse mit einem großen Schluck, anschließend ließ er den Keks in seinem Mund verschwinden, verzichtete aber aus gegebenem Anlass auf die kleine Auszeit mit geschlossenen Augen, die er sonst jetzt genoss.

»Ich hatte ein Telefonat mit dem Leiter der Poststelle, sie fordern die ungeöffnete Post an«, begann Albert.

»Der Tatort ist versiegelt, so lange verlässt kein potentielles Beweisstück das Haus«, erwiderte Gustav. In einem Kellerraum hatte Mads hunderte ungeöffnete Briefe und Pakete gefunden. Der Raum war vollgestopft damit.

»Wie soll die ganze Post in Verbindung mit dem Mord stehen? Es sieht doch eher danach aus, dass Bodo überfordert war, und ich weiß auch, warum.«

»Und zwar?«

»Weil er den Tod seiner Mutter weder verkraftet noch verarbeitet hat. Beim Anblick ihres Schlafzimmers hatte man doch den Eindruck, sie würde weiter in dem Haus leben, das war schon gespenstisch.«

Gustav verschränkte die Arme vor der Brust. Der Gedanke war nicht von der Hand zu weisen.

»Meine Mitarbeiter von der Streife werden sämtliche Briefe und Pakete auf ihren Zeitstempel hin überprüfen. Ich möchte wissen, wann Bodo angefangen hat, die Post im Keller zu verstecken.«

»Die Arbeit können sich deine Leute sparen. Jede Wette, dass das kurz nach dem Tod der Mutter passiert ist. Deswegen kam auch das Einschreiben nie bei mir an.«

»Mag sein, aber ich muss es genau wissen. Wie regierst du eigentlich deine Gemeinde bei dieser Larifari-Einstellung.«

»Das ist kein Larifari, ich möchte nur nicht, dass du deine knappen Ressourcen verschwendest. Du beklagst doch immer, dass deine Dienststelle unterbesetzt ist.«

»Trotzdem ist das kein Grund, schludrig zu sein.«

»Du bist der Boss.« Albert hob die Schultern. »Wann genau ist die Mutter gestorben?«

»Am 14.11.2019.«

»Also vor fast vier Jahren. Mich wundert, dass in all der Zeit niemandem aufgefallen ist, dass Post gefehlt hat.«

»Dir ist es doch auch nicht aufgefallen«, erwiderte Gustav.

»Weil ich immer alle Post bekommen habe.«

»Ich auch.«

»Ich meinte eher die Filiale«, erklärte Albert. »Denen muss doch was zu Ohren gekommen sein. Es müssten sich reihenweise Bürger der Gemeinde dort gemeldet haben, weil sie keine Post erhalten.«

Gustav hob die Handflächen. »Diese Frage solltest du nicht mir, sondern dem Filialleiter stellen.«

»Habe ich getan, ich mache meine Hausaufgaben.«

»Was hat er geantwortet?«

»Er will dem nachgehen, auch wenn er sich nicht daran erinnern kann, dass es viele Beschwerden wegen fehlender Zustellung gegeben hat. Er ist der Meinung, dass alles im Rahmen der bundeseinheitlichen Fehlerquote liegt.«

»Bundeseinheitliche Fehlerquote nennt man das also«, wiederholte Gustav sarkastisch.

»Wir müssen aufpassen, dass uns das nicht um die Ohren fliegt. Ich habe nachher noch ein Gespräch mit Tobias. Sein Vater war mit Bodos Vater befreundet.«

»Worauf willst du hinaus?«

»Er soll Frau Falk an der kurzen Leine halten.«

»Tobias hat Emma mit einem Nachruf beauftragt, um Bodos Verdienste für die Gemeinde zu würdigen.«

Alberts Mundwinkel hoben sich. »So hab ich das gern. Ein Nachruf ist genau das, was Bodo verdient, und die Falk kommt dabei nicht auf dumme Gedanken. Als Bürgermeister dieser Gemeinde sollte ich da wohl auch ein paar Worte verlieren.«

Gustav sah seinen langjährigen Freund erstaunt an. »Du willst Emma ein Interview geben?«

»Ja, warum nicht.«

»Du kannst sie doch nicht leiden.«

Albert winkte ab. »Hier geht es um Bodo und einen würdigen Nachruf. Ich bin Profi genug, um meine Antipathie gegenüber Frau Falk im Zaum zu halten, wenn es um das Wohl meiner Gemeinde geht. Außerdem ist es das Beste, was uns passieren kann, oder nicht?«

»Uns?« Gustav konnte seinem Freund nicht folgen.

»Ja, uns. Frau Falk soll keine Möglichkeit haben, in Bodos Vergangenheit zu schnüffeln. Wenn ich ihr das Interview gebe, wird sie glauben, dass Bodo nichts weiter war als ein Postbote, der nach dem Tod seiner Mutter überfordert war.«

»Was machen wir, wenn das nicht klappt?«

»Dann müssen wir uns was ausdenken, oder willst du tatsächlich die Geister der Vergangenheit heraufbeschwören? Das könnte gefährlich für uns werden.«

»Nein, natürlich nicht. Vielleicht sollte ich Emma auch ein Interview geben.«

Albert zeigte seine weiße Zahnreihe. »Gute Idee.«

7

Timmendorfer Strand

»Warum tötet jemand einen Postboten?«, sagte Lena und sah nachdenklich auf das Whiteboard an der Wand ihres Büros, auf dem sie und Mads die bisher gesammelten Hinweise und Informationen angeheftet hatten.

»Das müssen wir herausfinden«, erwiderte Mads. »Ist dir aufgefallen, dass Gustav irgendwie angespannt wirkte?«

»Ja. Er und Bodo kannten sich gefühlt ihr ganzes Leben, das schüttelt man nicht so einfach ab.«

»Dann sollten wir mal mit Gustav reden.«

»Worüber?«

»Über Bodo und mit wem er engeren Kontakt hatte. Wir haben bislang keinerlei Hinweise und irgendwo müssen wir ja anfangen.«

»Du hast recht. Jetzt gleich?«

Mads stand auf. »Klar, es sei denn, du hast eine bessere Idee.«

»Gerade nicht.«

Sie verließen das Büro und gingen zum Vorzimmer von Gustav, wo Petra sie begrüßte.

»Ah, der freundliche Teil der Johannsenfraktion. Was kann ich für euch tun?«

»Wir müssen kurz mit Gustav sprechen.«

»Der Herr Bürgermeister ist noch bei ihm, aber geht doch einfach durch.«

»Machen wir, danke«, erwiderte Mads und ging zur Bürotür.

Nach kurzem Anklopfen betraten beide das Büro. Dass Albert anwesend war, war gar nicht so verkehrt, so konnten sie ihn gleich mit befragen.

»Moin, Albert«, grüßte Mads.

»Moin, ihr beiden«, gab Albert erfreut zurück. »Sicherlich wolltet ihr zu eurem mürrischen Onkel.«

Gustav verdrehte die Augen. »Worum geht es?«

»Um genau zu sein, wollten wir euch beide sprechen«, antwortete Mads.

»Warum?«

»Es geht um Bodo. Ihr kennt ihn doch sehr gut und wir haben gerade keinen Anhaltspunkt, wo wir ansetzen sollen. Vielleicht kennt ihr seinen besten Freund oder einen anderen Kontakt, der ein bisschen aus dem Nähkästchen plaudern kann, nachdem ihr uns etwas über Bodo erzählt habt.«

Albert lehnte sich in seinem Stuhl zurück. »Viel gibt es über ihn nicht zu sagen. Wir kennen ihn zwar seit Kindheitstagen, aber ich würde das jetzt keine gereifte Freundschaft nennen. Man kannte sich, hat sich geschätzt und das ein oder andere Schwätzchen gehalten. Die Gemeinde ist überschaubar, das wisst ihr ja. Nur als Jugendliche haben wir öfter Zeit zusammen verbracht.«

»Gibt es denn gar nichts, was wir über Bodo wissen müssten?«, hakte Lena nach.

»Er war ein guter Mensch, loyal, rechtschaffen und hat nicht über andere gelästert. Man wusste immer, woran man bei ihm ist. Außerdem hat er sehr an seiner Mutter gehangen.«

»War er nie verheiratet?«

»Nein, er hat zeitlebens bei seiner Mutter gewohnt.« Albert seufzte. »Ihr Tod vor knapp vier Jahren hat ihm mächtig zugesetzt. Ich glaube, das ist auch der Grund, warum er sich so gehen lassen hat und ungeöffnete Post im Keller versteckte. Wenn ihr mich fragt, hat Bodo einfach Pech gehabt. Jemand wollte bei ihm einbrechen und Bodo hat ihn überrascht.«

Mads warf Gustav einen längeren Blick zu, ehe er sagte: »Du wirkst seit dem Mord sehr nachdenklich, Gustav. Darf ich nach dem Grund fragen?«

»Bodo und ich kannten uns ein Leben lang, logisch, dass mich das nicht kaltlässt, auch wenn wir nicht die dicksten Freunde waren.«

»Hatte Bodo mit jemandem Streit? Wisst ihr was darüber?«

»Nein, kann ich mir nicht vorstellen. Er war einer, der Streit aus dem Weg ging«, antwortete Albert.

Gustav nickte. »Dem kann ich nur zustimmen. Wäre mir neu, dass er Schwierigkeiten gehabt haben soll, aber wer kann das schon wissen. In den letzten Jahren hatte ich noch weniger Kontakt zu ihm, gerade nach dem Tod seiner Mutter hatte ich den Eindruck, dass er sich immer mehr abkapselt. Er hat sich nicht mehr bei mir gemeldet und ich mich ehrlicherweise auch nicht bei ihm. Die Arbeit frisst einen auf. Soviel ich weiß, soll Bodo hin und wieder in seine Stammkneipe gegangen sein.«

»Welche ist das?«, hakte Mads nach.

»Das *Küsteneck*. Kennst du doch.«

»Klar, in Niendorf.«

»Genau.« Gustav faltete die Hände zusammen. »Ich kümmere mich darum. Ihr solltet euch mal mit den Nachbarn über Bodo unterhalten, was für ein Mensch er war, wie er sich in den letzten Jahren verändert hat, ob er mit Besuch gesehen wurde, ob es Streitereien gab, all diese Dinge. Bisher haben du und die Kollegen von der Streife ja nur nachgefragt, ob sie zur Tatzeit eine Person auf Bodos Anwesen bemerkt haben.«

»Geht klar. Müssen wir sonst noch was wissen?«

»Nein«, antwortete Gustav und warf Albert einen kurzen Blick zu.

»Darf ich eine Bitte äußern?«, fragte Albert.

»Schieß los.«

»Mir wäre es recht, wenn wir das Ganze ruhig über die Bühne bringen könnten. Wie ihr wisst, stecken wir mitten in der Saison, und jeder Verdacht, dass wir es mit einem Serientäter zu tun haben könnten, würde die Presse auf den Plan rufen und die Touristen verschrecken.«

»Wir ermitteln immer unter dem Radar, das weißt du«, versicherte Mads, »aber was die Presse macht, darauf haben wir keinen Einfluss.«

»Sorg dich nicht um die Presse. Mit Frau Falk werde ich ein Interview führen, damit sie uns in Ruhe lässt und vor allem Bodos Ruf nicht schädigt.«

»Du gibst Emma ein Interview?« Mads konnte nicht glauben, was er da hörte.

»Ja, ich. Als Bürgermeister. Ich muss hier wohl mal etwas klarstellen, ich habe nichts persönlich gegen Frau Falk.«

Gustav hustete, als hätte er sich verschluckt und Mads unterdrückte ein Schmunzeln. Das waren ja ganz neue Töne, denn bisher hatte Albert immer versucht, Emmas Arbeit zu behindern.

»Habt ihr noch Fragen?« Gustav sah Mads und Lena an.

»Nein.«

»Was macht ihr dann noch hier?«

Mads und Lena verabschiedeten sich und verließen das Büro.

»Das war ein ganz billiger Scherz, mein Lieber. Glaubst du ernsthaft, dass mein Neffe diesen Unsinn glaubt?«, hörte Mads im Hinausgehen die Stimme seines Onkels.

Jetzt wurde es interessant. Mads zögerte ein wenig an der Tür, ließ Lena in Ruhe hinausrollen und schloss die Tür sehr langsam, dabei bemühte er sich, die letzten Worte der beiden Männer mitzuhören.

»Warum nicht? Ich will nur nicht, dass er dieser Falk Informationen steckt.«

»Mein Neffe gibt keine Informationen raus, lass diese Anspielungen«, wurde Gustav etwas lauter.

»Zum Glück hat er jetzt diese Victoria, da kann die Falk

ihn mit ihrem knackigen Körper nicht mehr bezirzen«, konterte Albert.

Lena, die den Schlagabtausch offenbar ebenfalls belauscht hatte, lachte, als Mads die Tür hinter sich schloss. »Die beiden werden sich nie ändern.«

»Streiten sich die Erwachsenen wieder?«, fragte Petra mit einem Augenzwinkern.

»Du kennst sie doch«, antwortete Lena.

»Dann bin ich beruhigt. Erst wenn sich die beiden nicht mehr streiten, müssen wir uns Sorgen machen.«

»Du hast recht«, bestätigte Mads und ging mit Lena in den Flur.

Dass Albert über Emma und ihn so sprach, passte ihm nicht, dennoch wollte er deshalb kein Fass aufmachen, es brachte ja doch nichts.

»Lass uns nach Niendorf fahren«, sagte er im Büro zu Lena.

Sie packten ein paar Sachen zusammen, nahmen ihre Waffen und machten einen kurzen Umweg über die Asservatenkammer, da Lena eine Bitte geäußert hatte.

Gut zehn Minuten später parkte Mads vor Bodos Haus. Mads stieg aus, holte Lenas Rollstuhl aus dem Kofferraum, anschließend begaben sie sich zur Haustür und zogen Einmalhandschuhe über. Dann fischte Mads den Schlüssel für das Schloss, den sie aus der Asservatenkammer mitgenommen hatten, aus der Hosentasche.

»Hätten wir Gustav nicht darüber informieren sollen?«, fragte Lena, auch wenn es ihr Vorschlag gewesen war.

»Warum? Wir sind die leitenden Ermittler. Es war eine gute Idee von dir, uns noch mal im Haus und auf dem Grundstück umzuschauen.«

Lena hatte den Tatort bisher nicht gesehen, daher war es nur naheliegend, dass auch sie sich ein Bild davon machen wollte. Nachdem Gustav die Tür aufgebrochen hatte, hatten sie ein neues Schloss eingebaut, das Mads nun öffnete. Als er die Tür aufschob, zerriss das polizeiliche Siegel, doch auch dafür hatte Mads vorgesorgt, er hatte ein neues dabei.

Sie traten ein und gingen zuerst ins Wohnzimmer. Hier war nichts mehr von dem brutalen Mord zu sehen, die Tatortreiniger hatten ganze Arbeit geleistet.

»Alles wirkt so friedlich«, bemerkte Lena. »Kaum vorstellbar, dass hier so etwas Furchtbares passiert ist, in unserem friedlichen kleinen Dorf. Da kriegt man direkt Gänsehaut.«

Mads nickte.

»Die Post ist im Keller, da komme ich wohl nicht hin, oder?«, fragte Lena.

»Die Außentreppe zum Keller ist breit und nicht so steil wie die alte Holztreppe hier, wenn es dir nichts ausmacht, trage ich dich da runter.«

»Würdest du das wirklich tun?«

»Selbstverständlich, Schwesterherz.«

»Sehr lieb von dir, danke«, erwiderte Lena, presste kurz die Lippen zusammen und schenkte Mads dann ein verlegenes Lächeln.

Sie schauten sich noch eine Weile im Haus um, ehe sie beschlossen, rauszugehen. Mads schloss die Haustür ab und versiegelte die Tür.

»Wir sollten uns kurz auf dem Grundstück umsehen, bevor wir in den Keller gehen«, schlug Mads vor, denn irgendwie musste der Täter ja geflohen sein, erst recht wenn Albert und Gustav ihn überrascht haben sollten. Möglicherweise hatten sie ja etwas übersehen.

Lena nickte und gab ihrem Rollstuhl ein wenig Schwung.

»Ole hat gesagt, dass er keine verwertbaren Schuhspuren auf dem Grundstück gesehen hat«, überlegte Mads laut.

»Weil er davon ausgeht, dass der Täter den gepflasterten

Steinweg genommen hat. Das ganze Grundstück ist von so einem Weg eingefasst«, ergänzte Lena.

»Möglich, aber schau dir das Grundstück an, es ist groß und hat eine riesige Rasenfläche. Nur der Zaun trennt das Grundstück vom Wald.«

Mads ging in die Richtung, Lena folgte in ihrem Rollstuhl.

»Die letzten Wochen hat es an der Ostsee nicht einen Tropfen geregnet. Meine Schuhe hinterlassen keine Abdrücke im Rasen«, stellte Mads fest. »Er ist richtig kurz gemäht, nicht mal abgeknickte Grashalme sind zu erkennen.«

Mads bückte sich und strich vorsichtig über die Struktur des Rasens. »Nichts. Über diesen Weg könnte er unbemerkt verschwunden sein. Der dahinterliegende Wald würde ihm Sicherheit geben.«

Mit schnellen Schritten ging Mads zum Zaun, Lena gab ihrem Rollstuhl kräftig Schub.

»Das würde auch erklären, warum Albert und Gustav den Täter nicht gesehen haben«, fuhr Mads fort.

»Wenn er denn wirklich von ihnen überrascht wurde. Mit einer Schnittwunde im Hals kann man einige Minuten überleben, der Täter könnte demnach schon geflüchtet sein«, gab Lena zu bedenken.

»Das stimmt, aber auch in dem Fall könnte er über den Rasen verschwunden sein. Das Grundstück ist rechts und links durch Hecken geschützt, niemand würde ihn da sehen und der Wald bietet ohnehin guten Sichtschutz.«

»Ob er auch von hier gekommen ist? Da würde ihn keiner bemerken.«

»Möglich, dann stellt sich aber die Frage, ob der Täter sich Bodos Anschrift gezielt ausgesucht hat, weil er ihn kannte.«

»Glaubst du, es hatte jemand eine Rechnung mit ihm offen?«

»Ich weiß es nicht. Warte hier, ich schau mich kurz hinter dem Zaun um«, erwiderte Mads und sprang auf die andere Seite.

Wenn seine Theorie stimmte, könnte der Täter hier in der Eile etwas verloren haben, der Zaun war hoch und in der Hektik konnte man schnell mit dem T-Shirt daran hängen bleiben oder es konnte einem etwas aus der Hosentasche fallen.

Mads schaute sich den Boden genauer an, wischte mit der Hand ein paar Blätter zur Seite, doch er fand nichts.

Er trat einen Schritt nach vorn und untersuchte den Boden wieder gründlich.

Nichts!

»Hast du was?«, fragte Lena.

»Leider nicht, das muss aber nichts heißen. Gut möglich, dass er einfach nichts verloren hat.«

Mads suchte weiter – vergeblich.

»Du suchst die Nadel im Heuhaufen«, murmelte er zu sich, also beschloss er, umzukehren, als etwas seine Aufmerksamkeit auf sich zog: der abgeknickte Zweig eines Brombeerstrauchs.

Mads trat näher heran und bemerkte, dass noch weitere abgeknickt waren.

»Das kann nur unser Täter gewesen sein«, sagte er. Für ihn sah es nicht so aus, als wäre der Schaden von Tieren verursacht worden.

Plötzlich entdeckte Mads noch etwas anderes: Blut!

8

Niendorf

»Diese Victoria ist nicht auf den Kopf gefallen«, stellte Amir fest, als er und Emma auf dem Weg zu seiner Nachbarin waren. Ebenso wie Emma wohnte er unweit der Redaktion in Niendorf.

»Dazu sieht sie auch noch ziemlich gut aus«, fügte Emma hinzu.

»Eine gefährliche Kombination für einen Mann. Es verlieben sich immer die falschen Frauen in Mads.«

»Sie hat auf mich nicht den Eindruck gemacht, als wäre sie ein naives Küken. Sie wird Mads schon Paroli bieten«, widersprach Emma.

»Das glaube ich auch. Irgendwie mag ich sie. Sie wirkt weder zickig noch überheblich. Wäre schade, wenn Mads ihr das Herz bricht. Ich hoffe, er meint es ernst mit ihr.«

»Bestimmt. Bei Jil und Daniela war Mads anders. Ich glaube, ihm ist es ernst mit ihr«, erwiderte Emma und bekämpfte den Drang, Victoria nicht zu mögen. Dabei hatte Amir recht, Victoria war eine tolle Frau, zumindest war der erste Eindruck von ihr sehr positiv gewesen. Sie war eine Frau, mit der Emma sich eine Freundschaft vorstellen konnte, auch wenn sie eifersüchtig auf sie war, da nun Victoria Mads' volle Aufmerksamkeit genoss und nicht mehr sie.

Du hast Stefan, ermahnte sie sich sofort. *Wenn jemand deine Gedanken lesen könnte, würde er glauben, du bist voll der Psycho.*

Das kleine Feuer, das noch immer in ihrem Herzen für Mads brannte, hatte keine Zukunft.

»Wir sollten Victoria in unserer Mitte aufnehmen, selbst Jule mag sie«, fuhr Amir fort.

»Warum sollte Jule sie nicht mögen?«

»Du machst wohl Witze.« Amir schaute Emma mit seinen großen braunen Augen an. »Jule war seine letzte feste Freundin und insgeheim hat sie sich noch immer Hoffnungen gemacht.«

Emma schüttelte den Kopf. »Das glaube ich nicht.«

»Süße, ich kenne Jule.«

»Aber sie hat doch gerade erst Norman …«

»Der ist bloß eine Sexgeschichte«, unterbrach er Emma. »Norman ist nett, er hat einen geilen Body, aber er kann Mads ja wohl niemals das Wasser reichen. Was glaubst du eigentlich, warum Jule seit der Trennung von Mads immer noch Single ist?«

»Weil sie den Richtigen sucht.«

»Du bist manchmal sehr naiv für eine Starjournalistin«, lachte Amir. »Ich hab dich trotzdem lieb.« Damit gab er ihr spontan einen Kuss auf die Wange.

Emma schwieg. Was Amir gesagt hatte, beschäftigte sie mehr, als sie sich eingestehen wollte. Sie wusste, dass Mads Jules große Liebe war, doch dass sie sich noch immer Hoffnungen bei ihm machte, wollte sie nicht glauben, zumal Jule ihre beste Freundin war. Zudem: Wie hätte sie selbst jemals mit Mads zusammenkommen können, wenn Jule noch Gefühle für ihn hatte? Diesen Move hätte Jule ihr sicherlich niemals verziehen.

Warum muss mit Mads alles so kompliziert sein?

»Was bedrückt dich?«, durchbrach Amir die Stille.

»Nichts, hab nur kurz an Jule gedacht«, mogelte Emma. »Ich hoffe wirklich, dass sie über Mads hinweg ist. Kennst du denn niemanden, den wir Jule mal vorstellen könnten?«

»Leider nicht, und selbst wenn, du weißt, Jule steht nicht auf Blind Dates.«

»Stimmt. Trotzdem ist es mir unbegreiflich, dass sie niemanden für eine ernsthafte Beziehung kennenlernt. Sie sieht super aus, hat ein großes Herz und arbeitet in der Gastro, da lernt man doch ständig attraktive Männer kennen.«

»Man merkt, dass du ihre beste Freundin bist«, erwiderte Amir schmunzelnd. »Dass Jule auch zickig und bisweilen anstrengend sein kann, unterschlägst du nämlich großzügig, aber der wahre Grund ist Mads.«

»Der hat jetzt Victoria, da muss es Jule spätestens heute bewusst geworden sein, dass sie nicht mehr an Mads festhalten sollte«, sagte Emma, doch zugleich fragte sie sich, ob sie das denn selbst konnte.

»Wir sind da«, meldete Amir.

»Wo?«

»Bei mir, du verpeiltes Huhn«, lachte Amir.

Emma hatte tatsächlich nicht bemerkt, dass sie vor Amirs Wohnanlage standen, so sehr war sie von den Gedanken an Mads abgelenkt.

Amir drückte auf die Klingel und ein Summen verriet, dass sie eintreten konnten.

»Zweiter Stock. Treppe oder Fahrstuhl?«, fragte Amir.

»Treppe.«

»So liebe ich dich. Für einen Knackpo ist es nie zu spät«, erwiderte Amir und eilte vor, dabei streckte er provokativ sein Hinterteil heraus.

Tatsächlich hatte Amir einen recht ansehnlichen Hintern, was auch nicht verwunderte. In dieser Hinsicht tickte er wie Mads, er achtete sehr auf seinen Körper und ging mehrmals die Woche ins Gym.

Vermutlich ist er da sogar noch strenger mit sich als Mads, in der Homosexuellenszene ist das Aussehen so wichtig, dachte Emma, auch wenn ihr klar war, dass das ganz schön klischeehaft klang.

Als sie den zweiten Stock erreichten, wurde ihnen sogleich die Wohnungstür geöffnet.

»Kommt doch rein«, begrüßte sie eine Frau Ende fünfzig und reichte ihnen die Hand. Emma stellte sich kurz vor.

»Schuhe ausziehen?«, fragte Amir.

»Nein, ich wollte morgen eh staubsaugen und draußen ist es trocken. Geht einfach durch, du weißt ja, wo der Balkon ist. Ich bringe die Getränke.«

»Machen wir.«

Emma wusste wenig über die Nachbarin, nur dass sie Katrin Minkley hieß und aus Frankfurt stammte. Sie machte einen sympathischen Eindruck.

Amir ging voran und beide nahmen auf dem Balkon Platz.

»Du wirst Katrin mögen, sie ist total locker«, sagte Amir. »Könnte sich als Glücksfall erweisen, dass sie Bodo kannte.«

Kurz darauf kam Katrin mit einem Tablett zu ihnen, auf dem Getränke und Knabbereien standen.

»Lass mich dir helfen«, bat Amir, stand auf und nahm Katrin das Tablett ab.

»Das wäre doch nicht nötig gewesen«, sagte Emma.

»Ach was, das mache ich gern. Ich freue mich immer, wenn Amir mich besuchen kommt, das passiert viel zu selten.« Sie zwinkerte ihm zu. »Ihr beide arbeitet zusammen?«

»Genau, wir sind Journalisten bei der Ostseezeitung«, erklärte Emma.

»Meiner Lieblingszeitung.« Katrin strahlte.

»Amir meinte, dass Sie aus Frankfurt kommen?«

»Ja, ich bin 2005 der Liebe wegen nach Niendorf gezogen. Sag doch bitte Katrin zu mir, beim *Sie* komme ich mir so unglaublich alt vor.«

»Gern«, erwiderte Emma. »Hast du es je bereut?«

»Keinen einzigen Tag. Wer wie ich in Frankfurt gelebt hat, wird mich verstehen. Niendorf ist für mich das Paradies. Das Meer direkt vor der Tür und liebe Nachbarn wie Amir oder Pietro nebenan, was kann man sich mehr wünschen?« Katrin hielt kurz inne. »Deine Redeweise verrät mir, dass du auch keine gebürtige Niendorferin bist.«

»Das stimmt, ich komme aus Mannheim, bin aber in Köln großgeworden.«

»Was hat dich denn nach Niendorf verschlagen? Die Liebe?«

»Ein Urlaub«, antwortete Emma. Sie wollte Katrin nicht gleich erzählen, dass sie hier mit ihrem Verlobten Urlaub gemacht hatte und er ausgerechnet in dieser wunderbaren Gegend brutal ermordet worden war. Die Erinnerungen daran schmerzten noch immer und sie glaubte nicht, dass die Wunden jemals verheilen würden, doch trotz dieser schlimmen Zeit hatte es sie weiter nach Niendorf gezogen, und als die Stelle bei der Ostseezeitung frei geworden war, hatte sie sich sofort beworben und die Zusage erhalten.

»Eine gute Entscheidung, nach dem Urlaub gleich hierzubleiben«, sagte Katrin lächelnd. »Oder bereust du es?«

»Keinen Tag. Ich fühle mich sehr wohl in Niendorf, nicht zuletzt wegen so toller Freunde wie Amir und Pietro.«

»Freunde sind wichtig. Was nützt einem die schönste Stadt der Welt, wenn man dort keine Freunde, keine sozialen Kontakte hat?« Sie blickte die beiden an. »Aber ihr seid ja nicht hier, um bloß ein wenig zu plaudern.«

»Das natürlich auch, liebe Katrin«, erwiderte Amir. »Trotzdem hast du recht, wir möchten gern mehr über Bodo erfahren.«

Katrin machte ein betrübtes Gesicht. »Schlimme Sache. Schreibt ihr einen Artikel darüber?«

»Ich nicht, sondern Emma.«

»Wisst ihr denn schon mehr über die Hintergründe?«

Emma schüttelte den Kopf. »Die Polizei hält sich bedeckt, aber in den nächsten Tagen werden wir sicherlich noch etwas über den Mord in Erfahrung bringen. Vielleicht kannst du uns ja dabei helfen.«

»Was für einen Artikel möchtest du denn schreiben?«

»Einen Nachruf. Ich weiß, dass Bodo in der Nachbarschaft sehr beliebt war, und unser Chef Tobias möchte, dass wir einen wohlmeinenden Artikel über Bodo bringen, schließlich war er jahrelang Postbote hier im Ort, somit kannte ihn bestimmt fast jeder.«

Kaum hatte Emma ausgesprochen, zog Katrin kurz die Nase kraus. Sah sie das etwa anders?

»Bodo hat es hervorragend verstanden, die Fassade des freundlichen Postboten aufrechtzuerhalten«, sagte sie. »Sein Image war ihm total wichtig, selbst als er eigentlich Hilfe brauchte.«

»Wie meinst du das?«, fragte Amir. Er schien nicht weniger überrascht über diese Antwort als Emma. Vermutlich, weil er wie sie davon ausging, dass Katrin nur wohlwollende Worte für ihren ehemaligen Nachbarn zu sagen hätte.

»Bodo war kompliziert«, begann sie dann. »Der freundliche Postbote war er nur für die Öffentlichkeit. Privat war er verschlossen und neigte zu plötzlichen Wutausbrüchen.« Sie runzelte kurz die Stirn. »Es gab da so eine innere Unruhe in ihm, als würde ihn etwas belasten. Damals hatte ich angenommen, dass seine dominante Mutter dahinterstecken würde, aber selbst nach ihrem Tod wurde es nicht besser. Im Gegenteil, es wurde sogar schlimmer, wie ich hörte. Manchmal hatte ich das Gefühl, als würden zwei Seelen in Bodo wohnen. Die eine, die er Fremden und Freunden zeigte, und die, die ich sah. Die mir Angst machte.«

»Woher weißt du das? Wie gut kanntest du Bodo?«, fragte Amir.

Katrin antwortete nicht sofort. Erst nach kurzem Zögern sagte sie: »Ich hatte eine Affäre mit ihm.«

9

»Das war sehr gut«, sagte Gustav. Er nickte Mads anerkennend zu.

Lena hatte ihn sofort über den Fund informiert, worauf Gustav zusammen mit Albert zu dem Waldstück gefahren war.

»Wann kommt Ole?«, erkundigte sich Mads.

»Er ist verhindert, aber einer seiner Mitarbeiter, der gerade in Bad Schwartau ist, müsste gleich hier sein. Ein Kollege wartet vor der Haustür, um ihn herzubringen.«

»Glaubst du, dass das Blut vom Täter stammt?«, fragte Albert und beugte sich vor.

»Nicht anfassen«, mahnte Gustav.

»Wisst ihr was, ihr beide wartet hier auf den Kollegen von der KTU und ich schaue mich mit Lena noch mal im Haus um«, sagte Mads, und ehe einer der beiden reagieren konnte, sprang er über den Zaun.

»Der lässt dich ganz schön alt aussehen«, scherzte Albert.

»Ach, und dich nicht?« Gustav schüttelte den Kopf.

Lena, die hinter dem Zaun das Schauspiel verfolgt hatte, verkniff sich mühsam ein Lachen.

»Komm, Schwesterherz, du wolltest doch den Keller sehen.«

Lena folgte ihrem Bruder, dabei hörte sie, wie sich Gustav und Albert weiter stritten.

»Ich weiß sowieso nicht, was Albert hier macht. Als Bürgermeister kann er nicht viel zu tun haben«, bemerkte Mads.

Lena ließ das unkommentiert. Albert war Albert und Gustav konnte nicht ohne ihn, so oft er sich auch mit ihm kabbelte.

Bald erreichten sie den Nebeneingang zum Keller.

»Sicher, dass du mich da runtertragen willst?«, fragte Lena. Ihr behagte es nicht, dass ihr Bruder sie wie ein Kind huckepack nehmen musste, denn es machte ihr wieder bewusst, wie hilflos sie als Polizistin manchmal war. In diesem Moment musste sie erneut an das Angebot von Albert denken, das er ihr vor einigen Wochen gemacht hatte: Sie sollte in die Lokalpolitik gehen und seine Nachfolgerin werden. Dabei war Lena gern Polizistin, auch wenn sie kaum laufen konnte.

»Selbstverständlich«, riss Mads sie aus ihren Gedanken. »Schau dir diese Muskeln an, du bist ein Federgewicht.« Mads spannte seinen Bizeps so ruckartig an, dass er fast durchs T-Shirt schoss. Natürlich tat er das nur, um sie zum Lachen zu bringen, und das gelang ihm auch.

Mit einem geübten Griff hob er sie aus dem Rollstuhl, nahm sie auf die Arme und trug sie die Treppe herunter. Es fühlte sich tatsächlich so an, als hätte er keine Mühe damit.

Mit viel Geduld hätte Lena die Treppen auch selbst hinuntersteigen können, irgendwie, aber das hier war die einfachste und schnellste Lösung.

»Ich hol eben noch den Rollstuhl«, sagte Mads, nachdem er Lena unten abgesetzt hatte.

Die Kellertür war abgeschlossen und versiegelt, doch Mads hatte auch für diese Tür den Schlüssel und ein neues Polizeisiegel.

Er öffnete die Tür und beide traten ein. Ein leichter Kellergeruch wehte ihnen entgegen.

»Ist in dem zweiten Raum«, sagte Mads, ging voraus und öffnete die Tür.

Als Lena die Massen an Briefen und kleinen Päckchen sah, blieb ihr kurz die Luft weg. Zwar hatte sie schon Fotos von dem Raum gesehen, es aber direkt vor sich zu haben, war um einiges eindrucksvoller.

»Das muss die Post aus richtig vielen Jahren sein. Schon komisch, dass das niemandem auffällt.«

Lena rollte in den Raum. Die Post war fein säuberlich in Regalen aufgestapelt, nicht wild verstreut.

»Warum hat er das alles so sorgfältig abgelegt?«

Mads trat zu ihr. »Schlechtes Gewissen? Eine Macke, alles ordentlich zu halten? Die Wohnung sieht auch sehr sauber und aufgeräumt aus.«

Lena nahm einen Brief aus dem Regal.

»Der ist vom 22.11.2021«, sagte sie und legte ihn wieder zurück, dann machte sie eine ausladende Handbewegung. »Das dürften doch hunderte Briefe und Pakete sein.«

»Die genaue Anzahl werden die Kollegen noch herausfinden. Ich glaube aber nicht, dass wir hier die Antwort darauf finden, warum Bodo ermordet wurde.«

»Mag sein, trotzdem war es mir wichtig, das zu sehen.«

»Da hast du recht.« Mads griff nach einem ungeöffneten Paket und schüttelte es leicht. »Was da wohl drin ist?«

»Du willst es doch nicht öffnen?«

»Wen sollte das jetzt noch stören?«

»Bruderherz?«, sagte Lena streng.

Mads legte das Paket zurück.

»Hast du eigentlich in den letzten Jahren einen Brief vermisst?«, fragte Lena.

»So wenig Post wie ich bekomme, ehrlich gesagt nicht. Wenn, wären es eh nur Rechnungen gewesen. Du?«

»Ich auch nicht. Glaubst du, Bodo hatte ein System für das, was er tat?«

Mads runzelte die Stirn. »Ein System? Du meinst, dass er bei einigen Personen noch die Post ausgetragen hat, damit kein Verdacht entsteht?«

»Genau.«

»Ich weiß nicht, für mich sieht es eher danach aus, als wäre er völlig überfordert gewesen.«

Lena zog einen Brief heraus, auf dem viele Herzchen aufgeklebt waren.

»Könnte ein Liebesbrief sein«, sagte Mads.

Lena nickte. »Überleg mal, da offenbart jemand seiner Liebsten seine Gefühle in einem romantischen Brief und dieser erreicht nie seinen Empfänger. Wie traurig ist das bitte?«

»Wollen wir lesen, was drinsteht?«

»Nein, wollen wir nicht.« Während Lena den Brief zurücklegte, fragte sie sich, ob es möglicherweise doch eine Verbindung zwischen den Briefen und dem Mord gab. Sie wandte sich zu Mads um. »Vielleicht war einer der Briefe so wichtig, dass jemand dafür einen Mord begehen würde, wenn er in falsche Hände geriete.«

Mads sah seine Schwester erstaunt an. »Ein Brief aus der Unterwelt, von einem Gangster zum anderen? Vielleicht mit brisantem Inhalt?«

»Genau.«

»Wäre möglich, auch wenn es ein bisschen schräg klingt. Das würde allerdings bedeuten, dass wir alle Empfängernamen auf den Briefen und Paketen mit unserer Datenbank abgleichen oder jede einzelne Sendung öffnen müssten, um ihren Inhalt zu überprüfen.«

»Eine Heidenarbeit, für die wir sicherlich niemals die Zustimmung vom Richter bekommen werden.«

»Ich fürchte auch.« Mads verzog den Mund, dann hellte sich seine Miene auf. »Außer Tim hat eine Idee, wie man die Adressen auf den Briefen ohne viel Aufwand digitalisieren könnte.«

»Ich rufe ihn an«, sagte Lena und zog ihr Handy aus der Tasche, doch leider nahm Tim den Anruf nicht entgegen.

»Wir versuchen es, wenn wir wieder im Büro sind«, schlug Mads vor. »Möchtest du hier noch was sehen? Sonst sollten wir jetzt mit den Nachbarn sprechen.«

»Ja, lass uns das machen. Ich glaube, hier habe ich alles gesehen. Danke, dass du es mir ermöglicht hast.«

»Ist doch logisch, wir sind Partner in Crime«, antwortete Mads schmunzelnd und ging voraus.

Nachdem Mads sie wieder nach oben getragen hatte, setzten sie ihren Weg zur Vorderseite des Hauses fort.

»Als Erstes sollten wir uns mit Renate Woßlick unterhalten. Sie ist Rentnerin, und ich hatte den Eindruck, dass sie mit der Mutter von Bodo enger befreundet war.«

»Dann machen wir das.«

Gemeinsam begaben sie sich zu dem Einfamilienhaus auf der rechten Seite. Es sah sehr gepflegt aus, ein kleiner Vorgarten mit Blumen rundete das hübsche Ambiente ab.

Lena erwischte sich bei dem Gedanken, dass so ein kleines Häuschen ihr auch gefallen würde, darin könnte sie sich ein Leben mit ihren Kindern und Christian vorstellen, aber die Immobilienpreise waren selbst in Niendorf für Ottonormalverdiener nicht zu stemmen.

Mads betätigte die Klingel. Da niemand öffnete, klingelte er ein zweites Mal.

»Ich bin im Garten«, hörten sie eine Stimme rufen.

»Bei dem schönen Wetter erstaunt mich das nicht«, sagte Lena.

Sie umrundeten das Haus und gelangten in den Garten. Hier blühten noch mehr Blumen, eine kleine grüne Rasenfläche lag in der Mitte, alles wirkte sehr gepflegt. Woßlick schien eine Menge Arbeit in ihren Garten zu investieren. Momentan saß sie allerdings auf der Terrasse, vor sich eine Tasse Tee.

»Ach, Sie sind doch Mads, der Neffe von Gustav«, sagte sie und stand auf. »Wir hatten ja schon das Vergnügen.«

»Genau. Das ist Lena, meine Kollegin und Schwester«, erwiderte Mads.

»Die Ähnlichkeit zwischen Ihnen und Ihrem Onkel ist verblüffend. Wie geht es ihm?«

»Danke, gut. Wir hätten noch ein paar Fragen an Sie, zu Bodo und seiner Mutter«, antwortete Mads.

Woßlick verzog traurig den Mund. »Ich kann es noch immer nicht glauben, dass jemand Bodo ermordet hat. Er war doch so freundlich und höflich. Ein gut erzogener Junge, der seiner Mutter niemals Kummer bereitet hat.«

»Wie lange leben Sie schon hier?«, erkundigte sich Mads.

»Das Haus hat meinen Eltern gehört, ich habe es nach ihrem Tod geerbt, also wohne ich schon sehr lange hier.« Woßlick lachte. »Die Zeit vergeht schnell. Da dreht man sich einmal um und schwupps ist man Rentnerin.«

»Dann kennen Sie sich in der Nachbarschaft gut aus, oder?«

»Kann man so sagen. Ich habe Nachbarn kommen und gehen sehen. Die Petersens haben sehr lange hier gewohnt. Ich erinnere mich noch gut daran, als Mutter und Sohn hergezogen sind.«

»Was war mit dem Vater?«, erkundigte sich Lena.

»Das war eine schlimme Sache.« Woßlick seufzte.

»Inwiefern?«

»Er kam bei einem Feuer ums Leben. Die Petersens waren Bauern, sie hatten einen Hof nicht weit von hier. Nach dem Feuer ist Frau Petersen mit Bodo in dieses Haus gezogen. Damals hat sie es für einen Appel und ein Ei von der Lebensversicherung ihres Mannes gekauft, da konnte man in Niendorf noch Immobilien kaufen, heute dagegen …« Woßlick schüttelte den Kopf. »Keine Ahnung, wie sich junge Leute heutzutage ein Eigenheim leisten sollen, wenn sie nicht erben.«

»Wie war das Verhältnis der Petersens zu den Nachbarn?«

»Freundschaftlich. Die Mutter hat stets dafür gesorgt, dass Bodo sich zu benehmen wusste. Als Jugendlicher war er schon ein kleiner Raufbold, auch mal streitlustig, aber wer ist das in dem Alter nicht?«

»Hat die Mutter noch einmal geheiratet?«

»Nein, sie hat sich um Bodo gekümmert und gearbeitet. Sie war sehr fleißig, aber einen anderen Mann hatte sie nicht mehr.«

Ob Renate Woßlick einen Partner hat?, überlegte Lena. Der Gedanke, allein durchs Leben gehen zu müssen, machte ihr Angst. Sie war glücklich, dass sie Christian hatte, er war ihr eine große Stütze in allen Lebenslagen und sie vertraute ihm blind, weil sie ihn liebte und wusste, dass auch Christian sie liebte.

»Hatte Bodo Ärger mit den Nachbarn?«, fragte Mads weiter.

»Bodo?« Woßlick schüttelte den Kopf. »Nein, ganz sicher nicht. Jedenfalls ist mir nichts Derartiges zu Ohren gekommen. Bodo war unser geliebter Postbote, er hat nie Streit gesucht, war immer für einen kleinen Plausch zu haben und hat mir auch schon mal bei den Einkäufen geholfen.«

»Hat er sich nach dem Tod der Mutter verändert? Wir wissen, dass er ein sehr enges Verhältnis zu ihr hatte«, bohrte Mads weiter.

Woßlick atmete hörbar aus und schaute kurz ins Leere, dann wieder zu Mads. »Wer verändert sich nicht, wenn er einen lieben Menschen verliert?«

»Wie meinen Sie das genau?«

»Bodo hat sich zurückgezogen. Früher habe ich ihn oft im Garten gesehen, aber nach dem Tod der Mutter nur noch, wenn er draußen etwas zu erledigen hatte. Die Jalousien waren oft heruntergelassen, sogar am Tage. Auch wenn er es nicht gezeigt hat, es war nicht zu übersehen, dass der Tod der Mutter ihm schwer zusetzte. Er tat mir leid, weil ich nicht wusste, wie ich ihm helfen könnte. Deshalb hatte ich sehr gehofft, dass die Zeit auch diese Wunde heilen würde.«

»Blieb das mit den Jalousien und dem seltsamen Verhalten die ganze Zeit über so?«, hakte Lena nach, denn am Tag seines Todes waren die Jalousien laut den Polizeiberichten nicht unten gewesen, was Lena jetzt etwas verwunderte. Oder hatte sich der Täter bewusst einen Tag ausgesucht, an dem die Jalousien nicht heruntergelassen gewesen waren? Hatte er das Haus also über einen längeren Zeitraum beobachtet?

»Nein, in letzter Zeit waren sie öfter oben, das fällt mir erst jetzt auf, weil Sie es ansprechen. Vielleicht hat er endlich angefangen, zu akzeptieren, dass seine Mutter tot ist.«

»Hatte er eine Freundin?«, erkundigte sich Mads. »Eine Beziehung kann einen Menschen ja wieder auf die rechte Spur bringen, einen motivieren.«

»Das habe ich nicht mitbekommen, zumindest gab es meines Wissens nach keine Frau, die Bodo regelmäßig besucht hat. Ich hatte mir da schon Gedanken gemacht, aber es soll ja Männer geben, die nicht auf Frauen stehen.«

»Hatte er in den letzten Tagen Besuch?«

Woßlick zuckte die Schultern. »Das weiß ich nicht, ich stehe nicht jeden Tag vor der Hecke und beobachte, wer die Nachbarn besucht.«

10

»Glaubst du, dass es das Blut des Täters ist?«, fragte Albert.

Er und Gustav hatten eine kurze Pause am Niendorfer Hafen eingelegt, um sich mit einem Kaffee auf eine Bank zu setzen.

»Kann ich dir nicht sagen, wir müssen abwarten, was das Labor mitteilt. Wenn wir Glück haben, finden wir die DNA in unserer Datenbank.«

»Was gut und schlecht wäre.«

»Warum?«

»Wenn es eine Übereinstimmung gibt, würde das heißen, dass wir es mit einem vorbestraften Kriminellen zu tun haben, der im schlimmsten Fall ein kranker Serientäter sein könnte«, erklärte Albert. »Da dreht sich mir gleich der Magen um.«

»Entspann dich. Du solltest weniger Horrorfilme schauen. Hoffen wir mal, dass wir es mit einer Einzeltat zu tun haben, der zum Beispiel ein Streit vorausging.«

Albert stieß einen Seufzer aus und Gustav sah ihm an, wie angespannt er war.

»Je schneller der Fall aufgeklärt ist, desto besser für die Gemeinde und für uns.«

»Belaste dich nicht mit den alten Geschichten. Wir waren jung«, sagte Gustav, denn er wusste, woran Albert dachte. Eine Sache, der Gustav keinen Raum mehr in seinem Leben schenken wollte.

»Dass du da so ruhig sein kannst.«

Gustav zuckte die Achseln. »Was soll ich denn machen? In Panik verfallen? Verdammt, Albert, ich bin hier der Dienststellenleiter, überlass die Ermittlungen mir. Ich kriege das hin.«

Albert hob abwehrend die Hände, während Gustav fortfuhr: »Sieh zu, dass du Frau Falk das Interview gibst, dann haben wir sie abgelenkt.«

»Meine Sekretärin kümmert sich um einen Termin, allerdings habe ich auch noch mal darüber nachgedacht.«

»Da kann nichts Gutes bei rauskommen, wenn du anfängst zu denken«, stichelte Gustav.

»Witzig. Ich habe mir nur überlegt, dass du Frau Falk kein Interview geben solltest.«

»Warum?«

»Weil du der Polizeichef bist und ich der Bürgermeister dieser Gemeinde. Die Falk könnte sich fragen, warum ausgerechnet der Polizeichef ihr ein Interview geben möchte.«

»Gut, dann gebe ich ihr kein Interview«, erwiderte Gustav. Er konnte Alberts Gedankengang folgen, auch wenn er im Gegensatz zu Albert in Emmas Arbeit keine Gefahr für sie beide sah. Sein alter Freund übertrieb mal wieder, aber wenn das Interview half, dass Emma ihre Nase nicht zu tief in Dinge steckte, die sie nichts angingen, war ihm das nur recht.

»Moin«, wurden sie da von Jörn unterbrochen. »Der Herr Bürgermeister und Thors Onkel vereint, welch Freude euch beide zu sehen.« Der junge Mann war an ihrer Bank stehen geblieben und strahlte sie an.

»Moin, Jörn. Wie geht's dir?«, gab Gustav zurück. Er wusste natürlich, wen Jörn mit Thor meinte.

»Kann nicht klagen, bei dem tollen Wetter. Wie geht's euch beiden? Rettet ihr mit Mads die Welt?«

»Wir versuchen es, Jörn«, antwortete Albert.

»Schön, sehr schön.« Jörn knetete unschlüssig seine Hände, dann sagte er: »Hast du eigentlich meine Bewerbung erhalten?«

»Eine Bewerbung?«

»Ja, von der Einrichtung. Wir sollen ein Praktikum machen. Die Gemeinde hat da so ein Projekt.«

»Ach, die Bewerbung.« Albert lächelte. »Genau, einmal im Jahr verlosen wir ein zweiwöchiges Praktikum. Hast du dich dafür beworben?«

»Klar, hat jeder in der Einrichtung gemacht. Der Betreuer meinte, das wäre eine gute Sache.«

»Dann schau ich mir deine Bewerbung gern an.«

»Danke.« Nun sah Jörn zu Gustav. »Schade, dass das nicht auch bei der Polizei geht.«

»Möchtest du lieber dort ein Praktikum machen?«, fragte Albert.

Jörns Augen wurden groß. »Das wäre ein Traum! Mit Thor und seiner Familie auf Streife zu gehen, wäre der Hammer, ich würde mich sehr geehrt fühlen.«

»Weißt du was? Der Polizeichef sitzt doch neben mir. Was hältst du davon, wenn wir dir diesen Wunsch erfüllen?«

»Das würdet ihr wirklich tun?« Jörns Augen wurden noch größer. »Deswegen habe ich dich als Bürgermeister gewählt, weil du dich auch für Leute wie mich starkmachst.«

Albert zeigte sein schönstes Politikerlächeln. »Gustav, was hältst du von der Idee, Jörn in der nächsten Zeit ein Praktikum zu ermöglichen?«

»Kriegen wir hin«, brummte Gustav, obwohl er die Idee nicht wirklich überzeugend fand. Seine Ressourcen waren ohnehin schon knapp und Jörn kein Praktikant, der einfach so mitlief.

»Darf ich mit Mads zusammenarbeiten?« Jörn trippelte nervös von einem Fuß auf den anderen.

»Das sollte kein Problem sein«, antwortete Albert.

Kaum ausgesprochen, umarmte Jörn zuerst ihn und dann Gustav.

»Ihr seid meine Helden! Ich könnte schon morgen starten.«

»Nicht so schnell, Jörn. Wir müssen das erst organisieren. Wir melden uns bei dir«, bremste Gustav seinen Eifer.

Jörn lachte und strahlte übers ganze Gesicht. »Manchmal

bin ich ungeduldig, aber ich werde mich in Geduld üben, Onkel von Thor.«

»Hat Mads deine Handynummer?«, fragte Albert.

»Ja, weiser und bester aller Bürgermeister, König der Bürgermeister.«

»Dann ruft er dich an, sobald wir einen Platz für dich haben.«

»Ich werde warten. Tag und Nacht. Jetzt muss ich aber leider weiter, zu meiner Yogastunde am Strand.«

»Du machst Yoga?«

»Ja, seit Neuestem. Es hilft mir sehr, mein inneres Gleichgewicht zu finden.«

»Dann lass dich nicht aufhalten.«

Jörn verbeugte sich und ging Richtung Strand. Albert sah ihm nach und bekam sein Grinsen nicht mehr aus dem Gesicht.

»Das war pure Bosheit von dir«, kommentierte Gustav die Show, die Albert eben abgezogen hatte.

»Warum?«

»Weil du nicht die Eier hast, Jörn zu sagen, dass er den Praktikumsplatz nicht bekommt.«

»So ein Unsinn. Er will doch viel lieber zu Mads.«

»Mads ist aber kein Babysitter. Wie stellst du dir das vor, dass ich ihm Jörn zwei Wochen an die Seite stelle? Er wird ausflippen.«

Albert setzte eine unschuldige Miene auf. »Das ist jetzt deine Verantwortung. Du kannst Jörn immer noch absagen.«

»Damit du mir den Schwarzen Peter zuspielen kannst«, murrte Gustav. »Ich überlege mir was wegen Jörn. Nach den Ermittlungen, wenn wir Luft haben.«

»Danke. Du weißt, was ihm das bedeutet, und du kennst Jörn besser als ich. Er wird das jedem in der Gemeinde erzählen, voller Stolz. Ihm abzusagen, kannst du dir nicht mehr erlauben, außer du möchtest als …«

Gustav hob die Hand. »Rede nicht weiter. Da hast du mich in einen schönen Schlamassel geritten.« Er stand auf.

»Wohin?«

»In die Kneipe, arbeiten.«

Albert erhob sich ebenfalls.

»Wohin?«, fragte auch Gustav.

»Dich begleiten.«

»Ganz sicher nicht. Du hast bei polizeilichen Ermittlungen nichts zu suchen, erst recht nicht nach dem, was du mir mit Jörn eingebrockt hast.«

»Sei doch nicht so nachtragend.«

»Hast du nichts zu tun?«

»Jede Menge.«

Gustav sah Albert in die Augen. »Dann geh du arbeiten und ich gehe ermitteln.«

»Unglaublich«, schnaubte Albert, »du willst mich tatsächlich nicht dabeihaben. Jeder andere Polizeichef wäre stolz, einen aktiven Bürgermeister wie mich an seiner Seite zu haben, der sich für die Gemeinde bis zum Letzten aufopfert. Außerdem kennen wir beide Karl-Heinz, du solltest mich mitnehmen.«

»Wir treffen uns heute Abend bei Jutta zum Abendessen, nicht früher«, hielt Gustav dagegen.

»Schon verstanden. Jutta lässt mich wenigstens nicht hängen.« Alberts Handy klingelte, es war seine Sekretärin. »Ich bin unterwegs«, sagte er dann und beendete das Gespräch.

»Hast du einen Termin verschwitzt?«

»Quatsch, der Bürgermeister aus Scharbeutz hat sich in der Zeit geirrt, aber was will man auch von Frank erwarten. Keine Ahnung, wie der seine Gemeinde im Griff haben will.« Albert schüttelte den Kopf. »Wir sehen uns heute Abend bei Jutta.« Damit eilte er mit schnellen Schritten voraus, während Gustav ihm kurz nachschaute.

»Mads wird sich freuen«, murmelte er. Er konnte es noch

immer nicht glauben, dass Albert ernsthaft diesen dämlichen Vorschlag gemacht hatte.

Doch das half alles nichts, viel wichtiger war ihr aktueller Fall. Was Mads und Lena entdeckt hatten, war eine wertvolle Spur. Es war noch nicht lange her, dass der Brombeerzweig abgeknickt worden war, das hatte selbst Gustav erkannt, und der Kollege von der KTU hatte diese Annahme bestätigt, unter Vorbehalt. Dass dies Zufall sein sollte, konnte sich Gustav nach seiner langjährigen Erfahrung nicht vorstellen. Die Spur konnte nur vom Täter stammen und der musste in Eile gewesen sein.

Weil er durch mein Klingeln aufgeschreckt wurde. Er ist durch die Kellertür geflohen und in den Wald abgehauen. Unbemerkt von Albert und mir, verdammt!

Am meisten ärgerte Gustav sich über sich selbst, weil sie den Täter hatten entwischen lassen. Der Fall hätte längst aufgeklärt sein können, wenn er sich selbst am Haus umgesehen hätte, statt Albert vorzuschicken.

Doch noch während er darüber nachdachte, wusste er, dass diese Vorwürfe übertrieben waren. Er hätte den Täter genauso gut übersehen können, und er hatte Bodo retten wollen, da gab es keinen Spielraum für Spekulationen. Er hatte sich so schnell wie möglich Zugang zum Haus verschaffen müssen.

So in Gedanken versunken erreichte er die Kneipe und trat ein. Vier Gäste saßen dort, drei von ihnen kannte er.

»Moin«, grüßte er den Wirt und ging zum Tresen.

»Was machst du denn hier?«, erwiderte der und zapfte ein Pils.

»Ich wollte mit dir reden, Karl-Heinz.«

Der Wirt reichte ihm das frisch gezapfte Bier. Gustav wusste, dass er diese Einladung nicht ausschlagen durfte. Wer bei Karl-Heinz ein Bier angeboten bekam, der hatte es zu trinken, also nahm Gustav einen großzügigen Schluck.

»Du hast dich lange nicht blicken lassen«, bemerkte Karl-Heinz.

»Die Arbeit.«

»Soso, die Arbeit, und jetzt bringt dich die Arbeit wieder her.«

»So ist es.«

Karl-Heinz wischte mit seinem Lappen über die Theke. »Bist du wegen Bodo hier?«

»Du weißt es also schon.«

»Bodo war mein Freund, was dachtest du denn? Dass ich hinterm Mond lebe?«

»Dann hilf mir, zu verstehen, warum Bodo sterben musste.«

Karl-Heinz strich sich über den grauen Vollbart.

»Jetzt, wo Bodo tot ist, fragst du nach ihm.«

»Verdammt, Karl-Heinz, mach das Ganze nicht komplizierter, als es ist. Bodo ist tot und ich will den Mörder fassen.« Gustav bremste seine Emotionen. Er hatte gewusst, dass das Gespräch mit Karl-Heinz nicht einfach werden würde, da sie eine gemeinsame Vergangenheit hatten. Zugleich war ihm bewusst, dass Mads keine Informationen aus Karl-Heinz herausbekommen würde, der Wirt würde seinen Neffen einmal kauen und dann genüsslich ausspucken. Nein, wenn überhaupt würde Karl-Heinz nur mit ihm sprechen.

»Kompliziert? Bodo ist tot und du nennst das kompliziert?«

»Was habe ich dir getan, dass du es mir so schwermachst? Möchtest du nicht, dass wir den Mörder fassen?«, hielt Gustav dagegen.

Der Wirt schnaubte abfällig. »Wo waren du und der feine Pinkel von Bürgermeister, als Bodos Mutter gestorben ist? Als er euch beide so sehr an seiner Seite gebraucht hätte? Albert hat ja nicht mal die Eier, hierherzukommen.«

»Ich wollte nicht, dass er mitkommt, weil er bei den Ermittlungen nichts zu suchen hat«, verteidigte Gustav seinen Freund.

»Darüber hat er sich bestimmt nicht beschwert, er hat es

sich doch ein Leben lang leichtgemacht, indem er sich hinter deinem Rücken versteckt hat, wenn es brenzlig wurde. Elender Feigling. Kein Wunder, dass der Politiker geworden ist.« Karl-Heinz zog die Nase hoch und verzog missbilligend den Mund.

»Ich bin hier«, hörte Gustav da eine Stimme. Als er sich umdrehte, sah er, dass Albert die Kneipe betreten hatte. »Nenn mich noch ein Mal Feigling«, knurrte Albert.

Damit hatte Gustav nicht gerechnet. Es hatte seine Gründe, warum er Albert nicht dabeihaben wollte, denn in seinem Beisein könnte das Ganze schmutzig enden, und das Letzte, was Gustav in der Ostseezeitung lesen wollte, war die Schlagzeile, dass sich der Bürgermeister mit dem Wirt geprügelt hatte.

»Soll keiner sagen, ich wäre kein guter Gastgeber«, erwiderte Karl-Heinz verschnupft, als er ein Bier für Albert zapfte und ihm dann das Glas reichte.

Albert gönnte sich einen Schluck.

»Wieso vergessen wir die Vergangenheit nicht? Ja, du hast recht, Gustav und ich hätten für Bodo da sein sollen, als seine Mutter starb, trotzdem heißt das nicht, dass Bodo uns egal ist. Wir alle haben unser eigenes Leben, aber jetzt ist Bodo tot und wir alle sollten nur ein Ziel haben: den Mörder zu finden, ob wir uns leiden können oder nicht. Für Bodo.«

Der Wirt sah Albert skeptisch an, und Gustav wusste gerade nicht, ob er sich ärgern sollte, dass Albert einfach aufgekreuzt war, oder ob er ihm doch nützlich sein könnte. Er hatte zwar einkalkuliert, dass das Gespräch mit Karl-Heinz schwierig sein würde, aber mit so einer starken Ablehnung hatte er nicht gerechnet.

»Brauchst du Hilfe?«, fragte jetzt einer der Gäste an Karl-Heinz gewandt, stand auf und kam zum Tresen. Er war deutlich größer als Gustav.

»Bleib sitzen, Jürgen, ich unterhalte mich nur mit Freunden über die gute alte Zeit.«

Jürgen musterte die beiden skeptisch, dann wandte er sich wieder an den Wirt. »Kannst du mir noch ein Bier zapfen?«

»Nach dem Gespräch, gedulde dich fünf Minuten.«

»Ich bin zur Stelle, wenn die frech werden«, erwiderte Jürgen und presste die Brust heraus.

Karl-Heinz beugte sich zu Gustav und Albert vor. »Wie ist Bodo gestorben?«

»Er wurde aus nächster Nähe mit einem Messer erstochen.«

»Vermutlich haben wir den Täter sogar überrascht«, fügte Albert hinzu und nahm einen weiteren Schluck aus dem Glas.

»Ich erwarte euch zu der Beerdigung.«

»Wir werden da sein. Ich habe auch schon eine Vereinbarung mit der Ostseezeitung. Bodo kriegt einen würdigen Nachruf«, erklärte Albert.

»Das hat Bodo auch verdient, er war ein guter und beliebter Postbote und ein loyaler Freund. Nie habe ich auch nur einen Vorwurf aus seinem Mund gehört, dabei hätte ich in vielen Situationen anders reagiert. Bodo war zu gut für diese Welt.«

Gustav schaute kurz beschämt zur Seite, weil er wusste, worauf der Wirt anspielte, doch jetzt war nicht die Zeit, um über die Fehler der Vergangenheit zu sprechen. Sie suchten einen Mörder.

»Weißt du, ob Bodo Feinde hatte?«, fragte Gustav nach einer kurzen Gedankenpause. Es war wichtig, das Gespräch auf das Wesentliche zu lenken.

»Bodo? Der hat doch nie Ärger gesucht.«

»Er war aber regelmäßig in deiner Kneipe, oder?«

»Das war er. Ich hatte den Eindruck, dass das *Küsteneck* sein letzter Zufluchtsort war, nach dem Tod seiner Mutter.«

»Hat er sich in dieser Zeit verändert?«

»Was für eine Frage. Natürlich, seine Mutter war sein Halt in all den Jahren und ihr Tod kam vollkommen überraschend.

Sie war richtig fit für ihr Alter. Warum ihr Herz dann plötzlich aufgehört hat zu schlagen, kann sich keiner erklären. Aber so ist das im Leben. Im einen Augenblick lächelst du noch freundlich in die Kamera und im nächsten fällst du tot um. Immerhin war es ein kurzer und schmerzloser Tod.« Der Wirt zog erneut die Nase hoch.

»Denkst du noch an mein Bier?«, machte sich Jürgen bemerkbar.

»Verdammt, Jürgen, kannst du nicht mal fünf Minuten die Klappe halten?«, brüllte Karl-Heinz und Jürgen zuckte zusammen, anschließend widmete er sich wieder Gustav und Albert. »Glaubt ihr, dass Bodo seinen Mörder kannte?«

»Wir wissen es nicht, aber es spricht einiges dafür. Es gibt keinen Hinweis, dass bei ihm eingebrochen wurde«, erklärte Gustav.

Der Wirt nickte, er wirkte nachdenklich.

»Du sagtest, dass das *Küsteneck* sein Zufluchtsort war, da wird er sicherlich viel getrunken haben«, bemerkte Albert.

»Bodo war kein Alkoholiker.«

»So hat Albert das nicht gemeint, aber es geht doch niemand in eine Kneipe, um bloß Cola zu trinken«, reagierte Gustav etwas schärfer als beabsichtigt.

Wenn Karl-Heinz etwas wusste, sollte er endlich mit ihnen kooperieren. Gustav hatte weder eine Erklärung noch Verständnis dafür, dass der Wirt es ihnen so schwermachte. Die Vergangenheit konnte doch nicht für alles als Ausrede genutzt werden.

»Hat Bodo dir von seinen Sorgen und Problemen erzählt?«

»Der hat nur noch rumgejammert«, antwortete Jürgen ungefragt, er war plötzlich wieder am Tresen erschienen. »Karl-Heinz, zapf mir mal schnell ein Bier.«

Karl-Heinz presste die Brust heraus, machte die Augen schmal und schnaufte. »Du verpisst dich ganz schnell aus meiner Kneipe, bevor ich meine Manieren vergesse.«

»Er bleibt«, wurde Gustav deutlich. »Worüber hat Bodo gejammert?«

Jürgen schaute zu Karl-Heinz, der sich demonstrativ umdrehte und Gläser ins Regal sortierte.

»Worüber hat Bodo gejammert?«, wiederholte Gustav seine Frage.

»Über das Leben«, antwortete Jürgen. »Dass er durch den Tod seiner Mutter alles verloren hätte, dass er keinen Sinn mehr in seinem Leben sehen würde und dass die Menschen so undankbar seien. Zig Jahre wäre er Postbote gewesen, und wofür? So ein Zeugs halt.«

»Hat er von Problemen oder Ärger mit anderen Personen berichtet?«, hakte Gustav nach.

»Nein, er hat sich nur selbst bemitleidet.«

»Wie gut kanntest du ihn?«, fragte Gustav, er blieb beim Du, obwohl das eigentlich nicht seine Art war. In diesem Fall nahm er jedoch an, damit bei Jürgen eher auf offene Ohren zu stoßen.

»Nur hier von der Kneipe halt und von seiner Arbeit als Postbote. Er war ein anständiger Kerl, aber ich glaube, dass er psychische Probleme hatte. Der war mit dem Leben überfordert.«

Diesen Eindruck hatte Gustav mittlerweile auch, doch das war keine Erklärung dafür, dass jemand Bodo ermordet hatte. Es sprach eher für eine Depression und vielleicht sogar einen Suizid.

»Hier, dein Bier, dann setz dich wieder hin«, forderte der Wirt und schob Jürgen ein Glas über den Tresen.

Jürgen nahm es und ging zurück an seinen Tisch.

»Jungs, ich glaube, ich kann euch nicht helfen, ich weiß nicht, warum Bodo ermordet wurde«, fuhr Karl-Heinz dann fort. »Auch wenn er regelmäßig hier war und gern einen gebechert hat, er hat nie von Problemen erzählt.«

Gustav glaubte ihm.

»Bodo war zwar seit jeher verschlossen, aber weißt du vielleicht, ob er eine Freundin hatte?«, fragte Gustav.

»Nein, nicht dass ich wüsste. Die hätte ihm sicherlich helfen können, aus dem Loch herauszukommen. Ich kann einfach nicht verstehen, dass jemand Bodo ermordet hat. Vielleicht war es ja doch ein Einbruch und Bodo hatte halt Pech?«

»Wäre denkbar, trotzdem ermitteln wir in alle Richtungen. Gab es eine Person, mit der Bodo in letzter Zeit Kontakt hatte, von dir mal abgesehen?«

»Wenn, dann Hinrich. Mit dem solltet ihr mal sprechen.«

11

24. Juli, Niendorf

Das Wetter lud förmlich zum Joggen ein, daher hatte Emma nicht lange überlegt, ihre Sportsachen angezogen und war an den Strand gegangen.

Es war kurz nach 7 Uhr, als sie stehenblieb, weil ein Surfer ihre Aufmerksamkeit auf sich zog. Er stieg gerade aus dem Wasser, das Surfbrett unter den Arm geklemmt. Der Surfer war groß, hatte kurze dunkelblonde Haare, ein markantes nordisches Gesicht und einen sehr durchtrainierten Körper.

Ein Mann, der nur durch sein Auftreten die Blicke auf sich zog. Emma kannte den Surferboy.

»Moin, Emma, sag nicht, dass du auf mich gewartet hast«, grüßte Mads sie.

»Ich bin glücklich vergeben und ein Sixpack lockt mich nicht aus der Reserve.«

»So früh morgens schon die Schnippische raushängen lassen?« Mads lachte, seine blauen Augen blitzten fröhlich. »Was möchtest du denn von mir?«

»Wie meinst du das?«

»Ich kenne dich, du wartest nicht ohne Grund auf mich. Du willst doch auf was hinaus.«

»Nein, lieber Herr Johannsen, ich wollte bloß freundlich sein und meinem guten Freund einen angenehmen Morgen wünschen.«

Mads schaute sie nur an.

»Wir sind doch noch Freunde, oder?« Emma bemühte sich, locker rüberzukommen, aber das letzte Wort wäre ihr fast im Hals stecken geblieben, weil sie die Freundschaft zu

Mads nicht verlieren wollte, egal wie oft sie aneinandergerieten oder unterschiedlicher Meinung waren. Mads hatte einen besonderen Stellenwert in ihrem Leben und würde ihn immer haben.

»Natürlich, was für eine Frage. Du weißt, dass du mir sehr wichtig bist«, antwortete Mads. »Darf ich dich zum Frühstück einladen?«

»Gern.« Emma spürte Erleichterung.

»Du zahlst.« Er grinste.

»Geht klar«, erwiderte Emma.

»War nur ein Scherz.«

»Wusste ich. Ein Mads Johannsen lässt sich nicht von Frauen einladen.«

»Du kennst mich halt.«

»Du würdest dich kein einziges Mal einladen lassen?«

»Komm gar nicht erst auf den Gedanken, die Superemanze raushängen zu lassen, das zieht bei Mädchen wie Amir, aber nicht bei mir.«

»Da ist er wieder, der eingebildete Kerl. Außerdem ist Amir kein Mädchen, er ist manchmal mehr Mann als du.«

»Jetzt lachst du aber selbst«, erwiderte Mads gut gelaunt.

»Tue ich gar nicht.«

»Doch, deine Grübchen werden immer sichtbar, wenn du lachst«, entgegnete Mads, gleichzeitig wischte er ihr eine Strähne aus dem Gesicht.

Durch die plötzliche Nähe konnte Emma Mads' Körpergeruch wahrnehmen, er roch gut. Aber wann tat er das nicht?

Gemeinsam verließen sie den Strand und betraten die Terrasse der *Seaside Lounge*. Mads stellte sein Surfbrett ab und beide nahmen Platz.

»Wenn das mal keine Überraschung ist«, begrüßte Jule sie.

»Mads lädt mich zum Frühstück ein, also bring gleich mal den Champagner«, scherzte Emma.

»Nichts lieber als das«, gab Jule zurück.

»Kein Problem. Bring die Flasche, dann möchte ich aber auch sehen, dass Emma sie leer macht.«

Emma winkte ab. »Bring mir lieber einen Kaffee und einen Avocadotoast.«

»Was ist mit dir?«, fragte Jule an Mads gewandt, »einen Espresso, ein stilles Wasser und ein Rührei?«

»Du kennst mich«, antwortete Mads.

»Manche Männer sind halt zu berechenbar.« Jule verkniff sich ein Lachen, dann ging sie zurück ins Restaurant.

»Ihr habt bei Victoria ziemlich Eindruck hinterlassen«, bemerkte Mads.

»Sie ist wirklich nett, du kannst dir eine große Scheibe von ihr abschneiden.«

»Ich bin immer nett, wenn mein Gegenüber es verdient hat.«

Emma setzte eine bedauernde Miene auf. »Leider hat es dann wohl nie jemand verdient in der Welt von Mads Johannsen, abgesehen von Mads höchstpersönlich. Ist doch so.«

»Was wird das heute? Willst du mich den ganzen Morgen über dissen?«

»Ich werde brav sein, versprochen.«

»Schon besser. Was macht der Artikel?«

»Ich bin noch dabei, Informationen zu sammeln.« Emma beugte sich vor. »Du glaubst nicht, wer sich für ein Interview zur Verfügung gestellt hat.«

»Albert.«

»War klar, dass du es wusstest. Waren der Bürgermeister und Bodo so dicke?«

Mads zuckte die Schultern. »Niendorf ist ein Dorf. Früher war es noch kleiner, die Leute kannten sich. Außerdem war Bodo Postbote und Albert ist der Bürgermeister, da ist es nur verständlich, dass er ein paar schöne Worte zu Bodos Nachruf beisteuern möchte. Wann findet das Interview statt?«

»Heute am späten Mittag.«

»Sei nett zu ihm.«

»Ich bin immer nett. Es ist der Bürgermeister, der die Krallen ausfährt«, verteidigte sich Emma.

»Irgendwie würde ich da gern Mäuschen spielen. Ein Gefühl sagt mir nämlich, dass das nicht gut ausgeht.«

»An mir wird das Interview nicht scheitern. Habt ihr denn schon eine Spur?«

»Nein, leider nicht.«

»Habt ihr wirklich keine oder möchtest du, dass ich das nur glaube?«

Mads sah ihr direkt in die Augen. »Wir haben keine. Bodo schien ein Einzelgänger zu sein.«

In diesem Moment trat Jule an ihren Tisch und servierte die Getränke. »Frühstück kommt gleich.«

»Danke«, sagte Emma und Jule ließ die beiden wieder unter sich.

»Was ist mit dir? Was hast du herausgefunden?«, fragte Mads.

»Was meinst du?«

»Tu nicht so. Du bist doch längst dabei, Hinweisen nachzugehen, oder willst du mir erklären, dass du bisher nur Däumchen gedreht hast?«

Da war er wieder: Mads, der nur Informationen ziehen, aber selbst keine teilen wollte.

Emma fuhr sich mit der Hand über die Haare und griff dann nach ihrem Kaffee.

»Du weißt was.« Mads ließ nicht locker.

»Wie kommst du darauf?«

»Weil du plötzlich so schweigsam bist.«

»Ich trinke nur meinen Kaffee.«

Mads sah sie eindringlich an. »Emma, das ist wichtig. Ich würde dich nicht darum bitten, wenn wir selbst eine brauchbare Spur hätten, aber wir haben nichts, gar nichts. Dieser Fall ist für meinen Onkel, für Albert und die gesamte Gemeinde sehr wichtig. Irgendein Psycho hat Bodo ermordet. Wenn du was weißt, dann sag es mir. Bitte.«

Emma strich über den Henkel ihrer Tasse, sie war unschlüssig, ob Mads ihr nur etwas vorspielte oder ob sie tatsächlich in einer Sackgasse steckten. Schließlich gab sie sich einen Ruck.

»Du wirst es ja eh herausfinden.«

»Was?«

»Bodo hatte eine Affäre.«

»Eine Affäre?« Mads zog die Brauen hoch. »Seine Nachbarin hat uns gegenüber nichts von einer Frau erwähnt.«

»Weil er sie heimlich bei ihr zu Hause besucht hat. Sie ist Amirs Nachbarin.«

12

Das Gespräch mit Emma hatte sich gelohnt. Fast hatte Mads ein schlechtes Gewissen, weil er ihr nichts über ihren aktuellen Ermittlungsstand verraten hatte. Ein paar Infos weiterzugeben, hätte den Ermittlungen nicht geschadet, aber Mads wollte sich keine Vorwürfe von Gustav anhören müssen, dass er Emma gegenüber zu nachsichtig wäre, erst recht nicht bei diesem sensiblen Fall.

Überhaupt hatte Mads sich gefreut, Emma zu sehen. Auch wenn er mit Victoria zusammen war, genoss er ihre Nähe. Als sie ihn auf ihre Freundschaft angesprochen hatte, hatte sie plötzlich so verletzlich gewirkt, als wäre ihr seine Antwort sehr wichtig. Dabei stand es für Mads außer Frage, dass Emma immer einen besonderen Platz in seinem Herzen haben würde und dass er alles für sie tun würde, wie er das auch für seine Schwester, Victoria oder seine Oma tun würde.

Auch für Gustav und Albert, egal wie sehr sie dich ärgern, fügte Mads in Gedanken hinzu.

Nach dem Frühstück mit Emma war er rasch nach Hause gefahren, hatte sich für die Arbeit fertig gemacht und wartete nun im Dienstwagen vor der Wohnanlage auf Lena. Im nächsten Augenblick kam sie auch schon in ihrem Rollstuhl herausgerollt.

»Moin, Schwesterherz!« Mads begrüßte sie mit einer Umarmung und einem Küsschen auf die Wange. Nachdem alles verstaut und Lena eingestiegen war, fuhr er los.

»Das ist aber nicht der Weg nach Timmendorf«, sagte Lena sofort.

»Nein, wir besuchen die Nachbarin von Amir.«

»Wieso das? Habe ich was verpasst?«

Mads klärte sie über das Gespräch mit Emma auf.

»Interessant«, sagte Lena, nachdem er geendet hatte. »Wundert mich, dass Renate Woßlick nichts darüber wusste.«

»Nicht nur dich. Ich frage mich, welche Geheimnisse Bodo noch hatte. Vor allem, wie man eine Affäre in einem Dorf wie Niendorf geheim halten kann.«

»Wollen wir hoffen, dass Amirs Nachbarin darauf eine Antwort hat.«

Mads nickte. »Ich habe Katrin Minkley vorhin angerufen. Sie erwartet uns. Ich bin nicht weniger gespannt als du.«

»Zum Glück hat die Wohnung einen Fahrstuhl«, sagte Lena, als Mads den Rollstuhl aus dem Kofferraum holte. Sie beide kannten Amir schon länger und wussten, wo er wohnte.

Katrin Minkley erwartete sie an der offenen Wohnungstür.

»Moin. Kommen Sie doch bitte rein«, sagte sie.

Mads und Emma folgten ihr ins Wohnzimmer. Auf dem Weg dorthin registrierte Mads ein paar Bilder an der Wand und auf der Kommode. Keines davon zeigte Bodo. War die Affäre also nur von kurzer Dauer gewesen, sodass die Nachbarin von Bodo es nicht mitbekommen hatte?

»Sie sind mit Amir und Emma befreundet, richtig?«, fragte Katrin, als sie sich gesetzt hatten.

»Das sind wir. Emma hat mir erzählt, dass Sie ein Gespräch mit ihr hatten«, antwortete Mads.

»Genau, das hatten Sie am Telefon bereits erwähnt. Ehrlich gesagt, hatte ich gehofft, dass niemand von der Sache erfährt.«

»Bodo ist tot und wir ermitteln in einem Mordfall. Emma hatte keine andere Wahl, als mir von der Affäre zu erzählen. Warum wurde sie geheim gehalten?«

»Das war ganz sicher nicht meine Idee«, erwiderte Katrin sofort. »Bodo wollte das so.«

»Warum?«

»Diese Frage habe ich mir auch oft gestellt. Bodo war da etwas eigen. Manchmal war ich mir nicht sicher, ob er sich vielleicht für mich geschämt hat, aber er hat immer behauptet, dass er das nicht tue. Ich vermute mal, das lag an der Mutter.«

»Warum?«

Katrin machte eine wegwerfende Handbewegung. »Glauben Sie mir, sie war nicht der Engel, für den alle sie gehalten haben.«

»Wie kommen Sie darauf?«

»Weil sie Bodo ständig kontrolliert hat. Sie wollte immer wissen, wo er ist, und wehe, er hat nicht gespurt, dann war was los. Sie glauben ja gar nicht, wie oft Bodo alles stehen und liegen gelassen hat, um es der geliebten Mama recht zu machen.«

»Glauben Sie, dass die Mutter trotzdem von Ihnen wusste?«

»Nein, sie hat es höchstens vermutet. Bodo war hervorragend darin, Geschichten zu erfinden.«

»Hat Sie das nie gestört?«, warf Lena ein.

Mads sah seiner Schwester an, dass sie deutlich skeptischer war als er, was die bisherigen Aussagen von Katrin Minkley anbelangte.

»Welche Frau stört das nicht? Aber es war nur eine Affäre, ich war nicht in Bodo verliebt, daher war das okay für mich.«

»Wie lang ging diese Affäre?«, wollte Mads wissen.

»Knapp zwei Jahre.«

»Wann endete sie?«

»Das war zwei Monate, bevor seine Mutter starb. Ich hatte einen neuen Mann kennengelernt und mir mehr mit ihm vorstellen können, deshalb habe ich das mit Bodo beendet.«

»Wie hat er darauf reagiert?«

»Wie Bodo halt.« Sie gab ein abwertendes Geräusch von sich. Entweder geschah das unbewusst, weil sie die Trennung von Bodo noch nicht ganz verarbeitet hatte, oder sie hatte in Wahrheit nie viel von dem Postboten gehalten.

»Was meinen Sie damit?«

Katrin zuckte mit den Schultern. »Er hat nichts gesagt.« Aber nach einer kleinen Pause fuhr sie fort: »Warten Sie, doch, er hat was gesagt. Er meinte, dass es wohl am besten sei, wenn er seine Mutter nicht länger anlügen würde. Können Sie sich das vorstellen? Da sagt das Arschloch tatsächlich, dass er seine Mutter nicht belügen möchte. Warum hatte er dann nicht vorher schon die Eier, ihr reinen Wein einzuschenken? Was ist das für ein Mann?«

»Haben Sie ihm das gesagt?«

»Nein, warum? Ich hatte einen neuen Kerl, Bodo war mir egal. Ich war froh, dass er nicht mehr durch meine Gedanken spukte.«

Mads nickte. »Das mit dem anderen Mann ging aber nicht auf.«

»Wie kommen Sie darauf?«, fragte Katrin erstaunt.

»Ich sehe nichts in Ihrer Wohnung, das auf einen männlichen Partner schließen lässt.«

»Gut beobachtet. Sie sind ein fähiger Polizist.« Katrin lächelte ihm anerkennend zu. »Ich habe ihn vor zwei Monaten rausgeschmissen, weil er mich nur belogen hat. So was brauche ich in meinem Alter nicht mehr, da bin ich besser allein.«

»Hatten Sie nach der Trennung noch Kontakt zu Bodo?«, erkundigte sich Lena.

»Nein. Er hat sich nicht mehr bei mir gemeldet und ich mich nicht bei ihm, ich hatte ja diesen elenden Lügner an meiner Seite. Im Gegensatz zu ihm war Bodo ein Engel, auch wenn er ganz klare Defizite in seiner Persönlichkeit hatte, nicht aus sich herauskam, aber wenigstens hat er mich nicht angelogen oder betrogen.«

Ganz anders als Ihr letzter Partner, fügte Mads in Gedanken hinzu. Darum sprach sie vermutlich so schlecht über ihren Exfreund.

»Es gab auch keine Annäherung mehr, nachdem Sie sich von Ihrem Ex getrennt hatten? Immerhin war Bodos Mutter mittlerweile gestorben, da hätte man doch einen Neuanfang wagen können?«

Katrin lachte. »Wenn Porzellan zerbricht, kleben Sie es ja auch nicht wieder zusammen, oder? Wie gesagt, ich war nie verliebt in Bodo, aber im Bett war er eine Granate. Das mag man gar nicht glauben, wenn man Bodo kennt. Er hatte einen Schwanz wie ein Hengst.« Katrins Augen leuchteten und sie warf Mads einen so intensiven Blick zu, dass er sich unangenehm berührt fühlte, dabei war er alles andere als schüchtern. So oder so war das eine Information, die er nicht gebraucht hätte.

»Hatte Bodo Freunde?«, fragte er.

»Bodo?« Katrin hob die Augenbrauen.

»Hatte er welche?«

Sie winkte ab. »Nein, der war nur mit seinem Job liiert. Der Vorzeigepostbote. Wenn er keine Post austrug, war er am Daddeln. Der hat mehr Zeit an seinem Computer verbracht als mit mir.« Sie holte kurz Luft. »Verstehen Sie mich nicht falsch. Ich hatte allen Grund, sauer auf Bodo zu sein, aber das Ganze ist schon ein paar Jahre her und es tut mir unglaublich leid, dass er auf diese Weise sterben musste. Er war ein guter Mann, nur stand er dummerweise total unter dem Pantoffel seiner Mutter. Außerdem war da noch etwas anderes, was ihn ziemlich belastete.«

»Was denn?«, hakte Mads nach.

»Das weiß ich nicht. Manchmal stand er plötzlich total neben sich, als wären seine Gedanken an einem anderen Ort, einem sehr dunklen und kalten Ort.« Sie schüttelte sich kaum merklich.

»Glauben Sie, dass er Depressionen hatte?«, fragte Lena.

»Vielleicht. Sicher weiß ich das allerdings nicht. Depressionen sind doch noch immer eine Krankheit, über die in unserer Gesellschaft gelächelt wird. Wer gibt schon gern zu, dass in seinem Kopf etwas nicht stimmt? Möglicherweise erklärt es aber, warum er nur am Computer saß und mit deutlich jüngeren Männern gespielt hat.«

»Woher wussten Sie, dass sie deutlich jünger waren?«

»Weil ich einen von ihnen kenne.«

»Woher? Wer ist es?«, hakte Mads sofort nach.

»Ich habe Bodo mal zu ihm nach Hause gefahren, als sein Wagen in der Werkstatt war. Er heißt Manuel.«

»Wo wohnt er?«

»In Scharbeutz.«

»Was hältst du von der Frau?«, fragte Mads, als er den Dienstwagen über die Strandallee in Timmendorfer Strand nach Scharbeutz steuerte, vorbei an den vielen Villen, die hier standen.

»Ich bin unschlüssig«, erwiderte Lena. »Nur eins ist sicher, sie hätte dich gern vernascht.«

»Schlechter Scherz. Das mit dem Hengst werde ich nie wieder aus dem Kopf bekommen.«

»Nicht nur du. Wie heißt es so schön, im Alter fallen alle Hemmungen.« Lena kicherte. »Aber zurück zu deiner Frage. Ich glaube ihr nicht.«

»Inwiefern?«

»Ich habe das Gefühl, dass sie mehr für Bodo empfunden hat, als sie zugibt. Welche Frau möchte schon eine heimliche Beziehung? Erst recht in dem Alter.«

»Gute Frage. Vielleicht hätten wir sie nach einem Alibi für die Tatzeit fragen sollen.«

»Traust du ihr denn einen Mord zu? Mit dem Messer auf jemanden einzustechen, ist schon heftig.«

»Möglicherweise hatten sie Streit. Sie könnte sich Hoffnungen gemacht haben, nachdem die verhasste Mutter gestorben war, und die Nähe zu Bodo gesucht haben. Im Affekt traue ich jedem alles zu.«

Lena wiegte zweifelnd den Kopf. »Ich weiß nicht. Aber du hast recht, wir hätten sie nach einem Alibi fragen sollen. Was hältst du davon, wenn wir Amir anrufen?«

»Kann nicht schaden. Er kennt seine Nachbarin gut«, sagte Mads und wählte sogleich Amirs Nummer.

»Moin, Mads. Emma hier«, meldete sich eine weibliche Stimme.

»Hallo, Emma, ich sitze gerade mit Lena im Auto. Ist Amir in der Nähe?«

»Der ist kurz in der Küche.«

Mads lachte auf.

»Was du wohl wieder denkst.«

»Was denke ich denn?«, fragte Mads.

»Mit Küche assoziierst du doch bestimmt irgendwas Weibliches, ich kenne deinen Humor.«

»Lass mich raten, er holt für euch beide einen Kaffee.«

»Macht er. Was ist so schlimm daran?«

»Nichts. Du machst nur wieder was ganz Großes daraus.« Mads grinste, weil er es einfach zu sehr mochte, Amir oder Emma aufzuziehen, was diese mit ihm ebenfalls taten. Unglücklicherweise bekam allerdings nur er jedes Mal die volle Breitseite von Emma, wenn er einen Spruch machte.

»Du kennst doch Mads, er macht nur Spaß«, verteidigte Lena ihren Bruder.

»Ist halt nicht jeder so ein Hengst wie Mads«, reagierte Emma angesäuert.

Jetzt prustete Lena laut los und auch Mads musste sich sehr zusammenreißen, nicht laut mitzulachen.

»Was gibt es da zu lachen?«

»Verzeih, Emma, aber wir hatten gerade ein Gespräch mit Amirs Nachbarin, und die hat uns erzählt, was für ein toller Hengst ihr Ex war – im wahrsten Sinne des Wortes«, erklärte Lena.

»Ihr scherzt? Katrin Minkley? Die kam mir sehr …« Emma

brach ab, als würde sie überlegen, wie sie die Frau beschreiben sollte.

»Stille Wasser sind tief«, bemerkte Lena.

»Vermutlich.« Es raschelte am anderen Ende der Leitung. »Danke für den Kaffee, Schatz«, sagte Emma. »Mads und Lena möchten dich sprechen.«

Man hörte, wie der Hörer weitergereicht wurde, dann ertönte Amirs Stimme.

»Was kann ich für euch beiden Hübschen tun?«

»Es geht um Katrin Minkley, deine Nachbarin. Wir hatten gerade ein Gespräch mit ihr«, antwortete Mads.

»Was ist mit ihr?«

»Wie gut kennst du sie?«, reagierte Mads mit einer Gegenfrage.

»Recht gut. Hat sie etwas gesagt, was dich beunruhigt?«

»Nein, ich frage mich nur, wie glaubwürdig sie ist. Wusstest du, dass sie eine Affäre mit Bodo hatte?«

»Bis gestern ehrlich gesagt nicht«, antwortete Amir. »Ich wusste nur, dass sie öfter Kontakt zu ihm hatte, aber von einer Liebelei war da nicht die Rede.«

So viel dazu, dass Amir sie recht gut kennt, dachte Mads. Wobei, wer kannte seinen Nachbarn schon wirklich?

»Wusstest du, dass sie nach Bodo eine weitere Beziehung hatte?«

»Ja, Volkhard, den kannte ich. Er hat sie betrogen und Katrin hat ihn rausgeschmissen. Aber warum willst du das alles wissen? Du glaubst doch nicht etwa, dass sie Bodo ermordet hat?«

»Ich glaube gar nichts. Ich ermittle«, sagte Mads seinen gewohnten Spruch auf.

»Schlag dir das aus dem Kopf. Sie hat es nicht nötig, jemanden wie Bodo zu töten.«

Mads warf Lena einen kurzen Blick zu. »Sicher?«

»Ja, ganz sicher. Katrin kann so schnell nichts aus der Ruhe bringen, und überhaupt, warum sollte sie Bodo töten? Sie hat doch keinen Kontakt mehr zu ihm gehabt. Du tust ihr unrecht. Hat sie denn kein Alibi?«

»Ehrlich gesagt, haben wir sie das nicht gefragt.«

»Mads wird schludrig«, hörte er nun Emma sagen, offenbar hatte Amir das Gespräch auf laut gestellt.

»Nein, Mads wird nicht schludrig, ich habe ihr die Frage nicht gestellt, weil sie mit Amir befreundet ist«, verteidigte sich Mads.

»Du nimmst auf jemanden Rücksicht?«, konterte Emma.

»Höre ich da Sarkasmus heraus?«

»Wieso müsst ihr beide euch immer streiten?«, ging Amir dazwischen.

»Ich habe nichts gesagt, Emma hat angefangen«, erwiderte Mads.

»Wie unreife Kinder.« Amir schnaubte. »Mads, ich lege für Katrin meine Hand ins Feuer. Sie hat keinen Grund, Bodo zu töten, sie ist kein Freak, sie steht mit beiden Beinen im Leben. Außerdem hat sie uns erzählt, dass sie seit Jahren keinen Kontakt mehr zu Bodo hatte, das war nur eine Sexgeschichte.«

»Dann weißt du also von dem Hengst«, rutschte es Mads heraus.

»Nein, dass Bodo einen …«

»Sprich bitte nicht weiter«, unterbrach Emma Amirs Rede.

»Du solltest auf Emma hören«, pflichtete Mads ihr bei. Zu gern hätte er jetzt den Gesichtsausdruck von Amir und Emma gesehen.

»Das aus deinem Mund, diesen Tag muss ich mir im Kalender rot anstreichen«, stichelte Amir.

Mads nahm den Spruch gelassen hin. Amir sollte auch mal seinen Spaß haben.

»Wir sind in Scharbeutz angekommen«, meldete Lena. »Danke für eure Zeit und die Antworten.«

»Was macht ihr in Scharbeutz?«, fragte Emma sofort.

»Wir wollen uns mit Manuel Kempcke unterhalten. Bodo soll ihn öfter getroffen haben«, antwortete Lena.

»Davon hat uns Katrin nichts erzählt.«

»Das ist für deinen Nachruf auch unwichtig«, ging Mads dazwischen und beendete das Gespräch, damit Emma keine weiteren Fragen stellte, die er nicht beantworten wollte.

»War es ein Fehler, dass ich ihn erwähnt habe?«, fragte Lena. Mads sah ihr an, dass sie ein schlechtes Gewissen hatte.

»Nein, das hätte Emma auch noch selbst herausgefunden. Katrin ist Amirs Nachbarin und Emma wird sie bestimmt noch mal sprechen und sie fragen, was wir wissen wollten.«

»Glaubst du das wirklich?«, fragte Lena zweifelnd.

»Ich kenne Emma.«

Er hatte ohnehin das Gefühl, das sie es nicht bei einem Nachruf belassen würde, erst recht nicht, wenn sie hinter dem Mord eine größere Geschichte witterte, dafür war Emma zu ehrgeizig. Wie wohl das Interview mit Albert laufen würde? Mads hielt es fast für unmöglich, dass es friedlich enden würde, dafür waren die beiden zu große Sturköpfe.

In der Alten Bergstraße suchte Mads einen Parkplatz vor der Zielanschrift, einem Mehrparteienhaus, vermutlich aus den Sechzigerjahren.

»Keine Sorge, wenn es keinen Fahrstuhl gibt, gehe ich an der Promenade spazieren«, sagte Lena, als könnte sie Mads' Gedanken lesen.

Er ging nicht darauf ein, sondern holte schweigend den Rollstuhl aus dem Kofferraum und hoffte, dass Kempcke im Erdgeschoss lebte.

Sie wussten nicht viel über ihn, da Katrin ihnen nur den Namen und die Anschrift hatte nennen können. Natürlich hätten sie Tim auf ihn ansetzen oder selbst in der Datenbank nachschauen können, da Scharbeutz allerdings nur wenige Minuten entfernt lag, hatten sie beschlossen, gleich zu Kempcke zu fahren und nicht erst abzuwarten, welche Informationen sie über ihn finden konnten.

Sie traten an die Klingelanlage. Da Kempckes Namensschild ganz unten angebracht war, wohnte er aller Wahrscheinlichkeit nach im Erdgeschoss.

Mads drückte auf die Klingel.

Kurz darauf ertönte der Summer, ohne dass sich jemand vorher meldete. Als sie in den Hausflur traten, öffnete sich eine Wohnungstür.

»Moin. Sind Sie Manuel Kempcke?«, fragte Mads. Vor ihm stand ein recht beleibter Mann, der einen Kopf kleiner war als er mit seinen knapp einen Meter neunzig.

»Ja, und wer sind Sie?«

»Wir sind von der Kriminalpolizei.« Kaum hatte Mads ausgesprochen, wurde ihm die Tür vor der Nase zugeknallt.

13

»Du solltest mir dankbar sein«, bemerkte Albert, als er neben Gustav die Terrasse der *Seaside Lounge* Richtung Parkplatz verließ.

»Ich dir? Wofür?«

»Dass ich dir gestern den Arsch gerettet habe.« Er klopfte Gustav auf die Schulter.

»Du mir? Du machst wohl Witze. Glaubst du allen Ernstes, dass Karl-Heinz mich vermöbelt hätte? Mich? Niemand sollte meinen rechten Haken unterschätzen.« Gustav ballte die Faust.

»Ohne mein Zutun hätte Karl-Heinz sicherlich keine Infos rausgerückt, das weißt du genau. Ein einfaches Dankeschön würde mir schon reichen. Darfst auch gern flüstern.«

»Was ist mit Frank? Ich dachte, du hast den Termin mit dem Scharbeutzer Bürgermeister auf heute verschoben?«

»Habe ich auch, aber bis dahin bleibt mir noch reichlich Zeit, außerdem habe ich das Gefühl, dass du mich mehr brauchst und es cleverer wäre, wenn ich dich zu Hinrich begleite.«

»Gibs doch zu, du hast keine Lust auf Frank und möchtest ihm am liebsten absagen, weil du in deiner Eitelkeit gekränkt bist, dass Frank sich gestern in der Zeit geirrt hat. Du hasst es noch mehr als ich, wenn man sich nicht an vereinbarte Zeiten hält.«

»Schmarrn.«

»Seit wann sagen wir in Norddeutschland Schmarrn? Hier heißt das dumm Tüch.«

Albert lachte.

»Was gibt es da zu lachen?«

»Seid ihr Skandinavier immer so launisch?«

»Ich bin nicht launisch, ich stelle nur fest«, verteidigte sich Gustav. »Wo hast du dieses alberne Wort überhaupt aufgeschnappt?«

Albert seufzte. »Gut, gestern Abend beim Bergdoktor. Glücklich?«

»Ich kenne dich halt zu gut.«

»Nicht besser als ich dich. Sag mir lieber, was wir wegen Hinrich unternehmen.«

»Wir überhaupt nichts, ich einiges.«

»Nichts?« Albert sah ihn erstaunt an.

»Sagen wir es mal so: Du fährst jetzt in dein Büro, springst über deinen Schatten und triffst dich mit Frank, ich fahre zu Hinrich.«

»Nachdem ich dich bei Karl-Heinz rausgehauen habe?« Albert schnaubte. »Undank ist der Welten Lohn. Außerdem gebe ich vorher Frau Falk noch ein Interview. Frank muss sich gedulden.«

Mittlerweile hatten sie Gustavs Dienstwagen erreicht. Er öffnete die Fahrertür und drehte sich noch einmal zu Albert um: »Wir sehen uns heute Abend bei Jutta. Grüße an Frank und benimm dich bitte bei Frau Falk. Nur ein einziges Mal.«

Albert verdrehte die Augen. »Ich bin immer höflich. Was kann ich dafür, dass sie so ein Drachen ist? Du solltest lieber zu mir halten, du undankbarer Däne.«

»Das habe ich gehört.« Gustav verkniff sich ein Lachen und stieg ein, dann fuhr er los.

Im Rückspiegel sah er, dass Albert ihm hinterherschaute, doch Gustav würde den Teufel tun und anhalten. Albert musste lernen, dass er kein Polizist war.

Daran ist wohl Papa schuld, dachte Gustav.

Schon als Jugendlicher hatte sich Albert sehr für die Polizeiarbeit interessiert. Er hatte sogar ursprünglich Polizist werden wollen, doch dann hatte es ihn in die Politik verschlagen, und sein Vater hatte mit Albert den Pakt besiegelt, dass Polizeichef und Bürgermeister von da an Hand in Hand arbeiten sollten, um dem Verbrechen in ihrer Gemeinde den Kampf anzusagen.

Sein Vater Mikkel hatte Albert daher zu jedem Einsatz und zu den Ermittlungen mitgenommen, wenn es Alberts Zeit als Bürgermeister zuließ. Deswegen hatte er sich wohl so daran gewöhnt, mehr Polizist als Bürgermeister zu sein.

»Papa, ich glaube, du hast uns damit keinen großen Gefallen erwiesen«, murmelte Gustav.

Er vermisste seinen Vater. Auch wenn er ein strenger und gefürchteter Dienststellenleiter gewesen war, zu seinen Kindern war er anders gewesen, immer fair und gerecht.

Gustav dachte gern an seine Kindheit zurück, und in diesem Augenblick wünschte er sich nichts mehr, als seinem Vater noch einmal sagen zu können, wie sehr er ihn liebte und vermisste.

Niemand kann dem Tod entfliehen, dachte er, als er Warnsdorf erreichte und auf die Ringstraße fuhr.

Warnsdorf war das, was man mit Fug und Recht als Kaff bezeichnen konnte. Bekannt war es vor allem wegen der Nähe zum Hemmelsdorfer See und dafür, dass die Schwartauer Werke die Erdbeeren für ihre berühmte Marmelade von hier bezogen. Es gehörte zum Ortsteil Ratekau und somit zur gleichnamigen Gemeinde.

Kurz darauf erreichte er die Zielanschrift, einen Bauernhof. Kaum war er ausgestiegen, hörte er das Bellen mehrerer Hunde. Nichts Ungewöhnliches im Norden und erst recht nicht auf einem Bauernhof. Die Norddeutschen hatten schon immer einen engeren Bezug zu Hunden als zu Katzen, glaubte Gustav.

Er persönlich mochte Katzen zwar, aber Hunde waren ihm

seit jeher näher, er würde Meiko gegen keine Katze der Welt eintauschen.

Zwei Deutsche Doggen liefen jetzt auf ihn zu, als würden sie fette Beute wittern, doch Gustav blieb gelassen und bewegte sich ruhig, er zeigte keine Furcht, denn die Angst eines Menschen hätte die Hunde nur verunsichert.

Leider hatte Gustav kein Leckerli für die Hunde dabei, um sie zu beruhigen. Warum sie weiter so laut bellten, konnte er sich auch nicht erklären. Sie waren Wachhunde, doch sie hätten längst erschnuppert haben müssen, dass von ihm keine Gefahr ausging.

»Leo, Max, aus!«, hörte Gustav jemanden rufen. Ein Mann kam aus der nächstgelegenen Scheune gerannt.

Kaum hatten sie die Worte gehört, blieben die Hunde wenige Meter vor Gustav stehen.

»Verzeihen Sie, ich hatte nicht mit Besuch gerechnet. Ich war im Stall, und ich hasse es, meine Hunde auf dem Hof anzuleinen«, erklärte der Mann.

Gustav nickte und ging langsam auf die Hunde zu.

»Das sollten Sie nicht tun«, warnte der Mann, »die beiden sind gerade zu aufgewühlt.«

»Keine Sorge, ich habe selbst einen Schäferhund«, erwiderte Gustav. »Leo und Max sind unglaublich schöne Hunde.« Er beugte sich zu ihnen und streichelte sie.

Der Mann schaute Gustav erstaunt an. »Eigentlich mögen die das von Fremden nicht.«

»Hunde haben einen sehr feinen Geruchssinn, sie wissen, dass ich keine Gefahr darstelle, sondern ein Freund bin«, erklärte Gustav.

»Sind Sie Hundetrainer?«

»Ja, bei der Polizei. Mein Meiko ist Polizeihund.«

Der Mann hob die Brauen. »Polizei? Wie kann ich Ihnen helfen?«

»Sind Sie Hinrich?«

Der Mann, der etwas größer war als Gustav, nickte und reichte ihm die Hand zur Begrüßung. »Kommen Sie mit«, sagte er dann.

Gustav folgte ihm, neben ihm liefen die beiden Hunde, was Hinrich mit einem kritischen Blick zur Kenntnis nahm.

»Der Beruf des Milchbauern ist ein Ganztagsjob«, erklärte er.

»Haben Sie keine Angestellten?«

»Doch, einen, aber der Idiot macht blau. Heute will doch niemand mehr auf einem Bauernhof arbeiten, nur fressen wollen sie alle. Was glauben die Menschen eigentlich, wo das Essen herkommt?« Hinrich schnalzte mit der Zunge und zog die Nase hoch. Dann öffnete er die Tür zu einem Stall.

»Ihr bleibt hier. Sitz!«, wies Hinrich die beiden Hunde an, die augenblicklich gehorchten.

Er hatte sie augenscheinlich gut im Griff, doch Gustav wurde den Eindruck nicht los, dass er die Hunde dominierte, sie schienen ihn zu fürchten, statt zu respektieren.

»Sie halten also auch Hühner?«, fragte Gustav, da sie im Stall lautes Gackern empfing.

»Ja, in erster Linie geht es mir dabei um die Eier. Bio-Eier. Bio läuft. Ich versuche, mir damit ein zweites Standbein aufzubauen, die Milchpreise sind nämlich im Keller. Können Sie kurz mit anpacken?«

»Klar.«

Gustav half Hinrich, Stroh zu verteilen.

»Sieht aus, als wäre Ihnen die Arbeit auf dem Bauernhof nicht fremd«, stellte Hinrich fest.

»So ist es. Als ich jünger war, habe ich mir die eine oder andere Mark auf dem Bauernhof dazuverdient«, antwortete Gustav. Er dachte gern an diese Zeit zurück.

»Weswegen wollen Sie mit mir sprechen?«

»Das würde ich lieber draußen erklären, hier ist es mir zu laut«, gestand Gustav. Das Hühnergackern war kaum auszuhalten und er wollte nicht schreien.

Hinrich nickte nur und gemeinsam verließen sie den Stall.

»Warum sind Sie hier?«, fragte Hinrich, als sie wieder auf dem Hof standen.

»Es geht um Bodo.«

»Den Postboten?«

»Genau.«

»Was soll mit ihm sein?«

»Wann haben Sie Bodo das letzte Mal gesehen?«

»Letzte Woche. Warum? Hat er Scheiße gebaut?«

»Wie kommen Sie darauf?«

»Sonst wären Sie wohl kaum hier und würden mich über Bodo ausfragen. Sagen Sie nicht, dass er im Knast sitzt.«

Diese Reaktion erstaunte Gustav. Gab es etwas, was er nicht über Bodo wusste?

»Was könnte er denn getan haben, weshalb die Polizei ihn festnehmen sollte?«, fragte er daher.

Nun machte Hinrich eine erstaunte Miene. »Na, weswegen sind Sie sonst hier?«

»Beantworten Sie bitte meine Frage. Warum glauben Sie, dass Bodo im Knast ist?«, beharrte Gustav.

Hinrich schaute zur Seite, dann zu seinen Hunden, die ängstlich zu Boden sahen, ehe sie es wagten, Gustav anzublicken.

»Weil er etwas Dummes getan hat«, rückte Hinrich endlich heraus. »Hören Sie, ich will Bodo nicht in die Pfanne hauen.«

14

Scharbeutz

»Das ist ja wohl ein schlechter Scherz«, wurde Mads laut und klopfte an die Wohnungstür. »Öffnen Sie die Tür. Sofort!« Gleichzeitig drückte er auf die Klingel. »Spinnt der?«

Lena sah Mads ratlos an. Sie verstand die Aktion Kempckes augenscheinlich ebenso wenig wie er. Jemand, der der Polizei die Tür vor der Nase zuschlug, tat sich keinen Gefallen damit, denn das sagte ihnen nur, dass er irgendetwas ausgefressen haben musste.

»Aufmachen, Polizei«, brüllte Mads erneut. »Ich schlage sonst die Tür ein.«

»Sicher, dass du sie einschlagen willst?«, fragte Lena.

»Ganz sicher«, antwortete Mads und wollte gerade Anlauf nehmen, als er ein Geräusch hörte.

»Der haut durchs Fenster ab«, rief Lena.

»Scheiße! Du bleibst hier, ich schnappe mir den Trottel«, fluchte Mads und lief los.

Er hasste Verfolgungsjagden, zumal sie in vielen Fällen komplett unnötig waren. Die meisten, die vor ihm wegliefen, hatten eigentlich nichts zu befürchten, aber ihre Fantasie und ihre Nerven spielten ihnen einen Streich, sobald sie mit der Polizei konfrontiert wurden.

Draußen sah er kein offenes Fenster, also konnte er nicht hier entlang geflohen sein.

Der Hinterhof, schoss es Mads durch den Kopf und er wollte zurückrennen, doch die Haustür war wieder ins Schloss gefallen. Er klopfte laut dagegen.

»Was ist los?«, fragte Lena, als sie ihm öffnete.

»Er ist durch den Hinterhof abgehauen.«

»Das müsste die Tür zum Hinterhof sein.« Sie wies durch den Flur.

Mads sprintete los, die Tür war nicht verschlossen, sodass er sofort im Hinterhof stand. Kempcke war dort gerade dabei, sich über einen Zaun zu rollen.

»Stehen bleiben, verdammt noch mal, wir wollen nur mit Ihnen reden«, rief Mads.

Aber Kempcke dachte gar nicht daran, er rannte weiter.

Mads hinterher. Er erreichte den Zaun und kletterte mit zwei Handgriffen hinüber, dann nahm er die Verfolgung auf.

Kempcke bog nach rechts ab, zur Straße.

Mads blieb dran, er rechnete sich gute Chancen aus, da er trainierter war als Kempcke.

Dieser bog jetzt in eine andere Straße ab und lief, als würde sein Leben davon abhängen.

Warum haben wir dich so verschreckt?, fragte sich Mads, erhöhte das Tempo und bog auch ab, doch Kempcke hatte noch genug Vorsprung.

Mads legte einen Sprint ein und machte ein paar Meter gut, während Kempcke erneut abbog, jetzt Richtung Strand.

»Bleiben Sie endlich stehen, ich will nur mit Ihnen reden«, brüllte Mads in der naiven Hoffnung, dass Kempcke sich beruhigen und stoppen würde.

Bei der Plauze ist der eh gleich am Ende, schoss ihm ein gemeiner Gedanke durch den Kopf, der ihn jedoch beflügelte und weitere Reserven freisetzte.

Mads holte weiter auf.

Sie liefen jetzt auf das *Bayside Hotel* zu, immer mehr Personen kamen ihnen entgegen, und Mads hatte den leisen Verdacht, dass Kempcke hoffte, in der Menge untertauchen zu können. Diesen Gefallen würde er ihm jedoch nicht tun.

Mads gab noch einmal alles, er lief schneller, gleichzeitig

bemerkte er, dass Kempcke immer langsamer wurde und sich an die Seite fasste.

Dann blieb Kempcke plötzlich stehen. Mads hatte allerdings so viel Speed, dass er den Flüchtenden fast umgerannt hätte. Er packte ihn hart und drückte ihn an sich.

»Was soll der Scheiß?«, brüllte er Kempcke an.

»Benehmen Sie sich immer wie ein wilder Stier?«, keuchte Kempcke völlig außer Atem. »Darf ich kurz Luft holen?«

»Dürfen Sie nicht. Wir gehen jetzt zurück in Ihre Wohnung, und dann erzählen Sie mir, warum Sie vor der Polizei fliehen.«

»Polizei? Ich dachte, Sie wären irgendein Gangster«, antwortete Kempcke und lachte nervös.

Mads hätte ihm dafür am liebsten eine verpasst, er fand das Ganze hier alles andere als lustig.

»Müssen Sie mich echt festhalten?«, nörgelte Kempcke.

»Klappe halten und losgehen.« Mads hatte Kempcke am T-Shirt Kragen gepackt, was diesem augenscheinlich missfiel.

»Hören Sie, ich wusste nicht, dass Sie Bullen sind. Ganz ehrlich, so ein Muskelberg und eine Tussi im Rollstuhl, das sieht nicht wirklich nach Polizei aus.«

»Klappe halten, habe ich gesagt«, grollte Mads und gab ihm mit der Handfläche einen Klaps gegen den Hinterkopf. Es war kein harter Schlag, aber Kempcke schrie, als hätte Mads ihn ausgeknockt.

»Sind Sie immer so weinerlich?«

»Wie würden Sie sich denn fühlen, wenn Ihnen jemand auf den Hinterkopf schlägt?«, beschwerte sich Kempcke.

»Ich habe Sie bloß angestupst. Sie möchten sicherlich nicht, dass ich Sie ernsthaft schlage. Außerdem haben Sie sich das selbst eingebrockt. Wie kann man so dämlich sein und vor der Polizei weglaufen?«

»Wie gesagt, ich dachte, Sie wären keine Bullen.«

»Wer sollten wir sonst sein?«

»Gangster, die mich überfallen wollen.«

»Sie schauen zu viel Netflix, warum sollte man Sie …« Mads brach ab. »Dealen Sie?«

Kempcke schwieg. Er musste auch nichts weiter sagen, sein Schweigen war Antwort genug.

»Haben wir Sie überrascht? Sind Drogen in Ihrer Wohnung?«

»Drogen? So ein Quatsch. Sehe ich aus, als würde ich Stoff verticken?«

»Das werden wir gleich in Erfahrung bringen«, antwortete Mads, da sie soeben in die Alte Bergstraße abbogen.

»Warum wollen Sie überhaupt mit mir sprechen?«

»Das sage ich Ihnen in der Wohnung.«

»Muss ich Sie reinlassen? Sie haben doch gar keinen Durchsuchungsbeschluss. Ich habe Rechte und kenne sie.«

Mads wurde das alles langsam zu bunt, er blieb stehen, packte Kempcke und sah ihm intensiv in die Augen.

»Noch ein dummer Spruch und Sie verbringen die Nacht in der Zelle, in der Zeit werden wir Ihre Wohnung auseinandernehmen und dafür sorgen, dass Sie im Gefängnis landen.«

»So viel ist es auch wieder nicht«, beschwerte sich Kempcke und bewies damit, dass er eben doch Rauschmittel in der Wohnung hatte.

»Was für Drogen sind es?«

Kempcke zögerte, er sah Mads an. »Dieser Blick ist krass, Sie sollten mal ein Antiaggressionsprogramm mitmachen.«

»Weiter«, befahl Mads und drückte Kempcke vorwärts. Es hatte keinen Sinn, mit dem rundlichen Mann, den Mads auf Mitte zwanzig schätzte, zu diskutieren.

Als er ihn nach vorn schob, wäre Kempcke fast die Brille vom Gesicht gefallen.

»Sie sollten sich meinen Ratschlag zu Herzen nehmen, oder mal einen Joint rauchen«, sagte der.

»Klappe halten.«

»Echt, Bro, irgendwoher kommt doch die aufgestaute Wut.«

»Ich bin nicht Ihr Bro«, wurde Mads deutlich. Irgendwie wurde er das Gefühl nicht los, dass Kempcke das Ganze auf die leichte Schulter nahm, und da dieser schon wieder zu einer Erwiderung ansetzte, kam Mads ihm zuvor: »Klappe halten, sagte ich. Sind Sie immer so vorlaut?«

»Ich dachte, ich soll die Klappe halten«, gab Kempcke zurück.

»Wir sind da. Öffnen Sie die Tür«, forderte Mads, als sie vor der Eingangstür standen.

»Was, wenn ich die Schlüssel …«

»Lassen Sie den Mist, sonst steigen wir beide durchs Fenster ein. Ach was, ich schmeiße Sie durchs Fenster.«

Kempcke bekam große Augen. »Das würden Sie wirklich tun?«

»Wollen Sie es darauf ankommen lassen?«

»Lieber nicht. Wie es der Zufall will, habe ich doch glatt die Schlüssel dabei.«

Kempcke fummelte in seiner Hosentasche und zog einen Schlüsselbund daraus hervor, dann öffnete er die Eingangstür.

Lena sah die beiden etwas verwundert an, da Mads Kempcke noch immer am T-Shirt-Kragen festhielt.

»Ihr Kollege ist ganz schön aggressiv«, moserte Kempcke.

»Ich lasse Sie jetzt los und wir betreten gemeinsam die Wohnung. Wenn Sie Dummheiten machen, endet die Aktion hier in einer Zelle. Sie haben mein Wort darauf.«

»Ich bin ganz zahm, versprochen. Aber wir müssen noch mal reden.«

»Tür aufmachen.«

Kempcke blieb unschlüssig vor der Tür stehen. »Wie gesagt, das Ganze sieht schlimmer aus, als es ist.«

Mads warf ihm nur einen scharfen, missbilligenden Blick zu, worauf Kempcke erst Lena, dann Mads und schließlich wieder Lena ansah.

»Die Ähnlichkeit ist …«

»Aufmachen«, unterbrach Mads den jungen Mann fordernd.

Kempcke öffnete die Tür und flüsterte Lena zu: »Sind Sie verwandt? Können Sie ein gutes Wort für mich einlegen?«

Lena schmunzelte, vermutlich weil sie Kempcke nicht ernst nahm oder weil er erkannt hatte, dass sie Geschwister waren, denn es geschah nicht oft, dass jemand sie während des Dienstes auf ihr Verwandtschaftsverhältnis ansprach. Dabei fand auch Mads, dass seine Schwester ihm ähnelte, obwohl sie mit ihren einen Meter siebzig deutlich kleiner war als er.

Als sie die Wohnung betraten, empfing sie sofort der süßliche Geruch von Marihuana.

»Ich kann das erklären«, versicherte Kempcke hastig.

Sie gingen ins Wohnzimmer und nun sah Mads den Grund, warum Kempcke die Flucht ergriffen hatte. Auf dem Couchtisch lag jede Menge Cannabis, zum Teil in kleinen Tüten abgepackt.

»Dealen Sie das Zeug?«, fragte Mads.

»Wie gesagt, es ist nicht so, wie es ausschaut.«

»Wie ist es dann? Wie viel Gramm sind das hier? Ein Kilo?«

»Quatsch, Bro.«

»Ich bin nicht Ihr Bro.« Mads funkelte ihn wütend an.

»Das sieht nach viel aus, aber das Zeug wiegt ja nichts. Ist nur für den Eigenbedarf.«

»Für wie dumm halten Sie mich? Jeglicher Besitz von Cannabis ist illegal.«

»Nicht für den Eigenbedarf«, wandte Kempcke ein. »Wieso sagt mir mein Gefühl, dass Sie gar nicht deswegen hier sind?«

»Ihr Gefühl täuscht Sie nicht, aber das hier können wir unmöglich übersehen«, antwortete Lena.

Nach Mads' Schätzung lagen hier um die dreihundert Gramm Cannabis auf dem Tisch. Wenn man Kempcke also keinen gewerblichen Handel damit nachweisen konnte, würde er sicherlich mit einer Geldstrafe davonkommen, das wollte Mads dem gerade recht eingeschüchtert wirkenden Mann allerdings nicht offenbaren.

»Wer Cannabis besitzt oder eine andere Straftat nach § 29 Abs. 1 BtMG begeht, muss mit einer Freiheitsstrafe von bis zu fünf Jahren rechnen«, erklärte er daher, um den Druck zu erhöhen.

»Das haben Sie gut auswendig …«, begann Kempcke und brach ab. Dann sagte er: »Es tut mir echt leid. Ich will nicht in den Knast.«

»Es wird eine Anzeige geben und der Staatsanwalt muss Ihnen den Handel nachweisen. Wenn Sie mit uns kooperieren, kann und wird sich das positiv für Sie auswirken. Der Polizeichef hat großen Einfluss auf den Staatsanwalt«, erklärte nun Lena. Sie wirkte deutlich entspannter als Mads und ihre Worte klangen viel freundlicher. Mads dagegen hätte Kempcke am liebsten gepackt und ordentlich geschüttelt, denn noch war nicht klar, in welchem Zusammenhang Kempcke zu Bodo und dem Cannabis stand.

»Ich sage, was immer Sie wollen. Wie kann ich Ihnen helfen?«, erwiderte Kempcke. »Das hier war dumm, ich weiß, aber ich kann mir keinen Knast erlauben. Schauen Sie mich an, das Schlagkräftigste, was ich habe, ist meine laute Klappe. Ich habe keine Muskeln wie der Berg hier, und Sie wissen doch, was man mit süßen kleinen Fettchen wie mir macht. Ich sage nur Seife und so.« Kempcke schluckte und schüttelte sich.

»Dann erzählen Sie uns, was Sie mit Bodo Petersen verbindet«, forderte Lena und warf Mads einen amüsierten Blick zu.

»Sie meinen den Postboten Bodo?«

»Genau den.«

»Wir kennen uns von ein paar Online-Rollenspielen. Haben uns über einen Chat angefreundet. Das war es auch schon.«

»Haben Sie sich mal persönlich getroffen?«

»Nein, nur online.«

»Herr Kempcke, wie war das mit der Wahrheit?«, ermahnte Lena ihn.

Kempcke hob abwehrend die Handflächen. »Gut, ja, er war hier. Ich will nicht in den Knast.«

»Warum war er hier?«

»Wenn ich das sage, lande ich erst recht im Bau.«

15

Niendorf

»Sicher, dass ich dich nicht begleiten soll?«, fragte Amir, während Emma ihre Tasche packte.

»Ich glaube kaum, dass Herr Lange erfreut sein wird, wenn du unangemeldet bei ihm reinschneist. Es ist ja schon ein Wunder, dass er mich sehen möchte.«

»Fall ja nicht auf seinen Charme herein oder lass dich von seiner überheblichen Art einschüchtern.«

»Ich doch nicht.«

Emma umarmte Amir zum Abschied und verließ die Redaktion, dann stieg sie auf ihr Fahrrad und fuhr los nach Timmendorfer Strand, zum Rathaus. Es war herrliches Wetter und die Fahrt von Niendorf dauerte mit dem Fahrrad keine fünfzehn Minuten.

Als sie an der Promenade entlang fuhr, sah sie in kurzer Entfernung Jörn, der ihr zuwinkte. Emma hielt an.

»Hallo, Jörn.«

»Moin, Prinzessin. Was hast du vor?«, fragte Jörn. Er schien bester Laune und sah nach Urlaub aus: Er trug kurze Sachen und eine Art Safarihut.

»Nach Timmendorf. Habe gleich ein Interview mit Albert Lange.«

»Mit dem besten Bürgermeister der Welt, wie schön! Grüß ihn mir ganz lieb.«

Bester Bürgermeister der Welt, das sei mal dahingestellt, dachte Emma. Laut sagte sie: »Du magst ihn, oder?«

»Na klar. Weil er sich auch für Leute wie mich einsetzt.«

»Für Leute wie dich?« Emma konnte Jörn nicht ganz folgen.

»Sehr lieb von dir, dass du es nicht sagst, aber ich weiß, dass ich eine geistige Behinderung habe. Ich schäme mich nicht dafür, weil ich so geboren wurde und nichts dafürkann. Trotzdem gibt es Menschen, die einem noch mal extra zeigen, was es bedeutet, wenn man behindert ist. Albert aber nicht. Er setzt sich für uns ein. Dank ihm habe ich einen Praktikumsplatz.«

Emma verstand, worauf Jörn hinauswollte. Für sie war es seit jeher unbegreiflich, wie manche Menschen andere aufgrund einer Behinderung beleidigen konnten. Jeder hatte doch das Recht auf ein würdevolles und glückliches Leben, davon war Emma zutiefst überzeugt.

»Das freut mich sehr für dich«, sagte sie. »Wo denn?«

»Bei Mads. Ist das nicht toll?« Jörn strahlte.

»Bei der Polizei im Büro?«

»Nein, bei Mads. Ich werde sein Partner und dann jage ich mit ihm und Lena Verbrecher. Thor und ich, sein Schüler. Kann es ein besseres Geschenk für mich geben? Du kannst dir nicht vorstellen, wie glücklich Albert und Gustav mich damit machen. Das ist besser als tausend Kugeln Eis.«

»Das klingt wirklich toll. Mads freut sich bestimmt auch darüber.«

»Meinst du?« Jörn runzelte kurz die Stirn, doch dann lächelte er wieder. »Klar, du hast recht. Warum sollte sich Thor nicht freuen, wenn sein Schüler ihm über die Schulter schaut. Na ja, ich muss leider weiter. Liebe Grüße an den besten Bürgermeister der Welt.«

»Werde ich ausrichten«, gab Emma zurück und sah Jörn noch kurz hinterher, dann stieß sie leise die Luft aus.

Das wird Mads gar nicht schmecken, dachte sie und spürte, wie sich ihre Mundwinkel unweigerlich hoben. Sie stieg aufs Fahrrad und setzte ihren Weg fort, dabei stellte sie sich vor, wie sie die Überbringerin dieser Nachricht sein würde, und erwischte sich bei dem Wunsch, Mads anzurufen, doch das tat sie natürlich nicht.

Am Rathaus angekommen, schloss sie ihr Fahrrad ab und betrat das Gebäude.

In der E-Mail der Sekretärin stand genau, in welches Büro sie gehen musste, also klopfte sie dort kurz an und trat ein.

»Hallo, mein Name ist Emma Falk. Ich habe einen Termin mit dem Bürgermeister.«

»Guten Tag, das ist mir bewusst«, antwortete die Sekretärin emotionslos. »Nehmen Sie bitte Platz, der Herr Bürgermeister sollte jeden Augenblick kommen.«

Den Freundlichkeitspreis wird die sicher nicht gewinnen, dachte Emma. Langes Sekretärin saß stocksteif da und strahlte etwas Einschüchterndes aus.

Um nicht über diese seltsame Situation zu schmunzeln, schaute sie auf ihr Handy. Ihr blieben noch fünf Minuten bis zur verabredeten Zeit. Ein Gefühl sagte ihr jedoch, dass Lange sie warten lassen würde, um ihr die Hierarchien klarzumachen: Sie, die naive Journalistin, er, der erfolgreiche Bürgermeister.

Im selben Moment bekam sie eine Nachricht von Amir.

Na, schon in der Höhle des Löwen?

Gerade angekommen, warte im Vorzimmer.

War klar. Das sieht dem arroganten Schnösel ähnlich, dich warten zu lassen. Ist bestimmt sein Ego-Macho-Machtding.

Das glaube ich auch. Hab aber wohl keine andere Wahl.

Stimmt, antwortete Amir, dazu schickte er ein paar böse Emojis. *Soll ich nicht doch vorbeischauen?*, ergänzte er.

Quatsch, ich kriege das hin.

Warte aber nicht zu lange. Wenn er sich mehr als fünfzehn Mi-

nuten verspätet, steh auf und geh. Du musst dir nicht alles von diesem Idioten gefallen lassen.

Werde ich machen.

Kommst du danach noch mal in die Redaktion?

Klar, muss dir was Lustiges erzählen, antwortete Emma, damit meinte sie das Gespräch mit Jörn.

Was denn?

Sag ich dir, wenn wir uns sehen.

Maus, du weißt doch, dass ich neugierig bin.

Später. Ich muss jetzt Schluss machen, die Sekretärin schaut schon ganz komisch. Ich glaube, ein fröhliches Gesicht ist hier verboten.

Die ist berühmt und gefürchtet. Lange hat auch keine bessere verdient, antwortete Amir und fügte diesmal unzählige Lach-Emojis hinzu.

Emma steckte das Handy weg, zur gleichen Zeit betrat der Bürgermeister das Vorzimmer und zeigte Emma sein strahlendes Politikerlächeln.

»Ich hoffe, Sie haben nicht angenommen, dass ich mich verspäte.« Er blickte auf ihre Tasche, in die sie eben das Handy gesteckt hatte. »Fragen Sie meine Sekretärin, habe ich mich je zu einem Termin verspätet?«

Emma wusste, dass die Frage rhetorisch gemeint war, auch die Sekretärin sagte nichts.

»Eine der Tugenden, die ich von Mads' Opa gelernt und

immer beherzigt habe. Wir Norddeutschen verspäten uns niemals ohne Grund. Oder haben Sie je erlebt, dass sich Mads oder Lena verspätet haben?«

»Ehrlich gesagt nicht. Ich verspäte mich allerdings auch niemals, das habe ich von meinen Eltern mit auf den Weg bekommen. Als Rheinländerin.«

»Sehr gut. Ihre Eltern sind mir sympathisch. Ohne Disziplin, Ordnung und Struktur würde Chaos in unserer Welt herrschen. Folgen Sie mir bitte ins Büro«, bat Lange und hielt ihr die Tür auf.

»Möchten Sie Kaffee?«, fragte die Sekretärin.

»Für Frau Falk Kaffee, für mich einen Espresso«, antwortete Lange und schloss die Bürotür hinter sich.

»Nehmen Sie doch bitte Platz.«

Emma setzte sich an den Besprechungstisch.

»Vielen Dank, dass Sie sich Zeit für ein Interview genommen haben. Mir ist bewusst, dass Ihre Zeit sehr kostbar ist«, begann Emma.

»Es ist mir ein wichtiges Anliegen, dieses Interview zu geben. Tobias meinte, dass Sie einen würdigen Nachruf auf Bodo schreiben werden. Er war ein geschätztes Mitglied meiner Gemeinde, da ist es das Mindeste, dass ich ein paar warme und lobende Worte über ihn verliere«, erklärte Lange.

Dass der Bürgermeister sofort ihren Chef erwähnen musste, sah ihm ähnlich. Sicherlich wollte er ihr damit auf subtile Weise zu verstehen geben, dass sie nicht auf Augenhöhe mit ihm war.

Es klopfte kurz an der Tür, die Sekretärin trat ein, servierte die Getränke und verließ ebenso wort- wie geräuschlos den Raum.

Lange beugte sich leicht zu ihr vor. »Haben Sie eben etwas gehört, als meine Sekretärin das Büro betreten hat?«

»Was meinen Sie?«, fragte Emma.

»Genau das. Genießen Sie Ihren Kaffee«, antwortete Lange und setzte die Espressotasse an die Lippen.

Emma fand die Anspielung etwas merkwürdig, aber wenn sie jetzt darüber nachdachte, war es nicht weniger merkwürdig, dass die Sekretärin tatsächlich vollkommen geräuschlos ihre Arbeit verrichtete.

»Was möchten Sie denn wissen?«, fragte Lange und stellte die leere Espressotasse auf dem Tisch ab.

»Wie lange kannten Sie Bodo Petersen?«

»Viel länger als ich Bürgermeister dieser wunderbaren Gemeinde sein darf. Bodo, Gustav, ein paar andere Jungs und ich sind zusammen aufgewachsen.«

»Sie waren also sehr gute Freunde?«

»Das nicht. Niendorf, Timmendorfer Strand und die kleinen umliegenden Dörfer waren damals noch winziger als heute, man begegnete sich deshalb oft am Strand oder an der Promenade, und wenn man ähnlich alt war, spielte man zusammen. Wenn Sie das Wort Freunde benutzen wollen, dann waren wir Kindheitsfreunde.«

»Trotzdem ist es Ihnen wichtig, Teil des Nachrufes von Bodo zu sein?«, hakte Emma nach.

»Ich erwähnte bereits, dass Bodo ein geschätztes Mitglied dieser Gemeinde war und ich das würdigen möchte. Ich bin seit über dreißig Jahren Bürgermeister und in dieser Eigenschaft ist es für mich selbstverständlich, dass ich in jeder Lebenslage für die Gemeinde da bin und nicht bloß mit Floskeln um mich werfe wie andere Amtskollegen.«

»Darf ich schreiben, dass Sie ein Freund von Bodo waren, oder möchten Sie das nicht?«

»Das dürfen Sie. Auch wenn ich in den letzten Jahren nicht mehr den engsten Kontakt zu Bodo hatte, waren wir noch immer Freunde. So ist das bei uns im Norden. Freundschaften halten ewig, wir sind da nicht so oberflächlich wie die Rheinländer.«

Emma überging die Anspielung, stattdessen sagte sie: »Sie als Bürgermeister haben doch sicherlich ein großes Interesse daran, dass man den Mörder schnell fasst, oder?«

Die arrogante Art von Lange nervte sie, daher wollte sie jetzt schwerere Geschütze auffahren. Das Interview sollte nicht zum Heimspiel für Lange mutieren.

»Als Bürgermeister und als Freund, natürlich. Da er keine Familie mehr hat, sind seine Freunde in der Pflicht, dafür zu sorgen, dass Bodo seinen Frieden findet.«

»Hat er keine Geschwister?«

»Nein, er war Einzelkind.«

»Wann sind die Eltern gestorben?«

»Die Mutter vor einigen Jahren an einem Herzinfarkt. Sein Vater, als er noch ein Kind war.«

»Wie ist sein Vater gestorben?«

»Ein tragischer Unfall«, antwortete Lange. Bei diesen Worten schaute er Emma zum ersten Mal nicht in die Augen. »Wir Kinder haben nicht viel davon mitbekommen, aber mir hat es für Bodo immer sehr leidgetan, auch wenn ich glaube, dass er den schrecklichen Tod seines Vaters gut verarbeitet hat. Jedenfalls hatte ich nie das Gefühl, dass er eine große Sache daraus gemacht hat. Der Tod der Mutter war da schon heftiger.«

»Was ist damals genau passiert?«

Lange lehnte sich in seinem Stuhl zurück. »So exakt weiß ich das nicht. Es war bei einem Brand. Das Ganze liegt inzwischen fünfundvierzig Jahre zurück.«

Emma nickte kaum merklich, während sie sich Notizen machte. Der Tod eines Elternteiles konnte Kinder sehr belasten, aber dass es eine Verbindung zwischen dem Tod des Vaters und dem Mord an Bodo geben könnte, konnte sich Emma gerade nicht vorstellen.

»Hatte Bodo eine sehr enge Bindung zu seiner Mutter?«, fragte sie. Sie hatte zwar einiges über Bodos Verhältnis zu der Mutter gehört, aber als seriöse Journalistin verließ man sich nie auf nur eine Quelle, wenn man einen guten Artikel schreiben wollte.

»Ja, sie war sehr eng. Vergleichbar mit der zwischen Gustav

oder Mads und Jutta. Bodo hat extrem an seiner Mutter gehangen.«

Während Emma sich weiter Notizen machte, überlegte sie, ob sie dem Bürgermeister von Bodos Affäre erzählen sollte.

»Sie denken doch gerade über etwas nach. Lassen Sie mich daran teilhaben?«, fragte Lange, als könnte er Gedanken lesen.

Emma gab sich einen Ruck. Da Mads von der Affäre wusste, würde es auch Gustav wissen und somit Lange ebenfalls, die beiden waren doch unzertrennlich. »Wussten Sie, dass Bodo eine Affäre mit einer Frau aus Niendorf hatte?«, fragte sie daher.

»Nein, das wusste ich nicht. Das überrascht mich«, erwiderte Lange.

»Er hat die Affäre geheim gehalten. Können Sie sich vorstellen, warum?«

»Nein, warum sollte man es verheimlichen, wenn man jemanden liebt?«

»Laut Aussage der Affäre wegen der Mutter.«

Lange verzog missbilligend den Mund. »Ich weiß nicht, wer diese Frau ist, aber ich lasse nicht zu, dass man das Ansehen von Bodos Mutter beschmutzt. Sie war eine anständige Frau, sie hat Bodo in schweren Zeiten allein großgezogen und einen ordentlichen Mann aus ihm gemacht. Glauben Sie nicht alles, was man Ihnen erzählt. Vermutlich hat die Dame es nicht verkraftet, dass Bodo seine Mutter über sie gestellt hat.« Lange redete sich geradezu in Rage.

Wieso wird er bei diesem Thema so emotional?, fragte sich Emma. Sie wurde das Gefühl nicht los, dass der Bürgermeister ihr etwas verschwieg.

»Ich habe eine Bitte an Sie«, fügte Lange jetzt hinzu.

»Welche?«

»Schreiben Sie nichts über die Affäre. Ich möchte, dass die Welt Bodo als anständigen und lieben Menschen in Erinnerung behält.«

»Eine Affäre ist doch nichts Unanständiges«, entgegnete Emma.

»Ich bitte Sie, was glauben Sie, was dann geschehen wird? Andere Journalisten werden sich auf die Affäre stürzen und die Frau interviewen, und die wird erzählen, dass Bodos Mutter ihrem Glück im Weg stand.«

Emma zuckte die Schultern. »Wir leben in einem freien Land. Seine Meinung zu äußern, ist nicht strafbar.«

»Sie wollen es wohl nicht verstehen«, wurde Lange ungemütlich. »Ich lasse nicht zu, dass man Bodos Ansehen und das der Mutter so beschädigt.«

»Dafür, dass Sie mit dem Postboten nur eine lose Freundschaft gepflegt haben, legen Sie sich aber ganz schön ins Zeug für ihn. Wollen Sie mich vielleicht bei meiner Arbeit beeinflussen?«

»Ich sehe schon, dieses Interview war ein Fehler. Es ist zwecklos, Verständnis von Ihnen zu erwarten. Sie ziehen Ihr Ding eiskalt durch, koste es, was es wolle«, grollte Lange. »Hauptsache, Sie profitieren davon. Ich bin so froh, dass Mads endlich eine anständige Freundin hat.«

»Was hat das mit Mads zu tun?«, fragte Emma erstaunt.

»Jede Menge. Der Trottel schien Sie richtig gern zu haben.« Lange schüttelte den Kopf. »Sie eine Johannsen, was für ein schrecklicher Gedanke.«

Emma war für einen Moment sprachlos und wie versteinert. Langes Worte wirkten, als hätte ihr jemand einen Pflock ins Herz gerammt.

16

25. Juli, Timmendorfer Strand

Lena kam gerade aus dem Badezimmer, als Christian sie in den Arm nahm und küsste.

»Wofür ist das denn?«, fragte sie lächelnd und erwiderte die Umarmung.

»Dafür, dass ich eben daran denken musste, was für ein Glück ich mit dir habe.«

»Bist du dir da ganz sicher?«

»Absolut, erst mit dir bin ich komplett. Ich liebe dich mehr, als Worte es je beschreiben könnten.«

»Ich dich auch«, erwiderte Lena. In ihrem Bauch kribbelte es und sie gab ihrem Verlobten einen Kuss.

Es fühlte sich noch immer an wie am ersten Tag. Christian war ihre einzige und große Liebe. Selbst als sie sich vor einigen Jahren von ihm getrennt hatte, weil Christian dem Alkohol verfallen und ein Mensch geworden war, den sie nicht mehr wiedererkannt hatte, hatte sie nie aufgehört, ihn zu lieben. Dass sie nächstes Jahr heiraten würden, war das schönste Geschenk, das ihr das Leben je hätte machen können.

»Hast du eigentlich schon mit Mads gesprochen?«, fragte Christian und strich ihr übers Haar.

»Nein, aber ich werde es tun, versprochen.«

»Es ist für uns, Schatz, aber wenn du es nicht kannst, finden wir einen anderen Weg. Dann nehmen wir uns eine Wohnung oder versuchen es in dieser.«

»Nein, nein, du hast ja recht. Ich möchte ein Haus mit Garten für unsere Kinder.«

»Für unsere Kinder.« Christian gab ihr einen Kuss auf die

Stirn. »Mads wird das verstehen. Du hast es mehr als verdient, immerhin hast du dich um deine todkranke Mutter gekümmert, während er den Helden bei der Bundeswehr spielen musste.«

Lena nickte, sie wollte mit Christian nicht über diese schlimme Zeit diskutieren.

Der Tod ihrer Mutter hatte eine große Lücke in ihrem Leben hinterlassen. Nicht nur in ihrem, auch im Leben von Mads, da beide ein sehr inniges Verhältnis zu ihr gehabt hatten. Aber der verdammte Krebs nahm selten Rücksicht auf die Befindlichkeiten von liebenden Menschen.

»Ich sollte runtergehen, bevor Mads unnötig hochkommt«, sagte Lena, gab Christian einen Abschiedskuss, packte ihre Sachen zusammen und verließ die Wohnung in ihrem Rollstuhl, der leider immer mehr zur Normalität wurde.

Als sie unten auf dem Fußgängerweg ankam, parkte Mads gerade seinen Wagen. Er stieg aus, sie begrüßten sich und er verstaute den Rollstuhl im Kofferraum, während Lena mühsam auf dem Beifahrersitz Platz nahm. Das Gehen fiel ihr von Woche zu Woche schwerer und nicht leichter.

Die Ärzte hatten keine Erklärung dafür, medizinisch war sie gesund, bis auf kleinere Entzündungsprozesse, die als Nachwirkung der Verletzung galten. Daher glaubten die Ärzte, dass es psychische Gründe waren oder dass in ihrem Gehirn etwas falsch programmiert war, um die richtigen Signale an die Beine zu schicken.

Ob sie jemals wieder vernünftig würde laufen können, blieb also unklar, aber sie wollte die Hoffnung nicht aufgeben, denn ihr größter Wunsch war es, mit ihren Kindern zu spielen und unbeschwert herumzutollen. Bis dahin musste sie es hinbekommen. Die Frage war nur: Wie?

Sie riss sich aus den trüben Gedanken.

»Grüße von Christian«, sagte sie, während Mads den Dienstwagen über die Strandstraße fuhr.

Mads nickte nur. »Wie war dein Abend?«, fragte er dann.

»Entspannt. Wir haben zusammen einen Film geschaut und uns ein paar Häuser angesehen.«

»Häuser?«

»Du weißt doch, dass Christian und ich uns ein Häuschen kaufen wollen, mit einem Garten, wo die Kinder spielen können.«

»Habt ihr was in Aussicht?«

Lena seufzte. »Noch nicht. Es gibt da ein paar nette Objekte in Bad Schwartau, aber die Preise sind schon happig und die Kreditzinsen steigen ins Unermessliche.«

»Bad Schwartau? So weit weg? Sicher?« Mads warf ihr einen kurzen Seitenblick zu.

»Hier an der Ostsee ist es unbezahlbar.«

»Überstürz da mal nichts, noch bist du nicht schwanger. Die Immobilienpreise könnten fallen und die Zinsen sinken.«

»Oder alles wird teurer. Ich sage nur, Inflation«, widersprach Lena.

»Deine Entscheidung, Schwesterherz. Ich kann dir nur raten, nichts zu überstürzen. Du bist doch hier großgeworden, Niendorf ist deine Heimat, deine Familie lebt hier. Du bist ein Küstenkind.«

»Bad Schwartau ist nicht aus der Welt.«

»Doch, das ist eine ganz andere Welt.«

»Wenn du meinst.« Lena sah enttäuscht aus dem Fenster.

Sie wusste, dass sie die Sache genau jetzt ansprechen sollte, aber Mads machte gerade keinen einsichtigen, geschweige denn verständnisvollen Eindruck auf sie. Allein die Idee, dass sie nach Bad Schwartau ziehen könnte, missfiel ihm.

»Was immer du tust, ich stehe hinter dir. Auch wenn das heißt, dass ich nach Bad Schwartau fahren muss, um meinen Neffen zu sehen«, sagte er nach einem Moment des Schweigens.

Sie sah zu Mads. »Und wenn es eine Nichte wird?«

»Auch dann.« Mads schenkte Lena ein Lächeln, was sie wieder ein wenig beruhigte.

Sag es ihm!

»Hast du was auf dem Herzen?«, fragte Mads.

»Nein, nein«, erwiderte Lena, bemüht, sich nichts anmerken zu lassen. Sie wollte das Thema nicht so nebenbei im Auto ansprechen, es fühlte sich nicht richtig an, obwohl sie vor einigen Minuten genau das geplant hatte.

Beim Mittagessen, nahm sie sich daher vor.

In der Dienststelle angekommen, gingen sie zügig in den Besprechungsraum, denn Gustav hatte sie für diesen Morgen zum Treffen gebeten.

»Moin«, grüßte Gustav die beiden, als sie den Raum betraten. »Mads, baust du bitte die Leitung zu Tim auf?«

»Wo sind die anderen?«

»Heute machen es nur wir drei. Da die anderen euch zuarbeiten, habe ich sie von der Besprechung freigestellt. Sie haben genug Aufgaben.«

»Hätten wir die Besprechung dann nicht in deinem Büro abhalten können?«

»Nein, hätten wir nicht. Was ist das für eine dumme Frage?«, gab Gustav verärgert zurück.

»Wirklich dumm ist sie nicht. Wir blockieren damit den Besprechungsraum.«

»Bau bitte die Leitung zu Tim auf«, forderte Gustav kopfschüttelnd. »Welche Laus ist dir bloß wieder über die Leber gelaufen? Emma?«

»Emma hat damit gar nichts zu tun.«

»Könnt ihr bitte aufhören, euch zu streiten?«, bat Lena, sie konnte das gerade überhaupt nicht vertragen. Es war ihr sowieso ein Rätsel, wie schnell sich Gustav und Mads wegen Nichtigkeiten in den Haaren liegen konnten, aber dass ihr Onkel jetzt noch Emma ins Spiel brachte, fand Lena nicht in Ordnung.

Ob Emma etwas angestellt hatte, was Gustav geärgert hatte?

Natürlich, sie hatte doch gestern ein Interview mit Albert gehabt. Dabei waren sie vermutlich aneinandergeraten und Albert hatte seinen Frust bei Gustav abgelassen und der wiederum bei Mads.

»Moin nach Timmendorf«, hörte Lena Ole sagen, dessen Bild soeben auf der Leinwand erschien, neben ihm saß Tim.

»Moin. Wie ich sehe, steht die Leitung«, gab Gustav zurück und warf Mads dabei einen kurzen Blick zu.

»Solange Mads dafür verantwortlich ist, mache ich mir darüber keine Sorgen, bei dir müssten wir vermutlich noch mit Rauchzeichen kommunizieren«, witzelte Ole.

»Ich sehe schon, Ole hat gute Laune.«

»Wie kann man bei dem Wetter keine gute Laune haben? Euch an der Ostsee müsste doch die Sonne aus dem Allerwertesten scheinen.«

»Das Wetter ist hier nicht das Thema, wir haben einen Mordfall aufzuklären«, murrte Gustav. »Ich fange an.«

»Diese Disziplin, dafür bewundere ich euch Johannsens. Schieß los, was hast du?«, erwiderte Ole.

»Mein Team ist sämtliche Post durchgegangen, dank Tim haben wir alle Anschriften digitalisieren können. Ich bin auf die Auswertung gespannt. Außerdem gab es ein Gespräch mit Karl-Heinz Husmeier, dem Wirt der Kneipe, die Bodo regelmäßig aufgesucht hat. Leider konnte Karl-Heinz keine Angaben darüber machen, ob Bodo in letzter Zeit Schwierigkeiten mit einer Person hatte oder ob es private Probleme gab.«

»Wie war das noch? Der Wirt ist der beste Psychologe, den man für ein Bier kaufen kann«, warf Ole schmunzelnd ein.

»Scheinbar war Bodo dem Wirt gegenüber aber nicht sonderlich gesprächig«, entgegnete Mads.

»Oder er hatte mit niemandem Probleme und auch sonst keine Schwierigkeiten«, gab Lena zu bedenken. Nur weil jemand ermordet wurde, hieß das nicht, dass er private Probleme haben musste. Bodo konnte genauso gut ein zufälliges Opfer gewesen sein, auch wenn sie darauf noch keinen Hinweis hatten.

»Lena hat recht«, erwiderte Gustav. »Darüber hinaus hatte ich ein Gespräch mit Hinrich Sattler, einem guten Bekannten von Bodo. Den Tipp habe ich übrigens von Karl-Heinz erhalten.«

»Das heißt, du kanntest Hinrich vorher nicht?«, fragte Ole.

»Genau.«

»Ich dachte, du und Bodo wärt Freunde gewesen?«

»Mads ist mein Neffe, kenne ich all seine Freunde?«, gab Gustav zurück.

»Du meinst wohl, die vielen Ladys. Da blickt vermutlich Mads selbst nicht mehr durch«, erwiderte Ole grinsend.

»Ich bin in festen Händen«, widersprach Mads.

Ole hob die Brauen. »Du? Habe ich was verpasst?«

»Hier geht es nicht um Mads, es geht um Hinrich und Bodo«, mahnte Gustav.

»Was hat Hinrich denn erzählt?«

»Er konnte oder wollte nicht viel darüber sagen, ob Bodo Probleme mit jemandem hatte, aber er soll in letzter Zeit harte Drogen konsumiert haben.«

»Harte Drogen? Wir wissen nur, dass er regelmäßig Cannabis gekauft hat«, warf Ole ein.

»Das auch. Aber Hinrich behauptet, dass er zudem Kokain konsumiert hat. Wenn das so ist, müsste man das bei der Obduktion herausfinden, und bei der Analyse der Haarprobe Im Labor.«

»Die Obduktion ist morgen, die Ergebnisse aus dem Labor erwarte ich am Freitag, aber ohne Gewähr. Ich muss euch also noch mal um Geduld bitten. Glaubst du Hinrich denn?«

»Es wäre ziemlich dumm von ihm, mich zu belügen. Die Frage ist nur: Warum Kokain? Das sieht Bodo gar nicht ähnlich.«

»Der Verlust eines Menschen kann einen zu Dummheiten verleiten«, sagte Lena. Sie kannte Bodo zwar nur als freundlichen Postboten, aber sie wusste, wie schwer es war, den Tod eines geliebten Menschen zu verarbeiten.

»Möglich, trotzdem sieht Bodo das nicht ähnlich. Was habt ihr beiden?«, fragte Gustav an Mads und Lena gewandt. »Von meiner Seite war's das vorerst.«

»Wir wissen, dass Bodo eine Affäre hatte, mit einer Katrin Minkley«, antwortete Mads.

»Was hat sie erzählt?«

»Nicht viel. Die Affäre war wohl rein sexueller Natur und endete, kurz bevor die Mutter starb. Die Mutter wusste nichts davon.«

»Da wäre ich mir nicht so sicher«, warf Ole ein. »Mütter wissen oft mehr, als ihren Söhnen lieb ist.«

»Die Nachbarn haben jedenfalls nichts von der Affäre mitbekommen. Wir haben alle deswegen noch mal kontaktiert. Bodo hat Katrin Minkley besucht, sie war nie bei ihm zu Hause.«

»Wer hat die Affäre beendet?«, erkundigte sich Ole.

»Das war Minkley.«

»Gab es nach dem Tod der Mutter weiterhin Kontakt zwischen den beiden?«, fragte Gustav.

»Nein, gab es nicht. So jedenfalls die Aussage von Minkley«, antwortete Lena. Sie war erstaunt, dass ihr Onkel diese Frage stellte, denn normalerweise las er alle Berichte und Lena hatte ihn am vergangenen Abend noch geschrieben. Vielleicht hatte das Treffen mit Jutta länger gedauert und er hatte es deswegen nicht mehr geschafft.

»Habt ihr sie nach einem Alibi gefragt?«

»Haben wir nicht, aber bevor du schimpfst: Wir holen das heute nach«, antwortete Mads. »Hast du Hinrich nach einem Alibi gefragt?«

»Natürlich, das frühstückt man gleich beim ersten Gespräch mit ab. Ausbildungsjahr eins«, reagierte Gustav bissig. »Hinrich hat kein Alibi. Holt das mit dem Alibi bei Minkley bitte sofort nach der Besprechung nach.«

»Glaubst du, die Affäre hat ihn ermordet?«, fragte Ole.

»Ich glaube nicht, Ole, das solltest du als Leiter der KTU doch inzwischen besser wissen als jeder andere. Ich – verzeih, mein Team und ich ermitteln. Ohne ein stichhaltiges Alibi schließe ich niemanden als Tatverdächtigen aus.«

»Nicht mal den Wirt?«

»Nicht mal den Wirt oder die achtzigjährige Nachbarin im Rollstuhl.«

»Was habt ihr eurem Onkel angetan, dass er heute so bissig ist?«

Lena sah, wie sich Gustavs Gesicht immer mehr rötete, er holte kurz Luft, um seiner Wut freien Lauf zu lassen, doch Lena schritt geistesgegenwärtig ein.

»Darf ich dir Kaffee nachschenken?«, fragte sie und berührte ihren Onkel leicht am Unterarm.

Gustav schaute sie erstaunt an, er wirkte kurz überrumpelt.

»Lieb von dir, Lena«, antwortete er dann besänftigt. Seine Wut schien sich in Luft aufzulösen.

Mads wandte kurz den Kopf ab, vermutlich um sich ein Grinsen zu verkneifen, und selbst Ole schien von Gustavs Reaktion überrascht zu sein, nur Tim saß teilnahmslos da, als würde ihn das Ganze nicht kümmern.

Lena hatte es schon immer verstanden, ihren Onkel zu beruhigen, und irgendwie hatte sie das Gefühl, dass er ihr gegenüber noch nachsichtiger geworden war, seit sie die schlimme Verletzung bei einem Einsatz davongetragen hatte. Dabei wollte sie gar nicht mit Samthandschuhen angefasst werden.

Wortlos schenkte sie Gustav Kaffee ein.

»Mir bitte auch«, sagte Mads und Lena sah nun deutlich, dass ihr Bruder sich auf die Zunge biss, um nicht zu lachen.

Lena warf ihm einen mahnenden Blick zu, damit er ihren Onkel nicht weiter provozierte, und schenkte auch ihm Kaffee nach.

»Was habt ihr noch?«, fuhr Gustav fort. »Ich muss gestehen, dass ich es nicht geschafft habe, Lenas Bericht vorher zu lesen.« Sein Gesicht hatte wieder die normale Färbung angenommen, der Wutausbruch schien für den Moment abgewendet.

»Wir hatten gestern ein Gespräch mit Manuel Kempcke«, begann Mads. »Es war ein Tipp von Katrin Minkley. Sie hat Bodo einmal zu Kempckes Anschrift gefahren.«

»Was hat das Gespräch ergeben?«

»Nicht viel. Kempcke kennt Bodo von Onlinespielen, sie haben sich online angefreundet und Bodo hat ihn besucht, dann haben sie mal zusammen einen Joint geraucht. Bodo hat Gefallen daran gefunden, worauf Kempcke ihm regelmäßig Cannabis besorgt hat. Sie haben von da an hin und wieder gemeinsam gekifft und abgehangen.«

»War er demnach Bodos Dealer?«

»Das war er. Kempcke beschafft guten Freunden das Dope nach eigener Aussage zum Selbstkostenpreis. Darunter Bodo.«

»Glaubt ihr ihm?«

»Ich bin geneigt, es zu tun. Er hatte so große Angst vor dem Gefängnis, dass er bereitwillig alles erzählt hat.«

»Habt ihr Drogen bei ihm gefunden?«

»Ja, eine kleine Menge.«

»Beschlagnahmt? Anzeige aufgenommen?«, bohrte Gustav nach.

»Nein, warum?«

»Weil es illegal ist.«

»Das hilft uns bei den Ermittlungen doch nicht weiter. Kempcke hat uns einige sehr interessante Details über die Gamerszene erzählt, die uns helfen können, zu verstehen, warum Bodo sterben musste«, verteidigte sich Mads.

»Es liegt nicht in deiner Kompetenz, das zu entscheiden, du hättest mich anrufen müssen, bevor du so großzügig bist.«

»Das hat nichts mit großzügig zu tun, das war ein taktischer Schachzug innerhalb der Ermittlungen. Ich möchte, dass sich Kempcke in Sicherheit wiegt, dass er glaubt, dass wir ihm vertrauen.«

»Warum?«

»Weil er viel über diese Szene weiß, was Tim, der den Computer von Bodo genauer analysiert hat, sicher gleich bestätigen wird, und weil Kempcke kein Alibi hat.«

17

Scharbeutz

Manuel Kempcke hatte richtig schlecht geschlafen. Heftige Albträume hatten ihn gequält, die ihn fast an einen miesen LSD-Trip erinnert hatten, dabei hatte er kein LSD genommen, sondern nur Gras geraucht, und wenn er Gras rauchte, war er für gewöhnlich nur müde und schlief friedlich ein.

Nervös kaute Kempcke auf der Unterlippe, so heftig, dass er Blut schmeckte. Panik überkam ihn, denn er hatte schon als Kind fürchterliche Angst vor Blut gehabt. Aus Gründen, an die er gerade nicht denken wollte.

Ich muss echt vorsichtiger sein. Wegzulaufen, war total dumm, dabei bist du gar nicht dumm, dachte er.

Das Bild der beiden Polizisten erschien wieder vor seinem geistigen Auge. Er konnte Mads und Lena Johannsen einfach nicht einschätzen.

»Geschwister, die Bullen sind. Echt schräg. Seit wann darf jemand im Rollstuhl überhaupt Bulle sein?«, fragte er sich.

Wobei diese Lena ganz klar freundlicher rüberkam als dieser schlechte Thor-Verschnitt.

Das Gespräch mit der Polizei hatte sich ungut entwickelt. Erst hatte dieser Mads ihm mit einer Anzeige und dem Knast gedroht, ihm dann aber das seltsame Angebot unterbreitet, dass es keine Anzeige geben werde, wenn er ihnen alles über Bodo erzählte, was er wusste.

Selbstverständlich hatte er sofort zugestimmt. Er war nur ein kleiner Fisch, der hier und da mal dealte, auf keinen Fall wollte er in den Knast, weil er dann die Schlampe von irgendeinem Gangster sein würde. Menschen wie er waren dazu verdammt, die Schlampe von einem Muskelberg zu sein.

Kempcke schüttelte sich bei dem Gedanken.

»Erst mal kein Verkauf von Dope mehr«, ermahnte er sich.

Das ganze Gras von gestern hatte er vorsorglich an einem sicheren Ort versteckt, obwohl er den Bullen versprochen hatte, es zu vernichten.

»Für wie dumm halten die mich?«, lachte Kempcke. »Selbst schuld, wenn sie es nicht beschlagnahmen.«

Eigentlich hätte er mit dem Gesprächsverlauf zufrieden sein müssen, schließlich hätte er die Nacht auch in einer Zelle verbringen können, dennoch war da eine Unruhe in ihm, die ihm Angst machte, und er war machtlos dagegen. Es war, als würde sich das jahrelange Kiffen gerade mit einem richtig schlechten Film bei ihm rächen.

»Wieso hast du dir kein Alibi besorgt?«, machte er sich Vorwürfe.

Weil er keines hatte.

Kempcke schüttelte den Kopf. Er hätte bloß schnell etwas erfinden müssen. Woher sollten die wissen, dass es gelogen war?

Kaum hatte er den Gedanken zu Ende gebracht, schlug er sich mit der Handfläche gegen die Stirn, weil er wusste, dass das eine ganz dumme Idee war.

»Unterschätz die Bullen nicht, erst recht nicht diesen Thor.«

Er durfte die Sache nicht auf die leichte Schulter nehmen, nur weil dieser Schönling ihn nicht festgenommen hatte.

Dunkle Wolken legten sich über seinen Verstand.

»Was musstest du Bodo auch in dein Leben lassen? Einen alten Sack, der genug eigene Probleme hat und diese verdammten Probleme jetzt zu deinen gemacht hat«, schimpfte er mit sich, dabei war ihm die Antwort sonnenklar.

Er hatte das alles nicht wissen können. Bodo hatte noch bei

seiner Mutter gewohnt. Welcher Opa wohnte schon bei seiner Mutter? Er wohnte doch auch allein.

Bei dem Gedanken an seine Mutter zog sich ihm der Magen zusammen.

Er hasste seine Mutter.

Spätestens als ihr euch getroffen habt, wusstest du, was für ein Freak dieser Postbote war. Warum hast du den Kontakt nicht sofort abgebrochen?

Kempcke spürte, wie ihm plötzlich warm wurde, und seine Handflächen zu schwitzen begannen.

Der Idiot war ihm zu der Zeit eben gelegen gekommen, das Problem war nur, er war nicht vorsichtig genug gewesen.

»Verdammt!«, fluchte Kempcke.

18

Timmendorfer Strand

»Du hast gut reagiert«, sagte Mads.

»Was meinst du?«

»Na, das mit dem Kaffee und Gustav. Seine Gesichtsfarbe hätte schon jeder Tomate Konkurrenz gemacht.« Mads grinste Lena über den Schreibtisch in ihrem Büro hinweg an.

»Ich finde, er hätte dir gegenüber nicht so streng sein sollen. Du hast nichts gemacht. Am Ende war es unsere Entscheidung, dass wir Kempcke weder festgenommen noch eine Anzeige gegen ihn aufgenommen haben.«

»Passt schon, Schwesterherz. Soll er seinen Frust über Albert halt an mir auslassen. Besser als an dir.«

»Glaubst du, ich bin zu zart besaitet?«

»Ganz sicher nicht, es ist nur so, du bist meine kleine Schwester und keiner sollte dich in meiner Gegenwart dumm anmachen.«

»Er ist aber unser Onkel.«

»Auch dann nicht«, erwiderte Mads. Ihm war die Sache sehr ernst. Wenn Gustav wütend war, ließ er seinen Frust an Mads aus, zumindest konnte er sich nicht daran erinnern, dass Gustav Lena jemals einen Einlauf verpasst hatte. Selbst als sie noch Kinder gewesen waren.

»Ich weiß das zu schätzen, Bruderherz, aber ich kann mich gut selbst verteidigen. Ich möchte nicht, dass du dich meinetwegen mit Gustav in die Wolle kriegst.«

»Passiert schon nicht. So sehr Gustav mich manchmal nervt, er hat dich unglaublich lieb, nur das zählt.«

»Dich hat er genauso lieb«, ergänzte Lena.

»Dann kann er das ziemlich gut vertuschen«, erwiderte Mads augenzwinkernd.

»Du weißt doch, das ist so ein Johannsen-Männlichkeits-Ding. Auch Opa war strenger zu Gustav als zu Papa. Die Älteren wurden schon immer mehr in die Verantwortung genommen.«

Mads zuckte die Achseln. »Mag sein. Egal. Am Ende war es Alberts und Emmas Schuld, dass Gustav so reagiert hat.«

»Glaubst du, dass das Interview in die Hose gegangen ist?«

»Auf jeden Fall. Es war eine ganz schön dumme Idee, Albert zu interviewen. Die beiden sind zu impulsiv.«

Mads trat an das große Whiteboard. »Wir sollten uns wieder auf den Fall konzentrieren.«

»Gute Idee. Wir haben drei potenzielle Verdächtige, die vor seinem Tod mit Bodo in Kontakt standen, und keiner hat ein Alibi.«

»Nicht ganz. Wir haben Katrin Minkley noch nicht gefragt.«

»Stimmt, da war ich wohl etwas zu schnell.« Lena lachte. »Anrufen oder vorbeifahren?«

»Vorbeifahren. Dann können wir sie gleich zu Bodos Drogenkonsum befragen.«

»Aber Kempcke hat ausgesagt, dass das mit den Drogen erst nach dem Tod der Mutter anfing, vorher hätten sie nur gezockt, das hat Hinrich bestätigt, und zu dem Zeitpunkt waren Katrin und Bodo kein Paar mehr.«

»Mag sein, was aber nicht heißt, dass Bodo nicht schon früher Drogen konsumiert hat. Außerdem möchte ich Katrin über Bodos Online-Spielverhalten ausfragen. Mein Gefühl sagt mir, dass sie mehr über ihn weiß, als sie uns glauben lassen wollte.«

Lena nickte. »Den Eindruck habe ich auch, zumal sie sehr dominant wirkt. Sie ist eine, die weiß, was sie im Leben möchte.«

»Richtig. Warum sucht sich so eine Frau jemanden wie Bodo?«

»Du meinst ein Muttersöhnchen?« Lena sah ihren Bruder fragend an. »Vielleicht wegen eines Helfersyndroms?«

»Möglich. Oder sie möchte ihre Männer kontrollieren. Sollen wir uns noch mal mit Amir unterhalten?«

»Das bringt nichts, Amir ist viel zu weichherzig, der würde es nicht mal bemerken, wenn ein Mörder unter seinem Dach schläft, solange derjenige freundlich zu ihm ist.«

Mads hob den Zeigefinger. »Unterschätz Amir nicht.«

»Tue ich nicht. Trotzdem ist er zu weichherzig.«

»Okay, dann fragen wir Amir nicht.«

Während Lena ihre Sachen zusammensuchte, bemerkte Mads, dass eine Nachricht auf ihrem Handy eingegangen war.

Hast du ihn gefragt?, las Mads mehr unfreiwillig, da der Text in der Voransicht auf dem Handydisplay erschien.

»Du hast eine Nachricht«, sagte Mads.

Lena schaute aufs Display und steckte das Handy hastig in die Tasche.

»Nicht wichtig«, erwiderte sie, doch Mads sah seiner Schwester an, dass sie plötzlich verlegen wirkte.

»Sicher?«

»Ja, war nur Christian. Das hat Zeit.«

Wie es schien, nahm Lena an, dass Mads die Nachricht nicht gelesen hatte. Das Ganze passte jedoch zu Lenas Verhalten in den letzten Tagen. Etwas verschwieg sie ihm, die Frage war nur, was und warum?

Mads wusste, dass er in dieser Sache keinen Druck auf seine Schwester ausüben durfte, er musste sich gedulden, Christian allerdings schien sie unter Druck zu setzen. Womit?

Mads mochte Christian nicht, er traute Lenas Verlobtem keinen Meter über den Weg, weil er nicht vergessen konnte, was er ihr angetan hatte. Seine größte Sorge war, dass Christian wieder mit ihren Gefühlen spielte und er das hilflos mitansehen musste, weil er ihr dabei nicht helfen konnte.

Auf dem Weg nach Niendorf musste Mads an der Strandstraße eine Vollbremsung hinlegen.

»Verdammt«, fluchte er, hätte er doch fast einen Radfahrer gerammt.

»Geht's dir gut?« Er warf Lena einen besorgten Seitenblick zu.

»Nichts passiert. Ist das nicht Emma?«, fragte Lena.

Mads wollte seinen Augen nicht trauen, es war tatsächlich Emma. Sofort stieg er aus.

»Wo bist du verdammt noch mal mit deinen Gedanken?«, reagierte er wütend.

»Bestimmt nicht bei dir«, gab Emma scharf zurück.

»Ist alles okay?«, fragte Lena, sie hatte sich vom Beifahrersitz gehangelt und hielt sich am Autodach fest.

»Ja, alles gut«, beruhigte Emma sie. »Verzeiht, ich weiß auch nicht, wo ich mit meinen Gedanken war.«

»Ist ja nichts passiert. Sei bitte vorsichtiger«, sagte Lena beruhigend.

»Bin ich. Tut mir wirklich leid, trotzdem ist das kein Grund, dass Mads mich so schief von der Seite anmacht. Dass der Bürgermeister scharf gegen mich schießt, reicht, da brauche ich nicht noch Mads als Feind.«

Emma sah Mads an, ihre Augen wurden plötzlich feucht und augenblicklich tat es ihm leid, dass er sie so scharf angegangen hatte, auch wenn das nur eine spontane Reaktion gewesen war, weil er Angst um sie gehabt hatte. Das Letzte, was er wollte, war, dass Emma glaubte, er wäre ihr Feind. Doch bevor er etwas erwidern konnte, fuhr Emma weiter.

»Du solltest dich bei ihr entschuldigen«, sagte Lena.

»Ich?« Mads schaute seine Schwester ungläubig an. »Wir sollten besser weiterfahren, ehe wir den Verkehr noch weiter behindern.«

»Ganz genau, du solltest dich bei ihr entschuldigen. Ich möchte nicht wissen, welche Gemeinheiten sich Albert wieder für sie hat einfallen lassen. Du hast dich eben richtig im Ton vergriffen.«

»Weil ich mich erschrocken habe«, rechtfertigte sich Mads. »Ich hätte sie fast überfahren, weil sie ohne zu schauen die Straße überquert hat.«

»Sie war in Gedanken, das war keine Absicht.«

Mads holte tief Luft, dann presste er die Lippen zusammen, sein ganzer Körper stand unter Spannung. Schließlich atmete er langsam wieder aus.

»Du hast recht. Ich hätte sie nicht so scharf angehen dürfen.«

Lena berührte seine Hand. »So mag ich meinen Bruder, immer fair und selbstreflektiert.«

Mads spürte, wie er sofort ruhiger wurde. Das besondere Verhältnis zu seiner Schwester würde er sich ganz sicher nicht von Christian kaputt machen lassen. Was immer dieser Idiot für ein falsches Spiel spielte, Mads würde es herausfinden.

»Sagen Sie nicht, dass Sie mich vermisst haben«, sagte Katrin Minkley nach der Begrüßung und warf Mads dabei einen anzüglichen Blick zu, den er freundlich ignorierte.

»Danke, dass Sie sich Zeit für uns nehmen. Wir haben noch ein paar Fragen an Sie«, erwiderte Lena.

»Habe ich mir schon gedacht. Wenn ich Ihnen helfen kann, dann gern. Was haben Sie denn noch auf dem Herzen?«

»Wir hatten gestern ein Gespräch mit Manuel Kempcke«, begann Mads.

»Was sagt der kleine Freak?« Katrins Augen funkelten für einen Augenblick gefährlich. Es war nicht zu übersehen, dass sie Kempcke nicht mochte.

»Wieso nennen Sie ihn einen Freak?«

»Wie nennen Sie jemanden, der mehr Zeit am Rechner als in der realen Welt verbringt, sozial inkompetent ist und keine Freunde hat?«

»Jedenfalls nicht Freak. Woher wollen Sie überhaupt wissen, dass er keine Freunde hat?«

»Weil Bodo mir das erzählt hat.«

»Bodo hatte laut Ihrer Aussage aber auch keine Freunde. War er demzufolge ebenfalls ein Freak?«, konterte Mads.

»Soll das eine Fangfrage sein?«

»Sie sagten gestern, dass Sie Bodo zu Herrn Kempcke gefahren hätten«, antwortete Mads. Er spürte, wie die Stimmung plötzlich kippte. Katrin wirkte nicht mehr so entspannt wie noch vor wenigen Minuten, doch das war Mads nur recht.

»Habe ich, ja. Woher sollte ich die Anschrift sonst kennen?«

»Blieb es bei dem einen Mal?«, fragte Mads weiter.

»Ja, ich bin doch kein Chauffeur.«

»Hat es Sie gestört, dass sich Bodo mit deutlich jüngeren Männern traf?«

Katrin lachte und klatschte dabei in die Hände. »Glauben Sie, Bodo war schwul?«

»Nein, aber der Altersunterschied war ja wohl nicht zu übersehen. Als emanzipierte Frau wird man sich bestimmt fragen, warum der Lebensgefährte nur am Computer sitzt und sich mit deutlich jüngeren Männern trifft.«

»Er war nicht mein Lebensgefährte. Wir haben gevögelt, weil er einen geilen Schwanz hatte«, gab Katrin zurück.

»Sie haben also nie Gefühle für ihn gehabt?«

»Nein. Ehrlich gesagt, nerven mich Ihre Fragen so langsam. Was wollen Sie damit erreichen?«

»Wir suchen einen Mörder, Frau Minkley, daher ist es wichtig, dass wir rekonstruieren, was für ein Mensch Bodo war und in welchen Kreisen er sich bewegt hat«, erklärte Lena.

»Dann sind Sie bei mir an der falschen Adresse. Wir haben bloß gevögelt. Wie hätte ich jemanden ernst nehmen können, der noch an Mamas Rockzipfel hängt?«

»Hatten Sie in dieser Zeit andere Partner neben Bodo?«, fragte Mads.

»Was soll das? Glauben Sie, ich bin eine Hure?«, reagierte Katrin schroff. Es war offensichtlich, dass sie Mads gefressen hatte. »Ich dachte, Sie wären mit Amir befreundet. Ich mache das hier für ihn und nicht, um mich von Ihnen diskreditieren zu lassen.«

»Ob wir mit Amir befreundet sind oder nicht, spielt keine Rolle«, erwiderte Mads ruhig. »Wir sind hier als Polizeibeamte, die in einem Mordfall ermitteln. Bodo Petersen wurde brutal ermordet und Sie sind die Person, mit der er eine Affäre hatte. Das Ganze hat rein gar nichts mit Amir zu tun.«

»Ohne ihn hätten Sie mich niemals gefunden.«

»Sie scheinen noch immer nicht verstehen zu wollen, worum es hier geht. Wovor haben Sie Angst?«

Katrin sah Mads schweigend an, es wirkte, als wäre sie kalt erwischt worden. Schließlich sagte sie: »Ich habe keine Angst, ich möchte nur in Ruhe gelassen werden. Dass Bodo ermordet wurde, tut mir leid, aber das hat rein gar nichts mit mir zu tun. Der Kontakt zu ihm ist vor Jahren abgebrochen. Sie verschwenden nur Ihre Zeit.«

»Hatte Bodo noch zu anderen Spielern persönlichen Kontakt?«, fragte Lena.

»Das weiß ich nicht. Ich habe ihn nur das eine Mal zu diesem Nerd gefahren, das war's. Wenn Bodo bei mir war, hat er nicht über seine Onlinewelt gesprochen, aber er war ständig an seinem Handy, da hat er auch gezockt, das hat mich tierisch genervt. Bodo war ein verschlossener Typ, der wenig von sich preisgegeben hat. Ich habe mich damit arrangiert, weil es mir nur um den Sex ging. Eine Frau wie ich verliebt sich nicht in jemanden wie Bodo.«

»Aber sie hat Sex mit ihm«, erlaubte sich Mads einen bissigen Konter.

»Sie gehen jetzt besser, bevor ich meine Manieren vergesse.« Katrin atmete hörbar durch die Nase aus, dabei wurden ihre Augen schmal und Mads spürte ihre starke Ablehnung.

»Eine letzte Frage. Wo waren Sie am 22. Juli zwischen 11 und 14 Uhr?«

»In meiner Wohnung, allein, auf dem Balkon mit einem Gläschen Wein. Amir war auch auf dem Balkon, ich habe ihm zugewunken.«

19

Niendorf

Katrin Minkley packte die Vase und warf sie gegen die Wand, sie konnte ihre Wut kaum kontrollieren. Ein lauter Knall und die Vase zerbrach, fast hätte eine Scherbe sie getroffen.

»Dieser kleine Wichser von Polizist, was glaubt er eigentlich, wer er ist, mit seinem idiotischen Zahnpastalächeln. Glaubt er, dass ich seinem Charme und seinen schönen blauen Augen verfalle und einen Mord gestehe?«

Noch immer atmete sie schwer, sie ging in die Küche und holte Schaufel und Besen, um die Scherben aufzufegen. Nachdem sie die Scherben in den Mülleimer hatte gleiten lassen, schloss sie den Deckel nicht sofort, sondern verharrte einen Moment vor dem offenen Eimer.

»Wie mein Leben«, seufzte sie und unterdrückte die plötzlich aufkommenden Tränen. Dann holte sie tief Luft, straffte die Schultern und schloss die Tür in der Küchenzeile, hinter der der Mülleimer verschwand.

»Niemand macht mich kaputt. Niemand. Kein Mads, kein Bodo, niemand.«

Sie zog die Nase hoch und ärgerte sich, dass Amir ihr die Polizei auf den Hals gehetzt hatte. Dabei hatte sie gedacht, sie wären Freunde.

Sie schob die Unterlippe vor und überlegte. Schließlich trat sie an den Kühlschrank, holte die offene Flasche Cabernet Sauvignon heraus, griff sich ein Weinglas und füllte es zur Hälfte. Unschlüssig schaute sie einen Moment auf die rubinrote Flüssigkeit, dann goss sie noch etwas nach, bis das Glas gut zwei Drittel voll war. Sie gönnte sich einen Schluck und füllte noch einmal nach, anschließend stellte sie die Weinflasche zurück in den Kühlschrank und ging mit dem Glas in der Hand auf ihren Balkon.

Draußen nahm sie auf einem Sessel Platz, trank einen Schluck, schloss die Augen und versuchte, sich zu beruhigen. Sie konzentrierte sich ganz auf ihren Puls und ihren Atem.

Langsam ein- und ausatmen.

Die Augen geschlossen halten.

Es wirkte.

Sie öffnete die Augen und nippte an ihrem Wein.

Das Getränk hatte ihr schon bei manchem Kummer und in vielen Stresssituationen geholfen. Auf ihren Freund Wein war immer Verlass.

»Der fällt mir wenigstens nicht in den Rücken oder fickt irgendwelche Schlampen, nur weil sie jünger sind«, schimpfte sie leise.

Dass ihr Exfreund Volkhard sie mit einer Jüngeren betrogen hatte, nachdem er ihr seine Liebe gestanden und ihr hoch und heilig geschworen hatte, dass es nur noch sie in seinem Leben geben würde, war das Schlimmste, was ihr im Leben je widerfahren war. In diesem Moment war ihr zum ersten Mal klargeworden, dass sie alt war und jederzeit durch eine Jüngere ersetzt werden konnte. Dass man den Worten der Männer keinen Glauben schenken durfte.

Ihr war im Leben schon einiges passiert, was sie vergessen wollte und erfolgreich verdrängt hatte, aber was Volkhard getan hatte, war an Erbärmlichkeit nicht zu überbieten.

Nichts vergisst man wirklich. Diese Narben in der Seele holen jede Vergangenheit zurück, ermahnte sie sich, ehrlich zu sich zu sein.

Nur der Wein hatte sie noch nie enttäuscht. Das Getränk der Vornehmen. Auch sie war vornehm, aber sie hatte seit jeher eine Schwäche für die falschen Männer gehabt, deswegen hat es nie lange funktioniert und deswegen waren die Männer auch jedes Mal weggelaufen.

Katrin trank noch einen Schluck und dachte an Bodo.

Bei ihm hatte sie geglaubt, dass sie die Hosen anhätte, weil er noch bei der alten Hexe, seiner Mutter, gelebt hatte. Bodo hatte sie sich gefügig machen wollen.

Katrin presste die Lippen zusammen, dabei umschloss sie das Weinglas mit der Hand, fest und immer fester.

Dann ein Knall.

Das Glas zersprang und schnitt ihr in die Hand, Wein spritzte auf ihr Kleid.

»Verdammt!«, fluchte Katrin, denn es gab da etwas, was ihr Sorgen bereitete, was die Polizei nicht erfahren durfte.

20

Emma ärgerte sich, dass sie ausgerechnet mit Mads fast zusammengestoßen war. Irgendwie war er immer zugegen, wenn ihr ein Missgeschick passierte. Nur kurz war sie unaufmerksam gewesen, weil sie mit ihren Gedanken abgeschweift war, deshalb hatte sie den Wagen nicht kommen sehen, und natürlich hätte die Sache auch anders ausgehen können. Sie hatte Glück gehabt, dass sie nicht unter die Räder gekommen war. Um sich ein wenig zu beruhigen, hatte sie sich nach dem Beinaheaufprall auf eine Bank am Hafen gesetzt.

Sie dachte wieder an das Interview mit dem Bürgermeister am vergangenen Tag. Es hatte gut angefangen, sie hatte den Eindruck gehabt, dass er wirklich an einem ernsthaften Gespräch mit ihr interessiert war, doch dann, als sie die etwas unbequemeren Fragen gestellt hatte, war er patzig geworden, bis ihm dieser Spruch über Mads herausgerutscht war, der sie kurz aus der Fassung gebracht hatte.

Wieso weiß er das?, fragte sie sich. *Hatte Mads wirklich ein aufrichtiges Interesse an mir? War ich nicht nur eine Nummer für ihn wie die vielen anderen Mädels?*

Ihr Herz schlug schneller, sie wollte nicht weiter darüber nachdenken. Das mit ihr und Mads hatte keine Zukunft, daran zweifelte sie keine Sekunde.

»Aber warum hat Lange dann erzählt, dass Victoria die bessere Wahl wäre?«, murmelte sie vor sich hin.

»Was ist mit Victoria?«, sprach Amir sie von hinten an.

Emma schrak auf, sie hatte ihren besten Freund und Kollegen nicht kommen sehen.

»Nichts.«

»Ernsthaft? Wenn ich mir deinen nachdenklichen Blick ansehe, sagt mir das, dass da sehr wohl was ist, und ich weiß auch schon, wer schuld daran ist, dass du so abwesend wirkst.«

»Wer?«

»Ich bewerte diese Frage mal als rein rhetorisch. Unser geliebter Albert natürlich.«

»Ist das so offensichtlich?«

»Maus, ich kenne doch meine Prinzessin. Harte Schale, butterweicher Kern. Tut mir leid, dass ich gestern nicht mehr in der Redaktion war.«

Emma lächelte. »Das muss es nicht. Ich hoffe, Pietro geht es wieder besser.«

»War alles halb so schlimm. Ist zum Glück nur eine Prellung.«

»Das freut mich«, erwiderte Emma.

Eigentlich hatten sie sich nach dem Interview in der Redaktion treffen wollen, aber Pietro hatte sich im Gym verletzt, sodass Amir ihn gleich ins Krankenhaus gefahren hatte.

»Ich bin auch erleichtert, obwohl mein Schatz mindestens eine Woche lang nicht ins Gym darf. Kannst dir ja vorstellen, wie der gerade schiebt.«

Emma lachte. »Da ist Pietro wie Mads. Ich glaube, der könnte ohne Hanteln nicht leben.«

»Ein Mads würde sogar mit doppeltem Armbruch noch stemmen«, gab Amir zurück. »Von dem kann selbst Chuck Norris was lernen.«

Nun prustete Emma los und vergaß über Amirs Scherz ihre trüben Gedanken.

»So mag ich dich.« Amir zwinkerte ihr zu. »Bleib du mal hier sitzen und ich spendiere uns einen Kaffee.«

»Lass mich das machen, du …«, begann Emma, doch Amir unterbrach sie.

»Du genießt bitte weiter die Sonne, sonst muss ich mir nur

wieder von Mads anhören, dass ich kein Mann wäre, weil ich dich zahlen lasse.«

Damit entfernte sich Amir Richtung *Ahoi Kaffee* und Emma schaute wieder zu den Booten. Nach einer Weile erblickte sie Christian, Lenas Verlobten. Er unterhielt sich mit einer anderen Person. Da er mit dem Rücken zu ihr stand, konnte er sie nicht sehen, aber es gab für Emma keinen Zweifel, dass es Christian war. Der andere Mann hielt ihn am Arm fest, jetzt löste Christian den Griff unsanft, er schien aufgebracht zu sein und ging weiter Richtung Straße.

Die Szene wirkte seltsam, sie entsprach beinahe den Vorbehalten, die Mads ihr gegenüber Christian betreffend geäußert hatte. Mads unterstellte ihm sogar, dass er ein doppeltes Spiel mit Lena spielte, dabei hatte Emma ihn immer als freundlichen Mann kennengelernt. Bis eben hatte sie Mads' Argwohn daher nicht teilen können, aber was sie gerade gesehen hatte, war schon irritierend.

War bestimmt nur ein Streit, werd bloß nicht wie Mads. Lena ist alt genug, um die richtige Entscheidung zu treffen, ermahnte sie sich.

»Einmal Kaffee für die beste Freundin der Welt«, holte Amir sie aus ihren Gedanken.

»Das ist sehr lieb von dir.« Emma nahm den Becher entgegen und gönnte sich einen Schluck.

»Nun erzähl mir mal, warum dich Lange genervt hat.«

Emma berichtete von der Begegnung, ließ jedoch den Teil über Mads weg.

»Typisch Lange. Aber was ist jetzt mit Victoria? Hat er was über sie gesagt, oder warum hast du vorhin ihren Namen vor dich hin gemurmelt?«

»Nichts.«

»Wirklich?« Amir warf ihr einen kritischen Blick zu. »Wenn du nicht darüber reden möchtest, ist das okay.«

»Ach, ich hab mich einfach grundlos über Lange aufgeregt. Keine Ahnung, warum«, antwortete Emma.

»Noch typischer. Der Herr Bürgermeister will dich ärgern, weil er glaubt, dass du Mads mithilfe deiner Reize für deine Zwecke ausnutzt.«

»Ich?«

»Babe, die Hässlichste bist du nicht, oder wird das hier fishing for compliments? In der Machowelt eines Albert Lange gelten schöne, sportliche Frauen sicherlich nicht als die intelligentesten, genau wie wir schwulen Männer. Deshalb kann in seinen Augen nur Attraktivität die angeblich mangelnde Intelligenz ausgleichen.«

»Da hast du vermutlich recht. So habe ich das noch nicht gesehen.« Sie machte eine wegwerfende Geste. »Lass uns über was anderes reden, ich habe mich lange genug über den Bürgermeister aufgeregt.«

»Gute Einstellung.«

Emma atmete tief durch, dann sagte sie: »Mir ist übrigens noch ein Missgeschick passiert.«

»Sag nicht, das hat mit Mads zu tun?«

»Doch, leider«, gestand Emma und erzählte von dem Beinahe-Unfall.

Amir lachte. »Ich weiß, ich sollte nicht lachen, aber du und Mads, dafür gibt es keine rationale Erklärung mehr.«

»Wem sagst du das. Der muss ja langsam denken, dass ich total verpeilt bin.«

»Mach dir keinen Kopf darüber.«

»Keine Sorge, mach ich nicht. Soll ich dir mal was Lustiges erzählen?«

»Was denn?«

»Dank Herrn Lange wird Jörn bald ein Praktikum bei Mads machen«, erwiderte Emma und grinste breit.

»Du scherzt?«

»Nein!« Emma erzählte auch hier die Details und nun konnte Amir nicht mehr an sich halten.

»Wie gern wäre ich dabei, wenn Mads das erfährt«, sagte

Amir und wischte sich die Lachtränen weg. »So, wie ich Jörn kenne, wird er ihm nicht von der Seite weichen.«

»Davon ist auszugehen«, bestätigte Emma lachend, doch dann wurde sie wieder ernst. »Trotzdem hoffe ich, dass er Jörn diesen Traum nicht zerstört.«

»Ich kenne Mads, er wird sich fürchterlich aufregen und versuchen, Jörn ins Büro abzuschieben, aber ich kenne auch Jörn sehr gut, er wird sich an Mads' Fersen heften. Wie gern wäre ich da Mäuschen.«

Emma nickte. »Es bleibt spannend. Aber zurück zu meinem Artikel. Wie findest du das Verhalten unseres Bürgermeisters?«

»Seltsam. Er behauptet, mit Bodo befreundet gewesen zu sein, und versucht zugleich, der Freundschaft nicht so viel Gewicht zu verleihen. Dennoch stand er ihm nahe genug, dass er bereit war, dieses Interview mit dir zu führen.«

»Genau das finde ich auch so komisch. Dass der Vater von Bodo bei einem Feuer umgekommen sein soll, hat er nur kurz erwähnt, diese Passage in Bodos Leben wollte er offensichtlich schnell abfrühstücken.«

»Das liegt aber auch mehr als fünfundvierzig Jahre zurück. Glaubst du, dass der Vater ermordet wurde und Lange das vertuschen möchte? Oder dass der Mörder von damals sich jetzt den Sohn vorgeknöpft hat?«

»Unwahrscheinlich, er müsste dann heute um die siebzig sein.« Emma krauste nachdenklich die Nase. »Ausgeschlossen ist es aber nicht.«

»Ich weiß nicht, warum soll der Mörder, wenn es denn damals Mord war, den Sohn mehr als fünfundvierzig Jahre später ermorden? Welche Rechnung sollte er noch mit Bodo offen haben?«

»Vielleicht ist Bodo ja gerade erst dahintergekommen, dass sein Vater ermordet wurde, und der Mörder hat es mit der Angst zu tun bekommen. Mord verjährt nicht.«

Amir verzog zweifelnd den Mund, er schien nicht überzeugt. Nachdem er einen Schluck Kaffee getrunken und einen Moment eine Möwe beobachtet hatte, die sich auf einem der Boote niederließ, erwiderte er: »Alles ist denkbar. Aber mein Bauchgefühl sagt mir, dass es sehr großer Fantasie bedarf, da eine Verbindung herzustellen. Es muss einen anderen Grund geben, weshalb Bodo ermordet wurde.« Er sah Emma an. »Mal unter uns, warum interessiert dich das so? Du sollst doch nur einen schönen Nachruf auf Bodo schreiben. Er war sehr beliebt in der Gemeinde.«

»Werde ich ja machen, aber das Gespräch mit Lange hat mich stutzig gemacht.«

»Ich werde das Gefühl nicht los, dass du schon früher mit dem Gedanken gespielt hast.«

»Nein, wirklich«, wehrte Emma ab. »Ich habe halt seit gestern den Eindruck, dass Lange etwas verschweigt. Ja, ich weiß, dass der tragische Tod des Vaters sehr lange zurückliegt, dass Lange da noch ein Kind war, aber der Opa von Mads war zu der Zeit bestimmt schon Polizist. Vielleicht ist da irgendwas gelaufen, was Lange jetzt vertuschen möchte. Ich weiß, dass Lange Mads' Opa sehr bewundert hat.«

Amir sah sie prüfend an. »Willst du das wirklich? Opa Mikkel ist in der Familie unantastbar, genau wie Jutta. Du tust dir keinen Gefallen damit. Erst recht nicht, wenn sich dein Verdacht in Luft auflöst. Wenn du meinen Rat möchtest, konzentrierst du dich darauf, einen schönen Nachruf zu schreiben. Dabei kannst du meinetwegen immer noch deine Fühler nach Hinweisen ausstrecken, die erklären, warum er ermordet wurde. Aber versprich mir eines: Vergiss Bodos Vater und vor allem Mikkel. Wenn du da Staub aufwirbelst, bringst du nicht nur Albert und Gustav gegen dich auf, sondern auch alle anderen. Willst du das wirklich?«

Emma sah nachdenklich auf ein Boot, das gerade im Hafen anlegte. »Vermutlich hast du recht«, sagte sie dann. »Ich sollte mit Manuel Kempcke sprechen.«

Am vergangenen Abend hatte sie noch einmal kurz mit Katrin Minkley telefoniert und diese hatte ihr einige wenige Details über Kempcke erzählt, zum Beispiel wo er wohnte und dass er wie Bodo gern Onlinespiele am PC spielte.

Amir lächelte. »Das ist vernünftig.« Dann beugte er sich plötzlich vor und stand auf. »Warte kurz.« Mit diesen Worten eilte er auf eine Frau zu, die Emma nicht kannte.

Er unterhielt sich mit ihr, schließlich kamen beide zu Emma zurück.

»Emma, das ist Gabriele. Sie ist eine Kollegin von Bodo«, stellte Amir die Unbekannte vor.

»Freut mich.« Emma stand auf und reichte ihr die Hand zur Begrüßung.

»Amir meinte, dass Sie einen Nachruf auf Bodo schreiben«, sagte Gabriele.

»Stimmt. Wie ich hörte, war er sehr beliebt in der Gemeinde, er war fast sein ganzes Leben lang Postbote.«

»In der Tat. Er war der dienstälteste Kollege bei uns im Team«, bestätigte Gabriele. »Bodo hat es verdient, einen schönen Nachruf zu bekommen. Ich hatte ein sehr gutes Verhältnis zu ihm, er war immer für einen da, absolut hilfsbereit. Daher sind wir ja so geschockt, dass er derartige Mengen ungeöffneter Post gebunkert haben soll.«

»Post gebunkert?« Emma sah sie erstaunt an. Das war ihr vollkommen neu.

Wieder einmal musste sie an Mads denken, der diese Information sicherlich hatte, sie ihr aber, wie bestimmt vieles andere auch, vorenthielt.

21

Timmendorfer Strand

Welchen Grund konnten Katrin oder Kempcke haben, Bodo zu ermorden? Mads wollte keiner einfallen.

Er stand vor dem Whiteboard in ihrem Büro und versuchte, zwischen all ihren Hinweisen etwas zu finden, was da nicht stand. Etwas, was ihnen half, die Ermittlungen auf die richtige Spur zu lenken.

Lena, die kurz draußen gewesen war, kam ins Büro zurück.

»Fährst du mich zur Physio oder soll ich Christian fragen? Er hat mir eben geschrieben, dass er heute früher Feierabend hat«, sagte sie.

Mads drehte sich um. »Ich mach das, Schwesterherz, ein bisschen frische Luft wird mir guttun, dabei kann ich meine Gedanken zu dem Fall neu sortieren.«

»Sehr lieb von dir.«

Warum Christian, der erst diesen Monat seinen neuen Job angetreten hatte, jetzt schon früher Feierabend machen konnte, fragte Mads lieber nicht, auch wenn er das ungewöhnlich fand. Gab man nicht gerade in den ersten Wochen Vollgas?

Ohne einen Kommentar packte Mads seine Sachen zusammen und gemeinsam verließen sie das Büro.

»Moin. Wohin geht's?«, sprach Gustav sie an, als sie gerade das Gebäude verlassen wollten.

»Ich fahre Lena zur Physio.«

»Sehr gut, mach das. Wenn es was Neues gibt, sagt mir Bescheid«, erwiderte Gustav und ging weiter.

Zwanzig Minuten später steuerte Mads zu Fuß den Niendorfer Hafen an. Er hatte Lena an der Physiotherapiepraxis rausgelassen und wollte sich jetzt im Ahoi Kaffee einen Espresso gönnen, als er Emma und Amir auf einer Bank sitzen sah.

»Moin«, grüßte er die beiden.

»Amir weiß über mein Missgeschick Bescheid. Also, falls du dir einen Scherz auf meine Kosten erlauben möchtest, muss ich dich leider enttäuschen«, ging Emma sofort in die Offensive, nachdem sie sich begrüßt hatten.

»Das hatte ich gar nicht vor, aber damit bringst du mich auf eine Idee«, erwiderte Mads und schmunzelte frech.

»Wolltest du uns eigentlich irgendwann verraten, dass Bodo Berge von Post bei sich im Keller gebunkert hat?«, fragte Emma.

»Woher wisst ihr das?«

»Wir machen unsere Hausaufgaben.«

»Ich dachte, du schreibst einen wohlwollenden Nachruf auf Bodo? Wie passen da Berge von gestohlener Post hinein?«, fragte Mads.

»Das lass mal meine Sorge sein.«

»Woher wisst ihr das denn?«

Emma zog bedauernd die Brauen hoch. »Das dürfen wir nicht verraten.«

»Ich sehe schon, Emma ist heute bissig. Habe ich dir was getan?«

»Nein, hast du nicht. Aber wäre es wirklich so schlimm gewesen, diese Info mit uns zu teilen? Immerhin haben wir dir auch von Bodos Affäre erzählt.«

Mads seufzte innerlich. Ging das schon wieder los. Laut sagte er: »Ihr seid Journalisten, ich bin Polizist. Wenn ich Journalist wäre, würde ich solche Infos sofort mit euch teilen, ebenso wie jede andere Information zu dem Fall, da wäre ich sicherlich nicht so egoistisch wie du.«

»Billige Ausrede. Auch Polizisten müssen Informationen

mit der Presse teilen. Die Öffentlichkeit hat ein Recht darauf«, gab Emma zurück.

»Nicht, wenn dadurch die Ermittlungen behindert werden könnten.«

»Werden sie nicht.«

»Das lass bitte mich entscheiden.« Er wandte sich an Amir. »Da ich dich gerade hier treffe, habe ich eine Frage an dich.«

»Was möchtest du denn wissen?«, fragte Amir, der sich augenscheinlich ein Schmunzeln verkniff.

»Deine Nachbarin behauptet, dass sie am 22. Juli zwischen 11 und 14 Uhr zu Hause gewesen sei und dir von ihrem Balkon aus zugewunken hätte«, fuhr Mads unbeirrt fort.

»Du verdächtigst doch nicht etwa Katrin?«

»Ich ermittele, dabei muss ich alle Eventualitäten ausschließen. Hat sie dir vom Balkon aus zugewunken?«

»Katrin könnte nie im Leben jemanden ermorden. Aber zu deiner Frage, Ja, ich erinnere mich, sie auf dem Balkon gesehen zu haben.«

»Wann denn?«

Amir schien einen Moment zu überlegen. »Ehrlich gesagt, weiß ich das nicht mehr.«

»War das mittags oder vormittags?«

Wieder überlegte Amir, dann sagte er: »Katrin hat keinen Grund, Bodo zu töten. Die Affäre liegt doch lange zurück.«

»Kannst du dich an eine Zeit erinnern?«

Amir seufzte. »Nein, leider nicht. Gefühlt muss das am Nachmittag gewesen sein, aber nagel mich bitte nicht darauf fest.«

»Wenn du Katrin verdächtigst, müsst ihr ziemlich verzweifelt sein«, warf Emma ein, was Mads nur mit einem müden Lächeln quittierte.

»Ist es nicht so?«

»Emma, versuch's bitte gar nicht erst. Ich kann keine Hinweise oder Informationen mit dir teilen und auch keine Wasserstände über die Ermittlungen weitergeben.«

Emma presste die Lippen zusammen, sie wirkte eingeschnappt, was Mads jedoch irgendwie süß fand, und er erwischte sich dabei, dass er ihr gern ein paar Informationsbröckchen zuwerfen würde, doch er konnte diesem plötzlichen Drang widerstehen.

»Was weißt du über den Ex von deiner Nachbarin?«, fragte Mads stattdessen. Wenn er Amir schon mal da hatte, konnte er ihn gleich richtig befragen. Amir und Katrin schienen ein gutes Verhältnis zu haben.

»Ehrlich gesagt, hatte ich den Eindruck, dass Katrin und Volkhard gut zueinander passten. Volkhard ist selbständig, er steht mit beiden Beinen im Leben.«

»Warum hat es dann nicht geklappt?«

»Weil Volkhard sie betrogen hat, mit einer deutlich Jüngeren.«

»Wieso hat er das getan?«

»Echt jetzt?« Amir schnaubte. »Weil er ein Arschloch ist. Warum sonst betrügt man seine Freundin? Wie vielen jungen Frauen hast du schon mit so einer Nummer das Herz gebrochen?«

»Hast du Volkhard mal danach gefragt?«, gab Mads zurück, er wollte keinen unnötigen Streit mit Amir anfangen.

»Ja, habe ich. Er hatte aber nicht den Mumm, einzugestehen, dass es ein Fehler war, stattdessen wollte er mir klarmachen, dass Katrin klammern und versuchen würde, ihn zu kontrollieren. Angeblich wollte sie auch den Kontakt zwischen ihm und seiner Tochter einschränken.«

»Das hat dich gar nicht erschüttert?«

Amir zuckte die Schultern. »Natürlich nicht, weil er ein feiger Lügner ist. Er hat Katrin betrogen, nicht umgekehrt. Wie mies ist das bitte.«

»Da Mads auch nichts anbrennen lässt, hat er mit Leuten wie Volkhard eben Sympathien«, bemerkte Emma.

»Uncool. So gut kennt ihr mich, ich habe noch nie eine

Freundin oder Affäre mit einer anderen Frau betrogen. Ich spiele immer mit offenen Karten und ich zwinge keine Frau, sich in mich zu verlieben. Vielleicht hatte Volkhard ja recht.«

»Du verschwendest deine Zeit damit. Katrin ist eine emanzipierte, gebildete und kluge Freundin. Sie lässt sich nicht alles gefallen, aber sie ist ganz sicher keine eiskalte Mörderin.«

»Wie wurde Bodo denn ermordet? Oder darfst du diese Info auch nicht mit uns teilen?«, fragte Emma, dabei warf sie Mads einen Blick zu, der überhaupt nicht aggressiv, sondern fast schüchtern wirkte, als glaubte sie nicht, dass Mads ihr eine Antwort darauf geben würde.

Aber Mads sah keinen Grund, ihr dieses Detail vorzuenthalten. »Er wurde erstochen. Ein gezielter Treffer in den Hals. Bodo ist verblutet.«

»Danke. Ein Mads Johannsen kann ja doch ganz nett sein«, erwiderte Emma und schaute ihn auf diese spezielle Weise an, die in ihm jedes Mal den Drang auslöste, sie in den Arm zu nehmen. In diesen Augenblicken konnte er überhaupt nicht böse auf sie sein.

»Ich bin immer nett, aber ich bin auch Polizist«, gab er stattdessen zurück. »Bitte nicht beides durcheinanderwürfeln.« Dann wandte er sich wieder an Amir: »Hast du die Kontaktdaten von Volkhard?«

»Nein. Ich weiß nur, dass er Volkhard Schubert heißt. Ich folge ihm auf Facebook, du findest ihn unter meinen Freunden«, antwortete Amir.

»Danke dir. Hat Katrin euch nach meinem Gespräch mit ihr noch etwas erzählt?«

»Nein, nichts. Na ja, fast nichts. Sie meinte nur, du und Lena wären ganz sympathisch gewesen.«

Mads bezweifelte, dass sie das nach dem heutigen Gespräch noch so sehen würde, obwohl es ihm auch herzlich egal war, was sie über ihn dachte.

»Über ihr Verhältnis zu Bodo weißt du nichts mehr, oder?«

»Nein, da kann ich dir leider keine Hilfe sein.«

»Könntest du sie mal in einer ruhigen Minute beiläufig darauf ansprechen?«

»Soll ich für dich spionieren?«, fragte Amir stirnrunzelnd.

»Nein, nur ein bisschen ausfragen, ganz nebenbei, ohne dass sie sich was dabei denkt. Das wäre sehr nett.«

»Tut mir leid, Mads, ich spioniere meine Freunde nicht aus, außerdem irrst du dich mit deinem Verdacht gegen Katrin gewaltig. Aber du könntest mir mal einen Gefallen tun.«

»Welchen?«

»Sei nett zu Jörn.«

»Ich bin immer nett zu Jörn«, erwiderte Mads erstaunt.

»Gut, enttäusch ihn nicht. Er freut sich nämlich schon mega auf das Praktikum.« Amirs Mundwinkel zuckten.

»Was für ein Praktikum?«, fragte Mads, er konnte Amir gerade nicht folgen.

»Oh, du weißt nichts davon?«

»Ich weiß überhaupt nichts von einem Praktikum. Soll das ein schlechter Scherz sein?«

Nun musste Amir doch lachen, dann klärte er Mads auf und in Mads begann es zu brodeln.

»Du machst Witze, oder? Albert und Gustav würden das niemals über meinen Kopf hinweg entscheiden.«

»Da solltest du lieber deinen Onkel fragen«, mischte sich nun Emma ein. »Jörn hat es mir selbst erzählt. Ich hoffe, du entmutigst ihn nicht, auch wenn dein Onkel und Lange es entschieden haben, ohne vorher mit dir zu sprechen.«

Mads schüttelte nur den Kopf. »Ich muss los, Lena von der Physio abholen«, sagte er und verabschiedete sich von den beiden. Seine Wut auf Gustav und Albert wollte er ihnen nicht zeigen.

»Ich frage mich, woher Emma und Amir von der gebunkerten Post wussten«, sagte Mads, als er und Lena zurück zur Dienststelle fuhren.

»Vielleicht hat ihnen jemand einen Tipp gegeben«, mutmaßte Lena.

»Möglich.«

»Könnte ein Kollege von Bodo gewesen sein.«

»Du hast recht, das ist sogar mehr als wahrscheinlich. Wieso sind wir noch nicht selbst darauf gekommen, mit den Kollegen und dem Leiter der Postfiliale zu sprechen?«

»Vermutlich, weil wir keine Verbindung zwischen dem Mord und den Kollegen sehen.«

»Stimmt. Trotzdem sollten wir mit ihnen reden, niemand hatte in letzter Zeit mehr mit Bodo zu tun als die Kollegen.«

»Sollen wir Gustav informieren?«, fragte Lena.

»Warum? Wir leiten die Ermittlungen, da müssen wir ihn ja wohl nicht über jeden Schritt sofort in Kenntnis setzen. Er bekommt doch eh die Berichte.«

Lena nickte stumm.

Nach einer kurzen Pause fragte Mads: »Wie war die Physio?«

Lena streckte sich leicht. »Was soll ich sagen? Gut, ich fühle mich bei denen wirklich bestens aufgehoben, und manchmal erwische ich mich bei dem Gefühl, wieder gehen zu können, doch dann löst sich dieser Wunsch in Luft auf.«

»Du wirst es schaffen«, ermutigte Mads sie, denn er sah, dass seine Schwester plötzlich schwermütig wurde, als würde sie doch nicht mehr ernsthaft daran glauben, dabei war es so wichtig, dass sie nicht aufgab und weiter an sich glaubte.

Schweigend sah Lena aus dem Beifahrerfenster.

Mads wollte nicht weiter in sie dringen, er schwieg ebenfalls und folgte der Strandallee, bis sie Timmendorf erreichten. Er konnte sich an der Kulisse, die sich rechts und links von ihnen bot, einfach nicht sattsehen, egal wie oft er die Strecke fuhr.

Wenig später bog er in die Poststraße ab.

Hier war vor etlichen Jahren eine große Postfiliale gebaut worden, die aber irgendwann geschlossen worden war. Heute arbeiteten nur noch einige Büroangestellte in dem Gebäude sowie die Postzusteller, die hier ihren Schichtplan einsahen oder Pause machten. Für die Öffentlichkeit war das Gebäude nicht mehr zugänglich.

Mads fand einen Parkplatz direkt davor und wenig später betraten sie das Gebäude.

»Moin. Wie kann ich Ihnen helfen?«, sprach sie eine Frau an, die gerade über den Flur ging.

»Wir sind von der Kripo und würden gern mit dem Leiter der Postfiliale sprechen.«

»Wegen Bodo, richtig?«

»Haben Sie mit ihm zusammengearbeitet?«, fragte Mads, hätte sich aber sogleich am liebsten auf die Zunge gebissen. Warum sonst sollte die Frau wohl hier herumlaufen?

»Nach Bodo bin ich die dienstälteste Postangestellte in der Gemeinde«, erwiderte die Frau. »Ich mache den Bürokram.«

»Wie gut kannten Sie Bodo?«

»Sehr gut. Ich behaupte mal, dass wir befreundet waren. Deswegen war ich auch so geschockt.«

»Was meinen Sie?«

»Dass er Post gebunkert hat. Wir hatten da so einen Verdacht, aber dass es ausgerechnet Bodo gewesen sein sollte, das war irgendwie … Wie soll ich sagen? Das wollte niemand wirklich glauben.«

»Sie haben darüber nicht zufällig mit Emma Falk und Amir Kaya gesprochen?«, fragte Mads. Er hatte plötzlich so eine Ahnung.

»Doch, ich habe beide vorhin in Niendorf getroffen. Emma schreibt einen Nachruf auf Bodo, das freut mich sehr.«

»Darf ich nach Ihrem Namen fragen?«

»Gabriele Block. Wie heißen Sie?«

»Ich bin Mads und das ist meine Schwester Lena Johannsen. Haben Sie eine Erklärung dafür, warum Bodo die Post gebunkert haben könnte?«

»Er war wohl überfordert.« Sie legte die Hände zusammen. »Ich hätte es ahnen müssen.«

»Weil Sie befreundet waren?«

»Ja, und weil er in den letzten Wochen immer weniger Zeit hatte. Früher haben wir uns ab und an getroffen. Sind ins Kino gegangen oder haben uns zum Kaffee verabredet, aber seit einigen Wochen gar nicht mehr. Ich habe ihn gefragt, ob alles gut ist, und er meinte, dass er gerade bloß wenig Lust hätte, etwas zu unternehmen. Da dachte ich, dass es nur wieder so eine Zockerphase war.«

»Zockerphase?«, wiederholte Mads.

»Er spielte gern Ballerspiele oder diese Onlinespiele. Manchmal stundenlang. Seine Mutter hat sich immer fürchterlich darüber aufgeregt, weil sie null Verständnis dafür hatte. Mir war es ehrlich gesagt auch ein Rätsel, wie er in seinem Alter so ewig am Computer hocken konnte, aber so war er halt. Einen Menschen in dem Alter verändern zu wollen, halte ich für die falsche Einstellung.«

»Wollte das denn jemand?«, hakte Lena nach, und Mads wusste sofort, worauf sie anspielte.

Block verdrehte die Augen. »Wer wohl.«

»Wen meinen Sie?«

»Diese Katrin Minkley.«

»Sie kennen Frau Minkley?«

»Sie offenbar auch. Schreckliche Person, oder?«

»Inwiefern?«

»Weil sie Bodo ständig kontrolliert hat, ihn umerziehen wollte. Sie hat Bodo nicht gutgetan.«

»Wusste Frau Minkley, dass Sie mit ihm befreundet waren?«

»Bestimmt. Sie hat Bodo ja den Kontakt zu mir untersagt«, antwortete sie.

»Wusste die Mutter von Ihrer Freundschaft?«

»Klar, warum nicht? Bodo und ich waren Kollegen und Freunde, zwischen uns lief aber nichts.«

»Wusste die Mutter von Frau Minkley?«, fragte Mads.

»Logisch. Bodo, der arme Narr, hatte sich in Katrin verliebt, ohne zu begreifen, dass sie ihn manipulierte. Er hat es seiner Mutter erzählt in der Hoffnung, dass er Katrin dann nicht mehr heimlich treffen müsste, er wollte die Beziehung öffentlich machen. Soweit ich weiß, gab es auch einige Treffen zwischen der Mutter und Katrin, aber seine Mutter mochte sie von Anfang an nicht. Sie glaubte, dass Katrin ihn manipulieren und von ihr entfremden wollte. Dabei war die Mutter auch nicht ohne, sie wusste, wie sie Bodo unter Druck setzen konnte. Der Arme, er hat sich zwischen den beiden total aufgerieben. Die Computerspiele waren seine einzig mögliche Flucht aus der Realität.«

Katrin Minkley hatte sie also belogen. Die Frage war nur, warum?

22

»Wann gibst du die beschlagnahmte Post frei?«

»Wieso fragst du?« Gustav sah den Bürgermeister erstaunt an.

»Weil die Post Druck macht.«

»Die Post? Meinst du damit den Abteilungsleiter?«

Albert lachte auf. »Detlef? Der hat es nur einmal angesprochen, weil Lübeck Druck gemacht hat. Er ist ungefähr so motiviert wie Frank, er würde das Ganze am liebsten im Sande verlaufen lassen.«

»Sei nicht immer so gemein zu Frank. So ein schlechter Bürgermeister ist er nicht.«

»Na, da spricht wohl der Experte.«

»Wenn ich mir die Entwicklung anschaue, die Scharbeutz in den letzten Jahren gemacht hat, dann nehme ich mir heraus, Ahnung zu haben«, erwiderte Gustav.

»Sag mir lieber, was ich den Lübeckern erzählen soll.«

»Frag mich morgen noch mal. Ich bemühe mich, die Post freizugeben, aber so schnell geht es nicht. Zufrieden?«

»Im Moment Ja. Habt ihr schon einen Verdacht, wer Bodo ermordet haben könnte?«

Gustav verzog den Mund. »Nein, gar keinen. Hast du deine Drohung wahrgemacht?«

»Welche Drohung?«

»Dass du Tobias die Hölle heißmachen wolltest, wegen Emma.«

»Nein, habe ich nicht.«

»Warum?«

»Weil ich mir Streit mit dir ersparen wollte.«

»Wie kommst du darauf?«

»So gut kenne ich dich. Es tut mir übrigens leid, dass wir uns gestern wegen Emma in die Haare gekriegt haben. Sie versteht es wie keine andere Person, mich zur Weißglut zu bringen. Außerdem hängt Tobias sehr an ihr, der würde sicherlich nicht auf mich hören, mir bleibt also nichts anderes übrig, als meine Wut heute Abend mit Tequila und Zitrone zu betäuben.«

»Es ist gut, dass du Tobias nicht darauf angesprochen hast, und deine Entschuldigung nehme ich an. Du hast mich gestern kalt erwischt. Heute ist mir Mads gegenüber ein dummer Spruch rausgerutscht, der mir leidtut.«

»Hast du es ihm gesagt?«

»Nein, warum sollte ich?«

»Ach, und ich soll …«, setzte Albert an.

»Das ist doch was völlig anderes. Mads ist mein Mitarbeiter, da erwarte ich volle Konzentration, außerdem gehört es sich nicht, die Kompetenz des Polizeichefs zu kritisieren.« Gustav richtete sich auf und setzte eine strenge Miene auf, doch Albert winkte ab.

»Du hast es einfach nicht drauf.«

»Was?«

»Na, das selbstbewusste Auftreten und den stolzen, erhabenen Blick eines Mikkel Johannsen. Wenn er etwas zu dir gesagt hat, hast du dich nicht getraut, ihm in die Augen zu schauen, aber dir sehe ich an, dass es dir leidtut, dass du Mads angegriffen hast.«

Gustav fühlte sich ertappt, doch er würde den Teufel tun, das Albert gegenüber einzugestehen, diesen kleinen Triumph gönnte er seinem ältesten Freund nicht.

»Wann ist die Beerdigung geplant?«, fragte er stattdessen.

»Du scherzt, oder? Ihr habt doch noch die Leiche«, entgegnete Albert. »Sobald sie freigegeben wird, kümmere ich mich um ein anständiges Begräbnis für Bodo. Das sind wir ihm schuldig.«

»Sehr gut. Ein würdiger Abschied ist wichtig.«

Albert machte eine nachdenkliche Miene. »Wir dürfen diese Emma trotzdem nicht unterschätzen, wir sollten sie im Auge behalten, auch wenn du ins Emma-Fanlager gewechselt bist.«

»Red nicht so einen Unsinn. Warum sollte sie uns gefährlich werden?«

»Sie war mir ein bisschen zu neugierig, als es um den tragischen Tod von Bodos Vater ging. Ich kenne diesen Blick. Sie hat Blut geleckt.«

»Mist«, entfuhr es Gustav.

»Eben, deswegen sollten wir sie im Auge behalten, oder willst du Mikkels Ansehen in den Schmutz ziehen?«

»Nein, niemals. Ich überlege mir was.«

23

Niendorf

Emma versuchte, ihre Gedanken zu sortieren.

»Da passt einiges nicht zusammen«, sagte sie zu sich und legte ihre Stirn in Falten.

»Was meinst du?«, fragte Tobias. Er war zu ihr an den Schreibtisch gekommen, um sich zu erkundigen, wie sie mit dem Nachruf vorankam.

»Den Mordfall Bodo.«

»Denk dran, es geht nur um einen Nachruf. Wie kommst du denn darauf?«

Emma lehnte sich in ihrem Bürostuhl zurück und tippte mit dem Kuli auf die Schreibtischunterlage. »Ich hatte einige Gespräche. Sag mal, du kennst doch Bodo ganz gut.«

»Alle, die hier aufgewachsen sind, tun das. Bodo war ewig Postbote.«

»Was ist mit seinem Vater? Was weißt du über seinen Tod?«

»Nicht viel, nur dass er bei einem Brand ums Leben gekommen ist. Die Petersens waren Landwirte. Worauf willst du hinaus?«

»Nichts Bestimmtes, der Bürgermeister hat nur so seltsam reagiert, als er über den Vater sprach.«

»Du hast mir nicht erzählt, dass du dich mit Albert getroffen hast.«

Emma verzog den Mund. »Wundert mich, dass Lange nicht längst bei dir gegen mich gehetzt hat.«

»Hat er nicht. Sag nicht, dass es im Streit geendet hat?«

»Lange und ich, das passt einfach nicht, aber ich war nicht schuld. Ich lasse mir nur nicht von ihm diktieren, wie ich meine Arbeit zu machen habe.«

»Komisch, dass Albert sich dann noch nicht bei mir gemeldet hat. Vielleicht sollte ich ihn anrufen.«

»Bitte nicht.«

»Warum?«, fragte Tobias erstaunt.

»Wenn er sich nicht meldet, war das Gespräch für ihn wohl nicht so schlimm. Warum unnötig schlafende Hunde wecken?«

Tobias lachte. »Du hast recht. Aber denk dran, du sollst einen Nachruf auf Bodo schreiben, nicht in seiner Vergangenheit schnüffeln.«

»Ich schnüffle nicht, ich möchte nur verstehen, warum er sterben musste«, verteidigte sich Emma.

»Was soll das mit dem Tod des Vaters zu tun haben?«

»Das weiß ich ehrlich gesagt nicht.«

»Emma, es liegen mehr als vierzig Jahre zwischen den beiden Taten, vergiss den Vater. Mein Vater und er waren miteinander befreundet. Konzentrier dich bitte auf den Nachruf, ich möchte mich nicht mit der ganzen Gemeinde anlegen. Bodo war sehr beliebt.«

Bevor Emma etwas erwidern konnte, entfernte sich Tobias.

Nachdenklich malte sie ein paar Kringel auf die Schreibtischunterlage. Was sollte sie mit Tobias' Worten anfangen? Hatte er sie gerade auf freundliche Weise an die kurze Leine gelegt?

So oder so, sie würde ihrer Linie treu bleiben, denn irgendetwas stimmte hier nicht. Sie wollte einfach nicht glauben, dass Bodo ein Zufallsopfer war. Wenn das so wäre, hätte Mads bestimmt etwas gesagt.

Bei diesem Gedanken lachte Emma bitter auf.

Mads? Das glaubst du doch selbst nicht.

Dass die Ostseekriminalpolizei in diesem Fall so gut wie keine Informationen rausgab, bestärkte Emma nur in dem Verdacht, dass hier etwas faul war. Dass sie etwas zu vertuschen hatten, glaubte sie jedoch nicht, die Johannsens waren ehrbare Polizisten, die viel Wert auf die Wahrheit und saubere Ermittlungen legten, davon war Emma fest überzeugt.

»Vergiss Bodos Vater«, sagte sie zu sich und griff nach ihrer Tasche.

Sie würde sich jetzt mit Manuel Kempcke unterhalten.

Als sie gerade das Großraumbüro verlassen wollte, kam ihr Amir entgegen.

»Wohin, Süße?«, fragte er und umarmte Emma zur Begrüßung.

»Zu Kempcke. Willst du mit?«

»Würde ich gern, aber Tobias hat mir vorhin einen neuen Artikel gegeben, ich wollte mich gerade mit ihm abstimmen.«

»Er ist jetzt im Büro, viel Erfolg«, sagte sie, dann verließ sie die Redaktion, begleitet von dem Gedanken, dass Tobias Amir vermutlich bewusst mit einem neuen Artikel beauftragt hatte, damit er sie nicht bei ihrer Arbeit unterstützen konnte. Amir kannte einige, die auch Bodo kannten, schließlich kam er hier aus der Ecke. Sie hingegen war nur zugezogen und konnte daher mit Bodo nicht viel anfangen, zumal er die letzten Monate wohl für Timmendorf verantwortlich gewesen war, da die Postboten ihre Routen in der Gemeinde immer wieder wechselten.

Manuel Kempcke wohnte in Scharbeutz, knapp zehn Kilometer entfernt, daher beschloss Emma, mit dem Auto zu fahren. Im lokalen Radiosender lief gerade der neue Song von Apache 207 und ihre Gedanken wanderten nach Mannheim.

Sie hatte gern in der Quadratestadt gelebt. Mannheim war groß, aber nicht so groß wie Köln, was ihr sehr gefallen hatte. Wie gern hätte sie jetzt bei einem Gläschen Wein im *Dolce Amaro* gesessen oder bei einem Kaffee im *Moha Kaffee.*

In diesem Moment fehlte ihr Mannheim und sie musste an Daniel denken. Sie konnte sich nicht gegen die Tränen wehren, sie flossen einfach. Mit einer raschen Bewegung wischte sie sich unter den Augen entlang. Nichts wünschte sie sich jetzt mehr, als eine Schulter zum Anlehnen, um mit ihren Ängsten nicht allein sein zu müssen. Sie fühlte sich überhaupt nicht mehr stark, im Gegenteil, sie hasste es, immer stark sein zu müssen. Sie wollte auch einmal schwach sein, eine Frau, die ihren Emotionen freien Lauf lassen konnte.

Seltsamerweise musste sie dabei an Mads und nicht an ihren Freund Stefan denken. Wie gern hätte sie jetzt in Mads' Armen gelegen.

»Du spinnst«, ermahnte sie sich und zog leise die Nase hoch. Mads hatte Victoria, und wie es schien, waren sie glücklich. Sie wiederum hatte Stefan und auch sie war glücklich. Es gab keinen Grund, sich von ihm zu trennen.

Das Ortsschild von Scharbeutz brachte ihre Gedanken wieder zu ihrem Artikel zurück. Sie bog in die Zielstraße ab und fand einen Parkplatz direkt vor der Anschrift.

Leider schien Kempcke nicht zu Hause zu sein, zumindest öffnete er nicht auf ihr Klingeln.

Und jetzt?, überlegte Emma. Sie hatte keine Handynummer von Kempcke. Wie sollte sie die herausbekommen?

Mads?

Nein, sie hielt es für ausgeschlossen, dass Mads ihr die Handynummer geben würde, auch wenn er wusste, dass sie die Anschrift von Kempcke bereits kannte. Er würde ihr die Arbeit nicht leichter machen.

Lena?

Nein, auch das hatte keinen Sinn, sie würde ihrem Bruder nicht in den Rücken fallen.

Amir! Der hat doch einen Kontakt im Bürgerbüro.

Sie zückte ihr Handy und rief Amir an, doch der nahm leider nicht ab, sodass sie ihm eine Nachricht schrieb.

Kaum hatte sie den Text abgeschickt, öffnete sich die Tür und ein Jugendlicher trat heraus.

»Hallo«, sprach sie ihn an.

»Moin«, erwiderte dieser.

»Kennst du Manuel?«

»Den Kiffer?«

»Er wohnt hier, genau«, antwortete Emma, obwohl sie gar nicht wusste, ob Kempcke Joints rauchte.

»Brauchst du Stoff?«, fragte der Jugendliche.

»Fürs Wochenende. Ein paar Freunde und ich wollen eine kleine Party schmeißen«, stieg sie in das Spiel ein.

Der Jugendliche grinste. »Manu hat schon das geilste Dope, Topqualität, kein gestreckter Scheiß, aber der hat Ärger mit den Bullen, glaube ich, jedenfalls wollte er mir gestern nichts verkaufen.«

»Das wäre echt blöd. Weißt du denn, wo er gerade ist?«

»Er müsste eigentlich zu Hause sein. Jede Wette, der ist drauf. Geh doch rein und klopf an, dann macht er bestimmt auf«, schlug der Jugendliche vor.

»Danke dir. Wo wohnt er?«

»Im Erdgeschoss.« Er hielt ihr die Eingangstür auf, damit Emma eintreten konnte, dann zwinkerte er ihr zu und ging weiter.

Emma klopfte an Kempckes Wohnungstür, doch der reagierte noch immer nicht.

Hoffentlich hat sich der Junge keinen Scherz mit mir erlaubt, dachte Emma, auch wenn sie das nicht glauben wollte.

Sie klopfte erneut, diesmal lauter.

Wieder keine Reaktion.

Nun holte Emma mit der Faust aus, um noch heftiger an die Tür zu klopfen, als diese plötzlich geöffnet wurde.

»Was ist denn los?«, hörte sie Kempcke sagen. Er schien wirklich drauf zu sein, zumindest seinem Äußeren und dem Geruch, der aus der Wohnung kam, nach zur urteilen. »Wer bist du?«

»Ich bin Emma.«

»Was willst du, Emma? Ich verkaufe keinen Stoff, das kannst du dir abschminken. Ich hab echt keine Lust, mich mit den Bullen anzulegen. Dass die mich auf dem Kieker haben, nervt total.«

Wie es schien, hatte Mads Eindruck bei Kempcke hinterlassen.

»Ich würde mich gern mit dir unterhalten«, begann Emma. Sie wollte die Situation, dass Kempcke offenbar unter dem Einfluss von Drogen stand, für sich ausnutzen.

»Du? Versteh mich nicht falsch, aber an meiner Tür klingelt selten so eine heiße Braut wie du, um sich mit mir zu unterhalten. Bist du überhaupt echt? Kneif mich mal.«

Emma schmunzelte und kniff Kempcke, auch wenn sie das albern fand.

»Verdammt, du bist echt. Schickt dich Mads? Solche Frauen wie du hängen doch eher mit Typen wie ihm rum«, sagte Kempcke.

»Ich kenne keinen Mads. Ist das der Polizist, von dem du eben gesprochen hast?«

»Leider. Sei froh, dass du ihn nicht kennst. Er sieht zwar fucking gut aus und kommt auch irgendwie cool rüber, aber das ist er nicht. Er ist der Teufel. So eine Aldiversion von Thor.« Kempcke lachte über seinen eigenen Scherz. »Komm rein, dann können wir zusammen eine Bong rauchen, bevor ich aus diesem schönen Traum aufwache und du doch nicht real bist.«

»Keine Sorge, ich bin real«, antwortete Emma und betrat die Wohnung.

Kempcke schien kaum zurechnungsfähig zu sein. Ob er ihr in dem Zustand überhaupt Informationen geben konnte, bezweifelte Emma, aber welche Wahl hatte sie?

Sie betraten das Wohnzimmer, der Geruch von Gras wurde noch intensiver.

»Willst du nicht mal die Fenster öffnen?«, fragte Emma.

»Warum?« Kempcke nahm am Tisch Platz und griff nach der Bong.

»Ich will nicht rauchen«, bremste Emma ihn.

»Warum nicht?«

»Ich würde mich lieber mit dir unterhalten.«

»Können wir trotzdem Sex haben?«

Emma konnte nicht glauben, was sie da eben gehört hatte. Hatte Kempcke tatsächlich gehofft, dass sie Sex haben würden, wenn sie im Drogenrausch war?

»Hör zu, ich glaube, du verwechselst hier gerade was. Ich bin keine billige Hure, die du mit einer Bong gefügig machen kannst«, wurde Emma deutlich.

Kempcke erschrak. »So meinte ich das nicht! Ich hoffe, du zeigst mich nicht an. Ich bin eigentlich viel zu schüchtern, um eine Frau wie dich anzusprechen. Ich weiß echt nicht, was gerade mit mir los ist.« Er schloss die Augen und schlug sich mit den Fäusten gegen die Stirn. »Verdammt, seit Mads mir diese Angst eingejagt hat, bin ich nicht mehr ich selbst. Ich will nicht in den Knast und die Pussy von irgendeinem Mörder sein.«

Emma konnte Kempcke gerade nicht folgen. Hatte er Wahnvorstellungen?

»Du kommst nirgendwohin, wenn du mir ein paar Fragen beantwortest«, beruhigte sie ihn.

Kempcke sah auf. »Fragen? Bist du doch ein Bulle?« Er schaute sie bei diesen Worten so erschrocken an, dass es fast lustig aussah. Er hatte direkt Ähnlichkeit mit einem der rundlichen Helden aus amerikanischen Komödien.

»Nein, bin ich nicht. Ich bin Journalistin und möchte mehr über Bodo erfahren, ich will einen Nachruf auf Bodo schreiben.«

Kempcke lachte auf. »Warum um alles in der Welt liebt jeder diesen Bastard von Postboten?« Er schüttelte den Kopf und sah sie mit glasigen Augen an. »Es wird echt Zeit, dass die Welt erfährt, wer Bodo wirklich war.«

24

Timmendorfer Strand

Das letzte Wort war noch nicht gesprochen, so leicht würde sich Mads nicht abspeisen lassen.

Ja, er mochte Jörn und gönnte ihm alles Glück der Welt, das hieß aber nicht, dass er den Babysitter für ihn spielen würde. Deshalb nahm er es Albert und Gustav so übel, dass sie diese Sache über seinen Kopf hinweg entschieden hatten. Vor allem auf Gustav war Mads sauer. Er war Polizist, kein Alleinunterhalter.

Nur mit Mühe konnte er sich auf die E-Mail konzentrieren, die Ole geschickt hatte, allerdings stand nichts wirklich Wichtiges in der Nachricht.

Es klopfte an der Tür und Gustav trat ein.

»Moin. Wo ist Lena?«, fragte er.

»In der Küche, sie holt uns Kaffee.«

»Warum machst du das nicht? Du weißt, dass sie im Rollstuhl sitzt.«

»Selbstverständlich bringe ich meiner Schwester gern einen Kaffee, aber sie wollte es so, und ich möchte ihr nicht das Gefühl geben, dass sie nicht mal mehr in der Lage ist, uns Kaffee zu holen.«

Gustav zog die Brauen hoch. »Was ist dir denn über die Leber gelaufen? Warum bist du so aggressiv? Streit mit Lena?«

»Mit meiner Schwester? Niemals.«

»Hätte mich auch überrascht. Lena ist nicht streitsüchtig.« Gustav lächelte und zog sich einen Stuhl heran. »Wo drückt denn der Schuh?«

»Das fragst du allen Ernstes?«, schnaubte Mads.

»Mensch, Mads, woher soll ich das wissen? Hast du dich wieder mit Emma gefetzt?«

Mads gab ein abfälliges Lachen von sich. »Unglaublich, dass du jetzt einen auf unschuldig machst.«

»Ich? Was habe ich Frau Falk denn getan? Albert hatte das Interview mit ihr, nicht ich.«

»Es geht überhaupt nicht um Emma.«

»Worum dann?«

Mads schüttelte den Kopf. »Du bist echt der Hammer. Es geht um Jörn.«

Gustav sah ihn an und Mads spürte, dass er sich ein Schmunzeln zu verkneifen schien.

»Du findest das also lustig«, fauchte er.

»Nein, ich kann deinen Ärger nur nicht verstehen. Ich dachte, du und Jörn wärt Freunde.«

»Sind wir auch. Das heißt aber nicht, dass ich eine Woche lang den Babysitter für ihn spielen werde.«

»Woher weißt du davon?«

»Von Amir, du scheinst ja ebenso wenig wie Albert die Eier zu haben, es mir ins Gesicht zu sagen.«

Gustav hob die Hand. »Jetzt gehst du zu weit, natürlich hätte ich es dir noch gesagt. Es ist ja auch keine große Sache, das Praktikum dauert bloß zwei Wochen.«

»Zwei Wochen?« Mads schnappte nach Luft. »Ich dachte, eine Woche. Wie stellst du dir das vor? Wir sind so schon notorisch unterbesetzt, da erwartest du ja wohl nicht, dass ich mich zwei Wochen um Jörn kümmere. Sag bitte, dass das nur ein ganz dummes Versehen war.«

»Du musst doch gar nicht auf ihn aufpassen. Du nimmst ihn einfach mit.«

»Einfach mitnehmen? Zu Einsätzen? Seid ihr jetzt komplett bekloppt?«

»Entspann dich. Das Praktikum findet nach Abschluss der laufenden Ermittlungen statt. Dass wir gleich danach einen weiteren Mordfall haben werden, halte ich für ausgeschlossen.«

Mads machte eine wegwerfende Handbewegung. »Vergiss es. Ich nehme Jörn nicht mit. Er kann für dich hier im Büro meinetwegen Akten kopieren oder Kaffee kochen, aber ich schleppe ihn ganz sicher nicht durch die Gegend.«

»Und ob du das tust«, widersprach Gustav streng. »Albert und ich haben ihm unser Wort gegeben, dass er dir zugeteilt wird, und ich werde mein Wort bestimmt nicht brechen. Weißt du, wie sich der Junge gefreut hat? Dieses Leuchten in den Augen. Glaubst du, ich zerstöre das?«

»Jörn ist unberechenbar. Ich kann nicht den Babysitter für ihn spielen. Reicht es nicht, dass ich mich um Lena kümmern muss? Wie soll ich da auch noch auf Jörn aufpassen?«, platzte Mads heraus.

Kaum hatte er ausgesprochen, sah er, dass seine Schwester in das Büro gerollt kam. Sie starrte ihn mit offenem Mund an. Zweifellos hatte sie seine letzten Worte gehört, denn ihre Augen wurden feucht, dann verließ sie im Rollstuhl das Büro. Mads hätte sich am liebsten die Zunge aus dem Mund gerissen.

»Das hättest du nicht sagen dürfen«, bemerkte Gustav zu allem Überfluss.

»Das habe ich ja auch nicht so gemeint, das weißt du genau. Du bringst mich manchmal echt auf die Palme.«

»Soll ich mit Lena reden?«

»Nein, das mache ich«, antwortete Mads und verließ wütend das Büro, um zur Küche zu eilen, weil er Lena dort vermutete. Und richtig, er hörte durch die Türöffnung jemanden schluchzen. Es brach Mads das Herz und seine Schuldgefühle stiegen ins Unermessliche. Niemals sollte seine Schwester seinetwegen weinen.

»Schwesterherz, das tut mir so leid«, flüsterte Mads und versuchte, den Kloß in seinem Hals zu ignorieren.

»Muss es nicht«, erwiderte Lena mit rauer Stimme. »Ich weiß, dass ich für dich mehr Ballast als Freude bin. Vielleicht hat Christian recht.«

Sofort gingen bei Mads die Alarmglocken an. »Womit?«

»Er hat mir gestern Abend empfohlen, das Angebot von Albert anzunehmen und in die Politik einzusteigen. Sollte ich tatsächlich Bürgermeisterin werden, wäre ich für niemanden eine Last, außerdem würde ich mehr verdienen, sagt Christian. Wenn ich denn überhaupt gewählt werde.«

Mads atmete tief durch. Dass Christian nur Lenas Wohlergehen im Sinn hatte, glaubte er keine Sekunde, ihm ging es sicherlich nur darum, dass seine Verlobte mehr Geld nach Hause brachte, damit er es mit beiden Händen ausgeben konnte.

»Das solltest du nicht tun«, erwiderte er daher.

»Warum?«

»Weil du schon als Kind lieber Polizistin sein wolltest als ich und weil ich dich für eine verdammt gute, fähige und kompetente Polizistin halte. Außerdem werde ich hier im Dienst niemand anderen an meiner Seite akzeptieren als dich.« Mads ging in die Knie und nahm Lenas Hand. »Lena, du bist keine Belastung für mich. Du bist mein Licht. Ich habe das nur gesagt, weil Gustav und Albert über meinen Kopf hinweg entschieden haben, dass Jörn zwei Wochen Praktikum bei mir machen soll. Ich habe mich in meiner Wut vergessen.«

»Mads hat recht«, ertönte jetzt Gustavs Stimme. Er schien ihrem Gespräch gelauscht zu haben. »Du kennst deinen Bruder und weißt, wie sehr er dich liebt, und du weißt, wie wichtig du für mein Team bist. Willst du mich mit diesem sturen Esel tatsächlich allein lassen?«

Lena presste die Lippen zusammen, während weiter Tränen aus ihren Augen tropften. Sie wischte sie weg und Mads umarmte seine Schwester.

»Verzeihst du deinem sturen, dummen Bruder?«

»Schon geschehen.« Sie schaute zur Decke und holte tief Luft, dann sagte sie: »Ich liebe euch beide und ich liebe meinen Beruf als Polizistin, auch wenn ich kaum gehen kann.«

Mads sah, dass Gustav nun ebenfalls mit den Tränen kämpfte.

»Was ist denn hier los?« Petra stand plötzlich in der Tür. »Unterhaltet ihr euch über einen so traurigen Liebesfilm, dass ihr alle Tränen in den Augen habt?«, fragte sie auf ihre typisch trockene Art.

Lena lachte, dann Mads, nur Gustav sah Petra entgeistert an.

Die hob beschwichtigend die Handflächen. »Keine Sorge, ich wollte nur Milch holen. Das Gruppenheulen kann gern weitergehen.«

»Ihr wisst, was zu tun ist, und das mit Jörn ist beschlossene Sache. Daran wird nicht gerüttelt«, sagte Gustav hastig, dann verließ er schnellen Schrittes die Küche.

»Cheffe sieht es nicht gern, wenn man ihn so emotional erwischt«, kommentierte Petra sein Verhalten. »Muss ich mir Sorgen machen?«

»Nein, war nur ein Missverständnis«, erklärte Lena.

Mads nahm seiner Schwester die Kaffeebecher ab, dann gingen beide zurück ins Büro.

Er war erleichtert, dass Lena nicht nachtragend war, weil ihm dieser dumme Spruch tatsächlich nur herausgerutscht war, er hatte das überhaupt nicht ernst gemeint.

Vor einigen Wochen hatte Albert den Gedanken ins Spiel gebracht, dass Lena seine Nachfolgerin werden könnte, und anfangs hatte Mads auch geglaubt, dass das keine schlechte Idee war, denn damit würde Lena dem gefährlichen Alltag bei der Polizei aus dem Weg gehen können. Doch ziemlich schnell hatte er erkannt, dass sie ihren Beruf über alles liebte und er ohne Lena keine Freude an seiner Arbeit hatte.

Dass Christian diese Idee wieder aufgegriffen hatte, schmeckte Mads überhaupt nicht, und leider wurde er das Gefühl nicht los, dass Christians Einfluss auf Lena immer größer wurde.

Was, wenn er sie uns komplett entzieht?, schoss es ihm wieder einmal durch den Kopf. Der Gedanke jagte ihm Angst ein.

Kaum waren sie zurück im Büro, klingelte das Bürotelefon. Auf dem Display sah Mads, dass Tim anrief.

»Moin, Tim«, nahm er den Anruf entgegen.

»Moin, ist Lena auch im Büro?«, fragte Tim.

»Ja, du bist auf Lautsprecher.«

»Gut. Habt ihr zehn Minuten?«

»Für dich immer. Hast du was?«, fragte Mads und Lena beugte sich interessiert über ihren Schreibtisch vor.

»Einiges. Ich hatte euch ja bereits erzählt, dass Bodo Petersen gern Onlinespiele spielte.«

»Genau, außerdem hat er sich in verschiedenen Foren herumgetrieben und öfter mit Manuel Kempcke gezockt, sie haben sich über ein Gameforum kennengelernt«, erwiderte Mads. »Dass Kempcke zu seinem Dealer wurde, kam später und scheint purer Zufall zu sein.«

»Davon könnt ihr ausgehen, zumindest habe ich auf dem Rechner und seinen verschiedenen Internetprofilen nichts gefunden, was dem widersprechen würde.«

»Ich glaube, wir müssen das getrennt voneinander betrachten«, warf Lena ein. »Ich sehe auch keine Verbindung zwischen dem Mord und den Drogen, die Bodo konsumiert hat. Er wird Kempcke kaum Geld geschuldet haben, oder?«

»Ehrlich gesagt, weiß ich das nicht, aber ich versuche, dem auf den Grund zu gehen«, antwortete Tim. »Auf dem Rechner gab es keinerlei Hinweise diesbezüglich und auch die Spurensicherung hat nichts gefunden, was darauf schließen lässt. Ihr hattet ja erwähnt, dass Bodo bei Kempcke nur Cannabis gekauft hat, deshalb müssten die Summen dafür überschaubar sein. Eine erste Anfrage bei der Bank hat jedenfalls ergeben, dass Bodo nicht verschuldet ist.«

»Da bin ich bei Lena. Schulden sind kein Motiv, Menschen wie Bodo leben nicht über ihre Verhältnisse. Was hast du noch herausgefunden?«, fragte Mads. Er sah in Kempcke gar keinen Verdächtigen mehr, sondern eher in Katrin Minkley, vor allem nach dem, was Bodos Kollegin über sie erzählt hatte.

»Ich bin auf Twitch auf ein Profil von Kempcke gestoßen.«

»Was ist das?«, erkundigte sich Lena.

»Das wäre eine Frage, die von Gustav kommen müsste, weil er sehr alt ist, aber du?«, zog Mads seine Schwester mit einem Augenzwinkern auf.

»Ich bin halt kein Zocker. Klär mich bitte auf, allwissender Thor.«

»Tim, möchtest du?«, fragte Mads.

Lena lachte. »Mein Bruder weiß es also auch nicht.«

»Aber sicher weiß ich das, Twitch ist das Instagram für Zocker, weiß doch jedes Kind.«

»Nicht ganz«, korrigierte Tim ihn gewohnt sachlich. »Ich muss dir leider widersprechen.«

»Lass das nicht unseren Onkel hören, sonst war's das mit deinem legendären IT-Ruf«, sagte Lena grinsend.

»Was soll ich nicht hören?«, fragte Gustav, der in diesem Moment unbemerkt das Büro betreten hatte.

»Dass Mads auch nicht alles weiß, was im Internet gerade angesagt ist«, sagte sie lachend.

»Mads ist halt ein Schaumschläger, aber bei mir jedes Mal sticheln, wenn ich Fragen stelle oder er die Leitung zu Tim aufbauen soll«, sagte Gustav mit zufriedenem Lächeln. »Ich glaube nämlich, dass es nur eine Person gibt, die in Sachen IT wirklich alles weiß, und das ist Tim.«

»Bin gerade in der Leitung«, ertönte Tims Stimme aus dem Lautsprecher des Telefons. »Danke für die Blumen, aber ich weiß auch nicht alles, ich weiß nur, wo ich danach suchen muss.«

»Moin, Tim. Richtige Antwort. Von deiner Demut kann sich Mads eine gehörige Portion abschneiden.« Gustav klopfte seinem Neffen auf die Schulter.

Mads sparte sich weitere Konter, sollten sie doch ihren

Spaß auf seine Kosten haben. Lena lachen zu sehen, war das auf jeden Fall wert.

»Tim, lass dich nicht von Gustav unterbrechen. Du warst gerade dabei, ein paar Worte über Twitch zu verlieren«, bemerkte Mads.

»Dann fahre ich mal fort. Also, Twitch-User können eigene Videos hochladen oder Gamingvideos live über die Plattform streamen.«

»Es gibt tatsächlich Menschen, die sich anschauen, wie andere online zocken?«, unterbrach Gustav.

»Jede Menge. Es gibt Twitch-User, die verdienen Millionen«, antwortete Tim.

»Verrückte Welt, aber wo ist da die Verbindung zu unserem Fall?«

»Kempcke und Bodo haben je einen Twitch-Account. Der von Bodo ist nicht der Rede wert, der von Kempcke ist deutlich engagierter.«

»Das heißt?«

»Wenn du Tim aussprechen lassen würdest, hättest du deine Antwort«, entgegnete Mads, was ihm einen bösen Blick von Gustav einbrachte.

»Ich wäre fast nicht darauf gestoßen, weil der Account von Bodo auf seinem Rechner abgemeldet war, aber ich konnte die Zugangsdaten hacken, darüber bin ich dann auf Kempcke gekommen, beziehungsweise auf sein Pseudonym. Das wiederum hat mich zu Youtube geleitet, wo Kempcke einen Account betreibt, auf dem er übelst über die Twitch-Community herzieht und den Leuten da den Krieg erklärt.«

»Dann müsste eher Kempcke Beef befürchten und nicht Bodo«, stellte Mads fest.

»Na ja, im letzten Video, das Kempcke hochgeladen hat, war auch Bodo zu sehen und es gab Morddrohungen gegen beide.«

25

Niendorf

Das Wetter war zu schön, um sich zu ärgern, deswegen hatte Katrin Minkley beschlossen, die Wohnung zu verlassen, um an der Niendorfer Promenade spazieren zu gehen und sich einen Kaffee am Hafen zu gönnen.

Die Sonne half ihr, sich abzulenken, und als sie an der Seebrücke war und über die Ostsee schaute, war der Ärger so gut wie verflogen. Es schien, als würde das Meer nie enden. In diesem Augenblick wurde ihr wieder bewusst, warum sie Frankfurt den Rücken gekehrt hatte und sich an der Lübecker Bucht so wohlfühlte.

Sie sog die frische Ostseeluft tief ein und ließ ihren Blick zur Küste von Timmendorfer Strand wandern, dann weiter Richtung Sierksdorf und zum *Hansa-Park*. Man konnte sogar den Aussichtsturm des Vergnügungsparks sehen, so gut war die Sicht heute. Obwohl sie schon lange in Niendorf wohnte, hatte sie es noch immer nicht geschafft, einen Tag im Park zu verbringen, aber sie hatte nur Gutes darüber gehört.

Das Einzige, was sie an Niendorf störte, war das Nightlife. Gerade als Single vermisste sie es, nicht wie in Frankfurt jeden Abend rausgehen und interessante Leute kennenlernen zu können. Niendorf war eben klein, hier gab es das nicht und erst recht nicht so viele inspirierende Menschen wie in Frankfurt.

Bloß weil sie dreiundfünfzig Jahre alt war, hieß es ja nicht, dass sie nicht ausgehen, flirten und das Leben genießen durfte. Sie war Single und sie nahm sich das Recht heraus, das zu tun, worauf sie Lust hatte.

In Frankfurt hätte sie sich niemals auf jemanden wie Bodo eingelassen.

Du hättest ihn nicht mal bemerkt, weil er nicht in Kreisen wie du verkehrt hätte. So ein Bauer, ein Muttersöhnchen.

Katrin schnaubte leise. *Trotzdem hat er dich verlassen und nicht du ihn.*

Diese Erkenntnis schmerzte noch immer und sie fühlte sich wieder alt. Früher hatte sie die Männer um den kleinen Finger gewickelt, sie mit ihren Reizen für sich gewonnen, aber inzwischen hatte auch Volkhard sie verlassen.

So gesehen hatte sie bis jetzt jeder Mann verlassen, so schwer es ihr auch fiel, sich das einzugestehen, vor allem, weil sie Schuld an den Trennungen hatte. Selbstkritik gehörte nun mal nicht zu ihren Stärken.

Dass sie bis dato überhaupt nie einen Partner gefunden hatte, wurmte sie, weil sie sich immer Kinder gewünscht, diesen Wunsch aber nie offen kundgetan hatte, weil ihr ihre Karriere so wichtig gewesen war und sie diese wegen des Kinderwunsches nicht hatte aufgeben wollen. Eine Karriere, die ihr ihr aktuelles Leben ermöglichte.

Katrin lachte bitter auf. Manchmal war es ungerecht, eine Frau zu sein. Der Zug, doch noch Kinder zu bekommen, war für sie als Frau angesichts ihres Alters längst abgefahren, nur für Männer nicht.

Sie musste an den Artikel in der Gala denken, in der stand, dass Al Pacino mit fast achtzig Jahren noch Papa geworden war. Die Mutter des Kindes war kaum dreißig.

»Kranke Welt.« Sie schüttelte den Kopf und ihre Gedanken wanderten zu Volkhard.

Mads würde sich noch mit ihm unterhalten. Sie musste ihn auf Spur bringen.

Katrin fischte ihr Handy aus der Handtasche und schrieb ihm eine Nachricht:

Hallo, Volkhard, kannst du mir einen Gefallen tun?, schrieb sie, zögerte aber, die Nachricht abzuschicken.

Willst du dir das wirklich antun?, überlegte sie. War es eine gute Idee, Volkhard zu bitten, mit der Polizei nicht über ihre Beziehung zu sprechen?

Vielleicht lehnte er ab, denn sie waren schließlich nicht mehr zusammen, da gab es für ihn keinen Grund, ihr einen Gefallen zu tun.

Doch, den gibt es. Ich war für ihn da. Er schuldet mir was, dachte sie und schickte die Nachricht ab.

Kaum hatte sie auf den Sendenbutton gedrückt, bereute sie es und überlegte, ob sie die Nachricht zurückrufen sollte, entschied sich aber dagegen.

»Er schuldet mir einen Gefallen«, sagte sie zu sich und steckte das Handy ein. Doch nur Sekunden später gab es einen Ton von sich, und sie sah, dass Volkhard ihr geantwortet hatte.

Schön, von dir zu hören. Wie geht's dir?

»Tust du mir den Gefallen oder nicht? Wieso beantwortest du eine einfache Frage nicht?«, murrte Katrin vor sich hin. Das war so typisch Volkhard, nie zum Punkt kommen. Trottel. *Keine Eier in der Hose, aber Kinder ficken, weil er es mit einer echten Frau nicht aufnehmen kann,* dachte sie bitter, schluckte ihre Wut jedoch hinunter und antwortete:

Mir geht's gut. Danke. Hoffe, dir auch. Bodo wurde ermordet und die Polizei schnüffelt in meinem Privatleben rum, was ich gerade gar nicht gebrauchen kann. Sie werden dich vermutlich noch kontaktieren. Wäre lieb, wenn du möglichst wenig aus unserem Privatleben preisgibst, das geht die Polizei nichts an und steht in keinem Bezug zu Bodo.

Volkhards Antwort ließ nicht lange auf sich warten.

> *Freut mich. Mir geht es auch gut. Keine Sorge, werde ich machen. Das mit Bodo tut mir leid. Wenn du magst, können wir uns die Tage mal zum Lunch treffen.*

»Ganz sicher nicht. Männer, die mich belügen und betrügen, haben nur meine Verachtung verdient«, schnaubte Katrin, schrieb jedoch:

> *Danke dir. Warum nicht. LG*

Dann packte sie ihr Handy weg und folgte der Strandpromenade zum Hafen. Sie hatte jetzt Lust auf Kaffee und Kuchen.

Wie es schien, konnte sie sich wenigstens ein Mal auf Volkhard verlassen.

Als sie am Hafen ankam, war ihre Stimmung viel gehobener, und sie freute sich darauf, auf der Terrasse der *Seaside Lounge* zu sitzen und danach noch kurz am Hafen spazieren zu gehen.

Der Niendorfer Hafen war das Herzstück dieses kleinen, urigen Strandortes, er war unglaublich romantisch. Hier entlangzuschlendern, die Boote anzuschauen und die süßen skandinavischen Häuser mit ihren Fensterlädchen zu bewundern, wurde ihr nie langweilig. Es war fast wie in einem Märchen.

Doch Katrins Laune sank sofort wieder auf den Nullpunkt, als sie etwas sehr Beunruhigendes bemerkte.

»Woher kennt Amir diese Fotze?«, zischte sie leise.

Ihr Nachbar stand da mit einer Frau, die sie auf den Tod nicht leiden konnte. Sie musste unbedingt mit Amir über sie sprechen.

Nicht nur das, du musst die blöde Kuh dazu bringen, ihr dämliches Lügenmaul zu halten, bevor Mads glaubt, ich wäre eine böse, hinterhältige Frau, die Bodo unterdrücken wollte, dachte Katrin wütend.

26

Timmendorfer Strand

Entweder wurde der Fall immer komplexer oder sie suchten weiter die berühmte Nadel im Heuhaufen. Gustav hatte keine Antwort darauf.

Es klopfte an der Tür und Petra trat ein. »Der verehrte Herr Bürgermeister bittet um Audienz.«

»Lass ihn rein und bring uns bitte zwei Espresso«, erwiderte Gustav, da er ohnehin mit Albert sprechen musste.

»Wie Sie wünschen.« Petra machte einen kleinen Knicks und ging hinaus.

»Denken Sie an den Keks«, rief Albert ihr schmunzelnd nach.

»Wie könnte ich den vergessen?«, erwiderte Petra und schloss die Tür hinter Albert.

»Da ist er, der unterfordertste Bürgermeister Deutschlands«, stichelte Gustav.

»Der produktivste und effektivste würde es besser beschreiben. Außerdem gibt es das Wort überhaupt nicht.«

»Klugscheißer. Als Däne kann einem das schon mal passieren.«

»Diesen Joker ziehst du immer, wenn du mal ins Fettnäpfchen trittst«, gab Albert zurück und setzte sich.

»Das ist kein Joker, das sind harte Fakten.«

»Du bist norddeutscher als jeder andere, den ich kenne. Ihr lebt seit Generationen hier. Das zählt nicht.«

»Und ob. Ich spreche fließend Dänisch«, trumpfte Gustav auf. Das war in der Familie Tradition, da sie zur dänischen Minderheit in Schleswig-Holstein gehörten.

»Ich spreche auch Dänisch.«

»Aber nur weil du Jutta und meinem Vater imponieren wolltest.«

»Warum hätte ich auch dir imponieren sollen?« Albert lachte.

Es klopfte und Petra betrat das Büro.

»Nach Cheffes Gesichtsausdruck zu urteilen, haben Sie ihn sprachlos gemacht«, bemerkte sie und stellte das Silbertablett mit den Espressotassen ab.

»Sie kennen mich doch. Wenn es einer schafft, den dänischen Brummbär sprachlos zu machen, dann ich.«

Petra lachte und verließ das Büro.

Gustav ging auf die Sticheleien nicht weiter ein, stattdessen gönnte er sich den Espresso aus den Spezialbohnen aus Japan, die er für sich privat besorgte. Er liebte Espresso und hatte aufgehört, zu zählen, wie viele Tassen pro Tag er trank.

Nachdem er die Tasse geleert hatte, ließ er den Keks in seinem Mund verschwinden und schloss kurz die Augen, um für einen Moment von der rauen Welt abzuschalten. Ein Ritual, das ihm überaus wichtig war. Ein Espresso ohne Keks war kein Espresso.

Er öffnete die Augen und sah Albert an, der sein Espressoritual längst kannte und akzeptierte. »Jetzt verrate mir bitte, was dich hierher verschlägt, mal abgesehen von der Langeweile im Rathaus.«

»Du, alter Freund. Ich habe dich vermisst.«

»Wer's glaubt.«

»Außerdem wollte ich schauen, wo wir bei den Ermittlungen stehen und ob ich behilflich sein kann.«

»Kannst du leider nicht. Dieser Fall wird immer skurriler.« Gustav rieb sich die Stirn. »Mittlerweile hat sich herausgestellt, dass Bodo und ein anderer Kerl sich im Internet mit irgendwelchen Gamern angelegt haben. Es gab Todesdrohungen die gegen beide.«

»Bodo? Die Menschen überraschen einen doch immer wieder. Glaubst du, die Onlinewelt war eine Art Ventil für ihn, um den Tod der Mutter zu verarbeiten?«

»Viel eher wohl, um ihren Tod zu verdrängen. Welcher gesunde Mensch bewahrt schon über Jahre die Kleidung der Mutter auf? Ihr Schlafzimmer sah aus, als würde sie noch im Haus leben.«

Albert hob die Schultern. »Bodo war überfordert, keine Frage. Die Berge an Post in seinem Keller sind der beste Beweis. Er hätte professionelle Hilfe gebraucht.«

»Oder Freunde, die für ihn dagewesen wären«, entgegnete Gustav. Der indirekte Vorwurf galt nicht nur Albert, sondern auch ihm.

»Was wirst du jetzt tun?«, fragte Albert.

»Mads und Lena sollen sich darum kümmern. Tim versucht, die Identität der Leute hinter den Pseudonymen herauszufinden, die die Morddrohungen geäußert haben. Das müssen wir wirklich ernst nehmen.« Gustav faltete die Hände auf dem Schreibtisch und beugte sich ein wenig vor. »Übrigens gut, dass du hier bist. Ich muss mit dir noch über etwas anderes sprechen.«

»Was hast du auf dem Herzen?«

»Es geht um Lena. Hast du mit Christian gesprochen?«

»Ja, vor Kurzem«, erwiderte er. »Ich habe ihn am Strand gesehen, da hatten wir ein kurzes Pläuschchen. Verzeih, dass ich es dir noch nicht erzählt habe. Hat sich Lena mittlerweile entschieden, meine Nachfolgerin zu werden? Das würde mich sehr freuen.«

»Nein, Mads hat sich vorhin einen dummen Spruch erlaubt«, antwortete Gustav und berichtete von dem Vorfall.

»Das hat Mads sicherlich nicht so gemeint«, erwiderte Albert, als Gustav geendet hatte. »Wir wissen, wie sehr er seine Schwester liebt. Er würde alles für sie tun.«

»Natürlich, er hat sich auch bei ihr entschuldigt, aber der

Vorfall hat mir die Augen geöffnet. Wir haben bei all den Diskussionen darüber, was das Beste für Lena ist, vergessen, sie zu fragen, was sie möchte. Sie liebt ihren Beruf und ich möchte dich bitten, das zu akzeptieren. Du musst dir einen anderen Nachfolger suchen. Ich möchte Lena deswegen nicht noch einmal so bitterlich weinen sehen.«

Albert machte ein bestürztes Gesicht. »Du hast absolut recht. Ich werde Lenas Entscheidung akzeptieren, auch wenn mir angst und bange wird, dass Lars mein Nachfolger werden soll, nur weil er dasselbe Parteibuch hat.«

»Diesen Luxus gibt es nur in der Politik, an allen anderen Stellen müssen die Menschen durch ihre Kompetenz überzeugen.«

»Wem sagst du das. Aber was willst du machen?«

»Gibt es niemanden, dem du das Amt zutraust?«

Albert verzog den Mund.

»Niemanden?«, wiederholte Gustav seine Frage.

»Lena wäre die Einzige, der ich es zugetraut hätte. Ich hatte wirklich gehofft, dass Christian sie überzeugen könnte, aber selbstverständlich müssen wir ihre Entscheidung ernst nehmen.«

»So ist es, ich will darüber auch nicht mehr diskutieren, und wehe, du versuchst weiter, Christian für diesen Plan einzuspannen.«

»Tue ich nicht«, erwiderte Albert aufrichtig.

»Hast du eigentlich inzwischen was über ihn herausgefunden?«, fragte Gustav. Er hatte Albert vor einiger Zeit gebeten, sich über Christian schlauzumachen.

Zwar hatte Gustav im Gegensatz zu Mads keine Probleme mit Lenas Verlobtem, doch er wusste auch, warum ihre erste Beziehung zu Bruch gegangen war. Er hatte daher selbst ein paar Recherchen zu Christian angestrengt, aber nichts gefunden, was er nicht ohnehin schon wusste oder ihm Sorgen machte.

»Ich habe mich umgehört«, begann Albert, »und ich glaube, Mads übertreibt. Christian scheint wirklich geläutert zu sein. Kein Alkoholmissbrauch und auch sonst nichts, was darauf schließen lässt, dass er der alte Psycho ist.«

»Lass das nicht Lena hören. Er ist ihr Verlobter.«

»Du weißt, wie ich das meine. Ich werde Lenas Glück niemals im Weg stehen.«

»Auf jeden Fall bin ich beruhigt, dass es keine negativen Nachrichten gibt. Lena liebt den Kerl wirklich.«

»Dann sollte nichts dagegensprechen. Das einzig Bemerkenswerte ist, dass Christian sich nach einem größeren Kredit erkundigt hat, bei der Sparkasse. Ich weiß aber von Lena, dass die beiden gern ein Haus mit Grundstück kaufen wollen. Vermutlich wollte er nur in Erfahrung bringen, wie hoch seine Kreditlinie ist.«

»Das wird es sein.« Gustav nickte und stand auf.

»Wohin?«, fragte Albert.

»Zu Bodos Abteilungsleiter.«

»Und ich?«

»Willst du nicht mit? Du kennst ihn doch besser als ich, es würde nicht schaden, dich dabeizuhaben.«

Alberts Mundwinkel hoben sich. »So gefällst du mir.«

27

»Glaubst du wirklich, dass einer von denen seine Drohung wahrgemacht hat?«, fragte Lena.

»Ich weiß es nicht. In der digitalen Welt haben die Menschen schnell eine große Klappe. Wobei die Gesellschaft ohnehin rauer wird, Gewalt findet immer mehr Akzeptanz«, erwiderte Mads.

»Ja, leider. Gestern habe ich einen interessanten Artikel gelesen, darin stand, dass es in Berlin neuerdings bei der Polizei eine Sondereinheit gibt, die sich mit Prävention beschäftigt, da gerade bei Jugendlichen und Kindern unter vierzehn Jahren die Akzeptanz für Mobbing und Gewalt rapide zunimmt. Kinder filmen sich dabei, wie sie Altersgenossen verprügeln, und prahlen damit.« Lena schüttelte sich.

»Ich sage dir, woran das liegt.«

»Woran?«

»An den Eltern. Sie haben keine Zeit mehr für ihre Kinder, und wenn sie quengeln, bekommen sie das Handy oder Tablet in die Hand gedrückt, damit sie Ruhe geben. So was gab es in unserer Kindheit nicht.«

»Damals gab es auch keine Handys«, wandte Lena ein, »aber du hast recht. Ist halt der einfachste Weg. Ich glaube allerdings, dass es auch daran liegt, dass Kinder heutzutage mit ihren Handys viel leichter Zugriff auf Gewaltvideos und solches Zeug haben. Hinzu kommt die familiäre Situation. Wenn in der Familie Gewalt an der Tagesordnung ist, überträgt sich das auf die Kinder. Die digitalen Medien und Social-Media-Plattformen wie Facebook oder Instagram pushen das leider noch.«

»So ist es.« Mads schob seinen Bürostuhl zurück. »Wir sollten Kempcke einen Besuch abstatten. Er hat einiges zu erklären.«

»Das wollte ich auch vorschlagen. Gut, dass Tim diese Querverbindung gefunden hat.«

»Der ist ein absoluter IT-Crack, dem entgeht so schnell nichts.«

Lena kramte nach ihrer Tasche. »Kannst du dich noch an den Drachenlord erinnern?«

»Logisch. Das ist doch dieser Reiner Winkler, der mit provokanten Videos auf Youtube die Szene aufgemischt hat. Ein Mob aus hunderten Menschen hat ihn über Jahre bei seinen Eltern aufgesucht und ihm gedroht. Nur die Polizei konnte Schlimmeres verhindern. Bodo könnte Ähnliches passiert sein, nur hatte er nicht so viel Glück.«

»Dass Tim das so schnell herausgefunden hat, rechne ich ihm hoch an«, erwiderte Lena. »Ich bezweifle allerdings, dass der Fall so einfach zum Abschluss gebracht werden kann. Kempcke ist der Hauptprovokateur und Bodo hat dabei nur ein Mal mitgemacht. Wie man in dem Video sieht, war er dazu noch ziemlich stoned. Würde man da nicht eher Kempcke drankriegen wollen?«

»Möglich, aber Kempcke ist clever. Man konnte seine wahre Identität nicht herausfinden. Bodo war da fahrlässiger. Über sein Youtubeprofil war es leicht, herauszubekommen, wer hinter Bodos Pseudonym steckt und wo er wohnt. Niendorf ist ein Kaff. Hinzu kommt, dass er als Postbote in unserer Gemeinde sehr bekannt ist.«

»Das würde also heißen, dass der Mörder, wenn er ein Zocker war, aus unserer Gemeinde stammt, oder dass es jemand war, der schnell herausgefunden hat, wo Bodo wohnt«, schlussfolgerte Lena. »In seiner Wut fährt er zu ihm, um ihn zur Rede zu stellen, es kommt zum Streit und Bodo wird getötet.«

»Könnte sich tatsächlich so abgespielt haben.« Mads nickte ihr anerkennend zu.

Lena freute sich über das indirekte Lob. Sie hatte ihm seinen dummen Spruch auch längst verziehen. Die Sache mit Jörn musste ihn derart überrumpelt haben, dass er vor lauter Wut etwas so Unüberlegtes gesagt hatte. Dennoch ging ihr der Vorschlag von Albert nicht aus dem Kopf.

Erst am vergangenen Abend hatte sie sich lange mit Christian darüber unterhalten. Er fand den Vorschlag gut, vor allem weil sie dann mehr Zeit für ihn haben würde, außerdem winkte bei dem Job mehr Gehalt und er war nicht so gefährlich wie der einer Polizistin. Daneben gab es als Bürgermeisterin noch ein paar andere Annehmlichkeiten, die man nicht unter den Teppich kehren sollte, hatte Christian gesagt.

Doch Lena blieben Zweifel. Sie liebte ihren Beruf und hoffte, dass sie ihn noch lange ausüben durfte.

Unwillkürlich musste sie schmunzeln.

»Was schwirrt dir durch den Kopf?«, fragte Mads.

»Nichts.«

»Komm, Schwesterherz, du hattest gerade einen lustigen Gedanken. Oder war es ein schmutziger?«

Lena lachte. »Na gut. Ich musste an Albert denken.«

»An Albert?«

»Weil ich gerade über das Amt des Bürgermeisters und Alberts Angebot nachgedacht und mich dabei erwischt habe, dass ich dieses ehrenvolle Amt als Job gesehen habe. Das würde Albert sicherlich nicht gefallen.«

»Auf keinen Fall. Das ist eine Verpflichtung, eine Lebensaufgabe«, gab ihr Mads recht. »So etwas kann nur ein eitler Mensch wie Albert ganz ausfüllen.«

»Kannst du dir vorstellen, dass mal jemand anders als er Bürgermeister ist?«

»Irgendwie nicht. Albert ist Bürgermeister, seit ich denken kann. Na, es wird sich schon jemand finden.«

»Jemand, den Albert hoffentlich akzeptiert.«

Mads winkte ab. »Albert akzeptiert nur sich selbst. Frag

Gustav, der kann ein Lied davon singen.« Er stand auf. »Lass uns losfahren.«

Als Mads und Lena vor dem Wohnhaus standen, in dem Kempcke lebte, erlebten sie eine Überraschung. Gerade als Mads klingeln wollte, kam ihnen Emma aus der Haustür entgegen.

»Du?«, fragte Mads, er schien nicht weniger erstaunt als Lena.

»Ja, ich. Was guckst du mich an wie ein Truthahn?«

»Truthahn?«, erwiderte Mads spöttisch. »Was machst du hier überhaupt?«

»Meinen Job als Journalistin. Und du?«

Mads runzelte die Stirn. »Was hat Kempcke mit dem Nachruf zu tun, an dem du schreibst?«

»Willst du mir jetzt diktieren, wie ich meine Arbeit zu tun oder was ich zu schreiben habe?«, fragte Emma und verschränkte die Arme vor der Brust.

»Mensch, Emma. Ich möchte doch nur …«

»Mir das Leben schwermachen?«, fiel sie ihm ins Wort.

»Hast du ein Problem mit mir?«

»Nein, wie kommst du darauf?«

»Weil du in letzter Zeit alles sofort in den falschen Hals bekommst«, erwiderte Mads.

»Bitte streitet euch nicht jedes Mal, wenn ihr euch begegnet. Wir sind doch Freunde«, mischte sich Lena ein.

»Da hast du recht, Lena, aber dein Bruder ist ein sturer Esel, der nur seine eigene Meinung gelten lässt.« Damit drehte sich Emma um und entfernte sich mit schnellen Schritten.

Lena sah Mads stumm an.

»Diesmal bin ich wirklich unschuldig«, sagte Mads und hob entschuldigend die Handflächen.

»Aus euch beiden werde ich einfach nicht schlau. Aber Emma hat schon recht, du stehst ziemlich auf Kriegsfuß mit ihrem Beruf als Journalistin.«

»Ich?«

»Du weißt, dass es so ist.«

Mads sagte nichts darauf, er klingelte, doch niemand öffnete.

»Der ist zu Hause, sonst wäre Emma nicht gerade hier rausgekommen.«

Jetzt drückte Lena auf die Klingel.

Nichts geschah.

»Der verarscht uns doch. Wehe, Emma hat ihm verraten, dass wir vor der Tür stehen.«

»Wie hätte sie das anstellen sollen? Sie hat uns erst gesehen, als sie aus dem Gebäude raus ist. Unterstell ihr nicht dauernd was.«

Mads atmete aus. »Vielleicht hast du recht.«

»Nicht nur vielleicht.«

Mads drückte auf einige andere Klingeln.

»Was soll das werden, ein Klingelstreich?«, fragte Lena irritiert.

Mads lachte auf. »Erinnerst du dich noch an den Klingelstreich bei Müller?«

»Logisch, ich war acht und du hast mich einfach stehen lassen und bist weggerannt. Der alte Müller hat mich ganz schön zusammengefaltet.«

»Das war wirklich fies, aber ich dachte, du läufst auch weg«, rechtfertigte sich Mads.

»So schnell konnte ich gar nicht reagieren.«

»Ja, bitte«, hörte Lena da eine Stimme aus der Gegensprechanlage.

»Moin, Polizei. Können Sie bitte die Tür öffnen?«, sagte Mads.

»Wie kann ich sichergehen, dass Sie wirklich von der Polizei sind. Was wollen Sie überhaupt von mir?« Die Stimme klang nicht überzeugt.

»Wir wollen nicht zu Ihnen, sondern zu Manuel Kempcke«, erklärte Lena.

»Ach so, dann kommen Sie rein. Wird Zeit, dass dem Kiffer mal jemand das Handwerk legt.«

Ein Summen ertönte und beide überquerten die Türschwelle.

»Und jetzt?«, fragte Lena.

»Anklopfen. So leicht lassen wir uns nicht abspeisen. Der Trottel ist da, und ich will wissen, warum er nicht öffnet«, antwortete Mads und klopfte gegen die Tür.

Immer noch keine Reaktion.

»Der nimmt uns wohl nicht für voll«, schimpfte Mads und klopfte erneut, diesmal etwas länger.

Endlich wurde die Tür geöffnet.

»Hast du mich vermisst?« Kempcke grinste über das ganze Gesicht.

»Moin«, antwortete Mads kühl. »Wir müssen uns unterhalten.«

»Fuck, Bullen!« Kempcke wollte die Tür zuschlagen, aber Mads war schneller, er drückte die Tür nach innen, wodurch Kempcke stolperte und fast gestürzt wäre.

»Was wollen Sie denn schon wieder?«, schimpfte er.

»Mit Ihnen reden. Warum müssen Sie immer so einen Akt daraus machen?« Mads drängte Kempcke in die Wohnung, Lena folgte den beiden.

»Ich will doch nur schlafen«, maulte Kempcke.

Die Wohnung stank extrem nach Marihuana, es war nicht zu übersehen, dass Kempcke auf Droge war.

»Wie können Sie es in dieser Luft nur aushalten?« Mads öffnete ein Fenster.

»Ich komme gerade nicht mit. Seid ihr echt?«

»So echt, dass man sich vorsehen sollte, zu lügen.«

»Fuck. Und die heiße Blondine vorhin? Hab ich mir die nur eingebildet? Die war gar nicht real, sondern nur Fantasie? Verdammt, wäre auch zu schön gewesen.« Kempcke seufzte tief. »Na ja, warum sollte so eine geile blonde Schlampe auch an meiner Tür klopfen. Sicherlich nicht, damit sie mir einen bläst. Dabei hat sie echt geile Blaselippen gehabt.«

Kaum hatte Kempcke ausgesprochen, packte Mads ihn unsanft am Hals und drückte ihn gegen die Wand. »In meiner Gegenwart reden Sie nie wieder so über Frauen, ist das klar?«

Lena verfolgte das Schauspiel mit wachsendem Erstaunen. Emma bedeutete ihrem Bruder wohl immer noch viel, obwohl er mit Victoria zusammen war. Konnte es sein, dass es sich andersherum genauso verhielt und die beiden sich deswegen ständig in die Haare kriegten? Sollte sie damit richtigliegen, wäre das den Partnern gegenüber nicht fair, fand Lena.

»Von welcher Frau reden Sie?«, meldete sich Kempcke wieder zu Wort. Seine Stimme klang gequetscht. »Diese Emma war ja nicht real. Oder doch?«

»Halten Sie die Klappe und beantworten Sie unsere Fragen. Das kriegen Sie wohl noch hin, oder?«, gab Mads zurück.

»Ich hab doch schon alles beantwortet.«

»Wollten Sie nicht mit dem Drogenscheiß aufhören?«

»Bro, ich deale nicht. Das ist nur Eigenkonsum.«

»Ich bin nicht Ihr Bro. Was wollte Emma von Ihnen?«

»Sie hat nur ein paar Fragen gestellt, weil sie einen Nachruf auf Bodo schreiben will.« Kempcke lachte, dabei verzerrte sich sein Gesicht fast zu einer Fratze. Es schien, als könnte er seine Mimik nicht kontrollieren.

»Was ist so lustig daran?«, fuhr Mads ihn an.

»Bodo war nicht der Mensch, für den ihn alle gehalten haben.«

»Was für ein Mensch war er denn?«, fragte Lena, die bisher nur zugehört hatte.

»Ein Freak. Er hat seinen Beruf als Postbote gehasst, er hat es gehasst, immer der liebe nette Briefträger sein zu müssen, nur in der digitalen Welt konnte er der sein, der er eigentlich war. Ein Psycho. Welcher normale Mensch lässt schon das Schlafzimmer der Mutter im Originalzustand, nachdem sie gestorben ist? Das ist doch krank.«

»Nur weil er das Schlafzimmer der toten Mutter nicht anrührt, macht ihn das nicht zu einem Psycho. Wieso glauben Sie, dass er einer war?«, bohrte Lena nach. Diese Antwort reichte ihr nicht.

»Glauben Sie mir, er war ein Freak. Kein Wunder, dass er ermordet wurde.«

»Warum sagen Sie das?«

Kempcke ließ sich auf die Couch sinken, dabei fuhr seine Hand zu dem Joint, der auf dem Tisch lag.

»Finger weg«, warnte Mads.

»Komm, Bro?« Dann wandte er sich an Lena. »Ist er immer so spießig?«

»Sie sollten ihn nicht verärgern.«

Kempcke gab ein abwertendes Geräusch von sich. »Nur weil er so viele Muskeln hat, kann er mich nicht rumschubsen, wie er will. Seine Eitelkeit stinkt ja zum Himmel. Das Leben ist echt fies. Hast du durch Geburt einen Scheißgenpool, schlägst du dich dein Leben lang damit rum und träumst von Frauen wie Emma. Hast du einen Genpool wie dieser Bro hier, schauen dich die geilen Schnitten an. Wieso ist das Leben so unfair?«

»Erzählen Sie uns, warum Sie glauben, dass Bodo ein Freak war«, wiederholte Lena.

»Das habe ich doch schon gesagt.«

»Nein, haben Sie nicht. Sie haben nur Vorwürfe geäußert. Warum war Bodo in Ihren Augen ein Freak?«, fragte nun Mads.

»Er hat Post geklaut und gebunkert, welcher normale Mensch macht so was?«

»Deshalb kann man ihn aber nicht als Freak bezeichnen. Er war mit seinem Leben überfordert«, entgegnete Lena. Kempcke sollte endlich damit herausrücken, was er eigentlich meinte.

Kempcke verdrehte die Augen. »Na gut, es war, weil er aktiv Ärger gesucht hat.«

»Was für Ärger?«

»Auf Twitch und Youtube.«

»Was hat er da gemacht?«

»Er hat die einfachsten Regeln ignoriert.«

»Die da wären?«, hakte Mads nach.

»Dass man niemals mit Klarnamen agiert oder mit Daten, die es anderen Nerds leichtmachen, einen zu finden. Die Jungs, die stundenlang am Computer sitzen, kennen sich alle mit Internet und Computern aus. Bodo nicht. Deshalb habe ich ihn von Anfang an gewarnt, es mir gleichzutun.«

»Wie meinen Sie das?«, fragte Mads.

Lena fand die Taktik ihres Bruders gut, so zu tun, als wüsste er von nichts. Möglich, dass Kempcke so mehr preisgab.

»Er sollte vorsichtiger sein. Wenn man im Internet mit der Mehrheit nicht einer Meinung ist, hat man schnell Beef mit irgendwelchen Idioten, und es gibt da so Bekloppte, die nehmen das Ganze ein bisschen zu ernst und besuchen dich zu Hause. Frag mal den Drachenlord.«

»Sie behaupten also, dass Bodo sich auf Twitch oder Youtube mit Nutzern angelegt und sie provoziert hat?«

»Jetzt rappelt es endlich auch bei dir, Bro.« Kempcke klatschte betont langsam in die Hände. »Bodo wollte diese Videos unbedingt posten. Klar, wir waren beide drauf, trotzdem habe ich ihn gewarnt, es nicht zu tun, aber Bodo dachte, er wäre unbesiegbar. Danach fing der Ärger erst an. Die Nutzer haben sich auf Bodo eingeschossen und ihn bedroht. Echt krankes Zeug ist da passiert. Sie haben seine Handynummer herausgefunden und Bodo hat mir gezeigt, was für heftige Sachen die ihm gepostet haben.«

Lena ärgerte sich, dass sie Bodos Handy nicht gefunden hatten, so konnten sie diese Angaben nicht überprüfen. Dennoch war Lena geneigt, Kempcke zu glauben.

»Was ist dann passiert?«, fragte sie.

»Irgendwann standen plötzlich zehn Leute vor Bodos Anschrift. Es gab Stunk. Nach einer Weile sind sie wieder abgezogen, aber einer von ihnen hat in einem Darknetforum gepostet, dass er Bodo töten würde, weil er es nicht erträgt, dass so ein alter Sack und Bauer sich über ihn lustig macht.«

»Sie scherzen?«

»Nein, ich kann Ihnen den Chat zeigen«, beharrte Kempcke.

»Sie kennen die Person nicht zufällig?«

»Heute ist wohl Ihr Glückstag. Klar kenne ich den Namen dieses Irren.«

28

Scharbeutz

Manuel Kempcke konnte nicht mehr aufhören zu lachen. Es war ein Lachflash, wie er ihn schon lange nicht mehr gehabt hatte.

Einmal hatte er fast eine Stunde lang ununterbrochen gelacht, das war in Amsterdam gewesen, nachdem er ein paar spezielle Cookies gegessen und ein Kumpel einen dummen Witz gerissen hatte.

»Wieso habe ich nicht eher daran gedacht?«, sagte er zu sich und lachte einfach weiter.

Er hatte sich zwar schon eine Menge Marihuana reingepfiffen, dennoch glaubte er, dass er wusste, was er tat. Jedenfalls im Großen und Ganzen.

Da er jeden Tag Drogen konsumierte, war sein Körper an die Substanzen gewöhnt, somit vertrug er auch deutlich mehr als andere. Zudem meinte er, dass sein Hirn anders funktionierte als bei Menschen, die wenig Rauschmittel nahmen und unter Drogeneinfluss nicht mehr wussten, was sie taten.

Den einen oder anderen Filmriss hattest du aber auch schon, meldete sich sein Gewissen.

Kempcke blies die Backen auf.

Das mit Emma hatte er jedenfalls gründlich verbockt. Wann klopfte schon mal so eine geile Stute an seine Tür?

Er schüttelte den Kopf. »Versaut hast du es nicht, Bro, sie wollte halt keine Drogen. Gefügig machen hat da eben nicht geklappt.«

Genüsslich zog er an seinem Joint.

Das Leben konnte so schön sein. Mit Bodo war es aber auch irgendwie cool gewesen.

Er nahm einen weiteren Zug.

»Lüg dich nicht an, der Trottel ist selbst schuld, dass es so gekommen ist. Ich werde ganz sicher nicht wegen so einem Idioten in den Knast wandern, ich werde nicht die Schlampe von irgendwem werden. So stelle ich mir mein erstes Mal garantiert nicht vor. Die Schwuchteln, die Glücklichen, die freuen sich, wenn sie im Knast noch gefickt werden, aber ich bin ein Mann, ich stehe auf feuchte, heiße Muschis.«

Kempcke nickte bestätigend und zog an seinem Joint.

»Muschis wie die von Emma.«

Plötzlich nahm ein Gedanke von ihm Besitz. Er musste sie wiedersehen. Um jeden Preis. Er hatte schon das Gefühl gehabt, dass sie ihn mochte, auch wenn sie sich nicht hatte ficken lassen. So nah war er einer hübschen Frau wie Emma noch nie gewesen, das musste er nutzen. Das war ein Zeichen.

Er kratzte sich am Kopf.

Nur wie sollte er das anstellen? Wie konnte er ihr näherkommen, ohne dass sie Verdacht schöpfte oder ihn für einen Freak hielt?

Wieder musste er lachen.

»Du bist ein Freak, und das weißt du. Du führst einen Kleinkrieg mit Leuten im Internet, die du nicht kennst, und du liebst es.«

Ja, so war es. In Wahrheit war er der Freak, denn er hatte sich einen Scherz erlaubt und Bodo in die Falle laufen lassen. Der Trottel hatte das nicht geahnt, als er das Video mit ihm zusammen gedreht hatte, weil er keine Ahnung von der Brutalität in der digitalen Welt hatte und weil er unter Drogen nicht so kontrolliert war wie Kempcke.

Er lachte noch lauter, fast hätte er sich an seinem Joint verschluckt.

»Ich bin ein Genie!«, gluckste er. »Was für ein Glück, dass die Bullen noch mal aufgekreuzt sind.«

Es war gut, dass er ihnen ein klitzekleines Bisschen von der

Wahrheit verraten, ihnen eine leckere Möhre vor die Nase gehalten hatte. Die beiden würden Justin die Hölle heiß machen.

Kempcke stand auf.

Er würde etwas schlafen. Vielleicht fiel ihm dann ein, wie er Emma für sich gewinnen könnte.

»Ich will sie haben, um jeden Preis. Wozu ich fähig bin, wenn ich mir was in den Kopf setze, kann Bodo bezeugen.«

Kempcke lachte schrill.

»Ach, wie dumm, der ist ja tot.«

29

Niendorf

Emma tat ihr Verhalten Mads gegenüber leid. Sie wollte sich nicht mit ihm streiten, ganz und gar nicht, aber er schaffte es immer wieder, sie mit einem Satz zu provozieren.

In diesem Moment betrat Amir das Großraumbüro und Emma fragte ihn frei heraus: »Ich bin doch keine Zicke. Eigentlich nicht, oder?«

»Erwartest du darauf eine Antwort?«, erwiderte Amir augenzwinkernd.

»Sag mir bitte nicht, dass ich eine bin«, sagte Emma und tat, als würde sie schmollen.

»Ich glaube, ich möchte lieber nicht wissen, woher diese plötzlichen Stimmungsschwankungen herrühren.«

»Besser ist es.«

Amir setzte sich an seinen Schreibtisch. »Sag nicht, dass du schon wieder mit Mads zusammengestoßen bist. Welches Missgeschick ist dir diesmal passiert?«

»Kein Missgeschick. Wir haben uns nur vor der Haustür von Kempcke getroffen und Mads hat mal wieder einen dummen Spruch rausgehauen.«

»Den du mit einem ebenso dummen Spruch quittiert hast, wie Serena Williams beim Tennis.«

»So ungefähr. Dabei möchte ich mich gar nicht mit ihm zoffen, aber er …« Emma brach ab. »Vergiss Mads. Ich werde ihm keinen Raum in meinen Gedanken mehr geben. Was macht dein Artikel?«

»Sehr gut. Mads wird sich niemals ändern, es bringt nichts, sich über ihn zu ärgern. Mit meinem Artikel komme ich gut voran.«

Kaum hatte er das gesagt, klingelte sein Handy. Er nahm das Gespräch an und telefonierte, während Emma in Gedanken die Unterhaltung mit Kempcke noch einmal durchging.

Er war ziemlich drauf gewesen. Wie viel Wahrheitsgehalt seine Informationen angesichts dessen hatten, konnte sie nicht beurteilen, doch Bodo und Kempcke schienen sich öfter getroffen zu haben.

Nicht öfter, regelmäßig, trotz des großen Altersunterschiedes. Zocken und Marihuana, das hat die beiden verbunden, resümierte Emma.

Aber traute sie Kempcke einen Mord zu?

Nein!

Kempcke zählte für sie zu den Menschen, die eher introvertiert und scheu waren, wenn es um das wahre Leben ging. Nur in der digitalen Welt waren sie extrovertiert, da gaben sie sich als Helden. Dass Kempcke allerdings ein eiskalter Mörder war, konnte sie sich nicht vorstellen, höchstens unter Drogeneinfluss könnte er es gewesen sein, dennoch sah sie kein Motiv.

»Wo bist du mit deinen Gedanken?«, fragte Amir, der sein Handy zur Seite legte.

»Bei Manuel Kempcke und unserem Gespräch. Er war ziemlich drauf. Hat erzählt, dass er regelmäßig Kontakt zu Bodo hatte. Am Ende ist er über ihn hergezogen, hat behauptet, dass Bodo unter Drogen aggressiv geworden sei und die dumme Idee gehabt habe, sich mit einer Gamercommunity anzulegen. Bodo hätte ihn dazu gezwungen, ein Video zu posten, anderenfalls hätte er ihm die Arme brechen wollen.«

Amir pfiff leise durch die Zähne. »Unser Postbote Bodo ein Schläger?«

»Das hat Kempcke jedenfalls so erzählt«, antwortete Emma achselzuckend. »Glaubst du das nicht?«

»Fällt mir schwer. Bodo war kein Schläger.«

»Unter Drogeneinfluss können Menschen komplett anders reagieren«, wandte Emma ein.

»Mag sein, aber das ist nicht Bodo.«

»Dass er Drogen nimmt, wusstest du auch nicht.«

»Punkt für dich. Mancher hat vielleicht mehr Leichen im Keller, als es den Anschein erweckt, trotzdem bleibe ich bei meiner Einschätzung. Du sagtest doch, dass Kempcke drauf war. Möglich, dass er nur Müll gelabert hat.«

»Kann sein. Ich sollte wohl noch mal mit ihm sprechen, wenn er nicht drauf ist.«

»Klingt sinnvoll. Wir können auch Katrin fragen, ob Bodo eine andere Seite hatte, eine dunkle.«

»War sie das eben?« Emma nickte zu Amirs Handy.

»Ja, sie würde sich gern mit mir unterhalten, deshalb wollte ich gleich zu ihr, ich muss nur noch den Artikel finalisieren, deswegen bin ich hier.«

»Ich dachte, du wärst meinetwegen hier«, erwiderte Emma schmunzelnd.

Amir rückte auf seinem Bürostuhl zu ihr rüber und legte ihr den Arm um die Schulter. »Immer doch, Süße. Möchtest du mit zu Katrin?«

»Klar. Könnte hilfreich sein.«

»Wieso habe ich das Gefühl, dass dieser Artikel immer mehr zu einem Text wird, der die Hintergründe des Mordes an Bodo durchleuchtet, und kein kitschiger Nachruf?«

»Weil ich eine seriöse Journalistin bin, stets an der Wahrheit interessiert«, gab Emma zurück.

»Gib mir zehn Minuten, dann bin ich fertig.«

»Du kriegst auch fünfzehn. Ich muss noch zwei, drei E-Mails beantworten.«

»Kommt doch rein, ihr zwei Hübschen«, begrüßte Katrin Minkley sie eine halbe Stunde später.

Sie betraten die Wohnung und Emma meinte, eine leichte Alkoholfahne bei Katrin wahrzunehmen.

»Geht schon mal auf den Balkon, ich bringe uns was zu trinken«, sagte Katrin.

Emma und Amir setzten sich und sahen sich an.

»Hat sie getrunken?«, fragte Emma.

»Katrin war einem guten Gläschen Wein noch nie abgeneigt. Warum nicht? Stört es dich?«

»Nein, ich wollte nur hören, ob du ihre Fahne auch gerochen hast.«

Amir kam nicht mehr zum Antworten, da Katrin in diesem Moment mit einem Tablett wiederkam, auf dem drei Weingläser standen.

»Auf die Freundschaft und den wunderbaren Sommer«, sagte sie und reichte jedem ein Glas Weißwein.

Eigentlich wollte Emma nichts trinken, aber angesichts der Gruppendynamik hatte sie das Gefühl, dass es unhöflich wäre, Nein zu sagen.

Sie stießen an und Emma gönnte sich einen kleinen Schluck.

»Hast du Pietro schon den Antrag gemacht?«, fragte Katrin.

»Nein, noch nicht. Ich warte auf den richtigen Zeitpunkt«, erwiderte Amir.

Bereits vor einigen Wochen hatte er mit dem Gedanken gespielt, Pietro einen Antrag zu machen, und Emma war gespannt, wann er es tun würde. Die beiden waren für sie ein absolutes Traumpaar.

»Warte nicht zu lange. Mit einem Ring am Finger können sie nicht mehr so schnell weglaufen«, mahnte Katrin, nahm einen großen Schluck Wein und lachte anschließend schrill.

Amir schien die Bemerkung nicht besonders geistreich zu finden, Emma ging es ähnlich.

»Wir sind auch ohne Ehering glücklich, es wäre nur die Kirsche auf der Sahne.«

Katrin beugte sich vor. »Sei nicht so naiv. Du bist älter als Pietro, irgendwann verlässt er dich für einen Jüngeren. So sind die Männer! Heirate ihn, und zwar schnell. Lass dir das von einer sagen, die leider den Fehler gemacht hat, nie zu heiraten und mehr als einmal von der Männerwelt fallen gelassen wurde. Selbst von so einer Lachnummer wie Bodo. Ich! Das muss man sich mal vorstellen.«

Amir antwortete nicht, er versank vor Fremdscham fast in seinem Weinglas. Es war offensichtlich, dass ihm der Verlauf des Gesprächs und der erhöhte Alkoholpegel seiner Nachbarin unangenehm waren.

»Du wolltest mit Amir sprechen«, begann Emma daher. »Darf ich fragen, warum?«

»Ich habe euch vorhin am Hafen gesehen. Mit dieser schrecklichen Gabriele.«

»Was ist mit Gabriele?«, fragte Amir.

»Das möchte ich von dir wissen. Was hat sie euch über mich erzählt, diese Hetzbacke?«

»Nichts, sie hat nur gesagt, dass es ihr um Bodo leidtut.«

»Amir, lüg mich nicht an. Hat sie über mich gehetzt?« Katrin stierte Amir regelrecht an.

»Katrin, mäßige bitte deinen Ton, ich bin kein Kind.«

»Warum lügst du mich an?«

»Ich lüge dich nicht an. Außerdem geht es dich nichts an, was ich oder Emma mit Gabriele bereden.«

»Ich dachte, du wärst ein Freund.« Katrin schnaubte leise. »Diese Gabriele ist Gift, eine Schlange. Sie hat mich noch nie gemocht. Jede Wette, dass sie mich als Hexe und besitzergreifende Schlampe darstellt.«

»Katrin, du solltest dich langsam beruhigen. Ein erster Schritt wäre es, keinen Wein mehr zu trinken«, mahnte Amir.

»Ich trinke, so viel ich will. Du Verräter.«

»Warum bin ich ein Verräter?«

»Weil du mit meinem Erzfeind anbandelst.«

Emma verfolgte den Schlagabtausch mit Unbehagen. Mit so einer Entwicklung des Gespräches hatte sie nicht gerechnet.

Gabriele Block hatte ihr tatsächlich nicht mehr verraten, als Amir gerade erzählte. Sie hatte nur ihr Bedauern über Bodos Tod ausgedrückt. Es war ein kurzes, unspektakuläres Gespräch gewesen, aber nach dem, was Katrin hier von sich gab, war Emma klar, dass sie schnellstmöglich noch einmal mit der Postbeamtin sprechen musste.

»Warum bist du so sauer auf Gabriele? Was genau hat sie denn getan?«, fragte Emma. Katrin zeigte sich heute von einer Seite, über die Amir nie gesprochen hatte, er hatte seine Nachbarin immer positiv gezeichnet.

»Weil sie scharf auf Bodo war und alles versucht hat, um uns zu trennen, dabei hatte Bodo ihr längst klargemacht, dass er nichts von ihr will. Hässliche Schnepfe. Vor lauter Eifersucht hat sie meine Beziehung zu Bodo zerstört.«

»Das tut mir sehr leid«, warf Amir ein.

»Wenn du das ehrlich meinst, dann rede nicht mehr mit dieser Schlange. Sag ihr am besten, dass sie bei der Polizei keine Lügen über mich verbreiten soll.«

»Was für Lügen?«

»Sie hasst mich. Sicherlich wird sie der Polizei erzählen, was für ein toxischer Mensch ich bin und dass ich Bodo dominiert habe, um mich als Mörderin dastehen zu lassen. Dabei war sie es, die gedroht hat, Bodo zu töten, wenn sie ihn nicht haben könne.«

»Das ist nicht dein Ernst?«

»Doch, ich war ja dabei. Sie war betrunken und hat gebrüllt, dass Bodo zu ihr gehören würde. Wenn sie Bodo nicht haben könne, dann sollte niemand ihn haben.«

30

26. Juli, Niendorf

An diesem Morgen war es windiger als die Tage zuvor, perfekt, um ein paar Wellen zu reiten.

Natürlich konnte man die Wellen an der Ostsee nicht mit denen an der portugiesischen oder südafrikanischen Küste vergleichen, aber für Mads reichte es, um vor der Arbeit seinen Kopf frei zu bekommen.

Er liebte das Surfen, seit er denken konnte, er hatte schon in jungen Jahren auf dem Surfbrett gestanden und diese Leidenschaft dauerte bis heute an. So oft es ihm möglich war, ging er diesem wunderbaren Hobby nach.

Hier auf dem offenen Meer gab es nur ihn, sein Surfbrett und die Welle. Allein sein Können entschied, ob die Welle ihn hinabriss oder nicht, ob er die Naturgewalten beherrschte oder sie ihn.

Als er das Wasser verließ, kam ihm ein junger Mann entgegen, der ihm gerade bis zur Brust reichte.

»Moin, Jörn.«

»Moin, allmächtiger Thor, Bezwinger der Wellen«, erwiderte Jörn unterwürfig. »Selbst Aquaman wird neidisch bei der Eleganz, wie du dir die Wellen gefügig machst.«

»Was machst du so früh am Strand?«

»Meinem Helden und Vorbild nacheifern. Ich bereite mich vor.« Jörn rückte sein dickes Stirnband zurecht, an den Handgelenken trug er Schweißbänder passend zu seiner Sportkleidung.

»Worauf denn?«

»Auf mein Praktikum. Ich möchte dich nicht enttäuschen.«

»Wie meinst du das?«, gab Mads zurück und überlegte fieberhaft, wie er Jörn von der Idee mit dem Praktikum abbringen oder ihn zumindest dazu bewegen könnte, in den zwei Wochen in der Dienststelle zu bleiben.

Am besten bei Gustav. Soll er sich doch mit ihm rumschlagen, schoss es Mads durch den Kopf. Das würde seinem Onkel sicher nicht passen, aber es war ja auch seine Idee gewesen, daher fand Mads es nur fair, wenn er die Sache am Ende ausbadete, bevor er das nächste Mal über Mads' Kopf hinweg entschied.

»Ich werde doch dein Juniorpartner, also deiner und der von Lena«, holte Jörn ihn aus seinen Gedanken. »Du bist der unerschrockenste, coolste und beste Polizist, den ich kenne. Ein Superheld. Deshalb möchte ich nicht, dass du denkst, ich wäre nicht würdig, an deiner Seite zu stehen. Ich möchte dir keine Schande bereiten, trotz meiner vielen Schwächen.«

Diese Antwort überraschte Mads. Jörn gehörte zwar zu den Menschen, die gern mal übertrieben, aber diesmal glaubte Mads ihm, dass es ihm tatsächlich ernst war.

»Du weißt, dass ich viel unterwegs bin. Nicht selten fällt da das Essen flach. Wenn du bei Gustav wärst, würde es dreimal am Tag was Leckeres zu essen geben, und das Beste: Es ist alles umsonst«, erwiderte Mads, der wusste, wie gern Jörn aß. Einem so verlockenden Angebot würde er sicherlich nicht widerstehen können. Mads fand seinen spontanen Einfall genial. Wenn man Jörn mit etwas ködern konnte, dann mit einer kostenlosen Mahlzeit.

Jörn legte den Kopf schräg. »Das mit dem Essen ist in der Tat sehr verlockend. Jeder weiß, dass ich Essen liebe, aber so gern ich Polizeichef Gustav auch habe, ich möchte dein Schüler sein. Du bist Thor. Was kann sich ein armer, behinderter Junge mehr wünschen, als in seinem Team zu sein? Als Albert und Gustav mir das Angebot gemacht haben, konnte ich mein Glück nicht fassen. Ich habe die ganze Nacht nicht geschlafen.

Das ist wirklich ein Traum für mich und der beste Beweis, dass auch behinderte Menschen etwas leisten können, wenn sie an sich glauben.«

»Du bist nicht behindert. Denk so was nicht«, widersprach Mads.

»Doch, bin ich. Ich habe eine Lernschwäche, mein IQ ist nicht der höchste, deswegen bin ich ja so stolz, dass du mein Freund bist und wir bald zusammen die bösen Jungs jagen.«

Jörn sah zu Mads auf, seine Augen strahlten und Mads wusste, dass er Jörn diesen Traum nicht zerstören konnte, weil Jörn sich zu sehr auf das Praktikum freute.

»Ich freue mich auch«, antwortete Mads daher.

»Das bedeutet mir sehr viel.« Mit einer schnellen Bewegung schloss Jörn Mads in seine Arme. »Ich hab dich echt lieb.«

»Ich dich auch«, erwiderte Mads, er war ehrlich gerührt.

Jörn löste die Umarmung. »Wir drei rocken das schon, und wenn Lena mal keine Lust hat, den Rollstuhl selbst in Bewegung zu halten, mache ich das.«

»Das ist sehr lieb von dir.«

»Ist doch selbstverständlich, als Lehrling. Außerdem ist Lena wie du meine Freundin.« Er zupfte an seinem Schweißband. »Ich muss leider weiter.«

»Wohin?«

»Na, laufen, damit ich mit dir Schritt halten kann, mächtiger Thor«, antwortete Jörn und sprintete los.

Mads schaute ihm nach. Keine dreißig Meter weiter stoppte Jörn und fasste sich an die Seite.

Seitenstechen, das kann ja was werden, dachte Mads und musste lachen.

Er hatte Jörn jetzt sein Wort gegeben und daran würde er sich halten, obwohl er es noch immer für eine selten dämliche Idee hielt, dass er ihn und Lena bei der Arbeit begleitete.

Mads verließ den Strand, er hatte mit einem Mal Lust auf

ein Krabbenbrötchen, also ging er Richtung Hafen. Auf der Promenade entdeckte er eine Gestalt, die eine morgendliche Joggingrunde drehte. Er nahm an, dass es Emma war. Sie konnte ihn nicht sehen, aber Mads machte sich auch nicht bemerkbar, obwohl er gern mit ihr einen Espresso getrunken hätte. Doch leider war Emma seit einiger Zeit seltsam, sie nahm alles gleich persönlich und war nicht so entspannt wie früher. Davon wollte er sich gerade nicht runterziehen lassen, er hatte gute Laune.

»Moin, Mads. Möchtest du uns mit deinem Surfbrett ein schlechtes Gewissen machen?«, grüßte ihn Oli, als Mads am Imbiss ankam.

»Sehe ich so aus? Ich war eine Runde surfen und dachte, ich gönne mir anschließend ein Krabbenbrötchen.«

»Kluge Entscheidung. Du weißt, dass hundert Gramm Krabben fast zwanzig Gramm Protein enthalten.«

»Natürlich. Deswegen nehme ich auch gleich zwei.«

»Macht Ali dir fertig«, antwortete Oli und gab seinem Partner ein Zeichen.

»Besser ist es, bevor sich Oli wieder in die Finger schneidet«, stichelte Ali. »In seinem Alter sieht man nicht mehr so gut.«

Ali war deutlich jünger als Oli und es gehörte bei den beiden dazu, dass sie sich immer wieder aneckten. Es schien ihrer Freundschaft keinen Abbruch zu tun, denn beide führten den Imbiss schon eine lange Zeit.

»Glaubst du, dass ein Seemann wie ich sich tatsächlich in die Finger schneidet? Ich nehme jeden Fisch blind aus, aber Ali kann ein Messer von einem Fischbesteck nicht unterscheiden«, konterte Oli und lachte über seinen eigenen Witz.

»Ich halte mich da lieber raus«, blieb Mads diplomatisch. »Aber sagt mal, wo ich schon mal hier bin: Wie gut kanntet ihr Bodo?«

»Den Postboten?«, fragte Ali, der Mads die beiden Brötchen reichte.

»Ne, Bodo, den Astronauten.« Oli schüttelte den Kopf. »Was glaubst du, in welchem Mordfall Mads gerade ermittelt?«

»Hätte auch ein anderer Bodo sein können, oder, Mads?«

»Wie gut kanntet ihr denn nun Bodo, den Postboten?«, fragte Mads.

»Jeder kannte ihn. Heute Morgen habe ich in der Ostseezeitung gelesen, dass er erstochen wurde«, antwortete Oli.

Mads war sofort klar, dass der Artikel nur von Emma stammen konnte. Sie tat also doch mehr, als nur einen Nachruf zu schreiben. Wirklich erfreut war er darüber nicht, aber er wollte sich deswegen nicht noch mal mit ihr streiten.

»So ist es«, sagte er zu Oli. »Hat Bodo euch gegenüber mal was von Problemen oder Ärger berichtet?«

»Bodo? Nein, der war eher verschlossen, was sein Privatleben anbelangte, und seit dem Tod seiner Mutter hatte ich auch den Eindruck, dass er sich noch mehr zurückzog.«

»Kein Wunder, dass er die Post gebunkert hat. Ich glaube ja, er hat sehr unter dem Tod seiner Mutter gelitten«, fügte Ali hinzu. »Möchtest du was trinken?«

»Ein Wasser bitte.«

»Wir alle haben früher oder später den Tod eines geliebten Menschen zu betrauern, aber deswegen Post nicht auszuteilen, sondern sie zu klauen und im Keller zu verstecken? Ich weiß nicht«, entgegnete Oli.

»Stand das auch in der Zeitung?«

»Ja. Emma ist echt gut. Ich bin immer wieder überrascht, wie sauber sie recherchiert. Das ist noch richtiger Qualitätsjournalismus. Wir brauchen mehr von solchen Journalisten, die an der Wahrheit interessiert sind und nicht das schreiben, was andere gerne hören wollen oder was sich verkauft. Wie dem auch sei, mir tut Bodo trotzdem leid. Was mich wundert, ist, dass niemand von der Post das wusste. So viele Briefe können doch nicht einfach verschwinden, ohne dass es jemandem auffällt.«

»Da bin ich bei dir, Ali. Erinnerst du dich noch an Marius, wie der sich hier aufgeregt hat, weil er seit Wochen nur unregelmäßig Post bekommen hat und Bodo im Verdacht hatte? Bei uns war es doch ähnlich. Wir haben in den letzten Monaten auch nur hin und wieder Post bekommen.«

»Aber das haben wir weder Bodo noch seinem Vorgesetzten gesagt«, gab Ali zu bedenken.

»Weil es mir unmöglich erschien, dass Bodo die Post nicht austeilt.«

»Siehst du, wir müssen uns an die eigene Nase fassen. Die Menschen haben genug mit ihrem Alltag zu tun, sie haben keine Lust, sich mit den Problemen anderer rumzuschlagen.«

»Ich mache weder Marius noch uns einen Vorwurf, dass wir nichts unternommen haben, sondern dem Chef von Bodo. Der hätte dem nachgehen sollen«, beharrte Oli.

»Das kann er aber nur, wenn sich Leute beschweren. Wir haben es nicht getan und Marius sicherlich auch nicht. Wie soll der Vorgesetzte dann wissen, dass da was schiefläuft?«

»Da spricht wohl wieder der Detektiv in dir. Wobei ich annehme, dass Marius sich doch bei der Post beschwert hat.« Die Ironie in Olis Stimme war kaum zu überhören.

Mads hatte dem Gespräch der beiden stumm gelauscht, während er seine Krabbenbrötchen gegessen hatte. Jetzt legte er die Serviette zur Seite und fragte: »Jungs, was schulde ich euch?«

Oli nannte ihm die Summe, Mads bezahlte und ging nachdenklich davon.

Die Überlegung, warum niemand von der Post etwas unternommen hatte, war berechtigt, doch selbst Gabriele hatte ihm gesagt, sie könne es sich einfach nicht vorstellen, dass Bodo die Post nicht zustellte. Deswegen hatten sie dem kaum große Beachtung geschenkt. Außerdem gingen bei der Post sicherlich jedes Jahr zig Millionen Briefsendungen verloren, davon hatte Mads irgendwo mal etwas gelesen.

Als er das Büro betrat, saß Lena bereits am Rechner.

»Moin, Bruderherz«, sagte sie und Mads umarmte sie zur Begrüßung.

»Hast du die Ostseezeitung gelesen?«, fragte sie, während er sich setzte.

»Nein, aber ich weiß von Oli und Ali, dass Emma einen Artikel über den Mord an Bodo veröffentlicht hat. Gustav und Albert wird das sicherlich nicht schmecken.«

»Mag sein. Ich finde, er ist wirklich sehr gut, überhaupt nicht reißerisch, und am Ende fragt sie die Leser, ob sie etwas gesehen haben. Das könnte uns in die Hände spielen.«

»Wie das?«, gab Mads zweifelnd zurück.

»Wäre nicht das erste Mal, dass sich ein Zeuge eher bei der Presse meldet als bei der Polizei, das hatten wir schon. Möchtest du wirklich daran erinnert werden?«

»Nein, kein Bedarf.«

»Du wirkst nicht gerade begeistert«, stellte Lena fest.

»Nein, weil Emma uns nicht eingeweiht hat. Deswegen gebe ich so ungern Informationen raus, sie schlachtet das nämlich sofort aus.«

»Na ja, das ist ihr Job als Journalistin«, wandte Lena ein, »und wenn wir ehrlich sind, hat die Bevölkerung das Recht darauf, informiert zu werden.«

»Nicht, wenn es unsere Ermittlungen behindern könnte«, widersprach Mads.

»Wie soll das passieren?«

»Überleg doch mal, der Mörder liest den Artikel, bekommt Panik und zieht sich zurück?«

»Dann darf die Presse über gar nichts mehr berichten. Ich finde, Pressefreiheit ist ein wichtiges und schützenswertes Gut, und wenn wir ehrlich sind, denkst du genauso. Nur bei Emma tust du dich schwer damit.«

Mads schwieg, weil seine Schwester recht hatte. In Wahrheit wollte er nur verhindern, dass Emma sich in Gefahr begab, weil sie ihm noch immer viel bedeutete. Er konnte nicht jedes Mal zur Stelle sein, um sie zu retten. Gegen ihren Beruf hatte er gar nichts einzuwenden, nur ihr Drang, sich mit Mördern und Schwerverbrechern anzulegen, missfiel ihm. Das war sein Job als Polizeibeamter.

Das Klingeln seines Bürotelefons rettete ihn aus der unangenehmen Situation, da ihm vor Lena die Argumente ausgingen.

»Moin, Tim. Gut, dass du anrufst. Lena ist auch hier, ich habe auf Lautsprecher gestellt.«

»Moin, ihr zwei. Manuel Kempcke hat nicht gelogen, ich habe das Forum im Darknet gefunden. Der User Darksoul19 hat dort damit geprahlt, dass er zu Bodo gefahren sei und dass er noch eine besondere Überraschung für ihn habe.«

»Was für eine?«

»Das hat er nirgends ausgeführt. Ich habe deshalb heute früh auch noch mal mit Kempcke telefoniert. Er weiß nicht, um was für eine Überraschung es sich handeln könnte, vermutet aber, dass Justin Repp damit nichts Gutes gemeint haben könne. Es ist vielleicht sogar eine Ankündigung, dass er Bodo töten wollte.«

»Er kündigt den Mord demnach im Internet an?«, fragte Mads.

»Das wäre nichts Neues. Wir haben jede Menge solcher Fälle, in denen besonders labile oder junge Menschen Taten im Internet ankündigen, um damit zu prahlen. Die Leute machen kranke Sachen für fünf Minuten Ruhm.«

»Da hast du leider recht«, bestätigte Mads. »Da du eben den Namen Justin genannt hast, gehe ich davon aus, dass Kempcke uns mit der Identität des Users nicht angelogen hat.«

»So ist es. Den Namen gibt es. Wie es scheint, ist Kempcke kooperativ gewesen.«

»Oder es lag an den Drogen, die er sich reingeballert hat«, erwiderte Mads zynisch. »Egal. Wo wohnt Justin?«

»In Ratekau, das habe ich vor fünf Minuten herausgefunden. Weitere Informationen schicke ich euch, sobald ich sie habe.«

»Du bist ganz sicher, dass er es ist?«

»Zu neunundneunzig Prozent. Über sein Profil im Darknet bin ich an sein Pokémon-Go-Profil gekommen, dort hat er dieselben Credentials benutzt und über ein Forum auf der Plattform bin ich dann auf Ratekau gestoßen. Ein Abgleich mit dem Melderegister …«

»Alles klar, ich glaube dir«, unterbrach Mads ihn schmunzelnd.

Es war ihm jedes Mal ein Rätsel, wie Tim es schaffte, aus einzelnen Puzzleteilen im Internet ganze Bilder zusammenzustellen. Da konnte ihm niemand das Wasser reichen.

»Hast du die exakte Anschrift?«, erkundigte sich Lena.

»Ist gerade als E-Mail an euch raus, zusammen mit ein paar anderen Informationen.«

»Danke dir. Sobald du mehr hast, schick uns das bitte, wir fahren jetzt gleich zu diesem Justin. Hast du noch was über Kempcke, Katrin und Bodo herausgefunden?«

»Nichts, was für den Fall relevant sein könnte. Wenn ich was habe, melde ich mich bei euch.«

Mads bedankte sich und beendete das Gespräch, danach packten sie ihre Sachen und fuhren nach Ratekau.

»Diese Feldsteinkirche finde ich nie langweilig, egal wie oft ich an ihr vorbeifahre«, bemerkte Lena, als Mads in Ratekau an der alten Kirche vorbeifuhr.

»Gustav würde mir jetzt erklären, dass sie aus dem 12. Jahrhundert stammt, dass sie im romanischen Stil gebaut wurde, fast fünfzig Meter hoch ist und überwiegend aus Feldsteinen errichtet wurde.«

Lena lachte. »Muss er gar nicht, du weißt das ja schon so alles. Aber du hast recht, unser Onkel interessiert sich sehr für Geschichte.«

»Rate mal, woher ich das alles weiß«, erwiderte Mads und zwinkerte Lena zu. »Er hat mir das vor einigen Wochen erzählt, als wir in Ratekau waren. Das Wissen war also nur geklaut, um vor dir anzugeben.«

»Ist dir gelungen, Bruderherz.«

Mads folgte der Hauptstraße und bog schließlich in die Bäderstraße ab, wo ihr Ziel lag.

Nachdem er geparkt und Lena sich in den Rollstuhl gesetzt hatte, begaben sie sich zur Haustür und Mads klingelte. Eine Frau etwa Ende dreißig öffnete ihnen.

»Moin. Wohnt Justin Rapp hier?«, fragte Mads.

»Das tut er. Was wollen Sie von meinem Sohn?«

»Wir sind von der Kriminalpolizei«, antwortete Mads und stellte beide vor. »Wir müssen kurz mit Justin sprechen.«

»Wieso? Was soll mein Sohn denn verbrochen haben?« Die Frau sah sie irritiert an.

»Das erklären wir, wenn er da ist. Ich vermute, er ist minderjährig, Sie dürfen deshalb bei dem Gespräch zugegen sein.«

»Darauf können Sie wetten. Warum erfahre ich als Mutter nicht, was meinem Sohn vorgeworfen wird? Er hat noch nie Probleme mit der Polizei gehabt. Er ist ein ordentlicher Junge, keines dieser Problemkinder«, empörte sich die Frau. Sie war fast so groß wie Mads, was sofort ins Auge fiel, da Mads mit seinen knapp einen Meter neunzig nicht gerade der Kleinste war.

»Hallo, Mama. Der Unterricht ist ausgefallen«, hörte Mads eine Stimme hinter seinem Rücken. Als er sich umdrehte, wollte er seinen Augen nicht trauen. Wenn das Justin war, war er kaum älter als vierzehn.

»Bist du Justin?«, fragte Mads.

»Ja, warum?«

»Wir sind von der Polizei und müssen uns kurz mit dir unterhalten«, antwortete Lena, während Mads sich noch immer fragte, wie diese halbe Portion sich mit Bodo angelegt haben konnte.

Justin reagierte sofort, er ließ seinen Rucksack auf den Boden fallen und lief los.

»Justin, was machst du?«, rief die Mutter ihm nach.

Nicht schon wieder, dachte Mads und nahm die Verfolgung auf.

Dass Justin wegrannte, half ihm nicht. Möglicherweise war er aber auch nur mit der Situation überfordert und wusste sich nicht anders zu helfen.

Ohne zu schauen, überquerte Justin die Straße, Mads rannte hinterher. Ein Wagen hupte, bremste und blieb kurz vor Mads stehen.

»Du Idiot«, hörte Mads den Fahrer schreien, doch er kümmerte sich nicht darum.

Justin lief auf den Friedhof, Mads blieb dran. Für sein Alter hatte Justin eine gute Kondition.

»Pass doch auf«, schimpfte ein Mann, den Justin fast umgerannt hätte.

»Justin, bleib endlich stehen«, rief Mads und machte ein paar Meter gut.

Justin drehte sich kurz zu Mads um, dann rannte er nach rechts, weiter in den Friedhof hinein, und hätte dabei fast eine ältere Frau zu Fall gebracht, die ihm gerade noch ausweichen konnte.

So ein Idiot, dachte Mads und erhöhte das Tempo. Justin bog nach links ab und lief nun quer über die Gräber. Da machte Mads jedoch nicht mehr mit. Die Totenruhe durfte nicht gestört werden. Schlimm genug, dass sie sich hier eine Verfolgungsjagd liefern mussten.

Mads rannte weiter, dann bog er scharf nach rechts ab, denn er ahnte, wohin Justin laufen würde.

Er behielt recht.

Justin kam ihm jetzt entgegen und wäre fast mit ihm zusammengestoßen. Im letzten Moment versuchte er umzudrehen, aber Mads war schneller, er packte den Jungen.

»Du läufst nirgendwohin«, grollte Mads und ergriff seinen Shirtkragen.

»Lassen Sie mich los. Hilfe«, brüllte Justin. »Hilfe, ich werde entführt.«

Sofort kamen zwei Männer angerannt, sie schauten Mads verwundert an.

»Ich bin von der Polizei, der Kleine ist von zu Hause ausgebüxt«, erklärte Mads.

»Dann zeigen Sie uns mal Ihren Ausweis«, antwortete der eine, der andere hielt sich etwas unsicher im Hintergrund.

Zwei weitere Männer kamen hinzu.

»Lassen Sie Justin in Ruhe«, forderte einer von ihnen.

»Loslassen!«, rief Justin erneut.

»Hier wird niemand losgelassen. Ich bin von der Ostseekriminalpolizei«, antwortete Mads und fischte seinen Dienstausweis aus der Hosentasche.

»Was soll Justin denn angestellt haben? Das ist doch Quatsch, lassen Sie den Jungen in Ruhe.«

Mads streckte den Männern seinen Ausweis entgegen. »Machen Sie den Weg frei.«

Die vier schauten sich den Ausweis an, dann machten sie widerwillig Platz, während Mads Justin abführte.

»Wir beide haben einiges zu bereden«, sagte er.

»Ich wüsste nicht was«, gab sich Justin störrisch.

»Warum haust du überhaupt ab?«

»Woher soll ich wissen, dass Sie kein Mörder sind?«

»In deinem Alter war ich nicht so frech. Was stimmt mit euch Jugendlichen nicht?« Mads schüttelte den Kopf. »Wie alt bist du? Zwölf?«

»Ich bin fünfzehn.«

»Dafür bist du aber nicht besonders groß«, rutschte es Mads heraus. Die Information war für ihn wichtig. Mit fünfzehn war Justin bereits bedingt strafmündig, für ihn griff schon das Jugendstrafrecht.

»Ich wachse noch«, gab Justin zurück.

»Du weißt, dass du mit fünfzehn dran bist, wenn du uns nicht die Wahrheit sagst.«

»Was wollen Sie überhaupt von mir?«

»Du baust ziemlich viel Scheiße im Darknet.«

»Im Darknet? Ich?«, gab sich Justin erstaunt.

Mittlerweile hatten sie den Ausgang des Friedhofs durchschritten und standen auf dem Gehweg davor.

»Du bist doch Darksoul19«, sagte Mads.

»Ganz sicher nicht. Ich war noch nie im Darknet.«

Mads beugte sich vor und packte Justin erneut am Hemdkragen, sodass er kurz unfreiwillig auf Zehenspitzen stand. Er war ein Leichtgewicht.

»Jetzt hör mir mal genau zu«, wurde Mads deutlich. »Wir können das hier auf die freundliche Art klären, oder ich nehme dich mit auf die Dienststelle, damit du einen kleinen Vorgeschmack darauf kriegst, was es heißt, wenn man die Polizei belügt und Menschen bedroht.«

»Lassen Sie mich los. Sie können mir nichts«, wehrte sich Justin.

»Wieso bist du so störrisch? Ich erklär's dir mal. Zuerst werden wir deinen Rechner beschlagnahmen, jede Wette, dass wir dort alle Informationen finden, die wir suchen. Auch, dass du Darksoul19 bist.«

Plötzlich wirkte Justin nicht mehr so selbstbewusst und stur, er sah Mads erschrocken an. »Dürfen Sie das überhaupt?«

»Was für eine Frage. Natürlich dürfen wir das, aber wenn du mit uns kooperierst, lege ich ein gutes Wort für dich ein. Was glaubst du wohl, was deine Mama denken wird, wenn sie erfährt, was du im Darknet treibst.«

Mads war bewusst mit Justin vor dem Friedhof stehen geblieben, weil er die Gelegenheit nutzen wollte, ohne die Mutter mit ihm zu sprechen. Vielleicht hätte sie dem Gespräch überhaupt nicht zugestimmt.

»Kann sein, dass ich doch Darksoul19 bin«, gab Justin kleinlaut zu.

»Warum hast du dich mit Bodo Petersen angelegt?«

»Wer ist Bodo?«

»Justin, lass den Scheiß, gleich reißt mir wirklich der Geduldsfaden, und dann ist es mir auch scheißegal, was deine Mutter denkt. Grundsätzlich bin ich ja dafür, jedem, besonders Kindern wie dir, eine zweite Chance zu geben.«

»Ich bin kein Kind«, maulte Justin.

»Dann benimm dich nicht wie eines. Warum hast du dich mit Bodo alias TankGod60 angelegt?«

»Weil er ein faschistisches Arschloch ist«, platzte Justin heraus.

»Wie kommst du darauf?«

»Er hat sich über unsere Gamingcommunity lustig gemacht und uns provoziert.«

Mads runzelte die Stirn. »Deswegen drohst du ihm gleich mit dem Tod?«

»Er hat selbst schuld. Er und MatchGun28.« Justin atmete heftig durch die Nase, er schien wirklich wütend. »Irgendwann hat auch MatchGun28 eingesehen, was für ein Idiot Bodo ist und dass es nicht okay ist, sich mit der Community anzulegen. Ja, wir sind zu Bodo hin und ich habe ihn auch einmal allein besucht, weil Niendorf nicht so weit weg ist. Ich hab dem alten Sack klargemacht, dass er den Scheiß sein lassen soll, der hätte ja glatt mein Opa sein können. Wieso muss man andere so provozieren? Aber das war's, mehr habe ich nicht gemacht. Keine Ahnung, wer ihn verprügelt hat.«

Verprügelt?, wiederholte Mads in Gedanken.

Konnte es sein, dass Justin gar nicht wusste, dass Bodo ermordet worden war? So erregt und so schnell, wie er gesprochen hatte, ging Mads nicht davon aus, dass Justin sich die Geschichte eben erst ausgedacht hatte.

»Wieso fragen Sie nicht MatchGun28?«, fragte Justin.

»Was soll ich ihn fragen?«

»Wer Bodo zusammengeschlagen hat.«

»Warum sollte MatchGun28 das wissen?«

»Weil er mir verraten hat, wo Bodo wohnt, dafür haben wir versprochen, ihn in Ruhe zu lassen. Aber er könnte das doch auch anderen gesagt haben, damit Bodo die verdienten Kloppe kriegt.«

Mads schwieg einen Moment. Er musste dringend mit Kempcke reden, denn MatchGun28 war kein Geringerer als der kiffende Zocker.

31

Timmendorfer Strand

Das Treffen mit dem Abteilungsleiter der Post hatte am vergangenen Tag nicht mehr geklappt, weil er verhindert gewesen war. Albert hatte ihn angerufen und man hatte beschlossen, sich am nächsten Tag zum Frühstück zu treffen.

Gustav saß bereits auf der Terrasse des *Café Wichtig*, als Albert dazustieß.

»Herrlicher Tag, oder?«, grüßte Albert und nahm Platz.

»Man kann nicht klagen«, antwortete Gustav.

»Möchten Sie schon etwas bestellen?«, fragte der Kellner, den Gustav vor einigen Minuten bereits um Geduld gebeten hatte.

»Wir warten noch auf einen Gast«, erwiderte Albert.

Der Kellner nickte und trat an den nächsten Tisch.

»Kann ja nicht jeder so pünktlich sein wie wir«, erlaubte sich Albert einen Scherz. »Ich bin gespannt, was Detlef Grün zu erzählen hat.«

»Nicht nur du. Vor allem, wie man nicht bemerken kann, dass hunderte Postsendungen abhandengekommen sind.«

»Auf die Antwort bin ich auch gespannt. Wo sind Mads und Lena?«

»Arbeiten, was sonst.«

»Wo genau?«

»Sei nicht immer so neugierig.«

»Ich bin nicht neugierig, nur interessiert. Warum zickst du so rum?«

Gustav rollte mit den Augen. »Weil du kein Polizist bist, sondern der Bürgermeister dieser Gemeinde. Ich frage dich doch auch nicht, was deine Mitarbeiter gerade machen.«

»Darfst du aber gern, ich habe keine Geheimnisse vor dir.« Albert rückte sich auf seinem Stuhl zurecht. »Dein Papa war da echt angenehmer. Er hat mich regelmäßig gefragt, was im Rathaus läuft, dich juckt das ja null.«

»Papa war angenehmer?«, fragte Gustav nach, er konnte sich das nicht vorstellen.

»Ja, er hat mir alles anvertraut, er hat keine Geheimnisse vor mir gehabt und sich sogar gefreut, wenn ich ihm Fragen gestellt habe. Er meinte, dass ich nur so ein erfolgreicher Bürgermeister wäre, weil mein Interesse authentisch ist.«

»Vielleicht wollte Papa bloß nett zu dir sein.«

»Mikkel? Wir wissen beide, dass er das Herz auf der Zunge trug, oder willst du das etwa leugnen?«

»Nein, will ich nicht. Aber ich bin nicht Mikkel und ich muss dir nicht alles erzählen.«

Albert verzog den Mund und sah stumm woanders hin.

»Du bist wie ein Kind, dem man das Spielzeug weggenommen hat«, sagte Gustav und seufzte. »Aber gut, wenn du es unbedingt wissen möchtest: Ich habe keine Ahnung, wo Mads und Lena sind.«

Albert lachte.

»Was gibt es da zu lachen?«

»Deswegen hast du es mir nicht erzählt. Dir ist es peinlich, dass du nicht weißt, was deine Mitarbeiter machen.«

»So ein Quatsch. Sie sind die leitenden Ermittler und haben jede Menge Freiheiten«, erklärte Gustav, obwohl Albert mit seiner Vermutung richtiglag.

»Du warst schon immer ein schlechter Lügner«, setzte Albert einen drauf.

»Und du eine Nervensäge.«

Albert reckte den Hals. »Da ist Detlef.«

Gustav wandte sich leicht um und sah nun auch, wie der Abteilungsleiter der Post die Terrasse betrat. Er kannte Detlef wie Albert recht gut, sie duzten sich schon lange.

»Moin, Detlef«, sagte Albert. Die beiden standen auf und gaben sich die Hand, dann nahmen die Herren Platz.

Fast im selben Moment kam der Kellner angerauscht. Gustav bestellte eine große Frühstücksplatte, Albert und Detlef schlossen sich mit Getränken an.

»Es fällt mir noch immer schwer, zu begreifen, dass Bodo tot ist«, begann Detlef.

»Nicht nur dir«, bestätigte Albert. »Gustav und ich sind mit Bodo großgeworden. Wir haben dich hergebeten, weil wir verstehen möchten, was für ein Mensch Bodo war. Immerhin hat er einige Jahre für dich gearbeitet.«

»Das stimmt. Vor knapp zehn Jahren bin ich von Lübeck nach Timmendorf versetzt worden, da war Bodo mir anfangs eine große Hilfe, er kannte alle Abläufe und die Gemeinde aus dem Effeff.«

»Was war Bodo für ein Mitarbeiter?«, fragte Gustav.

»Er war fleißig und zuverlässig, dabei bescheiden und zurückhaltend. Bodo hat sich nie in den Vordergrund gedrängt, aber man konnte immer zu ihm kommen, wenn man Fragen hatte. Manchmal hatte ich den Eindruck, dass Bodo der Kleber in meinem Team war. Jeder mochte ihn, was ja auch nicht schwer war.«

»Was ich mich nur frage: wenn Bodo so zuverlässig war, wie konnte er dann hunderte Briefe und Pakete bei sich im Keller bunkern?«

Detlef hob die Schultern. »Ich wünschte, ich hätte eine Antwort darauf. Niemand bei uns kann es sich erklären. Das passte nicht zu Bodo.«

»Hat sich denn nie ein Kunde beschwert?«, hakte Gustav nach.

»Ich bin die Zahlen durchgegangen. Die Anzahl der schriftlichen Beschwerden liegt im bundesweiten Durchschnitt. Für euch sieht das, was gefunden wurde, jetzt nach richtig viel aus, aber Bodo hat die Post über Jahre im Keller gebunkert. Albert, du sagtest doch, der erste Brief war vom Januar 2020, also wenige Wochen nach dem Tod der Mutter. Wenn wir die entwendete Post auf die Jahre verteilen, werden wir feststellen, dass die Menge im Schnitt verschwindend gering ist.«

Detlef hielt inne, da der Kellner die Getränke brachte. Anschließend fuhr er fort.

»Nur mal ein paar Zahlen: In Deutschland werden ungefähr eine Milliarde Sendungen pro Monat verschickt und übers ganze Jahr gesehen hatten wir 2022«, er machte Gänsefüßchen in die Luft, »nur etwas mehr als 15.000 Beschwerden. Im Vergleich zu der Milliarde ist das richtig wenig, und die schriftlichen Beschwerden bei uns auf der Poststelle sind ebenso gering. Fünfundneunzig Prozent aller Sendungen erreichen bei uns am nächsten Tag ihren Empfänger. Neunundneunzig Prozent nach zwei Tagen.« Detlef beugte sich ein wenig vor, dann sagte er: »Natürlich geht auch jeden Tag Post verloren, und was ich euch jetzt sage, ist vertraulich.«

»Wir behandeln alles vertraulich«, versicherte Albert.

»Wir haben bundesweit mehr als 80.000 Zusteller, die an der Belastungsgrenze arbeiten, weil immer mehr Menschen online bestellen. Allein in meinem Team gibt es keinen, der nicht längst hunderte Überstunden angehäuft hat, weil wir unterbesetzt sind. Meine Mitarbeiter sind am Limit. Es gibt interne Zahlen, die davon ausgehen, dass jeden Tag bis zu 70.000 Briefe und 2.000 Pakete verschwinden. Entweder weil Mitarbeiter sie verlieren, bunkern oder klauen. Der Nachweis ist unglaublich schwer.« Detlef sah kurz auf seine Hände, dann wieder zu Gustav und Albert. »Ich hoffe, bei den Zahlen versteht ihr, warum niemand in meinem Team und auch ich keinen Verdacht geschöpft haben. Außerdem war Bodo der vertrauenswürdigste Mitarbeiter, den ich hatte.«

»Glaubst du, Bodo kannte die Zahlen und hat sich nichts dabei gedacht, die Post verschwinden zu lassen?«, fragte Albert.

»Das kann ich nicht sagen. Wir alle wussten, wie nahe sich Bodo und seine Mutter standen, aber wir hatten keine Ahnung, dass er ihren Tod nicht verkraftet hat. Ich denke, das hängt alles damit zusammen.«

»Wie meinst du das?«, fragte Gustav.

»Ich habe Bodo damals gesagt, er solle sich so viel Zeit nehmen, wie er braucht, nachdem sie gestorben war. Er hatte massig Überstunden, und ich wusste, dass ihm seine Mutter sehr viel bedeutet hat, immerhin lebte er noch bei ihr. Aber was macht Bodo? Er erscheint am Montag zur Arbeit, als wäre nichts gewesen. Das hat mich und die Kollegen total überrascht.«

»Hast du dir nichts dabei gedacht?«

Detlef wartete mit der Antwort, da der Kellner in diesem Augenblick die Frühstücksplatte servierte, danach redete er weiter.

»Wie gesagt, ich fand es seltsam, aber Bodo meinte, es wäre alles okay, das Leben würde trotzdem weitergehen. Da habe ich mir gedacht, dass jeder seine Trauer eben anders verarbeitet und dass Bodos Devise Ablenken durch Arbeit war, statt den ganzen Tag zu Hause zu trauern. Irgendwie habe ich ihn dafür bewundert.«

»Hat sich Bodos Verhalten nach dem Tod der Mutter denn verändert? Oder in den letzten Monaten?«, erkundigte sich Gustav. Albert bediente sich indessen an der Frühstücksplatte, hörte jedoch weiterhin aufmerksam zu.

»Was seine Arbeit anbelangte, nicht. Ich hatte nicht den Eindruck, dass er am Tod der Mutter so schwer zu knabbern hatte, aber möglicherweise hat er das auch nur gut überspielt. Heute Morgen habe ich mich noch mit meinen Mitarbeitern unterhalten, einige, wie zum Beispiel Gabriele, haben ja sehr lange mit Bodo zusammengearbeitet.«

»Was haben die Kollegen gesagt?«

»Dass auch sie von den Vorfällen kalt erwischt wurden und

sich nicht erklären können, warum Bodo Post geklaut hat. Sie hatten wie ich den Eindruck, dass Bodo den Tod der Mutter gut weggesteckt hat. Er hat ja früh seinen Vater verloren, worüber ihr sicher mehr wisst als ich. Möglich, dass er es deswegen gut verstanden hat, seine Gefühle vor seinen Kollegen zu verbergen. Wer kann schon wirklich in die Seele eines Menschen schauen?«

Nun griff auch Detlef bei der Frühstücksplatte zu, Gustav beobachtete ihn nachdenklich. Er wurde den Eindruck nicht los, dass Detlef nicht ganz ehrlich zu ihnen war, seine Körpersprache passte nicht zu seinen Worten.

»Detlef, wir suchen einen Mörder. Jemand hat Bodo aus irgendeinem Grund, den wir uns bisher nicht erklären können, ermordet. Es ist deshalb sehr wichtig, dass du uns alles erzählst, was du weißt, nichts weglässt und nichts beschönigst.« Er hoffte, dass Detlef die Botschaft hinter seinen Worten verstand, er wollte ihm nicht gleich Vorwürfe machen, dass er log.

»Wir alle möchten, dass der Mörder von Bodo gefasst wird. Ich wüsste nur nicht, warum die verschwundene Post in Zusammenhang mit dem Mord stehen sollte«, gab Detlef zurück.

»Wir ehrlich gesagt auch nicht, aber darum geht es nicht«, schaltete sich nun Albert ein. »Du und deine Angestellten haben Bodo doch jeden Tag gesehen. Hat er nie von privaten Problemen erzählt?«

»Nein, ich fürchte nicht. Bodo war niemand, der seine Probleme mit zur Arbeit genommen hat. Er war verschlossen, was sein Privatleben anbelangte.« Detlef wischte sich die Finger an der Serviette ab und rutschte auf seinem Stuhl erst nach hinten, dann wieder nach vorn.

»Detlef, da ist doch mehr, wieso sagst du es uns nicht?«, fragte Gustav.

»Wie kommst du darauf? Es gibt nicht mehr dazu zu sagen.«

»Detlef?«, wiederholte Albert fordernder. »Du willst doch Zugriff auf die beschlagnahmte Post.«

»Eigentlich schon.«

»Eigentlich?«

Detlef sah wieder auf seine Hände. »Ich habe Bedenken, wie einige der Empfänger darauf reagieren werden.«

»Was verschweigst du uns?«, ließ Gustav nicht locker.

Detlef atmete deutlich hörbar aus, dann sagte er: »Ich möchte niemanden in die Pfanne hauen.«

»Du haust niemanden in die Pfanne. Wir suchen einen Mörder.«

Nun gab sich Detlef sichtlich einen Ruck. »Gabriele hat Bodo gedeckt.«

»Wie, gedeckt?«

»Es gab einige sehr deutliche Beschwerden, dass Bodo Post klauen würde. Gabriele hat die Fälle bearbeitet, aber nie an mich weitergeleitet.«

»Das hast du nicht bemerkt?«

»Nein, ehrlich gesagt …« Detlef brach ab, Albert führte seine Rede fort.

»Du hast den leichten Weg gewählt, du hast Gabriele vertraut und dich nicht darum gekümmert, damit allerdings gegen deine Kontrollfunktion verstoßen.«

Detlef sah auf. »Weißt du, wie viele Überstunden ich habe? Ja, ich war möglicherweise etwas blauäugig und habe Bodo und Gabriele zu viele Freiheiten eingeräumt. Selbst als es Gerüchte gab, dass Gabriele sich in Bodo verliebt hätte, habe ich nichts unternommen, weil ich es nicht geglaubt habe und es am Ende ihre private Sache ist. Dass sich das auf das Arbeitsklima auswirken könnte und Gabriele ihn deswegen geschützt hat, konnte ich nicht ahnen.« Er sah Gustav nun direkt an. »Jetzt allerdings erscheint vieles in einem anderen Licht.«

32

Lübeck

»Soll ich auf den richterlichen Beschluss warten?«, fragte Tim, als Mads ihm den Rechner von Justin Repp auf den Tisch stellte.

»Mir wäre es recht, wenn du gleich loslegst, aber falls du warten möchtest, verstehe ich das«, antwortete Mads. »Ich habe bereits Petra gebeten, sich darum zu kümmern, Gustav habe ich leider nicht erreicht.«

Tims Mundwinkel hoben sich, etwas, was bei dem sonst so nüchternen und rationalen IT-Experten selten geschah.

»Ich kümmere mich sofort darum«, sagte er.

»Du bist der Beste.« Mads rechnete es ihm hoch an, dass er nicht erst auf die Genehmigung wartete, da war Tim so praktisch veranlagt wie er selbst. Nicht jeder Kollege dachte so.

Es klopfte an der Tür und Arndt Schumacher, ein enger Freund und Kollege aus Lübeck, trat ein.

»Welch eine Freude«, sagte er und grüßte Lena und Mads herzlich.

»Das kann ich nur zurückgeben«, erwiderte Mads.

»Wie geht es Gustav?«

»Du kennst ihn doch.«

Arndt lachte. »Was macht euer Fall?«

»Es gibt jede Menge Hinweise, aber noch nichts Konkretes.«

»Kommt mir irgendwie bekannt vor. Dieses Schicksal teilen Kripobeamte überall auf der Welt. Stört es euch, wenn ich Tim für fünf Minuten in Beschlag nehme?«

»Nein, wir sind eh fertig. Oder hast du noch was, Tim?«

»Erst mal nicht. Sobald ich den Rechner analysiert habe, melde ich mich.«

»Danke«, sagte Mads, die Runde verabschiedete sich und die beiden Johannsens verließen Tims Büro.

»Sollen wir noch kurz bei Ole vorbeischauen?«, fragte Lena.

»Gute Idee, wenn wir schon mal hier sind. Schade, dass wir kein Croissant dabeihaben«, sagte Mads schmunzelnd.

Sie gingen zu Oles Büro, klopften kurz an und traten ein, doch Ole war nicht da.

»Bestimmt sitzt er in einer Besprechung«, bemerkte Lena.

»Oder er ist an einem Tatort. Lass uns nach Scharbeutz fahren und dann nach Niendorf.«

»Warum nach Niendorf?«

»Wir sollten uns mit Katrin Minkley unterhalten und sie mit den Vorwürfen von Bodos Kollegin konfrontieren.«

»Stimmt, die hätte ich fast vergessen. Die Frage ist nur, wer von beiden uns belogen hat und warum.«

»Alle lügen, selbst die, die keinen Grund dazu haben dürften«, stellte Mads resigniert fest. »Lügen sind die einzige Konstante in all unseren Ermittlungen.«

»Da gebe ich dir recht. Ich habe oft den Eindruck, dass die Menschen sich nicht immer bewusst sind, was sie damit anrichten.«

»Die Menschheit verroht zusehends. Lügen als normales Mittel zum Zweck sind längst in unserer gesellschaftlichen Mitte angekommen.«

»Da wird unsere Aufgabe, die Wahrheit herauszufinden, immer wichtiger. Wir beide kriegen das hin«, erwiderte Lena und gab ihrem Rollstuhl Schwung.

»Daran zweifle ich keine Sekunde. Auf nach Scharbeutz.«

»Hast du dir eigentlich wegen Jörn Gedanken gemacht?«, fragte Lena, als sie auf der Autobahn waren.

»Ach, das habe ich ganz vergessen, dir zu erzählen. Er ist mir heute Morgen am Strand über den Weg gelaufen.«

»Sag nicht, dass du seinen Traum, dein Juniorpartner zu werden, zerstört hast?«

Mads verzog den Mund. »Ehrlich gesagt, hatte ich das vor, aber ich habe es nicht übers Herz gebracht. Er freut sich so sehr darauf und ich möchte ihn nicht für den Fehler von Albert oder Gustav leiden lassen.«

Wie Jörn von seiner Behinderung gesprochen hatte und dass er deswegen niemandem zur Last fallen wollte, hatte Mads nicht kaltgelassen. Er mochte Jörn, er war fast wie ein Familienmitglied für ihn. Was wäre er da für ein Mensch, wenn er Jörn nach so einem Satz hätte fallen lassen?

»Das freut mich wirklich. Wir werden das schon schaukeln. Ich werde versuchen, Jörn zu bremsen, wenn er seinem großen Vorbild Thor zu sehr nacheifert.«

»Wir zwei kriegen alles hin«, bestätigte Mads und berührte Lenas Hand.

Im selben Augenblick erhielt Lena eine Nachricht auf ihrem Handy, das sie in der Hand hielt.

Mads konnte die erste Zeile lesen:

Hast du mit Mads gesprochen?, stand da. Die Nachricht war von Christian.

Noch nicht, antwortete Lena.

»Schwesterherz, gibt es etwas, was du mit mir besprechen möchtest?«, fragte Mads, denn er bemerkte sofort, dass seine Schwester plötzlich wieder so seltsam wirkte.

»Nein, alles gut.«

»Lena, was ist los?«

»Nichts.«

»Ich habe die Nachricht von Christian gelesen. Du weißt,

dass du mit mir über alles reden kannst. Bist du schwanger?«

»Nein, bin ich nicht«, antwortete Lena.

Sehr gut, wäre es Mads fast herausgerutscht, stattdessen fragte er: »Was ist es dann?«

Lena sah aus dem Beifahrerfenster. »Es ist mir unangenehm, ich wollte das nicht im Auto ansprechen.«

»Dir muss nichts unangenehm sein«, erwiderte Mads und spürte, wie sich sein Magen zusammenzog. War Lena etwa schwerkrank?

Sie holte tief Luft und schaute Mads an, dann rückte sie mit der Sprache heraus. »Du weißt doch, dass Christian und ich gern ein Haus kaufen möchten.«

»Ist mir bekannt.«

»Häuser mit Grundstück sind sehr teuer, und, na ja, vielleicht gäbe es eine Möglichkeit …«, begann Lena und brach ab. Es war nicht zu übersehen, wie schwer es ihr fiel, zu sagen, was ihr auf der Seele lag. Dabei war Lena die Letzte, der in seiner Gegenwart etwas unangenehm sein musste.

»Sprich es aus, Schwesterherz. Wenn ich helfen kann, dann gern. Ich möchte nur, dass du glücklich bist.«

Lena holte tief Luft. »Es geht um Mamas Wohnung. Nach ihrem Tod hattest du mal den Vorschlag gemacht, dass du auf das Erbe verzichten würdest, weil ich mich in den letzten Monaten um Mama gekümmert habe.« Ihre Stimme klang gebrochen und Mads spürte, wie schwer es ihr fiel, die Worte auszusprechen.

Natürlich erinnerte er sich an das, was er Lena damals angeboten hatte, und er hatte jedes seiner Worte ernst gemeint, weil er seine Mutter im Stich gelassen und bei der Bundeswehr angeheuert hatte. Lena hatte die Wohnung absolut verdient. Sie hatte sich sehr lange um ihre krebskranke Mutter gekümmert, war an ihrer Seite gewesen, bis sie starb, und Mads war ihr unendlich dankbar dafür, dass sie das alles ohne ihn gestemmt hatte. Unter normalen Umständen hätte er ihr seinen

Anteil an der Wohnung daher sofort überschrieben, doch jetzt lagen die Dinge anders. Er hatte den Eindruck, dass die Sache auf Christians Mist gewachsen war und Lena das eigentlich gar nicht wollte.

»Was ich damals gesagt habe, habe ich auch so gemeint, und ich stehe nach wie vor zu meinem Wort. Wenn es euch hilft, ein Haus damit zu finanzieren, dann hast du meinen Segen. Aber sag mir bitte ganz ehrlich: Möchtest du die Wohnung wirklich verkaufen?«

Lena seufzte tief. »Eigentlich nicht. Sie ist alles, was wir von Mama und Papa noch haben.« Sie sah auf die Straße und ergänzte nach einer Weile: »Ich weiß nur nicht, wie wir uns den Traum vom Eigenheim sonst erfüllen sollen. Christian sieht keine andere Lösung.«

Mads musste sehr an sich halten, um nicht etwas Gemeines zu sagen. Er konnte den Namen Christian einfach nicht mehr hören, aber er würde seine Wut auf ihn sicherlich nicht an Lena auslassen. Sein Bauchgefühl sagte ihm allerdings, dass Lenas Verlobter ein ganz krummes Ding mit seiner Schwester plante.

»Ihr könnt die Wohnung auch als Sicherheit nehmen«, schlug er daher vor. »Durch die Mieteinnahmen könntet ihr den Kredit mitfinanzieren.«

»Aber dir steht die Hälfte der Mieteinnahmen zu«, wandte Lena ein.

»Ich verzichte darauf. Die Wohnung hat Mama so viel bedeutet, gerade nach dem Tod von Papa.«

»Ich weiß.« Lena wirkte betrübt.

»Denk darüber nach, und wenn du die Wohnung noch immer verkaufen möchtest, dann tu es. Aber bitte versprich mir, dass du eine Nacht darüber schläfst und nicht übereilt entscheidest.«

»Das mache ich.« Lena lächelte wieder. »Ich würde sie schon gern behalten. Würdest du wirklich auf deinen Anteil verzichten?«

»Du bist meine kleine Schwester. Für dein Glück würde ich auf alles verzichten«, antwortete Mads.

Kaum hatte er das ausgesprochen, stiegen Tränen in Lenas Augen.

»Ich liebe dich, Bruderherz, und gerade schäme ich mich total, dass ich das Ganze überhaupt angesprochen habe. Verzeih mir.«

Mads legte ihr eine Hand auf den Arm. »Überdenke meinen Vorschlag und entscheide dann. Egal was du planst, ich stehe hinter dir, du musst dich für nichts schämen. Wir sind eine Familie.«

»Mach ich.« Lena sah ihn aus verweinten Augen an, dann wischte sie sich die Tränen aus dem Gesicht. »Ich rede heute Abend mit Christian.«

Mads nickte, dabei kannte er die Antwort längst. Christian würde sie dazu drängen, die Wohnung zu verkaufen. Nur wie sollte Mads seiner Schwester begreiflich machen, dass Christian ein falsches Spiel mit ihr spielte? Es würde ihr das Herz brechen, außerdem würde sie ihm bestimmt nicht glauben, weil sie viel zu blind war, was ihre Liebe zu Christian anbelangte.

Er musste dringend mit Gustav sprechen.

Vielleicht will Christian wirklich nur ein Haus für seine neue Familie kaufen, schoss es ihm durch den Kopf, doch er schenkte dem Gedanken keine weitere Beachtung, weil er Christian keinen Meter über den Weg traute.

Mittlerweile waren sie in Scharbeutz angekommen und Mads parkte den Wagen vor Kempckes Wohnhaus.

Sie stiegen aus und Mads klingelte, doch niemand öffnete.

»Vielleicht ist er auf der Arbeit«, sagte Lena.

»Glaube ich nicht. Der war gestern so drauf, dass er es wohl kaum zur Arbeit schafft. Der schläft garantiert noch.«

Mads betätigte erneut die Klingel.

Keine Reaktion.

»Anrufen?«

»Nein, wir lassen uns von wem anders öffnen und klopfen an die Wohnungstür.«

»Lass mich noch mal klingeln«, entgegnete Lena und drückte auf die Klingel.

Da sah Mads, wie jemand auf sie zusteuerte. Er hatte eine Tüte in der linken Hand und blieb sofort stehen, als er sie sah.

»Denken Sie nicht mal dran«, warnte Mads die Person, die gerade umdrehen und weglaufen wollte. Es war Kempcke.

»Was für ein Start in den Tag. Sie können einen wohl nie in Ruhe lassen«, schimpfte Kempcke.

»Das hier ist kein Scherz. Wir ermitteln in einem Mordfall und mir reicht Ihre Divennummer so langsam.«

»Diva? Ich?«

»Ja, Sie. Vor allem habe ich Ihre Lügen satt. Sie wissen, dass wir Sie hinter Gitter bringen könnten.«

»Immer diese Drohungen«, maulte Kempcke unbeeindruckt.

Eine Person kam aus der Wohnanlage, schaute die Runde verwundert an, warf Kempcke einen skeptischen Blick zu und ging weiter.

»Womit soll ich denn gelogen haben? Sie sollten mal mit Justin alias Darksoul19 reden. Kümmern Sie sich lieber um den und nicht um mich.«

»Das haben wir längst und er hatte ein paar interessante Antworten für uns.«

»Hat er was über mich gesagt?«

»Sie schalten schnell. Deswegen sind wir hier.«

Kempcke legte den Kopf schräg. »Keine Ahnung, was dieser Justin gesagt hat, aber er lügt. Wir kennen uns nicht.«

Nun platzte Mads der Kragen. Er packte Kempcke unsanft, wobei diesem fast die Tüte aus der Hand gefallen wäre.

»So langsam verliere ich die Geduld mit Ihnen. Wir wissen, dass Sie Justin Bodos Adresse verraten haben.«

»Ich? Wieso sollte ich das machen? Das ist doch albern.«

»Herr Kempcke, wir haben Justins Rechner beschlagnahmt, darauf werden wir diese Information finden, da Sie mit Justin über das Darknet private Nachrichten ausgetauscht haben. In ihrem eigenen Interesse sollten Sie endlich mit uns kooperieren«, erklärte Lena ruhig.

»Wissen Sie was? Das ist mir zu blöd mit Ihnen, wir führen das Gespräch auf der Dienststelle weiter«, sagte Mads und zog seine Handschellen heraus.

»Holy shit«, entfuhr es Kempcke. »Ist ja gut. Ich habe Justin Bodos Anschrift verraten, aber nur, weil ich mir einen Scherz mit ihm erlaubt habe.«

33

Niendorf

»So habe ich Katrin noch nie erlebt«, bemerkte Amir.

Emma hatte sich mit ihm zum Frühstück auf der Terrasse der *Seaside Lounge* verabredet, dabei sprachen sie die Erlebnisse des vergangenen Tages noch einmal durch.

»Nimm's mir nicht übel, aber ich finde sie etwas …« Emma brach ab und suchte nach dem richtigen Wort.

»Beängstigend?«

»Nein, dominant. Als wollte sie uns ihren Willen aufzwingen.«

»Du glaubst ihr nicht?«

Emma legte ihr Messer zur Seite. »Sicher kann ich es nicht sagen, aber Gabriele hat auf mich nicht so gewirkt, wie Katrin sie beschrieben hat. Gestern Abend habe ich noch mit den Nachbarn von Bodo gesprochen. Sie alle kennen Gabriele, und keiner von ihnen wollte glauben, dass die beiden eine Affäre hatten, sie haben das kategorisch ausgeschlossen. Was, wenn uns Katrin auf eine falsche Fährte locken möchte, um von sich abzulenken?«

»Na ja, die Nachbarn wussten auch nichts von der Affäre zwischen Bodo und Katrin. Unser Postbote hat es hervorragend verstanden, seine Liebschaften geheim zu halten. Wir sollten uns mit Gabriele unterhalten, dann wissen wir, ob Katrin gelogen hat oder nicht.«

»Genau das hatte ich nach dem Frühstück mit meinem Lieblingskollegen vor.«

»Ich sehe schon, du möchtest, dass ich mitkomme.«

Emma strahlte übers ganze Gesicht. »Nur, wenn du Zeit hast. Du kennst Gabriele besser als ich.«

»Für dich immer, Süße«, willigte Amir ein. »Aber ich werde das Gefühl nicht los, dass es hier längst nicht mehr um einen würdigen Nachruf auf Bodo geht. Das wird Tobias nicht schmecken.«

»Es geht um die Wahrheit. Ist es dir egal, was tatsächlich geschehen ist?«

»Nein, aber sollte es nicht Aufgabe der Polizei sein, das herauszufinden?«

»Ist es doch, trotzdem wäre es als Journalistin fahrlässig, solchen Hinweisen nicht nachzugehen.« Emma nahm ihr Messer wieder zur Hand und strich Butter auf ihr Brötchen.

»Manchmal verstehe ich Mads.«

Emma sah auf. »Du? Sag bitte, dass das ein Scherz ist.«

»Nein, Süße. Ich merke nur, dass dein Ehrgeiz dir ab und zu im Weg steht.«

»Lass das ja nicht Mads hören, sonst kriegt er noch einen Höhenflug.«

»Über meine Lippen kommt nichts, versiegelt mit dem Emma Loyalitätssiegel.«

»Du bist süß.« Emma lächelte.

»Ich weiß, das sagt Pietro auch immer. Trotzdem solltest du nicht vergessen, was sich Tobias wünscht.«

»Tue ich nicht. Bodo bekommt seinen würdevollen Nachruf. Er wurde ermordet, wie kann ich ihn angesichts dessen schlecht dastehen lassen?«

Amir schaute Emma nur an.

»Sag nicht, du glaubst, dass Bodo nicht der nette Postbote war, für den ihn alle gehalten haben?«

»Na ja, immerhin hat er alle belogen, was seine Affären anbelangt. Was, wenn er mit den Gefühlen von Katrin und Gabriele gespielt hat?«

»Du meinst, ein doppeltes Spiel?«

Amir nickte. »Ich weiß, man mag es Bodo nicht zutrauen, aber ausschließen können wir es auch nicht. Dass er nicht der introvertierte, freundliche Postbote war, steht langsam außer Frage. Er hat es gut verstanden, alle zum Narren zu halten.«

»Wollen wir hoffen, dass Gabriele ein paar Antworten für uns hat«, gab Emma zurück. Zugleich fragte sie sich, ob die Menschen in der Gemeinde Bodo tatsächlich all die Jahre falsch eingeschätzt hatten.

Was verschweigst du uns, Bodo?, dachte Emma und spürte die Sorge in sich aufsteigen, dass ihr Nachruf auf Bodo möglicherweise doch nicht so positiv ausfallen würde und seine Ermordung mit seiner wahren Persönlichkeit zu tun hatte.

34

Timmendorfer Strand

Manuel Kempcke war ein notorischer Lügner, daran zweifelte Lena keine Sekunde. Aber machte ihn das auch zu einem brutalen Mörder? Zu jemandem, der seinem Opfer ein Messer in den Hals rammte?

Lena hatte da ihre Zweifel.

Nachdem Mads ihm mit dem Gespräch auf der Dienststelle und Haft gedroht hatte, hatte Kempcke von sich aus vorgeschlagen, ihnen seinen Rechner zu übergeben, um seine Unschuld zu bezeugen.

»Ja, ich weiß, es war ein dummer Scherz, aber ich war drauf und Bodo hat mich mit seiner Art total genervt, ich wollte ihn nur ärgern. Ich bin kein Mörder«, hatte Kempcke gejammert.

Sie hatten ihn in die Wohnung begleitet, wo er seinen Rechner abgeklemmt und ihn den Beamten ausgehändigt hatte. Dabei hatte er sich an einem Kabelbinder geschnitten und nahezu panisch reagiert, als er das Blut gesehen hatte. Ausgerechnet dieser Mann sollte Bodo in den Hals gestochen haben? Lena konnte sich das nicht vorstellen.

»Bereust du es?«, fragte sie Mads.

»Was?«

»Dass du Kempcke nicht festgenommen hast.«

Mads umschloss seinen Kaffeebecher mit den Händen. »Ich bin noch unschlüssig. Allerdings hat er uns seinen Rechner gegeben, das könnte sich als weitaus besserer Deal erweisen.«

»Du glaubst also nicht, dass Kempcke unser Mörder ist, oder?«

»Irgendwie nicht. Er ist drogenabhängig, ein Sprücheklopfer. Solche Leute sind harmlos. Außerdem hat er Angst vor Blut«, erwiderte Mads und lachte kurz auf.

Es klopfte an der Tür und Gustav trat ein.

»Moin. Ihr habt den Rechner von Kempcke beschlagnahmt?«

»Du bist gut informiert«, antwortete Mads, denn weder er noch Lena hatten ihrem Onkel Bescheid gesagt.

»Lass die dummen Sprüche. Warum erfahre ich das nicht von dir, sondern von einem Mitarbeiter?«, murrte Gustav.

»Du hast es doch erfahren, oder?«

»Wir haben nicht daran gedacht, bitte entschuldige«, versuchte Lena, Druck vom Kessel zu nehmen, da sie ihrem Onkel ansah, dass er nicht zum Scherzen aufgelegt war. »Wir mussten schnell zur Dienststelle zurück, weil ein Kollege von hier auf dem Weg nach Lübeck war, der hat den Rechner gleich mitgenommen, damit Tim ihn sich anschauen kann.«

»Danke, Lena. Ich frage mich, warum dein Bruder nicht so eine sachliche Antwort geben kann, sondern immer den Klugscheißer raushängen lassen muss.«

»Weil du mich ohne Grund angreifst. Müssen wir über jeden unserer Schritte sofort zum Rapport antreten?«, empörte sich Mads. »Ich dachte, Lena und ich leiten die Ermittlungen. Sind wir neuerdings bei der Stasi?«

»Ihr habt zwei Rechner beschlagnahmt. Den eines fünfzehnjährigen Jungen und den von Kempcke. Ich habe eben mit Tim telefoniert, und er wird mich anrufen, wenn er etwas gefunden hat. Im Gegensatz zu dir haut er mir dabei keine Stasi-Argumente um die Ohren, sondern konzentriert sich auf seine Arbeit.«

»Es war heute ziemlich turbulent«, kam Lena ihrem Bruder mit einer Antwort zuvor. »Möchtest du ein kurzes Update?«

»Schieß los.« Gustav zog sich einen Stuhl heran und

schenkte Mads einen unfreundlichen Blick, den dieser nur mit einem Kopfschütteln quittierte.

Lena ließ sich davon nicht beirren und berichtete ihrem Onkel, was an diesem Tag alles vorgefallen war. Gustav hörte zu und unterbrach sie nicht.

Erst als sie geendet hatte, sagte er: »Was ich mich frage, ist, warum kein Nachbar gesehen haben will, dass da eines Tages ein Mob vor Bodos Haustür steht.«

»Das war auch unsere Überlegung. Auf dem Rückweg zum Büro habe ich die Nachbarn noch mal angerufen und sie danach gefragt, aber sie bleiben dabei, sie haben niemanden vor Bodos Haustür gesehen. Das könnte natürlich daran liegen, dass der Mob ebenso wie Justin nach 23 Uhr vor der Haustür stand, da waren die Nachbarn schon im Bett.«

»Das ist doch bekloppt, jetzt legen sich Fünfzehnjährige mit Personen an, die ihre Großväter sein könnten, und das nur, weil man sich online in den Haaren liegt.« Gustav machte eine besorgte Miene. »Das sind Seiten von Bodo, die ich ihm nicht zugetraut hätte.«

»Möglich, dass der Tod der Mutter und anschließend die Drogen ihn komplett aus der Bahn geworfen haben. Kempcke behauptet, dass Bodo gerade unter Drogen auffallend überheblich und dominant rübergekommen sei, dass er ihn kaum wiedererkannt und ihn rumkommandiert hätte. Er war dann wohl ganz anders als im nüchternen Zustand, wo er eher introvertiert, verlässlich und zurückhaltend war«, berichtete Lena.

»Drogen können den Charakter eines Menschen verändern, das wissen wir als Polizeibeamte besser als viele andere«, bestätigte Gustav.

»Was haben du und Albert herausgefunden?«, erkundigte sich Mads, der bis eben nur zugehört hatte.

»Albert?«

»Na, dein Partner in Crime.«

»Albert ist der Bürgermeister, dem das Wohl unserer Gemeinde sehr am Herzen liegt. Er ist nicht mein Partner in Crime, er versucht nur, uns bürokratische Hürden aus dem Weg zu räumen«, rechtfertigte sich Gustav.

»Wie auch immer. Hast du was, was unseren Ermittlungen nützlich sein kann?«, fragte Mads. Sein Gesichtsausdruck verriet Lena, dass er mit Gustavs Antwort nicht einverstanden war.

»Albert und ich …« Gustav unterbrach sich, um sich rasch zu korrigieren. »Ich hatte ein sehr gutes Gespräch mit Detlef Grün, dem Abteilungsleiter der Post. Er hat ein paar interessante Angaben gemacht.« Gustav erzählte von der Unterhaltung. »Mit Gabriele Block hattet ihr ja bereits gesprochen, und aus eurem Bericht weiß ich, dass sie nichts davon gesagt hat, Gefühle für Bodo gehabt zu haben.«

»Das hat sie zumindest ausgesagt«, bekräftigte Mads.

»Dann unterhalte ich mich noch mal mit Gabriele und ihr schnappt euch Katrin Minkley.« Gustav warf Mads einen kurzen Blick zu. »Habt ihr Kempcke nach dem Liebesleben von Bodo befragt?«

»Nein, warum?«

»Warum? Ich dachte, du wärst der leitende Ermittler und das Superhirn dieser Dienststelle. Da hättest du doch sofort darauf kommen müssen, dass Bodo seinem Kumpel Kempcke gegenüber möglicherweise etwas über sein Liebesleben erzählt hat, gerade wenn er unter Drogen stand. Hättest du das getan, wüssten wir, ob Minkley oder Gabriele lügen.«

Mads presste schweigend die Lippen zusammen. Gustav hatte ihn offenbar kalt erwischt.

»Das machen wir auf dem Weg zu Katrin Minkley«, beeilte sich Lena zu versichern.

»Gut, und sag deinem Bruder, dass er nicht schmollen soll, das steht ihm nicht als Superermittler.« Es war das erste Mal, dass Gustav ein Lächeln über die Lippen huschte.

Lena wusste, wie ihr Onkel diese kleine Spitze gegen Mads

meinte, doch bevor dieser reagieren konnte, verließ Gustav das Büro.

»Du weißt, dass er dich liebt«, sagte Lena, nachdem sich die Tür hinter ihrem Onkel geschlossen hatte.

»Das habe ich eben gesehen.«

»Du machst es ihm aber auch nicht leicht, du reichst ihm genauso gern einen Spruch rein.«

»Weil er so tut, als wären wir kleine Kinder, die nicht bis fünf zählen können«, beschwerte sich Mads.

»Du tust ihm Unrecht. Er steht wegen Bodo extrem unter Druck. Sie kannten sich, seit sie Kinder sind.«

»Trotzdem kein Grund, an unserer Kompetenz zu zweifeln.«

»Komm, lass uns zu Katrin fahren.«

Mads atmete tief durch und stand auf. »Du hast recht. Gustav ist es nicht wert, dass man sich über ihn aufregt. Er wird sich niemals ändern.«

»Er hat dich gern, vergiss das nicht.«

»Fällt mir manchmal schwer, das zu glauben. Egal.« Mads machte eine wegwerfende Handbewegung und öffnete die Tür. »Lass uns los.«

Während der Fahrt nach Niendorf rief Lena Kempcke an. Der Anruf lief über die Freisprechfunktion des Dienstwagens.

»Moin, was geht?«, meldete sich Kempcke.

»Moin, Herr Kempcke. Lena und Mads Johannsen am Telefon«, antwortete Mads.

»Sie schon wieder? Was habe ich denn jetzt wieder angestellt oder vermissen Sie mich doch?« Kempcke lachte über seinen eigenen Scherz.

»Wir haben noch ein paar Fragen zu Bodo.«

»Also muss ich keine Angst haben? Ehrlich, das mit den Handschellen war echt spooky. Irgendwie war es, als hätte es da bei mir Klick gemacht, Bro. Keine Drogen mehr.«

»Ich bin nicht Ihr Bro.«

»Sie müssen lernen, entspannter zu sein, wie Ihre Schwester. Wir Kids sagen halt Bro, das ist nicht abwertend gemeint, eher respektvoll. Bruder, Bro, Abi und so.«

Lena versuchte, nicht zu lachen.

»Herr Kempcke, haben Sie und Bodo je über Frauen gesprochen?«, fragte sie.

»Über Frauen? Ist das eine Fangfrage?«

»Nein, ist es nicht. Uns würde interessieren, ob Bodo in Ihrer Gegenwart irgendwelche Frauen erwähnt hat.«

»Glauben Sie, dass er schwul war? Ehrlich, manchmal war ich mir bei ihm da nicht so sicher, weil er mich hin und wieder echt schräg angeschaut hat, als wollte er mich zum Nachtisch verspeisen, und das bei dem Prügel.« Er gab ein Geräusch des Schauderns von sich.

»Prügel?«, wiederholte Mads spontan, doch kaum hatte er es ausgesprochen, bemerkte er seinen Fauxpas.

»Bruder, du bist echt lahm. Bodo war echt gesegnet vom lieben Gott. Der hatte einen Penis, Alter, da traut man sich gar nicht, seinen auszupacken.«

»Ist angekommen. Hat Bodo nun über Frauen gesprochen?«, fragte Mads.

»Nicht, dass ich wüsste.«

»Auch nicht, als er drauf war? War er da gar nicht gesprächiger?«

Man hörte ein Schnaufen am anderen Ende der Leitung. »Nee, Bodo war schon seltsam. Wenn er drauf war, wurde er aggressiv und dominant, das hatte ich Ihnen ja erzählt. Manchmal hatte ich regelrecht Angst vor ihm. Es war, als wäre er dann ein anderer Mensch. Der Teufel persönlich. Oder nein, kennen Sie diesen Dahmer von Netflix? So einer war er. Allein dieser Blick. Ich glaube, wenn ich selbst nicht drauf gewesen wäre, wäre ich weggerannt. Deswegen wollte ich ihm auch eins auswischen. Er hat mich mal geschlagen, als er komplett zugedröhnt war, aber das lasse ich mir nicht bieten. Er sollte seine Grenzen kennen. Ich bin doch kein Punchingball.«

Mads und Lena warfen sich einen kurzen Blick zu.

»Das hatten Sie bisher nicht erwähnt«, sagte Mads.

»Hab ich vergessen, sorry. Ganz ehrlich, welcher Mann gibt gern zu, dass er von einem Opa geschlagen wurde?«

»Hat er Ihnen gegenüber nie den Namen Katrin oder Gabriele erwähnt?«

»Wer soll das sein?«

Mads rollte mit den Augen und beendete das Gespräch ohne jede weitere Erklärung.

»Der Trottel weiß von nichts«, bemerkte er, nachdem er aufgelegt hatte. »Jede Wette, dass er wieder drauf war. Von wegen clean werden.«

»Davon gehe ich auch aus. Vielleicht hat Bodo es im Drogenrausch verstanden, sein Privatleben geheim zu halten.«

»Möglich.«

Mads sah nachdenklich auf die Straße. »Warum hat Kempcke uns nicht erzählt, dass Bodo ihm gegenüber handgreiflich geworden ist?«

»Vielleicht aus Scham«, antwortete Lena, doch dann kam ihr ein anderer Gedanke. »Oder weil er damit ein Tatmotiv hätte.«

Mads nickte langsam. »Genau. Diese Aussage ist ihm im Gespräch nur rausgerutscht, er hätte uns das niemals einfach so verraten, selbst im Drogenrausch nicht.«

Wurde Kempcke damit plötzlich zu ihrem Hauptverdächtigen?

35

»Was machen wir wegen Kempcke?«, fragte Lena, als hätte sie Mads' Gedanken lesen können.

»Gute Frage. Ich werde aus dem Trottel nicht schlau, ständig diese Lügen. Verheimlicht er was oder hat das Dope seinen Verstand so ruiniert, dass er nicht weiß, was er sagt?« Mads schnaubte leise, während er vor dem Wohnhaus von Katrin Minkley parkte. »Lass uns das Gespräch mit Katrin abwarten, dann sehen wir weiter.«

»Und was, wenn wir in die komplett falsche Richtung ermitteln?«

»Wie meinst du das?« Mads löste den Anschnallgurt und wandte sich zu Lena.

»Was, wenn es doch ein Überfall war? Ich weiß, dass wir das so gut wie ausgeschlossen haben, aber es wäre möglich, dass der Einbrecher über das bodentiefe Schlafzimmerfenster eingebrochen ist, während Bodo oben im Computerzimmer war. Er hat den Einbrecher überrascht, dieser reagiert in seiner Angst panisch und sticht Bodo ab, anschließend flieht er durchs Fenster, schließt es und sucht Sicherheit im angrenzenden Waldstück.«

»Wollen wir mal nicht hoffen, dass deine Theorie stimmt, denn dann war all die Arbeit für die Katz. Wenn wir ehrlich sind, haben wir nicht einen Hinweis auf einen Einbruch. Es gab nicht mal Blutspuren im Schlafzimmer, dabei wurde Bodo am Hals tödlich verletzt, das blutet wie verrückt.«

»Woanders haben wir auch keine Blutspuren gefunden«, wandte Lena ein, »und Ole hat selbst gesagt, dass der Täter keine Blutspritzer abbekommen haben muss, nur weil Bodo an der Wunde im Hals verblutet ist.«

Mads wiegte zweifelnd den Kopf, er war nicht überzeugt davon, auch wenn er als Polizeibeamter wusste, dass er nichts ausschließen durfte. Die Spuren, die auf einen Einbrecher hinweisen könnten, waren einfach zu dünn.

»Wir sollten unserer Linie treu bleiben. Sobald wir einen Hinweis auf einen Einbruch haben, können wir immer noch umswitchen. Okay?«, fragte Mads.

»Es war nur ein Gedankenspiel, weil uns momentan bloß Minkley und Kempcke bleiben. Den Wirt Karl-Heinz Husmeier haben wir nicht weiter mit einbezogen und den Bauern Hinrich auch nicht.«

»Da gehe ich ausnahmsweise mal mit Gustav. Er kennt den Wirt. Außerdem, welches Motiv sollte der haben? Genauso ist das bei Hinrich. Es gibt nichts, was weitere Ermittlungen in diese Richtung rechtfertigen würde, derzeit jedenfalls. Bei Katrin und Kempcke würde mir einiges einfallen. Mit den beiden und den vielen anderen Hinweisen, denen wir nachgehen müssen, sind wir eh schon am Limit«, erwiderte Mads und öffnete die Fahrertür, um auszusteigen und Lenas Rollstuhl aus dem Kofferraum zu holen.

»Vielleicht findet Tim ja noch Anhaltspunkte auf den Rechnern oder im Darknet«, sagte Lena und öffnete ebenfalls die Tür.

»Das wäre uns zu wünschen.«

Auf dem Weg zu dem Wohnhaus kam ihnen Pietro entgegen.

»Na, ihr Hübschen, wolltet ihr zu Amir?«

»Nein, wir wollen zu Katrin Minkley. Was ist denn mit deinem Arm passiert?«, fragte Mads und blickte auf den Verband an Pietros Handgelenk.

»Im Gym verdreht, halb so schlimm. Viel Spaß bei Katrin, hoffentlich hat sie sich wieder beruhigt. Wie geht es euch beiden?«

»Wir sind leider zu mit Arbeit, sonst ganz gut, und dir?«, antwortete Lena.

»Mir auch, aber wer ist nicht zu mit Arbeit? Und das bei dem schönen Wetter, da wären wir alle sicherlich lieber am Strand. Na, wenigstens dürfen wir am Meer arbeiten.«

»Wieso meintest du eigentlich, dass Katrin schlecht drauf war?«, fragte Mads. Vielleicht hatte Amir seinem Freund ein paar Details erzählt, die Emma ihm vorenthalten wollte.

»Der Tod von Bodo macht ihr wohl zu schaffen. So aufgelöst hat Amir sie noch nie gesehen, hat er mir gestern erzählt. Er und Emma haben sie wegen des Artikels getroffen. Ich hoffe, ihr seid nett zu ihr.«

»Sind wir immer. Wusstest du, dass sie und Bodo eine Affäre hatten?«

»Nein, das war vor meiner Zeit, da war ich noch nicht mit Amir zusammen«, erwiderte Pietro.

»Wie ist denn dein Draht zu ihr?«, wollte Lena wissen.

Pietro machte eine nachdenkliche Miene. »Ich sollte das eigentlich nicht sagen, weil Amir sie irgendwie mag, aber mir war sie schon immer ein bisschen unheimlich, so eine Überemanze. Ihre Freundlichkeit kam mir manchmal gespielt vor. Lasst das bitte nur nicht Amir hören.«

»Machen wir nicht, keine Sorge. Kennst du Volkhard?«

»Außer Hallo und Tschüss haben wir kaum ein Wort gewechselt. Amir hatte einen besseren Draht zu den beiden.« Pietro schaute auf seine Armbanduhr. »Meine Hübschen, ich muss leider los. Ich hoffe, wir sehen uns alle mal zu einem Cocktailabend. Wie wäre es mit dem *Roof* in Scharbeutz?«

»Gute Idee«, antwortete Lena.

»Dann ist das abgemacht.« Pietro umarmte zuerst Lena, anschließend Mads.

Während Pietro davonging, begaben Lena und Mads sich zur Haustür. Katrin öffnete ihnen auf ihr Klingeln sofort, ohne über die Gegensprechanlage nach den Besuchern zu fragen.

Als sie vor der Wohnungstür standen, sah Katrin sie erstaunt an, als hätte sie mit jemand anderem gerechnet.

»Moin. Dürfen wir eintreten?«, fragte Mads.

»Klar, kommen Sie doch rein. Ich dachte, Sie wären meine Reinigungskraft. Sie müsste jeden Augenblick hier sein.«

Mads und Lena folgten ihr ins Wohnzimmer.

Katrin schien gut gelaunt zu sein, oder sie spielte es sehr gekonnt.

»Möchten Sie was trinken?«

»Danke, gerade nicht.«

Sie setzten sich, dann fragte Katrin: »Wie kann ich Ihnen helfen? Haben Sie schon eine Spur?«

»Es geht um Ihr Verhältnis zu Bodo.«

»Darüber hatten wir doch schon gesprochen.«

»Wir haben aber noch ein paar Fragen«, erwiderte Mads freundlich.

»Ich wüsste nicht, was es da für Fragen geben sollte. Bodo und ich haben gevögelt, und als ich Volkhard kennengelernt habe, habe ich mich von Bodo getrennt.« Katrin lachte. »Glauben Sie allen Ernstes, dass eine Frau von Welt wie ich mit einem wie Bodo eine Beziehung hätte führen können? Wir beide lebten doch in komplett verschiedenen Welten. Er war nur eine nette Abwechslung.«

»Wir haben da anderes gehört.«

»Von wem? Niemand wusste von der Affäre.«

»Bodos ehemalige Kollegin behauptet, dass er sich von Ihnen getrennt hat«, erklärte Mads.

Katrin lachte bitter auf. »Gabriele Block also, dieses Miststück. Die kam doch bloß nicht damit klar, dass ich ihr Bodo vor der Nase weggeschnappt habe. Sie hat sich Chancen bei ihm ausgerechnet, dabei hat Bodo eine Beziehung mit ihr nie in Erwägung gezogen. Gabriele war nicht sein Geschmack. Selbst als seine Mutter gestorben ist und Gabriele ihm zur Seite stand, hat er sie abgewiesen.«

»Woher wissen Sie das? Ich dachte, Sie hätten nach der Trennung keinen Kontakt zu Bodo gehabt«, fragte Mads. Offenbar hatte sich Katrin soeben verplappert, genau wie zuvor Kempcke.

»Das hat man sich so erzählt«, wiegelte Katrin ab.

»Wer erzählt denn so was?«

»Amir.«

»Amir?«, wiederholte Lena und sah Katrin prüfend an. »Sie sollten uns die Wahrheit sagen, Frau Minkley. Gerade weil Sie mit Amir befreundet sind.«

»Ich lüge nicht.«

»Dann sollten Sie wissen, dass wir Amir danach fragen werden.«

»Können Sie.«

»Frau Minkley, Sie tun sich keinen Gefallen damit. Wir gehen nämlich nicht davon aus, dass Amir Frau Blocks Worte bestätigen wird.«

»Glauben Sie etwa einer dahergelaufenen Briefträgerin mehr als mir, einer erfahrenen Geschäftsfrau?«

Wortlos zückte Mads sein Handy, worauf Katrin ihn verwundert anschaute.

»Was soll das?«

»Wir rufen Amir an und fragen ihn gleich«, erklärte Mads.

»Nur zu, aber wenn er sich nicht daran erinnern kann, ist das nicht mein Problem.«

»Warum sollte er sich nicht daran erinnern?«

Katrin lachte höhnisch auf. »Im Ernst? Jeder weiß doch, dass er und Pietro Drogen nehmen.«

Mads steckte sein Handy zurück in die Hosentasche.

»Amir ist Ihr Freund, und Sie …«, begann Lena.

»Toller Freund«, fiel Katrin ihr ins Wort und Mads fragte sich, was für ein Gespräch Amir und sie gestern gehabt hatten, dass sie jetzt so über ihn herzog.

»Wir können die Unterhaltung gern auf der Dienststelle

führen, wenn Sie sich weiter so anstellen«, erhöhte Mads den Druck. Katrin sollte schleunigst von ihrem arroganten Trip herunterkommen, ansonsten würde er andere Saiten aufziehen, ob sie mit Amir befreundet war oder nicht.

Katrin schaute Mads an, sie schien in seinem Gesicht lesen zu wollen, ob er seine Drohung ernst meinte.

»Gabriele Block war nicht nur Bodos Kollegin, sondern auch eine enge Vertraute. Beide haben jahrzehntelang zusammengearbeitet und Bodo hat ihr von Ihnen erzählt«, begann Mads, er brauchte nur die Bestätigung von Katrin.

»Bodo war ein naiver Trottel, er hat nicht gesehen, wie Gabriele ihn manipuliert hat mit ihrer mütterlichen Art«, entfuhr es Katrin.

»Hat Frau Block versucht, Sie auseinanderzubringen?«, warf Lena ein.

Es war clever von seiner Schwester, Katrin mit dieser Frage Zeit zum Verschnaufen zu geben und ihr zu zeigen, dass sie ebenfalls ein Opfer war, nicht nur die Frau, die angeblich Bodo unterdrückt hatte.

Katrin atmete durch. »Sie hat keinen Hehl aus ihrer Ablehnung mir gegenüber gemacht, aber Bodo war zu dumm, um zu verstehen, mit welchen Methoden sie gearbeitet hat. Ich habe ihr keinen Meter über den Weg getraut, nur wollte Bodo leider nichts davon hören.« Katrin schluckte. »Das habe ich an Bodo nie verstanden, er wollte nichts von Gabriele, aber er hat ihre Worte nie angezweifelt.«

»Hat Frau Block Bodos Mutter von Ihrer Affäre erzählt?«, fragte Lena.

Katrin nickte. »Das hat sie. Sie war blind vor Wut und Eifersucht, statt Bodo sein Glück zu gönnen.«

Wie es schien, hatte Gabriele also nicht gelogen, aber war sie tatsächlich die hinterhältige Schlange, als die Katrin sie gerade bezeichnete, oder wollte sie den Verdacht auf Gabriele lenken, um sich selbst zu entlasten?

»Wie hat die Mutter reagiert?«

»Wie wohl? Wir haben uns ein Mal zum Essen getroffen, danach war ich für sie gestorben. Sie hat geglaubt, ich hätte es auf Bodos Erbe abgesehen.« Sie lachte spöttisch. »Ausgerechnet ich? Ich habe mein eigenes Geld, was sollte ich da von Bodo wollen? Glauben Sie mir, die Mutter war ein viel größerer Drachen als Gabriele. Sie wollte Bodo für sich behalten, weil sie den Tod ihres Mannes nie verkraftet hat. Bodo sollte diese Lücke füllen.«

»Was wissen Sie über den Tod des Vaters?«, fragte Mads.

»Nicht viel. Bodo hat nicht gern über diese Zeit gesprochen. Ich glaube, sein Tod hat noch immer an ihm genagt. Nicht so schlimm wie bei der Mutter, aber er war in der Hinsicht sehr verschlossen. Der Vater soll im Bauernhof geschlafen haben, als ein Feuer ausbrach. Er wurde von den Flammen überrascht und ist elendig verbrannt.«

»Weiß man, wie das Feuer entstand?«

»Wenn Bodo es gewusst haben sollte, hat er es mir zumindest nicht verraten. Vielleicht war es Brandstiftung, weil Bodo einmal meinte, dass sein Vater noch hätte leben können, weil das Feuer vermeidbar gewesen sei. Aber wie gesagt, er hat nicht gern über die Zeit geredet und ich habe das respektiert.«

Es klingelte.

»Das ist meine Reinigungskraft«, sagte Katrin und sah sie auffordernd an.

»Dann öffnen Sie die Tür.«

»Sind wir denn fertig?«

»Noch nicht.«

»Warum? Was wollen Sie noch wissen? Bodo und ich hatten vor einigen Jahren eine Affäre, und Ja, ich habe gelogen, als ich sagte, dass seine Mutter und auch sonst niemand von uns wusste, aber können Sie mich nicht verstehen? Ich hatte Angst, ich war verunsichert. Es steht nicht jeden Tag die Polizei vor meiner Tür, erst recht nicht wegen eines Mordfalles. Am

Ende bin ich auch nur ein Mensch. Ich verstehe sowieso nicht, in welchem Zusammenhang meine Affäre mit Bodo zu seinem Tod stehen sollte. Das alles ist doch Jahre her. Ich wollte Amir mit meiner Erzählung nur einen Gefallen tun. Hätte ich geahnt, dass das in diesem Albtraum endet, hätte ich das nie getan.«

Bei diesen Worten sah Katrin Lena an, nicht Mads, als erwartete sie von ihr mehr Verständnis für ihre Lügen als von einem Mann. Doch diese kleinen Psychospiele würden bei seiner Schwester nicht fruchten, dafür war sie ebenso ein Vollprofi wie Mads.

Es klingelte erneut.

»Sie sollten die Tür öffnen.«

»Fragen Sie mich vorher, was Sie noch wissen wollen, ich möchte nicht, dass meine Reinigungskraft sieht, dass die Polizei in meiner Wohnung steht.«

Wie es schien, war Katrin ihr Image überaus wichtig. Mads fand das ziemlich übertrieben, aber so hatte er die Frau schon eingeschätzt.

»Eine letzte Frage: Wann haben Sie Bodo das letzte Mal gesehen?«, fragte Lena.

»Das sagte ich doch, das war einige Monate, bevor seine Mutter starb.«

»Danach nicht mehr?«

»Nein.«

»Sicher?«, bohrte Lena nach. »Immerhin trägt er auch in Niendorf immer mal die Post aus, da ist er Ihnen nie über den Weg gelaufen?«

»Ganz sicher«, beharrte Katrin, »und Nein, ich lüge nicht. Ich möchte Sie jetzt bitten, meine Wohnung zu verlassen. Ich war geduldig genug.«

36

Scharbeutz

Manuel Kempcke ließ den Blick über den Strand und weiter bis zum offenen Meer schweifen. Wo einmal die Seebrücke gestanden hatte, waren nur noch Pfähle.

Die Gemeinde Scharbeutz hatte jede Menge Geld in die Hand genommen, um die alte Brücke abzureißen und eine neuere, schönere zu bauen. Dabei hatte Kempcke die alte Brücke gar nicht als so hässlich empfunden, dass man sie abreißen musste, er hatte diese Aktion nie verstanden. Aber augenscheinlich schwamm die Gemeinde im Geld oder wollte nicht hinter Timmendorfer Strand zurückstehen, wo auch eine neue Seebrücke gebaut werden sollte.

Dämlicher Wettbewerb, dachte Kempcke.

»Moin, Manu«, sprach ihn jemand an.

»Moin. Was geht?«, erwiderte Kempcke.

»Nicht viel, bei dir?«

»Chillen am Strand.«

Der Junge schaute sich kurz um, dann nahm er neben Kempcke auf der Bank Platz.

»Hast du was dabei?«

»Nein, habe ich nicht. Frag mich in nächster Zeit auch nicht danach.«

»Warum nicht?«

»Weil ich es sage.«

»Komm schon, Manu, du hast doch immer was dabei«, drängte der andere.

»Ich habe nichts, und jetzt verzieh dich.«

»Ich zahle auch mehr.«

»Was stimmt mit dir nicht?«, entgegnete Kempcke verärgert. »Warum seid ihr Junkies immer so aufdringlich?«

»Sei doch noch lauter.«

»Wenn du dich nicht verpisst, erzähle ich deinen Eltern, dass du dich regelmäßig zudröhnst«, gab Kempcke zurück. Er konnte den Jungen gerade nicht ertragen.

»Dann eben nicht. Meld dich, wenn du nicht mehr deine Tage hast«, erwiderte der Junge und entfernte sich mit schnellen Schritten.

Kempcke kannte ihn schon länger, er war sechzehn Jahre alt und kaufte regelmäßig Dope bei ihm, aber momentan ging das nicht. Er durfte nichts unternehmen, was die Polizei auf ihn aufmerksam machen könnte. Außerdem, wer sagte ihm denn, dass nicht dieser Mads den Jungen auf ihn angesetzt hatte.

Du spinnst, ermahnte sich Kempcke sofort, nicht die Nerven zu verlieren, weil dieser Gedanke geradezu abstrus war.

Dummerweise ließ ihn die Tatsache, dass die Polizei ihn auf dem Kieker hatte, nicht los, da er nicht einschätzen konnte, ob sie nicht doch etwas gegen ihn in der Hand hatten und versuchten, ihn in die Ecke zu drängen, bis er keine andere Wahl hatte, als einen Mord zu gestehen. So was sah man ja ständig im Fernsehen. Es ging nicht um Gerechtigkeit, sondern darum, dass die Bullen einen schnellen Erfolg vorweisen konnten.

Kempcke presste die Lippen zusammen.

Du solltest weniger smoken und Netflix schauen, du hast zu viel Fantasie, verdammt. Hoffentlich schiebst du keinen Film, dachte er und stand von der Bank auf, um sich die Beine zu vertreten. Er musste sich ablenken und die dunklen, gefährlichen Gedanken, die gerade wieder Besitz von ihm ergreifen wollten, abschütteln.

Zu ärgerlich, dass die Bullen nicht auf den Köder mit Justin reingefallen waren. Justin wäre der perfekte Täter gewesen. Er war jung und wäre sicherlich nicht im Knast gelandet. Er dagegen schon.

Kempcke ließ das *Bayside Hotel* hinter sich und ging weiter Richtung Haffkrug.

Wieso kann ich bloß nicht meine Klappe halten?, machte er sich Vorwürfe. Damit, dass er den Bullen erzählt hatte, wie Bodo ihm gegenüber gewalttätig geworden war, hatte er einen richtig großen Bock geschossen. Durch diesen Ausrutscher hatten sie ein Motiv, warum er der Täter sein könnte. Dabei war Bodo der Täter, er hatte Kempcke nicht nur ein Mal geschlagen, sondern immer wieder. Er war das Opfer, und wenn es einer verdient hatte, zu sterben, dann Bodo.

»Er war ein Tyrann«, murmelte Kempcke vor sich hin.

37

Timmendorfer Strand

»Ihr solltet euch mit diesem Volkhard unterhalten. Ich möchte wissen, was er über Katrin Minkley zu sagen hat. Ihre Stimmungsschwankungen könnten ein Motiv sein«, sagte Gustav. Lena und Mads hatten ihn angerufen, um ihm von ihrer Unterredung mit Bodos Affäre zu berichten.

»Es sei denn, Gabriele Block hat die Wahrheit gesagt«, wandte Lena ein.

»Genau das sollt ihr herausfinden, indem ihr euch mit dem Ex unterhaltet. Ich möchte außerdem wissen, ob Minkley ihrem Ex gegenüber etwas von Bodo erzählt hat.«

»Machen wir«, antwortete Lena.

»Was ist mit Amir? Habt ihr ihn wegen der Minkley befragt? Immerhin ist er mit ihr befreundet.«

»Was wir wissen, steht im Bericht«, erwiderte nun Mads.

»Mads, ich weiß, was im Bericht steht, aber ich frage jetzt euch. Warum kannst du …?« Gustav brach ab, er wollte sich nicht schon wieder wegen Mads aufregen. »Glaubt ihr, dass Amir euch gegenüber ehrlich ist?«

»Ja, ich sehe keinen Grund, warum er uns belügen sollte«, antwortete Lena.

»Glaubst du das auch, Mads?«

»Ich sehe das wie meine Schwester. Minkley hat ein starkes Argument, warum sie nicht die Täterin sein kann. Ihre Affäre mit Bodo liegt ein paar Jahre zurück, weshalb hätte sie ihn ausgerechnet jetzt ermorden sollen?«

»Weil sie wieder eine Chance für eine Beziehung gewittert hat, da die Mutter mittlerweile tot war.«

»Die Mutter ist aber schon ein paar Jahre zuvor gestorben, wäre es kurz danach nicht der bessere Zeitpunkt gewesen, um Bodos Herz zu erobern?«, wandte Mads ein.

»Mag sein, aber sie war in einer Beziehung mit diesem Volkhard, und wenn ich euren Bericht richtig gelesen habe, hat sie sich vor zwei Monaten von ihm getrennt. Minkley ist dreiundfünfzig, möglich, dass sie keine Lust hatte, andere zu daten, und dann trifft sie zufällig Bodo wieder, als er die Post austrägt. Man kommt sich näher.«

»Sie beharrt darauf, dass sie Bodo seit der Trennung nicht mehr gesehen hat.«

»Ebenso hat sie behauptet, dass weder die Mutter noch jemand anderer von ihrer Affäre wusste«, gab Gustav zurück.

»Du glaubst ihr nicht? Es könnte genauso gut sein, dass Gabriele Block lügt.«

»Deswegen werde ich mich ja mit ihr unterhalten, während ihr euch um diesen Volkhard kümmert«, wiederholte Gustav und verdrehte genervt die Augen.

»Sollten wir das nicht lieber übernehmen?«

»Nein, ich mache das. Ich kenne sie.«

»Wir hatten doch schon mit ihr gesprochen, und bisher hat sich alles als wahr erwiesen, was sie uns erzählt hat«, insistierte Mads.

»Ich sagte, ich kümmere mich darum«, wiederholte Gustav und betonte jedes Wort extra.

»Du und Albert.«

»Nicht Albert und ich, sondern ich. Wieso musst du mich dauernd ärgern?«

»Albert war doch auch beim Gespräch mit dem Abteilungsleiter dabei.«

Gustav spürte, wie sein Puls in die Höhe schoss. »Ja, weil er ihn kennt und wir noch über andere Themen mit ihm gesprochen haben. Ich bin der Polizeichef in dieser Gemeinde. Wenn du mich in einigen Jahren ablösen solltest, kannst du die

Dienststelle leiten, wie du willst, aber bis dahin sag mir nicht, wie ich meine Arbeit zu machen habe. Außerdem möchte ich nicht, dass du dauernd gegen Albert schießt. Er ist wertvoller für die Gemeinde und meine Dienststelle als du. Hat dich Emma wieder eingelullt oder was ist bei dir los?«

»Das hat mit Emma überhaupt nichts zu tun«, wurde Mads nun ebenfalls laut.

»Können wir uns bitte wieder auf den Fall konzentrieren, statt aufeinander loszugehen?«, warf Lena ein.

»Mads fängt doch immer an. Keine Ahnung, warum er in den letzten Tagen so giftig ist«, verteidigte sich Gustav.

»Wir suchen Volkhard Schubert auf und du Gabriele«, sagte Lena fest und beendete das Gespräch.

Gustav knallte den Hörer auf den Apparat.

»Verdammt, Mads! Was ist los mit dir?«, fluchte er.

Lena hatte das einzig Richtige getan und das Gespräch rasch abgebrochen, anderenfalls wäre es sicher eskaliert.

Diesmal war sich Gustav auch keiner Schuld bewusst. Hatte er als Polizeichef nicht das Recht, zu bestimmen, wie die Ermittlungen zu laufen hatten?

»Das hätte ich mir mal bei meinem Vater erlauben sollen. Der hätte mich in Grund und Boden gestampft«, sagte er zu sich.

Als er aufsah, stand plötzlich Albert in seiner offenen Bürotür.

»Anklopfen ist nicht so deine Sache, oder?«, fragte Gustav ungehalten.

»Du musst dich schon entscheiden, mal soll ich anklopfen und dann wieder nicht. Welche Laus ist dir überhaupt über die Leber gelaufen?«, gab Albert zurück. Vermutlich hatte er einen Teil seines Selbstgesprächs mitgehört.

»Wo ist Petra?«, reagierte Gustav mit einer Gegenfrage, da sie eigentlich immer die Besucher ankündigte.

»Ich schätze mal, für kleine Mädchen, oder darf sie das nicht mehr?«

»Darauf erwartest du ja wohl keine Antwort.« Gustav verdrehte die Augen. Im selben Moment kam Petra dazu.

»Verzeiht, Eure Majestät, ich habe kurz die Stellung verlassen. Ich hoffe, es ist recht, dass der werte Herr Bürgermeister sich allein Zutritt zu Euren heiligen Hallen verschafft hat.«

Gustav fuhr sich mit beiden Händen über den Kopf. Ihm war, als säße er im Tollhaus, jeder schien hier zu machen, was ihm in den Kram passte.

»Er wird es überleben«, sagte Albert und zeigte seine weiße Zahnreihe. »Darf ich um zwei Espresso bitten? Und denken Sie bitte an den Keks, der wird dringend benötigt.«

»Ihr Wunsch ist mir Befehl«, antwortete Petra und verließ das Büro.

Albert nahm Gustav gegenüber Platz. »Ich liebe diese Frau, und bevor du einen dummen Spruch machst, zwei Tage mit meiner Sekretärin und du wirst Petra auf Händen tragen. Ich schwöre dir, ich habe heute nicht mal bemerkt, wie meine Sekretärin mir den Espresso gebracht hat. Er stand plötzlich auf dem Tisch, einfach so. Die Frau ist ein Geist, ich hatte richtige Gänsehaut.«

»Du und Gänsehaut?«

»Ja, auch der Bürgermeister kann sich mal ängstigen. Dafür schäme ich mich nicht. So, und jetzt erzähl mir, was dich wieder zur Weißglut gebracht hat.«

»Mads, wer sonst.«

»Was hat er denn angestellt?«

Gustav atmete tief durch. »Er ist seit einigen Tagen extrem dünnhäutig, ich weiß nicht, warum.«

»Vielleicht beschäftigt ihn was.«

»Dann soll er mir das sagen und mich nicht dumm von der Seite anmachen.«

»Könnte es wegen Jörn sein?«, mutmaßte Albert.

»Weil wir über seinen Kopf entschieden haben, dass Jörn bei ihm ein Praktikum macht?«

»Du kennst Mads, der ist nicht gern Babysitter.«

»Ach? Das sagst du mir jetzt? Es war doch deine Idee.«

»Du hättest immer noch Nein sagen können, also schieb mir bitte nicht den Schwarzen Peter zu.«

»Wie hätte ich nach deinem Vorstoß bitteschön Nein sagen können? Jörn hat sich so unglaublich gefreut«, entgegnete Gustav.

»Dann rede mit Mads. Wenn er es partout nicht will, finde ich eine Lösung.«

Gustav runzelte die Stirn. »Du?«

»Ja, ich. Versprochen. Ich möchte, dass Jörn eine schöne Zeit hat.«

Es klopfte an der Tür und Petra trat ein, reichte ihnen die Espressi und verschwand wieder.

Gustav leerte die Tasse mit einem großen Schluck, danach ließ er den Keks im Mund verschwinden und schloss kurz die Augen. Für einen Moment vergaß er alle Probleme um sich herum.

»Besser?« Alberts Stimme holte ihn aus seiner Auszeit in die Gegenwart zurück.

Gustav öffnete die Augen und sah Albert an. »Warum bist du hier?«

»Ich hatte den Eindruck, dass mein bester Freund mich braucht.«

»Komm, das ist nur ein Vorwand. Was willst du wirklich?«

»Nur nach dir schauen.«

Gustav glaubte Albert nicht, er schlug nie ohne Grund bei ihm auf.

Albert rückte sich auf seinem Stuhl zurecht. »Na gut, Tobias hat mich angerufen.«

»Tobias? Warum?«

»Emma hat ihm wohl ein paar Fragen zu dem Brand gestellt.«

»Was hast du dazu gesagt?«

»Dass ich noch ein Kind war und mich nicht mehr daran erinnern kann.« Jetzt beugte sich Albert vor. »Diese Emma könnte uns gefährlich werden.«

»Niemand weiß etwas, mach dich nicht verrückt«, erwiderte Gustav, obwohl auch ihn diese Nachricht nervös machte. »Was hast du Tobias noch gesagt?«

»Keine Sorge, ich habe keinen Druck bei ihm gemacht. Wenn ich in der Zwischenzeit etwas gelernt habe, dann dass diese Falk nur noch tiefer gräbt, sobald sie merkt, dass man es ihr untersagen möchte.«

»Gute Entscheidung. Wir unternehmen nichts. Wir waren sehr jung und Mikkel hat sich der Sache umsichtig angenommen.«

»Das Letzte, was ich will, ist, die alten Geister wecken. Meinst du, es wäre sinnvoll, dass Mads sie aushorcht?«, schlug Albert vor.

»Mads? Das vergiss mal ganz schnell.«

»Stimmt, war ein dummer Gedanke. Was machen wir jetzt?«

»Wieso?«

»Du machst den Eindruck, als wärst du auf dem Sprung.«

Sein bester Freund kannte ihn einfach zu gut. »Ich werde Gabriele einen Besuch abstatten«, sagte er daher wahrheitsgemäß.

»Warum das? Hat das Gespräch mit Detlef nicht gereicht?«

»Ich habe noch ein paar Fragen an sie«, antwortete Gustav, stand auf und griff nach seiner Waffe.

»Gut, dann sollten wir das nachholen«, erwiderte Albert und erhob sich ebenfalls, doch Gustav hob die Hand.

»Nicht wir, ich. Du fährst in dein Rathaus und machst das, was andere Bürgermeister auch machen.«

»Gerade habe ich ein bisschen Leerlauf.«

»Dann dreh Däumchen«, sagte Gustav, dabei versuchte er, nicht zu schmunzeln. Er würde sich von Albert sicherlich nicht bequatschen lassen.

Albert hob eine Augenbraue. »Dir scheint es wirklich ernst zu sein.«

»Womit?«

»Mich von den Ermittlungen auszuschließen.«

»Du bist Bürgermeister und kein Polizeibeamter.«

»Ein Bürgermeister mit polizeilichen Befugnissen«, ergänzte Albert. »Du kannst gern in der Gemeindesatzung nachlesen.«

»Das muss ich gar nicht.«

»Manchmal kann ich dich nicht ausstehen. Ich hoffe, du verträgst dich schnell wieder mit Mads.«

»Warum?«

»Weil du dann entspannter wirst.«

»Ich bin entspannt«, entgegnete Gustav. »Sehen wir uns trotzdem heute Abend?«

»Logisch.« Albert klopfte ihm auf die Schulter. »Darf ich nicht doch mit?«

»Nein, darfst du nicht. Wir sehen uns heute Abend.«

»Und du redest mit Mads.«

»Mach ich. Versprochen.«

Während Gustav Richtung Post ging, kreisten seine Gedanken um das Gespräch mit Albert. Es gab einen Teil in ihm, der den Bürgermeister gern dabeigehabt hätte, weil er wusste, dass Albert ähnliche Interessen vertrat wie er, und er seine Gesellschaft schätzte, auch wenn es Albert regelmäßig schaffte, ihn zur Weißglut zu bringen. Doch in dieser Situation wollte er Mads keine Steilvorlage liefern, da dieser gerade erst am Telefon wieder den Vorwurf geäußert hatte, dass Albert sich zu viel in Polizeiangelegenheiten einmischte.

»Bei uns läuft das ebenso und es interessiert mich nicht, wie das in anderen Polizeidienststellen gehandhabt wird. Albert ist wichtig und ich bin der Chef in unserer Dienststelle«, sagte Gustav zu sich.

Dennoch war ihm klar, dass er das Gespräch mit Mads suchen musste. Egal wie sehr sie sich in die Haare kriegen würden und wie heftig Mads' Kritik ihm gegenüber ausfallen würde, am Ende war er sein Neffe und er würde immer zu ihm halten.

Er ist dein Sohn, korrigierte ihn eine innere Stimme, doch er brachte sie schnell zum Verstummen.

Bis heute wusste Mads die Wahrheit seiner Herkunft nicht, und wenn es nach Gustav ginge, würde er das auch niemals erfahren, weil er das Andenken seines Bruders nicht beschmutzen wollte. Mads hatte seinen Vater abgöttisch geliebt, nicht anders erging es Gustav. Die Beziehung zu seinem jüngeren Bruder entsprach einer Freundschaft, die es kein zweites Mal geben würde, und es verging kein Tag, an dem er seinen Bruder nicht vermisste. Ebenso wie es keinen Tag gab, an dem er sich keine Vorwürfe machte, weil er das Leben seines Bruders nicht hatte retten können, als dieser bei einem Polizeieinsatz ums Leben gekommen war. Viel zu früh.

Gustav bemühte sich, diese dunklen Gedanken zu verdrängen, er brauchte einen klaren Kopf, schließlich war die höchste Priorität, den Mörder von Bodo zu fassen, auch wenn zig andere Probleme vor der Tür standen.

»Eins nach dem anderen, sonst wird nichts davon gut«, hatte sein Vater immer gesagt und er hatte recht.

Gustav erreichte die Poststraße und trat in das Bürogebäude der Post.

»Moin, Gustav, wolltest du zu mir?«, begrüßte Detlef ihn.

»Moin. Eigentlich wollte ich mich mit Gabriele unterhalten.«

»Die ist gerade raus, in den wohlverdienten Feierabend. Du hast sie verpasst.«

»Hast du ihre Handynummer?«

Gustav wusste zwar, wo Gabriele wohnte, aber ihre Handynummer hatte er nicht.

Detlef nickte und gab ihm die Nummer.

»Muss ich mir Sorgen machen?«, fragte er dann.

»Nein, ich habe nur ein paar Fragen, da sie Bodo am längsten kannte und mit ihm befreundet war.«

Draußen auf der Straße rief er Gabriele an, die das Gespräch sogleich annahm. Sie verabredeten sich auf einen Kaffee im *Café Fitz*, da sie gerade noch an der Strandpromenade war.

Als Gustav wenige Minuten später die Terrasse des Cafés erreichte, wartete Gabriele dort bereits auf ihn.

»Moin«, grüßte sie ihn.

»Moin. Danke, dass du dir die Zeit genommen hast.«

»Wenn ich helfen kann, immer gern«, erwiderte Gabriele.

Sie suchten sich einen freien Tisch und gaben ihre Bestellung auf.

»Bodo fehlt auf der Poststelle«, begann sie.

»Glaube ich dir. Ihr beide wart ja gefühlt euer ganzes Leben dort angestellt. Ich verstehe sehr gut, dass Bodos Tod eine heftige Lücke hinterlässt.«

»Wem sagst du das, auch wenn Bodo nie so extrovertiert war wie du oder Albert. Bodo war eben Bodo, er hatte das Herz am rechten Fleck.«

Der Kellner kam zu ihnen und servierte, dann ging er weiter an den nächsten Tisch.

»Wie kann ich dir denn helfen? Ich hatte ja schon ein Gespräch mit Mads und Lena«, sagte Gabriele.

»Ich bin darüber unterrichtet. Leider gibt es noch ein paar Fragen.«

»Schieß los. Wenn ich helfen kann, dass Bodo endlich seine Ruhe findet, frag mich alles.«

Gustav nickte und leerte seinen Espresso. »Wie gut warst du mit Bodo befreundet?«, fragte er dann.

»Wir kannten uns ewig, daher denke ich, dass wir schon ganz gute Freunde waren. Wie gesagt, Bodo ging nie so aus sich heraus, aber er war sehr verlässlich.«

»Du hast Mads gegenüber erwähnt, dass du von der Affäre zwischen Bodo und Katrin Minkley wusstest«, fuhr Gustav fort. Er wollte mit den harmlosen Fragen beginnen, damit Gabriele nicht argwöhnte, dass er sie vielleicht verdächtigte, was er überhaupt nicht tat. Er kannte sie schon sehr lange und glaubte zu wissen, dass sie eine ehrbare Person war, die zu einem Mord nicht fähig war.

»Das stimmt. Sie hat Bodo nicht gutgetan.«

»Warum?«

»Weil sie ihn dominiert hat, sie wollte ihn von all seinen Freunden und seiner Mutter abkapseln.« Gabriele gab ein verächtliches Geräusch von sich. »Sie hält sich ja für was Besseres, diese Frankfurterin. Ich habe nie verstanden, was sie von Bodo wollte, der hat doch gar nicht in ihre Welt gepasst.«

»War Bodo in sie verliebt oder hat er es nur als Affäre gesehen? Wie hast du überhaupt davon erfahren?«

»Es ist Bodo irgendwann nebenbei rausgerutscht. Wir hatten eine Betriebsfeier, da war er ziemlich angetrunken«, antwortete Gabriele, dann lachte sie kurz auf. »Was heißt, angetrunken. Bodo war stockbesoffen. Er hat mir erzählt, dass er verliebt sei, dass er die Liebe fürs Leben gefunden hätte. So habe ich von Katrin erfahren.«

»Hast du sie kennengelernt?«, fragte Gustav weiter.

»Klar, aber das hatte ich Mads auch schon erzählt. Mein erster Eindruck hat mir gleich bestätigt, was für eine besitzergreifende und dominante Frau sie ist. Sie hat null zu Bodo gepasst, der war eher der bodenständige, zurückhaltende Typ. Diese Minkley hätte zu einem Mann wie Albert gepasst, aber zu Bodo? Niemals.«

Gustav spürte, dass Gabriele sich scheinbar noch immer schwer damit tat, zu akzeptieren, dass Bodo mit Katrin Minkley zusammen gewesen war.

Hatte Minkley demnach recht gehabt mit der Aussage, dass Gabriele all die Jahre heimlich in Bodo verliebt gewesen war?

»Hast du mit Bodo darüber gesprochen, was du von Katrin hältst?«

»Nein, er war alt genug, so was mache ich nicht. Ehrlich gesagt, hat er mich auch nie um Rat gefragt. Er war blind vor Liebe. Erst seine Mutter hat ihm die Augen geöffnet.«

»Wie das?«

»Bodo hat ihr von seiner heimlichen Liebe erzählt, da wollte die Mutter Katrin kennenlernen.« Sie lächelte etwas gequält. »Das Treffen war ein Desaster. Es gab einen Streit zwischen den beiden und die Mutter wollte sie nie wiedersehen.«

»Wie hat Bodo darauf reagiert?«

»Er war am Boden zerstört, seine Mutter bedeutete ihm ja alles. Trotzdem glaubte er, Katrin zu lieben.«

»Glaubte?«, hakte Gustav nach.

»Bodo hatte vorher nie eine Freundin. Katrin war die erste, und sie wusste, wie sie ihn manipulieren konnte. Tja, dummerweise hat sie aber einen Fehler begangen.«

»Welchen?«

»Sie hat die Mutter und die enge Beziehung zwischen den beiden unterschätzt, deshalb hat sie auch versucht, Bodo von der Mutter loszureißen, und hinter ihrem Rücken schlecht über sie gesprochen.«

»Woher weißt du das?«

»Weil seine Mutter es mir erzählt hat. Sie hat Katrin gehasst und Angst um Bodo gehabt, weil er sich so sehr von ihr hat beeinflussen lassen. Sie würde ihren eigenen Sohn nicht wiedererkennen, hat sie mir gesagt.«

»Am Ende hat er sich aber von Katrin getrennt. Wie passt das zusammen?«

»Das weiß ich nicht«, erwiderte Gabriele achselzuckend und trank einen Schluck von ihrem Kaffee.

»Hat Bodo denn nie über die Trennung gesprochen?«

Gabriele stellte die Tasse ab. »Nicht wirklich, er hat nur gesagt, dass er sich von ihr getrennt habe und dass das wohl die richtige Entscheidung gewesen sei.«

»Glaubst du, dass die Mutter ihn vor die Wahl gestellt hat – entweder sie oder ich?«

»Möglich. Aber du kennst Bodo, er war nie einer, der mit privaten Dingen hausieren ging. Man musste ihm alles mühsam aus der Nase ziehen und ich wollte in der Sache nicht zu viel nachbohren.«

»Weil es dir gelegen kam, dass er sich von ihr getrennt hatte?«

»Was heißt gelegen?« Gabriele schaute ihn etwas verschnupft an. »Jeder wusste, dass Katrin nicht die richtige Frau für Bodo war. Wer sagt denn, dass sie es nicht auf sein Geld abgesehen hatte.«

»Wie kommst du darauf? Mads meinte, dass sie finanziell unabhängig sei.«

»Man darf nichts auf den schönen Schein geben. Vielleicht hat sie auf Pump gelebt und sich von ihren Partnern aushalten lassen. Dieser Volkhard soll ja finanziell auch sehr solide sein.«

»Nun ja, Bodo war nicht gerade ein Millionär«, wandte Gustav ein. Er konnte sich nicht vorstellen, dass Minkley aufgrund des Geldes mit ihm zusammen gewesen war. Wollte Gabriele ihn möglicherweise auf eine falsche Fährte locken und von sich ablenken?

»Das stimmt so nicht ganz«, widersprach sie. »Er war sparsam und nach dem Tod des Vaters hat die Mutter eine fette Lebensversicherung ausgezahlt bekommen. Anschließend hat sie das Grundstück für viel Geld verkauft und das Haus, in dem Bodo jetzt lebte, gekauft. Sie hat mir selbst gesagt, dass sie Angst habe, Katrin könne auf das Millionenvermögen von Bodos Erbe scharf sein. In dem Fall würde sie ihn aber eher enterben, als es der Frau in den Rachen zu werfen.«

Gustav war noch immer nicht überzeugt, behielt den Hinweis allerdings im Hinterkopf.

»Weißt du, ob sich Bodo und Katrin nach dem Tod der Mutter noch einmal getroffen haben?«

»Leider nicht. Bodo hat nicht mehr über sie gesprochen, aber sicherlich wird er sie noch mal gesehen haben. In den letzten Monaten hatte er Routen in ihrer Wohngegend, das heißt, spätestens am Briefkasten wird man sich über den Weg gelaufen sein.«

Das war interessant. Katrin war zu der Zeit seit einigen Monaten wieder Single gewesen und könnte die Gelegenheit ergriffen haben, um sich Bodo an den Hals zu werfen. Doch jetzt hatte er genug über Minkley erfahren, nun würde er die unangenehmeren Fragen stellen.

»Du und Bodo kanntet euch so lange, kam man sich da nicht auch persönlich näher?«

»Wie meinst du das?«, fragte Gabriele.

»Du warst nie verheiratet und hast keine Kinder.«

»Stimmt. Ist das schlimm?«

»Nein, ich habe auch keine Kinder, aber hast du nie mit dem Gedanken gespielt, dass Bodo ein geeigneter Partner sein könnte?«, versuchte Gustav es diplomatisch zu verpacken, doch er bemerkte sofort, dass Gabriele plötzlich unruhig an ihrem Kleid herumnestelte.

»Bodo und ich?« Sie lachte nervös auf. »Um Gottes willen. Es hat gereicht, dass wir zusammengearbeitet haben. Das wäre niemals gut gegangen.«

»Katrin hat Mads gegenüber behauptet, dass du ein Auge auf Bodo geworfen hättest, er aber keine Gefühle für dich gehabt habe.«

»Die lügt doch schon, wenn sie nur ihr Maul aufmacht. Ich wollte nie mehr von Bodo. So ein Quatsch. Wir waren Kollegen und Freunde.«

»Warum hast du ihn dann gedeckt?«

»Wie meinst du das?«

»Detlef hat herausgefunden, dass du die Reklamationen

wegen der verschwundenen Post nicht an ihn weitergeleitet hast. Vor allem die harten Fälle«, erklärte Gustav.

»Das ist für ihn also ein Hinweis darauf, dass ich in Bodo verliebt gewesen sein soll? Du spinnst doch. Ich kenne Bodo seit Ewigkeiten. Ich wollte ihm helfen, weil ich gesehen habe, dass er große Probleme hatte. Ich habe versucht, einen Ausweg für ihn zu finden.«

»Seit wann wusstest du von der verschwundenen Post?«, hakte Gustav nach.

»Seit knapp drei Monaten. Ein, zwei Kunden haben sich wochenlang beschwert, weil wichtige Post nicht bei ihnen ankommen würde. Da wurde ich hellhörig und habe Bodo damit gelöchert, aber er hat es ignoriert. Erst vor zwei Wochen hat er es zugegeben, als ich am Sonntagnachmittag vor seiner Tür stand. Er war drauf, hatte wohl einige Joints geraucht.« Sie schaute auf ihre leere Kaffeetasse. »So habe ich Bodo noch nie erlebt. Ich habe mir ernsthaft Sorgen um ihn gemacht.«

»Warum hast du Detlef nichts darüber berichtet?«

Sie sah auf. »Weil Bodo mir leidgetan hat und ich dachte, dass wir gemeinsam eine Lösung finden.«

»Also nicht, weil du Gefühle für ihn hattest und ihm deswegen helfen wolltest?«

»Nein, ich war nicht in Bodo verliebt«, wiederholte Gabriele empört. »Er war dreiundsechzig und stand kurz vor der Rente. Was wäre denn passiert, wenn er da gekündigt worden wäre, nur weil er eine Dummheit begangen hat? Wie hätte ich das zulassen können? Bodo hat sich doch sonst nie etwas zuschulden kommen lassen.«

»Er hat hunderte Postsendungen geklaut. Eine Kleinigkeit ist das nicht«, wandte Gustav ein.

»Siehst du, genau deswegen habe ich es nicht erzählt. Stattdessen habe ich Bodo dazu gedrängt, eine Therapie zu machen.«

»Damit hast du riskiert, dass man dir als Mitwisserin auch

kündigt. War es dir das wirklich wert?« Gustav glaubte ihr nicht, ihre Körpersprache verriet sie. Mit Druck konnte Gabriele nicht umgehen.

»Ich habe nichts getan«, beharrte sie.

»Doch, juristisch gesehen hast du eine Straftat gedeckt, das macht dich zur Komplizin. Die Liebe kann Menschen zu Dummheiten verleiten, dafür muss man sich nicht schämen.«

»Mir hat Bodo einfach leidgetan, er war doch ein Guter. Erst diese verdammten Drogen haben aus ihm einen Menschen gemacht, den ich und andere nicht mehr wiedererkannt haben. Wenn einer Schuld an Bodos Tod hat, dann dieser Manuel Kempcke, er hat Bodo die Drogen verkauft. Du kannst dir gar nicht vorstellen, wie sehr ich ihn hasse.«

Gustav sah Gabriele nur an, er hatte Mitleid mit ihr, weil sie aus Liebe etwas Unüberlegtes getan hatte.

»Du musst dich nicht für deine Gefühle schämen«, sagte er schließlich. »Bodo war es wert, geliebt zu werden.«

»Ja, das war er«, rutschte es ihr heraus und ihre Augen wurden feucht.

38

Niendorf

Entgegen seiner üblichen Devise, die Leute persönlich aufzusuchen, hatte Mads Volkhard Schubert angerufen und dieser hatte für ein Treffen um 18 Uhr in der Seaside Lounge zugesagt.

Jetzt saßen Lena und ihr Bruder auf der Terrasse des Lokals und genossen bei Kaffee und Kuchen das schöne Wetter mit Ausblick auf die Ostsee.

»Möchtest du nicht doch was Richtiges essen?«, fragte Mads.

»Christian hat für 20 Uhr einen Tisch im *Casa Grande* reserviert. Seine Eltern sind dabei«, erwiderte Lena.

»Das wird knapp, wenn wir danach noch zu Kempcke wollen.«

»Dann sage ich ab.«

Mads hob die Hand. »Nein, tust du nicht, Schwesterherz. Den verkifften Kempcke kann ich auch allein erledigen.«

»Was ist mit dir? Du hast dir genauso einen schönen Abend mit Victoria verdient. Nein, ich komme mit.«

»Brauchst du wirklich nicht. Du hast die Eltern von Christian doch sicherlich länger nicht gesehen, oder?«

»Zuletzt im vergangenen Jahr. Seit sie in Berlin wohnen, sieht man sich nicht mehr so oft.«

»Siehst du. Die freuen sich bestimmt noch mehr, ihre Schwiegertochter in spe wiederzusehen.«

Lena nickte langsam. Sie hatte ein schlechtes Gewissen, zugleich fand sie die Geste von Mads richtig süß. Sie wollte ihre Schwiegereltern sehr gern treffen, hatte sie doch schon immer einen guten Draht zu ihnen gehabt, und seit Christian ihr den Antrag gemacht hatte, hatte sie die beiden nicht mehr gesehen.

Mads schien ihre Gedanken erraten zu haben. »Was hältst du von diesem Vorschlag: Wir schauen, wie lange das Gespräch mit Schubert dauert, und wenn es zeitlich passt, fahren wir zusammen nach Scharbeutz zu Kempcke.«

»Und wenn es zu knapp wird?«

»Dann machst du dir wie geplant trotzdem einen schönen Abend mit den Eltern von Christian. Grüße sie mir ganz lieb.«

Lena lächelte. »Mach ich. Du kannst dich auch gern anschließen. Ich weiß ja, dass du mit dem Vater immer gut konntest.«

»Leider kommt nicht jeder Sohn nach dem Vater«, entfuhr es Mads, doch Lena sah ihm an, dass er den Spruch sofort bereute. »Ich würde wirklich gern, aber ich habe Victoria schon versprochen, den Abend mit ihr zu verbringen.«

»Wie du magst. Dann grüß du Victoria von mir«, erwiderte Lena und versuchte zu überspielen, dass sie wegen des Spruchs von eben gekränkt war. Dass Mads so ein Satz unüberlegt herausrutschte, sagte viel über ihn aus. Er mochte Christian nicht, selbst jetzt, wo er wusste, dass sie heiraten und eine eigene Familie gründen würden.

Hoffentlich ändert sich das, wenn er Onkel wird, dachte Lena.

»Ah, die Schöne und das Biest«, hörte sie in diesem Moment Amirs Stimme. Sie wandte sich um und sah, dass er und Emma gerade die Terrasse betreten hatten.

Selbst Mads musste kurz schmunzeln.

»Setzt euch doch zu uns«, bat Lena die beiden nach der obligatorischen Begrüßung.

»Arbeit oder Fun?«, fragte Amir.

Emma dagegen wirkte recht verschlossen, als wäre sie mit ihren Gedanken woanders.

»Wir wollen uns mit Volkhard Schubert treffen. Er kommt um 18 Uhr her. Du kennst ihn ja.«

»Leider. So ein Trottel, wie konnte er Katrin nur gegen eine viel Jüngere austauschen?«

»Die Antwort hast du dir gerade selbst gegeben«, stichelte Mads.

»Das ist doch schrecklich, was ist das für eine kranke Welt? Liebe beruht auf viel mehr als nur auf Äußerlichkeiten.«

»Deswegen bist du auch mit Pietro zusammen«, spöttelte Mads weiter.

»Ja, Pietro sieht gut aus, aber deswegen sind wir kein Paar. Das Aussehen hat uns vielleicht zusammengebracht, aber der Charakter und unser beider Persönlichkeit sind ausschlaggebend. Und unsere wahre Liebe. Ich werde ihn nie gegen einen Jüngeren austauschen, wenn er mal Falten bekommt.«

»Da Pietro jünger ist als du, solltest wohl eher du dir Sorgen machen«, konterte Mads grinsend.

»Du bist mal wieder nur am Austeilen«, kam Emma Amir zur Hilfe. »Weiß ein Mads Johannsen überhaupt, was wahre, echte und unvoreingenommene Liebe ist? Was es heißt, wenn man einen Menschen mehr liebt als sein eigenes Leben, so sehr, dass er einem ständig im Kopf herumschwirrt und man vor lauter Schmetterlingen im Bauch die ganze Welt umarmen möchte, weil wahre Liebe pure Energie ist?«

Lena entging nicht, wie intensiv Emma ihren Bruder bei diesen Worten mit ihren strahlend blauen Augen ansah.

»Darum geht es doch gar nicht. Ich habe nur ein Problem damit, wenn sich Menschen selbst belügen. Das Äußere entscheidet sehr oft, mit wem man zusammenkommt, da kann mir keiner was erzählen. Ohne arrogant klingen zu wollen, aber würdest du eher mich oder jemanden wie Bodo daten?«

Diese Frage erwischte Emma kalt, das sah Lena ihr an.

»Siehst du, keine Antwort ist auch eine Antwort. Schau dir deine Partner an. Stefan – groß und sportlich. Dein Verlobter – groß und schlank. Hattest du je einen dicken Freund?«

»Was ist mit deinem Bruder los, warum ist er heute extra zickig?«, fragte Amir an Lena gerichtet.

Lena hob nur die Schultern.

»Wenn Mads seinen Willen nicht durchsetzen kann, ist er halt nicht zufrieden«, erwiderte Emma, »und Ja, ich könnte mir auch eine Beziehung mit einem stämmigen Mann vorstellen, wenn er mein Herz und meine Seele berührt.«

»Belüg dich ruhig weiter. Wir beide kennen die Wahrheit. Die Welt funktioniert nicht so, wie wir uns das einreden, unser Handeln ist entscheidend.«

»Glaubst du denn, dass du besser bist? Deine Mädels erfüllen doch jedes Klischee«, giftete Emma zurück.

»Das stimmt, ich behaupte ja auch nichts anderes. Ich bin häufig ein Opfer der Evolution, und es gibt Tage, da hasse ich mich dafür, dass ich so bin.«

Mit so einer Antwort schien Emma nicht gerechnet zu haben, sie sah Mads überrascht an.

»Diese Seite kenne ich gar nicht an dir. Sie gefällt mir«, warf Amir ein und Mads' Gesichtszüge wurden deutlich weicher.

Lena fand die ganze Diskussion albern. Liebe war einfach Liebe, der Rest war unwichtig.

»Möchtet ihr was essen oder nur was trinken?«, fragte ein Kellner, der in diesem Augenblick an ihren Tisch trat.

»Nur etwas trinken«, antwortete Amir und beide gaben ihre Bestellung auf.

Lena war froh, dass der Kellner das hitzige Gespräch unterbrochen hatte.

»Kannst du uns vielleicht noch was über Schubert erzählen?«, fragte Lena in der Hoffnung, dass die Diskussion von eben nicht in die zweite Runde ging.

»Leider weiß ich nicht mehr über ihn, als ich euch schon erzählt habe. Er wirkte freundlich, aber während Katrin mit ihm zusammen war, habe ich die beiden auch nicht oft gesehen. Sie waren halt ständig unterwegs. Erst als sie sich von ihm getrennt hat, wurde unser Kontakt wieder enger. Ihr verdächtigt tatsächlich Katrin?«

»Wir ermitteln, das solltest du wissen, allerdings hat uns deine viel geschätzte Freundin Katrin mit einigen nicht unwichtigen Details belogen, und wir fragen uns, warum«, entgegnete Mads.

»Womit hat sie denn gelogen?«, fragte Emma.

Mads atmete durch den Mund aus, er schien noch immer genervt. »Dass die Mutter von Bodo angeblich nichts von der Affäre wusste und auch sonst niemand, das hat sie heute im Gespräch eingestanden. Gabriele hatte das vor uns zuerst angedeutet. Hat Gabriele euch denn was anderes erzählt?«

»Nein, hat sie nicht. Ich habe heute versucht, sie zu kontaktieren, aber sie war für ein persönliches Treffen nicht mehr zugänglich. Am Telefon wirkte sie direkt patzig, als würde ich sie angreifen, dabei wollte ich nur erfragen, was sie sonst noch weiß.«

»Nicht jeder mag mit der Presse sprechen. Immerhin war sie lange mit Bodo befreundet.«

»Oder sie hatte Gefühle für Bodo und möchte nicht, dass das herauskommt«, mutmaßte Emma.

»Glaubst du, sie hat Bodo getötet?«

»Keine Ahnung, aber warum sonst wird sie plötzlich aggressiv und möchte nicht mit der Presse sprechen? Sie weiß, dass ich einen Nachruf schreibe.«

»Dann gehst du also davon aus, dass Katrin unschuldig ist?«

»Ich?« Emma wirkte erstaunt über Mads' Frage.

»Ja, du. Du scheinst ja richtig stark darin zu sein, die Arbeit für die Polizei zu machen.«

»Witzig.«

»Im Ernst, glaubst du, dass Katrin unschuldig ist?«

Emma antwortete nicht, sie rührte in ihrem Kaffee, den sie vorhin bekommen hatte, und schaute dann zu Amir.

»Was verschweigst du uns?«, drängte Mads.

»Wie kommst du darauf, dass ich was verschweige?«

»Weil ich dich lesen kann, Emma. Du warst schon immer schlecht darin, mich zu belügen.«

Wieder schaute Emma Amir an, dieser nickte leicht.

»Wir hatten vorhin ein seltsames Gespräch mit Katrin«, rückte sie schließlich heraus.

»Was für ein Gespräch?«

Ausgerechnet jetzt klingelte Mads' Handy. Er nahm das Gespräch an, es war Schubert.

»Verspätet er sich?«, fragte Lena, nachdem Mads aufgelegt hatte.

»Um knapp dreißig Minuten. Er steckt im Stau auf der A1.« Dann wandte er sich wieder Emma zu. »Inwiefern war Katrin denn seltsam?«

»Vielleicht hat es auch nichts zu bedeuten, sie steht halt mächtig unter Druck, weil ihr sie so bedrängt.«

»Wir bedrängen niemanden, wir ermitteln«, erwiderte Mads. »Es gibt da übrigens einen ganz einfachen Trick: Wenn man nicht lügt, leidet man auch nicht unter Druck. Aber die Menschen lügen und lügen, und dann müssen sie sich all diese Lügen auch noch merken, sonst stürzt das hübsche Gebilde zusammen. Das stresst. Hätte Katrin von Anfang an die Wahrheit gesagt, wäre sie jetzt viel entspannter. Was hat sie euch denn erzählt?«

»Sie war auffallend dünnhäutig, als wir ihr Fragen gestellt haben«, erklärte Emma, ohne auf Mads' Monolog einzugehen. »Sie wirkte sehr dominant, als wollte sie uns ihren Willen aufzwingen, dazu ist sie übelst über Gabriele hergezogen, hat ihr unterstellt, dass sie Gefühle für Bodo gehabt hätte und ihre Beziehung zu ihm zerstören wollte. Dass Gabriele Bodo möglicherweise aus Eifersucht ermordet hat, weil er bis zuletzt keine Gefühle für sie hatte. Angeblich habe Gabriele ihm mal gedroht, dass er niemanden haben dürfe, wenn sie ihn nicht haben könne. Allerdings war Katrin betrunken, als sie all das erzählt hat. Ich glaube, sie hat übertrieben.«

»Das ist wirklich sehr weit hergeholt, egal ob betrunken oder nicht. Mit solchen Anschuldigungen muss man vorsichtig sein«, stimmte Mads zu.

»So habe ich sie auch noch nie erlebt«, ergänzte Amir. »Ehrlich, Bodos Tod setzt ihr extrem zu. Ja, sie mag euch gegenüber nicht aufrichtig gewesen sein, aber sie hatte nach Bodo eine neue Beziehung und seit Jahren keinen Kontakt mehr zu ihm. Warum sollte sie ausgerechnet jetzt wieder mit ihm anbändeln wollen, nur um ihn dann zu ermorden?«

»Weil sie vor zwei Monaten verlassen wurde und Bodo ihr möglicherweise beim Postaustragen über den Weg gelaufen ist. Man ist sich wieder nähergekommen, aber Bodo hat sie abgewiesen«, äußerte Mads eine neue Theorie.

»Das klingt ganz schön konstruiert und sagt mir, dass ihr nichts Handfestes gegen sie in der Hand habt, ebenso wenig wie gegen jemand anderen«, erwiderte Amir. »Mit Gabriele könnte es sich genauso verhalten haben. Sie hat Bodo ihre Liebe gestanden, er hat sie abgewiesen und sie hat ihn dann aus lauter Verzweiflung und Wut im Affekt ermordet.«

Lena, die den Schlagabtausch schweigend verfolgt hatte, hielt beide Versionen für möglich. Allerdings hatte Amir in einer Sache recht: Weder für die eine noch für die andere Version gab es handfeste Beweise. Sie hatten nicht mal Indizien, die in eine der Richtungen deuteten.

»Was haltet ihr von Kempcke?«, eröffnete Amir nun ein neues Feld.

»Kempcke?«

»Mads, jetzt tu nicht so unwissend. Wir haben vorhin herausgefunden, dass sich Kempcke mit der halben Gamercommunity angelegt hat. Es gibt ein Video von ihm und Bodo, in dem sie der Gamercommunity den Krieg erklären.«

Lena warf Mads einen kurzen Blick zu. Er schien ebenso überrascht zu sein wie sie, dass die beiden das Video kannten.

»Warum sollte denn Kempcke Bodo ermorden? Dann doch eher der aufgebrachte Mob«, entgegnete Mads.

»Er könnte Bodo in eine Falle gelockt haben«, meinte Emma.

»Mir fehlt das Motiv.«

»Sicher?«

»Du glaubst mir nicht?«

»Es fällt mir schwer, weil du uns oft Informationen vorenthältst, während du selbst intensiv versuchst, Informationen bei uns abzugreifen. Ich kann dich auch lesen, Mads Johannsen.«

Mads' Mundwinkel zuckten, vermutlich fand er es liebenswert, wenn Emma sich so aufregte.

»Okay, du hast Glück. Ich weiß zwar nicht, was das mit deinem Nachruf zu tun hat, aber ich kann dir so viel sagen: Kempcke ist ein Schaumschläger, jemand, der sein Hirn mit Drogen zuballert. Dem traue ich keinen Mord zu. Er ist ein Wichtigtuer, der Bodo eins auswischen wollte. Ein dämlicher Jungenstreich.«

»Sicher?«

»Ganz sicher.«

Amir winkte den Kellner zu sich. »Können wir bitte die Rechnung haben?«, fragte er.

»Lass stecken. Geht auf meinen Deckel«, bremste Mads ihn.

»Wirklich?«

»Würde ich es sonst anbieten?«

»Das ist sehr lieb von dir. Aber du darfst dich auch gern mal von uns einladen lassen«, entgegnete Emma.

»Beim nächsten Mal.«

»Danke«, erwiderte auch Amir. Die zwei verabschiedeten sich und verließen die Terrasse.

»Was denkst du?«, fragte Lena, als die beiden außer Hörweite waren.

»Katrins Nerven scheinen inzwischen blank zu liegen. Möglich, dass sie uns noch mehr vorenthält.«

»Traust du ihr denn einen Mord zu?«

»Ohne mit der Wimper zu zucken. Ich bin gespannt, was der Ex zu erzählen hat.«

Kaum hatte Mads ausgesprochen, betrat Volkhard Schubert die Terrasse. Mads hatte ihn über Amirs Facebookkontakte gefunden.

»Moin«, machte sich Schubert bemerkbar.

»Moin, Herr Schubert. Schön, dass Sie sich Zeit freischaufeln konnten.«

»Nehmen sie doch bitte Platz«, bat Lena ihn.

Schubert war etwas kleiner als Mads, trug einen Anzug und machte einen sehr gepflegten Eindruck. Ein Mann Ende fünfzig, dem sein Äußeres wichtig war.

»Ich habe leider nur fünfzehn Minuten. Der Stau hat meinen ganzen Abend durcheinandergebracht.«

»Das sollte reichen.«

»Es geht sicherlich um Bodo und das Verhältnis zu Katrin.« Schubert wirkte hektisch.

»Genau, das hatte ich am Telefon kurz erwähnt«, antwortete Mads.

»Ich muss Sie leider enttäuschen. Als ich mit Katrin zusammengekommen bin, hatte sie sich von Bodo bereits getrennt. Bodo war nie Gesprächsthema.«

»Sind Sie sich ganz sicher?«

»Dass Katrin sich von ihm getrennt hatte? Ja, das hat sie mir so erzählt. Ich kenne diesen Bodo nicht persönlich, und ich hatte keinen Grund, ihr nicht zu glauben.«

»Ist er Ihnen beim Postaustragen nie über den Weg gelaufen?«

»Nein, Katrin hat die meiste Zeit bei mir verbracht. Ich wohne in Grömitz.«

Das war interessant, denn das konnte erklären, warum Katrin Bodo in den letzten Jahren nicht mehr getroffen und nach der Trennung von Schubert keinen Kontakt zu Bodo gesucht hatte.

»Warum ist Ihre Beziehung zu Ende gegangen?«, fragte Mads.

Schubert schwieg und schaute zur Ostsee, schließlich sagte er: »Weil ich mich in eine Jüngere verliebt habe.«

»Ist das der einzige Grund? Waren Sie so glücklich mit Frau Minkley, dass Sie sich gedacht haben, hey, da verliebe ich mich mal in eine Jüngere?« Der Sarkasmus in Mads' Stimme war nicht zu überhören.

»Ich habe Katrin geliebt und sie mich, daran zweifle ich nicht. Es ist halt passiert und es tut mir für Katrin wirklich leid. Ich wollte ihr nicht das Herz brechen. Aber wenn man sich verliebt, wäre man doch blöd, dieses Glück nicht mit beiden Händen zu packen und festzuhalten.«

»Also waren Sie gar nicht mehr in Frau Minkley verliebt?«

»Wollen Sie mir oder Katrin etwas unterstellen?«

»Ich möchte nur verstehen, wie man sich in einen anderen Menschen verlieben kann, wenn man doch bereits glücklich liiert ist.«

Schubert verdrehte die Augen. »Katrin hat das hier nicht verdient.«

»Was hat sie nicht verdient?«, hakte Mads nach.

»Dass Sie glauben, sie hätte Bodo ermordet.«

»Wir glauben gar nichts. Wie kommen Sie darauf? Haben Sie vor unserem Treffen mit ihr telefoniert?«

Schubert schwieg.

»Sie hat Sie angerufen, oder?«, schlussfolgerte Lena. Für sie war es offensichtlich, dass Katrin ihrem Ex einen Maulkorb verpasst hatte, und dieser schien auf das Spiel eingegangen zu sein.

Schubert schlug nervös die Beine übereinander.

»Moin, möchten Sie was bestellen?« Ein Kellner war an ihren Tisch getreten und durchbrach die peinliche Stille.

»Nein, ich bin auf dem Sprung«, antwortete Schubert und schaute auf seine Armbanduhr. »Hören Sie, ich muss jetzt los, nach Grömitz. Meine Freundin wartet.«

»Sie können sofort gehen, sobald Sie uns die Wahrheit gesagt haben. Warum wollen Sie sich für Ihre Ex strafbar machen?«

»Strafbar? Wie meinen Sie das?« Schubert wirkte überrascht. »Das ist doch ein schlechter Scherz.«

»Ist es nicht. Polizeibeamte während Ermittlungen zu belügen, ist eine Straftat, das kann schnell zu einem Boomerang werden.«

»Was habe ich denn mit Bodo zu tun?«, ereiferte sich Schubert. »Ehrlich, ich möchte in diesen ganzen Mist nicht hineingezogen werden, ich will nur meine Ruhe haben.«

»Hat Frau Minkley Sie um den Gefallen gebeten?«, fragte Lena erneut. Schubert wirkte auf sie wie jemand, der gern in die richtige Richtung geschubst werden wollte, auch wenn sein Äußeres annehmen ließ, dass er mit beiden Beinen im Leben stand. Doch sein Zaudern und sein gesamtes Auftreten bis jetzt sagten Lena, dass er eher keine dominante Persönlichkeit war, und bestätigte damit, was Gabriele über Katrin gesagt hatte, dass nämlich sie dominant und manipulativ sei.

Konnte es daher sein, dass Schubert sich mit der jüngeren Frau nur von Katrins Vormachtstellung hatte befreien wollen?

»Herr Schubert, hat Frau Minkley Sie um diesen Gefallen gebeten?«, wiederholte Mads Lenas Frage.

Schubert befeuchtete seine Lippen, dann sagte er: »Sie haben keine Ahnung, was für ein Teufel Katrin sein kann. Ich will nur meine Ruhe vor dieser Frau. Die Beziehung war die Hölle.«

39

Lena hatte Mads' Drängen nachgegeben und beschlossen, das Abendessen mit den Eltern von Christian nicht abzusagen, daher hatte er sie nach Hause gefahren. Während der Fahrt hatte Gustav ihn angerufen und zum Hafen gebeten.

Dorthin war Mads nun zu Fuß unterwegs, und bald sah er seinen Onkel auch auf einer Bank sitzen, den Blick auf die Boote gerichtet. Vor ihm lag Meiko.

Der Schäferhund bemerkte Mads zuerst und lief zu ihm.

»Hast du mich vermisst?«, fragte Mads und streichelte Meiko, der das augenscheinlich genoss. »Na, lass uns zu deinem alten Herrn gehen, nicht dass er schimpft, weil du mich lieber hast als ihn.«

»Das habe ich gehört«, ließ sich Gustav vernehmen. »Setz dich zu mir.«

»Möchtest du einen Kaffee?«, fragte Mads.

»Warum nicht.« Gustav fischte seine Geldbörse aus der Hosentasche.

»Was soll das werden?« Mads lachte. »Lass stecken. Espresso oder Kaffee?«

»Kaffee.«

Mads ging zum *Ahoi Kaffee*, das nur wenige Meter entfernt lag, reihte sich in die Schlange ein und wartete, bis er an der Reihe war, um seine Bestellung aufzugeben.

Sein Handy, das er in der Hand hielt, leuchtete auf. Lena hatte ihm geschrieben.

Danke, dass du mein Bruder bist. Was du für mich tust, ist nicht selbstverständlich, und ich bin dir sehr, sehr dankbar. Ich liebe dich bis zum Mond und zurück und noch viel weiter. schrieb sie, gefolgt von unzähligen Herzchen-Emojis.

Danke, dass du meine Schwester bist, ich bin dir sehr, sehr dankbar, dass du der wichtigste Teil meines Lebens bist. Ich liebe dich auch,

antwortete er, zugleich fragte er sich, warum seine Schwester ihm gerade jetzt diese unglaublich süße Nachricht geschrieben hatte. Daran, dass sie ihn aufrichtig liebte, zweifelte er nie auch nur eine Sekunde.

Vermutlich hat sie ein schlechtes Gewissen, dachte er. Immerhin hatte er das Erbe ihrer Mutter ausgeschlagen. Das war viel Geld und Mads spürte, dass Lena das noch immer unangenehm war, dabei musste es das nicht. Er tat es gern für sie.

Für sie, nicht für Christian, fügte er in Gedanken hinzu.

Jetzt war er an der Reihe, er gab seine Bestellung auf, bezahlte und ging mit den Kaffeebechern zurück zu seinem Onkel.

»Danke«, sagte Gustav, als er den Becher entgegennahm.

Mads nahm neben ihm Platz. Für einen Moment kehrte Stille ein, beide blickten auf die Boote und nippten an ihrem Kaffee.

»Wo ist Lena?«, fragte Gustav nach einer Weile.

»Zu Hause, sie macht sich ausgehfein. Christian und sie sind mit den Eltern zum Abendessen verabredet.«

»Sind sie hier?«

»Ja.«

»Dann sollten Jutta und ich sie auch zum Essen einladen. Immerhin werden wir bald eine Familie.«

Mads erwiderte nichts darauf. Er mochte Christians Eltern. Daran, dass ihr Sohn so missraten war, trugen sie keine Schuld, davon war Mads überzeugt.

»Wie war euer Gespräch mit diesem Volkhard Schubert?«, fragte Gustav.

»Nach einigem Druck hat er bestätigt, was Gabriele Block uns bereits erzählt hat. Katrin hat Schubert Druck gemacht, sie positiv zu zeichnen, wenn wir ihn auf sie ansprechen sollten, aber laut ihm war sie ein richtiger Drachen. Sie hat ihn ständig kontrolliert. Das ging sogar so weit, dass sie ihm den Kontakt mit der eigenen Tochter untersagen wollte. Irgendwann wurde es Schubert zu viel und er ist in eine neue Beziehung geflohen.«

»Dass die Neue deutlich jünger ist als sie, hat Minkley sicher den Rest gegeben.«

»Das glaube ich auch.«

»Garantiert war sie am Boden zerstört. Frauen wie sie kommen mit persönlichen Niederlagen nicht klar, und dann ist Bodo plötzlich wieder da. Sie begegnen sich beim Postaustragen, unterhalten sich und Minkley macht sich Hoffnungen. Da Bodos Mutter mittlerweile tot ist, gibt es niemanden mehr, der ihr im Weg steht, und sie glaubt, dass sie Bodo im Griff hat, doch der scheint auf ihre Avancen nicht einzugehen. Da kommt es zum tödlichen Streit.«

Mads nickte, aber war die Lösung tatsächlich so einfach? Hatten sie endlich ihren Mörder?

»Was du sagst, klingt plausibel«, erwiderte Mads, ließ den Satz jedoch unbeendet in der Luft hängen.

»Aber?«, fügte Gustav daher hinzu.

»Katrin hat Emma und Amir gegenüber erwähnt, dass Gabriele Block ebenfalls Gefühle für Bodo gehabt habe, dass sie krankhaft eifersüchtig auf Minkley gewesen sei und sogar gedroht habe, dass niemand Bodo haben könne, wenn nicht sie. Aus ihrem Mund hätte das fast wie eine Morddrohung geklungen, meinte Emma.«

Gustav nahm einen Schluck Kaffee, dann schaute er seinen Neffen an.

»Ich hatte vorhin auch ein Gespräch mit Gabriele. Sie hat zugegeben, Gefühle für Bodo gehabt und ihn wegen der geklauten Post gedeckt zu haben. Aber Bodo hätte ihr deutlich gemacht, dass er sich zwischen ihnen nur Freundschaft vorstellen könne, und das habe sie respektiert. Das Streitgespräch mit Minkley lag Jahre zurück, da hatte die Mutter noch gelebt.«

»Das stimmt, ich weiß, worauf du hinauswillst. Aber überleg mal, Gabriele könnte mitbekommen haben, dass Katrin sich wieder an Bodo ranmacht, und das, während ihre eigenen Gefühle für ihn nie wirklich abgeflaut sind? Wäre es da nicht denkbar, dass sie Bodo zur Rede stellen wollte und es dann zum tödlichen Streit kam?«

Gustav seufzte. »Beide Versionen liegen im Bereich des Möglichen, nur fehlen uns die Beweise sowohl für das eine als auch für das andere. Außerdem haben wir noch Kempcke.«

»Zu dem wollte ich gleich, um ihn mir noch mal vorzuknöpfen. Soll ich danach ein zweites Mal mit Gabriele sprechen?«

Gustav überlegte einen Moment, schließlich sagte er: »Ich würde dich gern begleiten, aber leider bin ich mit Albert verabredet. Wir wollten zu Oma. Ich könnte …«

»Nein, das kannst du nicht absagen. Oma freut sich auf euch und hat garantiert was richtig Leckeres gekocht.«

»Du kennst sie.«

»Ich kriege das hin, Onkel. Vertrau mir.«

Gustav sah ihn etwas länger als gewöhnlich an, dann sagte er: »Mads, ich vertraue dir. Nur weil ich dich manchmal härter behandele, heißt das nicht, dass ich dir misstraue. Wir sind eine Familie, da gibt es zwischendurch Streit. Wichtig ist, dass wir ehrlich zueinander sind.«

Das zu hören, tat Mads gut, auch wenn er ohnehin wusste, dass er sich immer auf Gustav verlassen konnte.

»Möchtest du mir sagen, was dich in letzter Zeit belastet?«, fügte Gustav hinzu.

»Wie meinst du das?«

»Irgendetwas bedrückt dich doch. Du bist zu leicht reizbar in den letzten Tagen.«

Mads fühlte sich ertappt. Zwar hatte er eh vorgehabt, mit Gustav über Christian zu reden, aber dass selbst sein Onkel registriert hatte, dass er in letzter Zeit extrem dünnhäutig war, musste was heißen. Also gab er sich einen Ruck.

»Es ist wegen Christian«, erwiderte er.

»Wieso? Hat er was angestellt?«

»Er möchte Mamas Wohnung verkaufen, um mit dem Geld ein Haus mit Garten zu finanzieren.«

»Er?« Gustav sah ihn stirnrunzelnd an.

Mads berichtete von dem Gespräch mit Lena und seiner Einwilligung, dass sie die Wohnung haben könne.

Gustav nickte. »Das war sehr großzügig von dir. Du weißt aber, dass Lena dir nicht böse gewesen wäre, wenn du Nein gesagt hättest?«

»Natürlich. Das alles ist ja auch auf Christians Mist gewachsen. Lena liebt die Ostsee, aber er möchte nach Bad Schwartau oder noch weiter weg. Sicherlich, weil er sie von uns losreißen möchte. Ich weiß doch, wie sehr Lena an der Wohnung von Mama hängt.«

»Sie wollen eine Familie gründen, da macht ein Haus mit Garten schon Sinn und Bad Schwartau ist günstiger«, gab Gustav zurück.

»Glaubst du, dass ich Christian Unrecht tue?«

Gustav streckte sich und lehnte sich zurück. »Ehrlich, Mads, ich weiß es nicht. Du hast eine gute Menschenkenntnis, aber bislang hat sich Christian nichts zuschulden kommen lassen.« Er sah Mads an. »Möchtest du von deinem Versprechen zurücktreten? Ich kann mit Lena reden.«

»Nein, ganz sicher nicht. Ich stehe zu meinem Wort. Für meine Schwester und ihre zukünftigen Kinder würde ich alles tun.«

»Gut, vielleicht habe ich eine Idee, wie wir die Wohnung nicht verkaufen müssen.«

»Wie?«

»Ich kaufe die Wohnung und lasse sie vermietet.«

»Du? Nein, das kann ich nicht annehmen.«

»Jetzt werde nicht albern. Ich bin euer Onkel. Was glaubst du, wer alles erben wird, wenn ich nicht mehr am Leben bin?«

»Sag so was nicht, du wirst uralt. Hast du denn überhaupt so viel Erspartes? Ich weiß auch nicht, ob Lena das Angebot annehmen würde. Mich zu fragen, hat sie schon extrem viel Überwindung gekostet«, entgegnete Mads.

Er wusste die Geste seines Onkels sehr zu schätzen, weil es ihm einmal mehr bewies, dass dessen Worte, was die Familie anbelangte, keine Luftnummer waren.

»Ich weiß nicht, was die Wohnung wert ist, aber ich könnte einen Kredit aufnehmen, sollte es nicht reichen.«

»Einen Kredit, in deinem Alter?« Mads verzog zweifelnd den Mund.

»Wer will einen Kredit aufnehmen?«, ertönte da Alberts Stimme. Er war unbemerkt an ihre Bank getreten. Meiko bellte vor Freude und Albert kraulte ihn.

»Nun aber raus mit der Sprache, wofür willst du einen Kredit? Brauchst du Geld?« Albert schien überrascht.

»Nein, es ist für Lena«, antwortete Gustav.

»Wieso? Hat Lena Schulden?«

Albert setzte sich und Gustav klärte ihn kurz auf.

»Wollen wir hoffen, dass Christian wirklich nur das Beste für seine kleine Familie im Sinn hat«, kommentierte Albert das Gehörte.

»Wir werden uns da nicht einmischen. Lena hat sich für Christian entschieden, und ich bitte euch, das zu respektieren. Ich unterhalte mich morgen mit der Sparkasse.«

»Das tust du nicht«, widersprach Albert.

»Warum? Für meine Nichte mache ich das gern.«

»Weil ich die offene Summe übernehme. Wir kaufen die Wohnung zusammen. Hier nimmt niemand einen Kredit auf und die Wohnung bleibt im Eigentum von Mads und Lena.«

»Das kann ich unmöglich annehmen.«

»Du hast das nicht zu entscheiden«, gab Albert entschlossen zurück. »Wenn Mads dem zustimmt und Lena auch, machen wir das genau so. Keine Diskussion.« Dann senkte er seine Stimme, er wirkte nachdenklich. »Ihr seid meine Familie. Ich habe keine Kinder, niemanden, nur euch. Was glaubst du, wer mein Vermögen erben wird, wenn ich mal sterbe?«

Auch diese Antwort überraschte Mads, doch Alberts Worte bestätigten ihm nur, was Mads tief in seinem Herzen immer gewusst hatte: Dass Albert Teil der Johannsen-Familie war und man stets auf ihn zählen konnte, wenn es darauf ankam.

»Würdest du das wirklich machen?«, fragte Mads.

»Sehr gern sogar. Ich kann doch nicht zulassen, dass der alte Mann noch einen Kredit aufnimmt. Was wäre ich für ein Freund?«

Gustav drehte sich zu Albert und umarmte ihn spontan. »Danke.«

Mads bemerkte, dass die Augen der beiden plötzlich feucht glänzten, es gab ihm ein warmes Gefühl. Die zwei waren einfach unverbesserlich.

»Möchtest du mit zu Oma?«, fragte Albert an Mads gerichtet.

»Würde ich sehr gern, aber ich muss noch zu Kempcke.« Er stand auf. »Nochmals vielen lieben Dank, dass ihr das ermöglicht. Ich werde das niemals vergessen.« Mads wollte Albert die Hand reichen, doch der stand ebenfalls auf und umarmte ihn spontan.

»Wir sind eine Familie. Wir halten zusammen, immer.«

»Ich weiß.« Mads lächelte.

»Sag Lena nichts. Ich werde morgen mit ihr reden«, bat Gustav ihn.

Mads nickte und verabschiedete sich von den beiden.

»Erwarte jetzt aber nicht, dass ich deswegen noch freundlicher zu dir bin«, hörte er im Weggehen seinen Onkel zu Albert sagen.

»Ein bisschen könntest du an dir arbeiten«, erwiderte Albert lachend.

Mads schmunzelte. Er freute sich ungemein, dass Lena die Wohnung doch nicht verkaufen musste, da ihre Mutter sehr daran gehangen hatte. Mit so einem Verlauf hatte er überhaupt nicht gerechnet. Nur ein Problem blieb: Christian.

Auch wenn Albert und Gustav ihm ihr Vertrauen ausgesprochen hatten, Mads würde das so schnell nicht tun. Christian musste beweisen, dass er kein linkes Ding mit seiner Schwester vorhatte, erst dann würde Mads über seinen Schatten springen und Christian als Schwager akzeptieren, keine Sekunde früher.

Während er nach Scharbeutz fuhr, dachte er wieder über ihren Fall nach. Ob Kempcke überhaupt noch als Täter infrage kam nach allem, was sie über Gabriele, Katrin und Bodo wussten?

Eifersucht und verletzter Stolz sind starke Argumente für einen Mord, überlegte Mads, zugleich erschien das Bild der durchwühlten Sachen in Bodos Schlafzimmer vor seinem geistigen Auge. Er war fast geneigt, sich dennoch festzulegen, dass es kein Einbruch gewesen war, aber als Polizist durfte er nichts ausschließen, so unwahrscheinlich es manchmal auch sein mochte.

Vor der Wohnanlage von Kempcke fand er einen Parkplatz und ging zur Haustür, doch Kempcke öffnete auf sein Klingeln nicht.

»Ist der jetzt 24 Stunden lang drauf?«, sagte Mads zu sich.

Er hatte keine Lust, schon wieder an der Wohnungstür zu hämmern, also klingelte er erneut, aber niemand öffnete.

Ausgeflogen?, fragte sich Mads, doch er gab sich sogleich

selbst die Antwort: *Nicht jemand wie Kempcke, der ist nur am Kiffen und am Zocken.*

Ob er überhaupt einen Job hatte? Als Dealer verdiente er sicher genug Geld.

Mads musste wieder an Gustavs Vorwurf denken, weil er wegen der Drogen keine Anzeige gegen Kempcke aufgenommen hatte. Andererseits war es bei Ermittlungen gang und gäbe, dass man über eine kleine Straftat hinwegsah, wenn es half, eine schwerwiegendere aufzuklären, und genau das sah Mads hier gegeben. Kempcke war wichtig für die Ermittlungen, entweder als Täter oder als wichtiger Zeuge.

Wenn der Trottel nicht immer so drauf wäre.

Gerade als Mads erneut klingeln wollte, hörte er eine Stimme hinter sich.

»Wollen Sie zu mir?«

Mads drehte sich um. »Sind Sie mal nicht am Kiffen?«, rutschte es ihm heraus.

»Auch wenn Sie es nicht glauben, aber seit einigen Stunden nicht mehr. Ich war lange spazieren, das hat mir geholfen, meine Gedanken zu sortieren«, erwiderte Kempcke. »Wir müssen reden. Es gibt vieles, was ich Ihnen erzählen muss. Ich möchte endlich meinen Frieden.«

»Na, da bin ich ja mal gespannt.«

Mads war nicht gänzlich überzeugt, dass Kempcke wirklich endlich Klartext reden würde. Immerhin wirkte er nicht so auf Droge wie bei ihrer letzten Begegnung, und er sprach, als hätte er sich tatsächlich im Griff.

»Ist es okay, wenn wir spazieren gehen?«, schlug Kempcke vor. »Ich möchte gerade nicht in meine Wohnung.«

»Warum nicht.«

Solange Kempcke mit der Wahrheit herausrückte, war es Mads herzlich egal, wo er seine Fragen stellte.

Das Wetter war angenehm, die Promenade nicht weit entfernt und so gingen sie Richtung Strand.

»Ich habe nicht immer gekifft«, begann Kempcke. »Ehrlich gesagt, war ich früher noch introvertierter und schüchterner, als ich es ohnehin bin. So mit siebzehn habe ich dann das erste Mal an einem Joint gezogen, dadurch bin ich irgendwie mehr aus mir herausgekommen. Das war auch das erste Mal, dass ich ein Mädchen geküsst habe.« Er grinste schief. »Das war für mich echt eine große Sache, denn bis dahin haben mich die Mädels immer ignoriert. Für die war ich Luft. Das können Sie sicherlich nicht nachvollziehen.«

»Doch, kann ich. Ich kriege auch nicht jede Frau, die ich möchte.«

»Echt?« Kempcke blieb stehen und schaute zu Mads auf. »Aber Sie haben garantiert so ein Chickbuch mit jeder Menge Telefonnummern, oder? Wenn ich wie Sie aussehen würde, würde ich jeden Tag eine flachlegen und so ein schwarzes Chickbuch haben.«

Mads lachte auf. Scheinbar hatte Kempcke eine völlig falsche Vorstellung von ihm. Auch wenn er viele Affären hatte, so sehnte er sich schon lange nach der richtigen Frau, der großen Liebe, und er hoffte, dass er mit Victoria diese Frau gefunden hatte. Er wollte dieser Liebe zumindest eine echte Chance geben, denn mit Victoria fühlte sich alles richtig an.

»Vergessen Sie das mit den Chicks, suchen Sie sich eine fürs Herz. Das bringt viel mehr«, erwiderte er daher.

»Wenn man aussieht wie ich, ist die Auswahl leider sehr überschaubar.«

»Gibt es denn niemanden, den Sie interessant finden?«

»Nein, mir fällt keine ein, aber ich gehe auch nicht aus.«

»Einfache Regel: Wenn man eine Frau kennenlernen möchte, muss man ausgehen, sonst funktioniert das nicht.«

»Sie haben recht. Es klopft nicht jeden Tag eine Granate wie Emma an die Haustür.« Kempcke gab ein nervöses Lachen von sich.

»Sie wollten sich aber bestimmt nicht mit mir über Ihr Liebesleben unterhalten«, gab Mads zurück. Er mochte es kaum zugeben, aber diesmal wirkte Kempcke beinahe sympathisch, nicht mehr wie der verkiffte Idiot aus ihren letzten Begegnungen.

»Sorry, Bro, das lag mir gerade am Herzen. Nein, ich wollte mit Ihnen über Bodo reden. Wie er wirklich war.«

»Wie war er denn?«

»Jedenfalls nicht der liebe, freundliche Postbote, für den ihn alle gehalten haben, dieses zweite, böse Gesicht hat er immer nur dann gezeigt, wenn er auf Drogen war. Er hat mich nicht nur ein Mal geschlagen.«

»Warum haben Sie ihn nicht angezeigt?« Mads wollte Kempcke nicht so recht glauben.

»Weil ich es nicht konnte. Wenn er nüchtern war, tat es ihm jedes Mal leid und irgendwie … keine Ahnung. Wahrscheinlich bin ich nicht taff genug. Möglich, dass ich auch abhängig von ihm war.«

»Wie meinen Sie das?«

»Er war mein bester Käufer und ganz schön spendabel, er hat mir einiges an Geld geliehen, weil ich oft knapp bei Kasse war, und er hat mir zugehört. Wie gesagt, nüchtern war er ein komplett anderer Mensch. Außerdem hatte er seine Mutter verloren. Ich hatte das Gefühl, dass er außer mir niemanden hatte, so wie ich.«

Mads verstand. »Hat er Sie oft geschlagen?«

»Nein, nur ab und zu, trotzdem hat das was mit mir gemacht. Es war der Grund, weshalb ich wollte, dass die Gamercommunity ihn mal so richtig rannimmt, was die aber leider nicht getan haben. Ich bin kein Schläger und erst recht kein Mörder, auch wenn ich Bodo schon mal den Tod gewünscht habe.«

»Sie hatten bis zum Schluss Kontakt zu ihm, korrekt?«

»Ja, das letzte Mal habe ich ihn ein paar Tage vor seinem Tod getroffen.«

»Hat er dabei eine Katrin Minkley oder Gabriele Block erwähnt?«

»Nein«, antwortete Kempcke und blieb kurz stehen, um zu überlegen. Sie hatten mittlerweile die Scharbeutzer Promenade erreicht. »Warten Sie, doch, einmal hat er gesagt, dass ihn eine Kollegin nerven würde, weil sie sich wieder Hoffnungen machen würde. Sie hatte ihm wohl einen Gefallen getan.«

Sofort musste Mads an Gabriele und die gebunkerte Post denken.

»Hat er nicht gesagt, wer diese Kollegin war?«

»Nein, ich habe ihn auch nicht weiter bedrängt. An dem Abend war er echt aggressiv, weil er sich dazu noch fürchterlich über jemand anderen aufgeregt hat, der ihn seit einigen Wochen wegen geklauter Post nerven würde und sogar schon zweimal bei ihm war.«

»Der Mann hat Bodo wegen der nicht zugestellten Post aufgesucht?«, vergewisserte sich Mads.

»Ja, er hat Bodo unterstellt, dass er die Post klauen würde, dabei gab es wohl ein Handgemenge. Bodo hat alles abgestritten.«

»Aber er hat die Post geklaut«, widersprach Mads.

»Ich weiß, das war ja das Kranke. Als Bodo drauf war, hat er sich über diesen Marius richtig krass lustig gemacht, weil er tatsächlich seine Post geklaut hatte. Er hat mir dann verraten, dass er Marius ab sofort überhaupt keine Post mehr zustellen würde.« Kempcke zuckte die Schultern. »Ich sagte Ihnen ja, Bodo war echt schräg, wenn er auf Droge war. Manchmal hatte ich echt Angst vor ihm. Bodo hätte in Therapie gemusst.«

Zum ersten Mal hatte Mads das Gefühl, dass Kempcke ehrlich zu ihm war. Er würde sich unbedingt noch einmal mit Gabriele Block unterhalten müssen, und sicherlich konnte es nicht schaden, auch diesen Marius aufzusuchen, immerhin hatten Oli und Ali diesen Namen ebenfalls erwähnt. Gut möglich, dass sie wussten, wo er wohnte. Gleich morgen würde er die beiden in ihrem Imbiss aufsuchen.

»Wir müssen zurück«, sagte Mads. Er hatte genug gehört, er wollte jetzt sofort Gabriele einen Besuch abstatten.

»Muss ich in den Knast?«, fragte Kempcke besorgt.

»Wenn Sie Bodo nichts getan haben, müssen Sie auch nicht ins Gefängnis.«

»Ich schwöre, ich habe Bodo nicht getötet«, beteuerte Kempcke. »Er hat mich geschlagen, deshalb war ich das ein oder andere Mal echt sauer auf ihn, aber er war auch irgendwie eine Art Vaterfigur für mich. Mein Vater ist früh gestorben und meine Mutter ist nicht gerade das, was man unter einer guten Mutter versteht. Vielleicht war das der Grund, warum ich mir von Bodo so viel gefallen lassen habe.«

»Sie haben ihn nicht getötet?«, wiederholte Mads und sah Kempcke prüfend in die Augen.

»Nein, ich bin kein Mörder, ich bin nicht mal ein schlechter Mensch.«

»Dann hören Sie mit den Drogen auf. Ihr Handeln macht Sie zu dem, der Sie sind, nicht Ihre Worte.«

Kempcke senkte den Blick. »Sie haben recht. Ich werde es versuchen. Ich suche mir einen Therapieplatz und dann nehme ich mein Leben in die Hand. Ehrlich, Sie sind viel cooler, als ich zugeben mag. Wäre ich Emma, würde ich auch auf Sie stehen und nicht auf mich.«

40

Niendorf

»Du siehst sehr zufrieden aus«, stellte Gustav fest.

Albert und er saßen bei seiner Mutter in der Küche, sie hatten ihre Mahlzeit beendet und Jutta sah sie lächelnd an.

»Das stimmt, weil ich vom Glück mit zwei wunderbaren Kindern gesegnet bin.« Nun wurde ihr Blick ernster. »Das Leben hat mir meinen Mann, meinen jüngsten Sohn und meine Schwiegertochter genommen, es hat mich aber auch gelehrt, dankbar zu sein und zu lieben, was man hat. Solange ihr beiden zusammenhaltet, euch liebt und respektiert, mache ich mir keine Sorgen um das Ansehen der Johannsens und um das von Albert.«

»Das werden wir, Jutta«, versicherte Albert, der augenscheinlich nicht weniger ergriffen war von diesen Worten als Gustav.

»Familie hält zusammen, immer. Vergesst das nicht.«

»Das tun wir nicht.« Gustav griff nach Juttas Hand. »Liegt dir etwas auf der Seele?« Er hatte das Gefühl, dass seine Mutter etwas bewegte.

Sie sah ihn aus ihren liebevollen Augen an. »Es geht um Bodo. Du weißt, ich halte mich aus den Ermittlungen raus, aber ich habe Sorge, dass man Mikkels Ansehen beschmutzen könnte.«

»Das wird keiner wagen«, kam Albert ihm mit einer Antwort zuvor.

»Ihr kennt die Wahrheit. Mikkel wollte euch schützen, ihr wart noch Kinder.«

»Das wissen wir, mach dir keine Sorgen. Wenn wir den

Mörder von Bodo gefasst haben, wird sich niemand mehr für die Vergangenheit interessieren«, versicherte Gustav, der sich an einiges von damals noch recht gut erinnern konnte, anderes war nur ein verschwommenes Bild.

Jutta grübelte.

»Bis heute frage ich mich, ob es richtig war, dass Papa die Ermittlungen so schnell beendet hat«, sagte sie dann.

»Zerbrich dir nicht den Kopf darüber. Papa hat das Richtige getan. Das alles liegt schon so lange zurück. Es war ein tragischer Unfall.«

»Hat Bodo je ein Wort darüber verloren?«

»Nein, niemals, weil es da nichts zu bereden gab.«

»Gut, gut. Dann vertraue ich euch, dass es so bleibt. Es würde mir das Herz brechen, wenn die Sache jetzt in einem anderen Licht dargestellt werden würde. Papa ist nicht mehr da, um sich zu rechtfertigen.«

»Das wird nicht geschehen, Jutta«, versprach Albert. »Dank Mikkel ist diese Gemeinde seit Jahrzehnten die sicherste in ganz Deutschland. Niemand wird sein Ansehen in den Dreck ziehen, auch keine Emma Falk.«

Jutta sah ihn erstaunt an. »Emma? Warum ausgerechnet sie?«

»Weil sie die Einzige ist, die zu dem Feuer Fragen gestellt hat. Sie schnüffelt gern in Angelegenheiten, die sie nichts angehen.«

Nun nahm Jutta Alberts Hand und streichelte sie.

»Mein lieber Albert, mach dir keine Sorgen wegen Emma. Sie ist ehrgeizig, das stimmt, aber ich habe volles Vertrauen in sie. Wenn sie etwas herausfindet, dann wird sie damit zu Mads kommen oder zu mir.«

»Da wäre ich mir nicht so sicher.«

»Mach dir keine Gedanken, Mama. Wir haben alles im Griff.«

Jutta seufzte leise. »Du hast recht. Vermutlich mache ich

mir unnötig Sorgen. Versprecht mir nur eins, dass ihr zwei zusammenhaltet, egal wie groß der Gegenwind auch sein mag. Und wenn es hart auf hart kommt, nehmt keine Schuld auf euch. Es war allein Mikkels Entscheidung, er war der Polizeichef. Niemals hat er auch nur Andeutungen darüber gemacht, dass einer von euch für das Feuer verantwortlich war, und nichts anderes möchte ich von euch hören. Ich möchte nicht, dass ihr beiden deswegen Schaden nehmt, ihr wart doch noch Kinder, vergesst das nicht.« Sie hielt inne und sah ihnen lange in die Augen. »Versprecht es mir. Ihr beide habt so viel Gutes für diese Gemeinde geleistet wie mein geliebter Mann. Ihr drei hattet immer nur das Wohl der Gemeinde im Sinn.«

Albert lächelte. »Das werden wir. Du kennst uns, wir zwei haben gemeinsam schon eine Menge durchgestanden. Der Dicke wird mich nicht mehr los, und wie wir jedem Sturm trotzen, das hat mir Mikkel beigebracht.«

»Was heißt hier dick?« Gustav zog den Bauch ein.

»Ein paar Kilo mehr hast du schon auf den Rippen, mein Sohn, aber es steht dir«, erwiderte Jutta schmunzelnd.

»Das sind Fakten, alter Freund, selbst Jutta sagt das«, lachte Albert.

Gustavs Handy, das auf dem Tisch lag, klingelte. Er nahm das Gespräch an.

»Moin, Mads, was gibt es?«

»Ich habe eben mit Kempcke gesprochen.«

»Da warst du aber lange bei ihm.«

»Wir waren spazieren.«

Gustav runzelte die Stirn. »Spazieren? Du scherzt.«

»Nein, ich habe ihn vor der Haustür getroffen, und ich hatte den Eindruck, dass er sich all den angestauten Frust von der Seele reden wollte.«

»Was sagt er denn?«

Mads gab den Inhalt des Gespräches wieder.

»Das ist interessant. Glaubst du ihm?«, fragte Gustav.

»Ich bin geneigt, es zu tun. Zum ersten Mal war er nicht drauf, und ich glaube wirklich, dass er reinen Tisch machen wollte.«

»Also hältst du ihn nicht für einen Mörder?« Gustav warf Albert einen Blick zu, sein alter Freund lauschte seinen Antworten an Mads aufmerksam.

»Mein Gefühl sagt mir, Nein. Aber ich muss dringend mit Gabriele Block sprechen, sie muss einiges erklären, deswegen rufe ich an. Weißt du, wo sie wohnt? Ich hatte ganz vergessen, dich das zu fragen.«

»Sie wohnt in Niendorf, keine fünf Minuten von Mama entfernt. Ich kümmere mich um Gabriele.«

»Du?«

»Ja, ich. Ich unterhalte mich kurz mit ihr und du gehst in den wohlverdienten Feierabend zu deiner Freundin. Wir treffen uns morgen auf der Dienststelle«, gab Gustav zurück.

»Ich kann das machen, kein Thema«, widersprach Mads.

»Nein, ich übernehme das. Oma nickt auch.« Gustav zwinkerte Jutta zu und stellte das Gespräch auf Lautsprecher.

Jutta beugte sich zum Mikrofon vor und sagte: »Liebster Enkel, genieß den Abend mit Victoria. Gustav macht das schon. Ein kleiner Spaziergang nach zwei Tellern Kartoffelsuppe und drei Stück Apfelkuchen wird ihm nicht schaden.«

»Du hast recht, Oma, mein Onkel ist wirklich verfressen. Vermutlich hätte er noch mehr gegessen, wenn du mehr gekocht hättest«, sagte Mads und lachte leise.

»Sei nicht so frech«, mahnte Jutta, doch der warmherzige Ton in ihrer Stimme war nicht zu überhören. Mads hatte bei Jutta schon immer einen Stein im Brett. »Liebe Grüße an Victoria«, fügte sie hinzu, »und hör auf deinen Onkel.«

»Mach ich ausnahmsweise, Oma. Gustav, wir sehen uns dann morgen im Büro.«

»Sei pünktlich.«

»Ein Johannsen ist immer pünktlich«, gab Mads wie gewohnt zurück und Gustav beendete das Gespräch.

»Ist es okay, wenn ich dich begleite? Ein kurzer Gang würde mir nach diesem vorzüglichen Essen auch guttun«, sagte Albert.

»Das ist dienstlich.« Gustav warf ihm einen missbilligenden Blick zu, denn er ahnte, was Albert mit der Frage bezweckte, und richtig, Jutta sprang ihm sofort bei.

»Nimm Albert mit. Er ist der Bürgermeister, und ich kenne Gabriele, die kann schon mal zickig sein. Möglich, dass sie sich in Alberts Gegenwart zurückhält. Das Auftreten des Bürgermeisters kann manche Zunge lockern.«

Gustav verdrehte die Augen, genau das hatte er befürchtet.

»Jutta hat recht. Das Auftreten des Bürgermeisters hat schon manchen zum Reden gebracht oder möchtest du deiner Mutter widersprechen?«

Gustav grummelte etwas vor sich hin und schob seinen Stuhl zurück. »Wir sind gleich wieder da.« Er wusste, dass eine Diskussion gerade sinnlos war.

»Was hat Mads erzählt?«, fragte Albert, als sie draußen waren.

Gustav klärte ihn kurz auf. »Du weißt, dass ich das nur mache, weil ich mich nicht mit Mama streiten möchte und sie nur wieder das Argument gebracht hätte, dass Papa dich auch immer mitgenommen hat.«

»Wer's glaubt«, entgegnete Albert und strahlte übers ganze Gesicht.

»Wie meinst du das?«

»Na, du hast zugestimmt, weil du meine Gesellschaft schätzt, nur verbietet dir dein nordischer Stolz, das zuzugeben. Seien wir doch ehrlich, du bist immer dann der beste Ermittler, wenn ich an deiner Seite bin.«

Gustav lachte. »Woher weißt du, wie gut ich bin, wenn ich allein ermittle?«

»Ich sehe es an deinem Blick. Dieses Leuchten in den Augen hast du nur, wenn ich dabei bin.«

Gustav erwiderte nichts darauf. Obwohl Albert gar nicht so unrecht hatte, wollte er das nicht eingestehen. Als Polizeichef musste er nun mal dafür Sorge tragen, dass der Bürgermeister sich nicht zu sehr in die Ermittlungen einmischte, damit nicht der Eindruck von Vetternwirtschaft an der Ostsee entstand.

»Dein Schweigen werte ich als Zustimmung«, stellte Albert zufrieden fest.

»Wenn es dich glücklich macht«, erwiderte Gustav. »Was Mads erzählt hat, macht mir übrigens Sorgen.«

»Warum?«

»Was, wenn Gabriele Bodo ermordet hat?«

»Kann ich mir nicht vorstellen.«

»Eifersucht ist ein starkes Motiv«, wandte Gustav ein. »Gabriele war sehr lange in Bodo verliebt, doch er wollte keine Beziehung mit ihr. Sie hat gelernt, damit zu leben, also blieben sie Freunde. Nachdem sie Bodo ihre Liebe gestanden hatte, hatte sie nie eine Beziehung, und sie war für ihn da, als die Mutter gestorben war. Möglich, dass sie sich heimlich doch noch Hoffnungen gemacht hat. Dann taucht plötzlich Katrin Minkley wieder auf, die sie abgrundtief hasst. Das ist zu viel für Gabriel, sie will nicht akzeptieren, dass Minkley Bodos Herz gewinnen könnte. Liebe kann Menschen zu sehr dummen Dingen verleiten.«

»Hört sich plausibel an, aber Gabriele ist ein geschätztes Mitglied meiner Gemeinde. Wir dürfen nicht gleich den Teufel an die Wand malen. Ebenso gut könnte dieser Junkie Mads belogen haben.«

»Deswegen möchte ich mich ja mit Gabriele unterhalten. Vielleicht hat Mads die falschen Fragen gestellt.«

»Du glaubst, er ist voreingenommen?«

Gustav machte eine abwehrende Handbewegung.

»Quatsch. Mads ist Profi. Aber ich weiß, wo ich bei Gabriele ansetzen muss und kann besser einschätzen, ob sie uns die Wahrheit sagt.«

»Und du wirfst mir vor, ich wäre eingebildet«, bemerkte Albert spöttisch.

»Bist du auch. Ich bin nur objektiv.«

Inzwischen hatten sie das alte Einfamilienhaus, in dem Gabriele lebte, erreicht. Es war das letzte in der Straße und lag somit etwas abgelegen. Sie hatte es von den Eltern geerbt, wie es bei vielen Menschen in dieser Gegend der Fall war.

Gustav und Albert traten an die Haustür.

»Angelehnt«, stellte Albert fest.

Gustav sah es auch, es wunderte ihn. Da hörte er Geräusche.

»Irgendwas stimmt hier nicht.« Gustav ärgerte sich, dass er seine Waffe nicht dabei hatte.

»Vielleicht hat sie es nur vergessen.«

»Hörst du nicht, was da drinnen los ist? Ich gehe allein rein. Du bleibst hier.«

»So ein Unsinn«, entgegnete Albert und betrat das Haus, Gustav folgte ihm.

»Du dreckige Fotze, was glaubst du, wer du bist? Ich habe dein Spiel durchschaut«, hörte er Katrin Minkleys Stimme, sie kam aus dem Wohnzimmer.

»Nehmen Sie die Waffe runter«, forderte Gustav.

Katrin Minkley stand vor Gabriele und richtete den Lauf einer Pistole auf sie.

»Verpissen Sie sich«, brüllte Katrin.

»Frau Minkley, machen Sie keine Dummheiten«, mischte sich Albert ein und entfernte sich einen Schritt von Gustav, was diesem gar nicht schmeckte, weil er nicht wusste, was Albert vorhatte.

»Sie soll gestehen, dass sie Bodo ermordet hat. Ich gehe für diese Postschlampe jedenfalls nicht in den Knast«, rief Katrin, ihre Stimme klang schrill, ihr Atem roch nach Alkohol.

»Frau Minkley, lassen Sie bitte die Waffe fallen«, versuchte Gustav beruhigend auf sie einzureden.

Woher sie die Pistole hatte und warum sie Gabriele bedrohte, konnte sich Gustav gerade nicht erklären. War der Druck zu groß geworden und die Nerven gingen mit ihr durch, weil sie doch die Mörderin war?

Gustav war nur eines klar, er musste das Ganze hier ohne Blutvergießen beenden, dafür war es wichtig, dass niemand den Helden spielte oder panisch reagierte.

»Erst, wenn sie gesteht, was für eine falsche Schlange sie ist«, brüllte Katrin.

Gabriele stand völlig neben sich, sie zitterte am ganzen Körper und brachte kein Wort heraus. Dass sie unter Schock stand, war kaum zu übersehen.

Gustav machte einen halben Schritt auf Katrin zu, dabei hob er beruhigend die Handflächen.

»Lassen Sie bitte die Waffe fallen, keiner verdächtigt Sie. Lassen Sie uns wie Erwachsene miteinander reden.«

»Wen wollen Sie hier eigentlich verarschen?«, zischte Katrin. »Ihr neugieriger Neffe hat mit meinem Ex gesprochen, ich weiß alles. Selbst Amir glaubt, dass ich es getan habe. Alle glauben es, weil diese Fotze gegen mich hetzt. Dabei weiß jeder, dass sie auf Bodo stand, dass sie ihn für sich wollte, aber er wollte diese langweilige Postschlampe nicht.«

Katrins Augen blitzten, Gustav traute ihr in diesem Zustand alles zu.

»Sie wollen doch nicht für eine Dummheit Ihr ganzes Leben ruinieren?«, mischte sich Albert ein und bewegte sich ebenfalls ein Stück auf Katrin zu.

»Keinen Schritt weiter, sonst schieße ich«, drohte diese. »Sie soll endlich gestehen, dass sie Bodo ermordet hat. Sie hat eh schon mein ganzes Leben zerstört.«

»Ich, ich«, stammelte Gabriele zum ersten Mal, »ich bin unschuldig.«

»Lügnerin«, kreischte Katrin. »Du hast ihn ermordet. Gib es doch zu.«

Gabriele schaute zu Gustav, sie war mit der Situation komplett überfordert.

In diesem Moment wurde Gustav klar, dass er ein Risiko eingehen musste, ansonsten drohte ihm die Situation zu entgleiten.

Mit zwei Schritten stellte er sich zwischen Katrin und Gabriele.

»Sie müssen zuerst mich erschießen. Ich lasse nicht zu, dass hier heute irgendjemand stirbt«, sagte er bestimmt und hoffte, dass Katrin erkannte, wie aussichtslos ihre Situation war.

»Gehen Sie zur Seite. Ich schieße, ich schwöre. Ich will doch nur mein Leben zurück«, erwiderte Katrin, ihre Hand zitterte.

Plötzlich machte Albert einen Schritt und stand nun vor Gustav.

»Jetzt müssen Sie zuerst den Bürgermeister erschießen. Wollen Sie wirklich Blut an Ihren Händen haben?«

Für diese unvernünftige Aktion hätte Gustav ihm am liebsten eine gelangt, auch wenn er es natürlich zu schätzen wusste, dass Albert sein Leben für das seine riskierte, aber jetzt war nicht der Zeitpunkt für Heldentaten. Katrin war unberechenbar.

Sie starrte Albert an, die Waffe auf ihn gerichtet. Albert trat einen Schritt auf sie zu.

»Sie sind keine Mörderin«, sagte er und machte noch einen Schritt. »Sie haben Bodo nicht getötet.«

»Nein, ich bin keine Mörderin«, wiederholte sie, diesmal nicht mehr aggressiv, sondern verzweifelt. »Bleiben Sie stehen, sonst kann ich für nichts garantieren.«

»Ich bin Bürgermeister dieser Gemeinde, weil ich für jeden Bürger da bin, auch für Sie. Ich glaube Ihnen, dass Sie Bodo nicht ermordet haben«, erwiderte Albert ruhig.

»Sie glauben mir?« Katrins Augenlid zuckte.

Fast hatte Gustav den Eindruck, dass Albert mit seiner Taktik zu ihr durchdringen konnte, dennoch hatte er große Sorge um seinen besten Freund.

»Ja, das tue ich. Wir alle tragen manchmal eine Riesenwut in uns. Sie glauben gar nicht, wie gern ich in manchen Momenten alles kurz und klein schlagen möchte, weil mir andere Menschen etwas unterstellen.«

Katrin sah Albert schweigend an.

»Als Politiker weiß ich, wie Sie sich fühlen. Ich weiß, wie es ist, wenn alle Welt einen für einen Lügner hält«, fuhr Albert fort.

»Ich habe Bodo wirklich nicht getötet«, erwiderte Katrin, ihre Stimme klang matt.

»Ich glaube Ihnen. Geben Sie mir bitte die Waffe.«

Albert stand nun direkt vor ihr.

Katrin schaute ihn nur an, ihre Augen wurden feucht, dann erschlaffte ihr Körper, als würde ein riesiger Druck von ihr abfallen.

»Heute muss hier niemand sterben«, sagte Albert und nahm ihr behutsam die Waffe ab.

Auch Gustav spürte, wie eine Riesenlast von seinen Schultern fiel. Am liebsten hätte er Albert umarmt, so erleichtert war er, dass sein Freund es geschafft hatte, eine Schießerei zu verhindern.

Katrin brach zusammen und weinte hemmungslos.

41

28. Juli, Niendorf

Glücklich machten einen die kleinen Dinge im Leben, diese Weisheit hatten ihm seine Großeltern und seine Eltern mit auf den Weg gegeben.

Die Liebe zur Familie und die Liebe, die sie ihm schenkte, das machte Mads glücklich. Und dass er gesund war und am schönsten Ort der Welt leben und arbeiten durfte.

Das Surfen machte ihn glücklich. Dass er tolle Freunde um sich hatte – und dass er endlich die große Liebe gefunden hatte.

Victorias Anwesenheit machte ihn glücklich.

Mads war schon immer der Meinung gewesen, dass viele Menschen den falschen Idealen nacheiferten, dass sie glaubten, ein fettes Auto, teure Kleidung oder ein dickes Bankkonto würden sie glücklich machen, weil die Konsumgesellschaft es ihnen jeden Tag einredete. Deshalb war er froh, dass er und seine Familie nie diesem Konsumdruck erlegen waren, und er hatte das Gefühl, dass auch Victoria so ein Mensch war, was ihm sehr gefiel.

Natürlich war Geld wichtig, ohne Geld konnte man kein auskömmliches Leben führen, aber man musste kein Millionär sein, um glücklich zu sein. Wichtig war ein intaktes soziales Umfeld und das hatte Mads. Er würde sein Leben gegen kein anderes eintauschen wollen.

Diese beglückenden Gedanken begleiteten ihn, als er von seiner Joggingrunde zurückkehrte und Richtung Hafen lief. Lena musste er heute nicht mit zur Dienststelle nehmen, da Christian sie fahren würde.

Kurz darauf erreichte er den Imbiss von Oli und Ali.

»Heute ohne Surfbrett?«, fragte Oli.

»Diesmal nur Joggen«, antwortete Mads.

»Möchtest du ein Krabbenbrötchen?«

»Dazu würde ich nicht Nein sagen, aber eigentlich bin ich wegen etwas anderem hier.«

»Moin, Mads«, grüßte nun auch Ali, der hinter dem Bedienfenster erschien. »Ich sehe schon, du hast gut trainiert.«

»Das ist doch kein Schweiß, er hat sich bestimmt nur schnell in der Ostsee abgekühlt, damit alle denken, er wäre gejoggt«, erlaubte sich Oli einen Scherz.

»Dieser Körper kommt nicht von ungefähr, schließ nicht von dir auf andere«, entgegnete Ali, er war etwas rundlicher und das, schon seit Mads denken konnte.

»In seinem Alter sah ich genauso aus.«

»Das sagt mein Onkel auch immer«, erwiderte Mads lachend. Er kannte Olis Humor.

»Da irrst du dich. Dein Onkel war ein richtiger Sonnyboy, der stand dir in nichts nach, er war sportbesessen wie du und die Mädels standen bei ihm Schlange.«

»Reden wir von demselben Onkel?« Mads hatte da so seine Zweifel.

»Aber sicher. Gustav hätte sie alle haben können, trotzdem hatte er nur Augen für Alva, seine Jugendliebe.«

»Er hat Tante Alva geheiratet, leider habe ich sie nicht kennengelernt.«

»Ja, du warst noch nicht auf der Welt, als sie gestorben ist. Ihr Tod hat Gustav schwer getroffen. Alva war sein Ein und Alles. Danach hat er nicht mehr geheiratet.«

Diese Seite kannte Mads von seinem Onkel bisher nicht. Allerdings hatte er das Thema Alva auch nie angesprochen, er wusste nur, dass sie vor seiner Geburt gestorben war, die Hintergründe waren ihm nicht bekannt. Die Familie hatte nie ein Wort darüber verloren, und wenn er zurückdachte, hatte er auch nie danach gefragt. Vermutlich, weil sie vor seiner Geburt gestorben war.

»Schade, ich hätte sie gern kennengelernt. Wenn sie das Temperament meines Onkels bändigen konnte, muss sie ein besonderer Mensch gewesen sein.«

»Das war sie. Aber du tust deinem Onkel Unrecht. Er muss täglich so viel Druck ertragen, und ich kenne niemanden, der dennoch zuverlässiger ist als er.« Oli legte den Kopf leicht schräg und sah Mads an. »Du bist doch sicher nicht hier, um über olle Kamellen zu reden.«

»Nein, du hast recht. Es geht um unser Gespräch über Bodo«, begann Mads.

»Was möchtest du wissen?«

»Du hattest doch erzählt, dass ein gewisser Marius sich fürchterlich über Bodo aufgeregt hat.«

»Stimmt.«

Ali reichte Mads sein Krabbenbrötchen und eine Flasche stilles Wasser. »Oder doch lieber was anderes?«, fragte er.

»Nein, Wasser ist gut. Danke.«

Mads biss von seinem Brötchen ab und genoss einen Moment den würzig-salzigen Geschmack. Anschließend fragte er: »Wie gut kennt ihr diesen Marius?«

»Nicht besonders gut. Er kommt hin und wieder zu unserem Imbiss und bestellt jedes Mal Currywurst mit Pommes.«

»Kein Fischbrötchen?«

»Nur deswegen ist er mir aufgefallen. Er mag keinen Fisch oder andere Meeresfrüchte. Tja, es soll auch an der Lübecker Bucht Leute geben, die keinen Fisch mögen.« Oli schmunzelte.

»Nichts gegen eure Currywurst, aber Currywurst isst man nur in Walters Imbiss in Köln, alles andere ist keine Currywurst«, warf Mads ein. »Was wisst ihr noch über Marius? Wohnt er in der Gegend?«

»Wir haben immer nur recht kurze, oberflächliche Gespräche …«

»Oli kann halt keine tiefschürfenden Gespräche führen«, ging Ali grinsend dazwischen.

»Was weißt du schon über tiefgründige Gespräche? Du kannst nicht mal einen Dorsch von einem Barsch unterscheiden.«

»Natürlich kann ich das.«

»Jungs, könnt ihr euch anzicken, wenn ich gegangen bin? Das mit Marius ist wichtig«, bat Mads.

»Warum?«

»Ich muss mit ihm sprechen. Er war bei Bodo am Haus und hat sich mit ihm angelegt.«

Oli legte die Stirn in Falten. »Er müsste in der Nähe wohnen, kommt jedes Mal mit dem Fahrrad. Eigentlich ein ruhiger Typ, etwas kleiner als du. Kurze braune Haare, dein Alter, schlank und der linke Arm tätowiert. Immer freundlich, nur die letzten Wochen hatte er eine unglaubliche Wut auf Bodo, wegen der Post.«

»Das hat mich auch gewundert«, ergänzte Ali. »Wie Oli schon sagt, normalerweise ist er ein zurückhaltender, netter Zeitgenosse.«

»Wann habt ihr ihn das letzte Mal gesehen?«

»Das war jetzt am Dienstag.«

»Wie war er da drauf?«

»Mir ist nichts aufgefallen. Er hat seine Currywurst mit Pommes bestellt und ist dann gegangen«, antwortete Oli.

»Kein Wort über Bodo?«

»Nein.«

»Warte«, sagte Ali. »Eigentlich bleibt er immer hier und isst an den Stehtischen.«

»Stimmt. Diesmal war er sehr kurz angebunden und hat sein Essen mitgenommen. Das muss aber nichts heißen.«

»Natürlich nicht, trotzdem ist es interessant. Kennt ihr seinen Nachnamen?« Mads wischte sich mit der Serviette die Finger ab.

»Leider nicht. Wir drängen keinen unserer Gäste, uns ihre Lebensgeschichte zu erzählen, und wie gesagt, er hat sich nur über Bodo und die Post aufgeregt, ansonsten ist er ein friedlicher, unscheinbarer Bursche. Verdächtigst du ihn?«

»Tue ich nicht, trotzdem würde ich mich gern mit ihm unterhalten. Schade, dass ihr seinen Nachnamen nicht habt.«

»Soll ich mich für dich umhören?«

»Kannst du das unauffällig machen, ohne dass er es spitzkriegt?«

»Oli?«, ging Ali dazwischen und grinste. »Der ist doch wie der Elefant im Porzellanladen.«

»Ich kann sehr verschwiegen sein, hör nicht auf den Holzkopf. Du kannst dich auf mich verlassen.«

»Danke dir. Was schulde ich euch?«

»Geht aufs Haus.«

»Jungs, ihr müsst mich nicht einladen. Was schulde ich euch?«

»Sieh zu, dass du zur Dienststelle kommst, nicht dass Gustav noch meckert, weil du zu spät bist«, erwiderte Oli augenzwinkernd. »Dafür lädst du nächstes Mal Jörn ein.«

»Geht klar.«

Eine knappe Stunde später befand sich Mads auf dem Weg zur Dienststelle. Sein Onkel hatte für 9 Uhr eine Besprechung einberufen.

Wie das Gespräch mit Gabriele Block am vergangenen Abend gelaufen war, wusste Mads nicht, er hatte nicht mehr mit seinem Onkel gesprochen. Stattdessen hatte er den Abend mit Victoria genossen und keinen Gedanken an Gustav oder ihren aktuellen Fall verschwendet. Wenn Victoria in seiner Nähe war, konnte er herrlich entspannen, was ihm gerade bei laufenden Ermittlungen nicht immer gelang.

Als er das Büro betrat, saß Lena bereits an ihrem Schreibtisch.

»Wusstest du, dass Gustav Katrin festgenommen hat?«, fragte sie nach der Begrüßung.

»Was? Wieso?« Mads konnte seine Überraschung kaum verbergen.

»Habe ich eben von Petra erfahren, sie war kurz hier. Gustav und Albert waren gestern Abend noch bei Gabriele, dort haben sie Katrin gestellt, die Gabriele gerade mit einer Pistole bedrohte.«

»Katrin hatte eine Waffe?« Mads verstand gar nichts mehr, doch Lena klärte ihn kurz auf.

»Hat sie den Mord an Bodo gestanden?«, fragte er, nachdem sie geendet hatte.

»Nein, hat sie nicht, glaube ich jedenfalls. Auf das Gespräch mit Gustav bin ich echt gespannt.«

»Nicht nur du. Komm, sonst verspäten wir uns.«

Als sie den Konferenzraum betraten, saß Gustav bereits an seinem Platz, ebenso ein paar andere Kollegen.

Sie begrüßten sich, dann bat Gustav seinen Neffen wie gewohnt, die Leitung zu Tim aufzubauen.

»Mach ich«, antwortete Mads, fragte sich jedoch gleichzeitig, warum keiner der Kollegen das übernommen hatte.

Die Leitung stand schnell und das Bild von Ole und Tim erschien auf der Leinwand.

»Moin an die Ostsee«, sagte Ole, Tim hob die Hand zum Gruß.

»Moin. Es gibt einiges zu besprechen«, begann Gustav, während Lena ihm einen Kaffee einschenkte.

»Sehr lieb von dir, danke.« Er nickte Lena zu. »Gestern Abend hatten Albert und ich ein Gespräch mit Gabriele Block. Als wir ihr Haus erreichten, stand die Haustür offen, was mich sofort beunruhigt hat. Drinnen sahen wir dann, wie Katrin Minkley sie mit einer Waffe bedrohte.« Gustav schilderte den Vorfall und schloss mit den Worten: »Dank Alberts Entschlossenheit konnten wir Minkley die Waffe abnehmen und das

Ganze ohne Blutvergießen beenden. Ich habe Minkley festgenommen, ein Haftbefehl wird demnächst vom zuständigen Richter ausgestellt.«

»Glaubst du, dass sie Bodo ermordet hat?«, fragte Ole.

»Ich weiß es nicht. Zumindest hat sie gestern Abend die Nerven verloren und Menschen mit einer Pistole bedroht. Woher sie die Waffe hat, ist bislang unklar.«

»Hat sie euch nichts erzählt, nachdem ihr sie festgenommen habt?«

»Nein, sie hat geschwiegen, was ihr gutes Recht ist. Ich war eben kurz bei ihr. Sie möchte ihren Anwalt sprechen, bevor sie ein weiteres Wort sagt, was ebenfalls absolut legitim ist. Dennoch werde ich nach der Besprechung noch einmal das Gespräch mit ihr suchen. Hoffentlich ohne Anwalt, dessen Anwesenheit würde das Ganze nur unnötig verkomplizieren.«

»Warum sollte sie Gabriele Block bedrohen, wenn sie nicht die Täterin ist?«, warf Nils Schüler ein.

»Ich sehe das wie Nils«, pflichtete Carsten Meinke seinem Kollegen bei.

»So bitter das für Minkley klingen mag, es wäre uns allen zu wünschen, denn dann hätten wir den Fall aufgeklärt. Aber solange sie kein Geständnis abgelegt hat, gilt die Unschuldsvermutung.«

»Vielleicht konnte sie dem Druck nicht mehr standhalten und wollte es in die eigene Hand nehmen, weil sie glaubt, dass Gabriele Bodo ermordet hat«, äußerte Lena eine Vermutung.

»Das wäre eine weitere Möglichkeit. Gabriele Block hat uns gegenüber berichtet, dass Minkley sie mit der Waffe bedroht hätte, um ein Geständnis von ihr zu erpressen.«

»Na ja, vielleicht wollte sie Block mit der Waffe auch nur unter Druck setzen, damit sie nichts Nachteiliges über sie erzählt«, wandte Nils ein. »Welcher normale Mensch bedroht einen anderen schon mit der Waffe? Kann ich mir irgendwie nicht vorstellen.«

»Vieles spricht für Minkley, dennoch müssen wir die nächsten Gespräche abwarten. Wir werden uns auch noch mal mit Gabriele Block unterhalten.«

»Sind die beiden jetzt unsere Hauptverdächtigen?«, fragte Carsten.

»Derzeit Ja. Trotzdem ermitteln wir weiter ergebnisoffen, auch wenn der gestrige Vorfall die Prioritäten verschoben hat.«

Mads dachte wie Nils und Carsten. Warum sollte Katrin ihre Nebenbuhlerin mit einer Waffe bedrohen, wenn nicht aus Angst, dass Gabriele zu viel wusste? Die panische Angst wiederum gepaart mit ihrer emotionalen, nicht wirklich gefestigten Persönlichkeit war eine gefährliche Mischung.

»Ich wäre bei der Besprechung gern dabei«, sagte Mads daher, denn er glaubte, dass er ein Geständnis aus Katrin herausbekommen würde.

»Ich möchte Lena dabeihaben. Als Frau wird sie vermutlich eher zu Minkley durchdringen.«

»Okay, der Plan könnte aufgehen«, erwiderte Mads. Er wollte seiner Schwester nicht dazwischen grätschen. Den Wunsch zu äußern, dass er und Lena das Gespräch führten, verkniff er sich ebenfalls. Gustav würde es sich nicht nehmen lassen, das Verhör selbst zu führen.

»Von meiner Seite war es das. Mads, Lena habt ihr noch was hinzuzufügen, bevor ich das Wort an Ole übergebe?«, fragte Gustav und sah sie beide an.

»Vermutlich ist es unbedeutend, aber Manuel Kempcke hat in einem Gespräch mit mir den Namen Marius erwähnt. Er soll Bodo wegen fehlender Post aufgesucht haben. Auch Oli und Ali haben erzählt, dass ein Marius sich über Bodo aufgeregt hat. Ich hatte vorhin ein Gespräch mit den beiden. Leider wissen sie nicht, wie Marius mit Nachnamen heißt oder wo er wohnt, nur dass er regelmäßig mit dem Fahrrad zum Imbiss kommt. Vielleicht kann Tim helfen, seine Identität festzustellen, oder du über den Leiter der Postfiliale, falls dieser Marius dort eine schriftliche Beschwerde aufgegeben hat«, antwortete Mads.

»Ich unterhalte mich mit Detlef, allerdings nach dem Verhör von Minkley, das hat für mich gerade die höchste Prio. Tim, kannst du auch behilflich sein?«, fragte Gustav.

Tim verzog nachdenklich das Gesicht. »Das sind in der Tat wenige Informationen, aber wenn er im Umkreis wohnt, kann ich in der Datenbank eine Suche programmieren. Hast du weitere Angaben zu ihm?«

»Nur, wie er aussieht«, antwortete Mads und beschrieb die Person.

»Ich kümmere mich darum, könnte aber dauern«, gab Tim zurück.

»Danke dir. Vermutlich ist das auch unwichtig, gerade nach dem Vorfall mit Minkley«, sagte Mads. Dennoch war es richtig, diese Spur nicht im Sande verlaufen zu lassen.

»Ole, was hast du für uns?«, wandte sich Gustav an den Leiter der KTU. Mads sah ihm an, dass er die Besprechung zu Ende bringen wollte, vermutlich weil er sich schnellstmöglich Katrin vorknöpfen und ein Geständnis von ihr bekommen wollte, bevor der Anwalt dazwischenfunkte.

»Obduktion und Blutwerte aus dem Labor liegen vor. Die Werte zur Abstimmung mit unserer und den anderen Polizeidatenbanken zwecks DNA-Abgleich hat Tim, die habe ich vor einer Stunde an ihn weitergeleitet. Er kümmert sich darum.«

»Sehr gut. Was hat die Obduktion ergeben?«

»Leider nichts, was euch nützlich sein könnte. Es gibt keinerlei verwertbare Hinweise auf den Täter, er muss das Opfer überrascht haben. Die Tatwaffe war ein herkömmliches Taschenmesser mit einer Länge von maximal zwölf Zentimetern, die Wunde entstand nach einem präzisen Stich in den Hals. Leider kann allein aufgrund der Stichverletzung nicht bestimmt werden, um welches Messermodell es sich handelt, was allerdings auch unerheblich ist. Aus dem Modell auf den Täter zu schließen, halte ich für unmöglich. Den vollständigen Bericht kriegt ihr nach der Besprechung.«

Gustav presste die Lippen zusammen. Mads sah ihm an, dass er mit der Antwort nicht zufrieden war.

»War's das?«, fragte er.

»Von meiner Seite aus Ja. Vielleicht findet Tim eine Übereinstimmung der DNA, die aus dem Blut gewonnen wurde, das ihr im Wald gefunden habt. Die Blutspuren waren laut Labor ungefähr einen Tag alt, mit der bekannten Abweichung. Sie könnten somit vom Täter stammen.«

»Danke. Tim, du hast das Wort.«

»Unsere Datenbank hat leider nichts ausgespuckt, auch nicht die von INPOL, allerdings warte ich noch auf Antworten aus anderen Polizeidatenbanken. Eine automatische Abfrage habe ich angeschoben, ebenso eine manuelle.«

Gustav grummelte etwas vor sich hin.

Mads konnte den Unmut seines Onkels nachvollziehen, gab es doch in Deutschland keine einheitliche Datenbank bei der Polizei. Sie hatten POLAS, ComVor, @rtus, POLIKS und viele andere, denn jedes Bundesland hatte seine eigene, da Polizeiarbeit Ländersache war. Darüber hinaus gab es noch eine Datenbank für die Bundespolizei und den Zoll, aber das BKA nutzte wieder eine andere. Eine Ausnahme bildete INPOL, in die Länderpolizeien sowie BKA, Bundespolizei und der Zoll Daten einspeisten, jedoch nicht alle. Das Konstrukt war historisch gewachsen und erschwerte ihre Arbeit manchmal unnötig. Zum Glück hatte Tim eine Software geschrieben, um die Abfragen zusammenzuführen, und kurze Drähte zu den anderen Verantwortlichen, sodass er an die gewünschten Informationen gelangte, nur nicht auf Knopfdruck.

Zwar gab es Bestrebungen, alle Datenbanken zu harmonisieren, jedoch stand die Politik dem immer wieder im Weg, weil einige Länderchefs Angst um ihren Einfluss hatten. Ein

Grund mehr, warum Mads mit Politikern und ihren Entscheidungen recht wenig anfangen konnte.

»Gut. Was ist mit den Rechnern?«, wollte Gustav wissen.

»Die Auswertung hat bestätigt, was Justin und Manuel Kempcke behauptet haben. Es gibt aber keinen Hinweis darauf, dass Kempcke Bodos Anschrift noch jemand anderem verraten hat. Ebenso gibt es keine Hinweise, dass jemand anderer Bodo allein aufgesucht oder ihm angedroht hat, ihn zu ermorden.«

»Was ist mit dem Mob? Die kannten doch seine Anschrift«, wollte Gustav wissen.

»Das stimmt, aber nach der Auswertung der Darknetforen und der Nachrichten, die vor allem Justin mit der Gruppe ausgetauscht hat, können wir davon ausgehen, dass keiner von ihnen Bodo erneut aufgesucht oder seine Adresse weitergegeben hat.«

»Wie kommst du darauf? Nur, weil es im Darknet nicht steht, heißt es nicht, dass einer dieser Assis nicht trotzdem zu Bodo gerannt ist«, gab Nils zu bedenken.

»Das sind Kinder, die prahlen mit solchen Taten im normalen Netz, nicht im Darknet. Wenn jemand aus der Gruppe Bodo erneut heimgesucht hätte, hätte die Person es im Darknet oder in den privaten Chats erzählt und dort damit angegeben. Die Gamercommunity hat sich aber zurückgezogen, weil Bodo ihnen versichert hat, dass es ihm leidtat. Außerdem haben sich die Jungs über Bodos Alter lustig gemacht, es würde sich komisch anfühlen, wenn man den Opa, so haben sie Bodo genannt, verprügeln würde. Für die Gamer war das Thema damit durch.«

Mads nickte zustimmend. »Ehrlich gesagt, kann ich mir inzwischen schwer vorstellen, dass einer von den Kids Bodo ermordet hat. Ich kann Tims Argumentation sehr gut folgen.«

Seiner Einschätzung nach kam eigentlich nur noch Katrin als Täterin infrage. Wenn man sie zu einer Speichelprobe bekäme, könnte man schnell herausfinden, ob er ihr Blut im Waldstück hinter Bodos Haus entdeckt hatte.

»Ich sehe das inzwischen wie mein Bruder«, meldete Lena.

»Gut. Wir behalten Kempcke trotzdem im Auge, nur Justin nehmen wir aus den Ermittlungen raus. Beide können ihre Rechner zurückerhalten«, beschloss Gustav. »Wenn keiner noch etwas beizutragen hat, beende ich die Besprechung. Lena, du kommst mit mir. Tim, dich möchte ich bitten, mich sofort zu informieren, sollte eine der Polizeidatenbanken etwas ausspucken.«

Gustavs Blick verriet Mads, dass er nicht damit rechnete.

»Mach ich«, antwortete Tim und sah wie gewohnt kurz auf den Bildschirm seines Laptops. Doch statt gleich wieder Richtung Kamera zu schauen, verharrte sein Blick auf dem Laptop.

»Was ist?«, fragte Mads.

Tim sah auf. »Wir haben einen Treffer.«

42

»Einen Treffer?« Gustav hob die Augenbrauen.

»Die Software hat gerade was ausgespuckt. Die DNA ist deckungsgleich mit einer DNA aus Hessen, wartet …« Tim tippte etwas in seinen Laptop. »Dienststelle Frankfurt.«

»Katrin Minkley kommt aus Frankfurt«, schoss es aus Lena heraus.

»Wisst ihr, warum sie Frankfurt verlassen hat?«, fragte Gustav.

»Nein.«

»Hast du einen Namen?«, wandte sich Gustav an Tim.

»Noch nicht. Ich rufe die Kollegen in Frankfurt sofort an, aber die werden sich auch erst die Unterlagen zusammensuchen müssen. Wird leider etwas dauern.«

»Mach das. Lena und ich schnappen uns in der Zwischenzeit Minkley. Das ist mir ein Zufall zu viel.« In Gustavs Augen wurde es immer wahrscheinlicher, dass Minkley eine kriminelle Vergangenheit in Frankfurt hatte und weggezogen war, um an der Ostsee ein neues Leben anzufangen. »Mads, du bleibst hier. Bleib bitte mit Tim in Kontakt. Alle anderen können zurück an ihre Arbeitsplätze.«

Damit löste Gustav die Runde auf und rief einen Mitarbeiter an, um ihn zu bitten, Minkley ins Verhörzimmer zu bringen. Nur Mads blieb sitzen.

»Tim, was denkst du, wie lange das dauert?«, hörte Gustav ihn noch sagen, als er mit Lena den Besprechungsraum verließ.

»Ich glaube, Mads hätte gern das Verhör mit dir geführt«, bemerkte Lena, als sie auf dem Weg zur Küche waren.

»Und ich glaube, dass er es lieber mit dir geführt hätte, weil er bei mir zu wenig zum Zug kommt«, entgegnete Gustav. Aber die Polizeiarbeit war kein Wunschkonzert und Gustav wollte Lenas empathische Art für das Verhör nutzen. Zwei Alphatiere könnten die Verdächtige verschrecken.

»Weißt du, wie Minkley ihren Kaffee trinkt?«, fragte Gustav in der Küche.

»So gut kenne ich sie nicht.«

»Dumme Frage, mein Fehler.«

Für eine Sekunde überlegte Gustav, ob er Lena auf die Wohnung ansprechen sollte, entschied sich jedoch dagegen, es war gerade nicht der richtige Zeitpunkt.

Nachdem sie Kaffee und Wasser auf ein Tablett gestellt hatten, begaben sie sich zum Verhörraum.

»Du kannst gehen, danke dir«, sagte Gustav zu dem Mitarbeiter, der vor der Tür stand.

Der nickte und entfernte sich, dann betraten Gustav und Lena den Raum.

Katrin Minkley saß am Tisch und starrte ins Nichts.

Sie sah mitgenommen aus, ihre Augen waren gerötet, die Augenlider schwer.

»Moin«, machte sich Gustav bemerkbar.

»Guten Morgen«, antwortete Katrin.

Sie wirkte überhaupt nicht mehr angriffslustig, eher abgeschlagen, ja beinahe resigniert. Als Gustav vorhin bei ihr in der Zelle gewesen war, war sie giftiger aufgetreten.

»Ich hoffe, Sie mögen Kaffee. Ansonsten habe ich Wasser anzubieten«, begann er.

»Kaffee ist gut.«

Gustav reichte ihr einen Becher, dann nahm sich Lena einen, Gustav nahm den letzten und gönnte sich einen Schluck. Viel lieber hätte er einen Espresso gehabt, aber er wollte Petra nicht extra darum bitten.

»Wie lange muss ich hierbleiben?«, fragte Katrin.

»Das hängt von Ihnen ab. Wir haben nur ein paar Fragen an Sie.«

»Sie glauben doch nicht wirklich, dass ich Bodo ermordet habe?«

»Wir ermitteln, Frau Minkley, daher sollte es in Ihrem Interesse liegen, mit uns zu kooperieren. Immerhin haben Sie gestern mehrere Personen mit einer Waffe bedroht. Das ist kein Kavaliersdelikt.«

»Das war nur, weil ich so schwarzgesehen habe, das war eine Kurzschlussreaktion. Ich wollte doch bloß mit Gabriele reden«, verteidigte sie sich.

»Sie glauben nicht, wie viele Morde im Affekt geschehen.«

»Ich habe niemanden ermordet.«

»Dann reden Sie bitte mit uns, beantworten Sie unsere Fragen«, bat Lena. »Sie haben nichts zu befürchten, wenn Sie die Wahrheit sagen.«

»Welche Wahrheit? Ihre Wahrheit oder wie es wirklich war?«, provozierte Katrin.

»Die Wahrheit.«

»Sie könnten damit anfangen, woher Sie die Waffe haben«, fügte Gustav hinzu.

»Ich habe einen Waffenschein. Wenn Sie mir das nicht glauben, kann ich Ihnen die Papiere dazu nachreichen.«

»Darum möchte ich Sie bitten«, erwiderte Gustav und startete die Aufzeichnung. »Ich muss Sie kurz darüber informieren, dass das Gespräch ab jetzt aufgezeichnet wird.« Danach erklärte er ihr ihre Rechte.

Dass sie bisher nicht mit ihrem Anwalt gesprochen, sondern nur damit gedroht hatte, ohne Rechtsbeistand kein Wort zu sagen, kam Gustav sehr gelegen.

»Ich habe Bodo nicht getötet, und wenn, hätte ich ihn eher erschossen«, verteidigte sich Katrin. »Gestern war ich ja auch mit der Waffe bei Gabriele.«

»Wieso hatten Sie die Waffe überhaupt dabei?«

»Die habe ich immer in meiner Handtasche. Ehrlich, ich wollte mich nur mit ihr unterhalten, ihr klarmachen, dass sie aufhören soll, Lügen über mich zu verbreiten, aber dann ist das Gespräch aus dem Ruder gelaufen. Ich habe wirklich keine Ahnung, warum ich plötzlich die Waffe in der Hand hatte. Ich war nicht mehr ich selbst.«

»Wie lange wohnen Sie schon in Niendorf?«, erkundigte sich Gustav.

»Seit knapp zwölf Jahren.«

»Vorher haben Sie in Frankfurt gewohnt, richtig?«

»Ja, ist das ein Verbrechen?«

»Nein, ist es nicht. Warum sind Sie nach Niendorf gezogen?«

»Ich habe mich in die Ecke verliebt, ich war vorher öfter im Urlaub hier.«

»Ist das der einzige Grund?«, bohrte Gustav nach.

»Worauf wollen Sie hinaus?«

»Gab es keine anderen Gründe, dass Sie Frankfurt verlassen haben?«

»Nein, gab es nicht. Mir gefällt Ihr Ton nicht.« Katrins Stimme gewann an Schärfe, und Gustav spürte, dass er vorsichtiger agieren musste, sonst riskierte er, dass sie bald gar nicht mehr antwortete.

»Ich glaube Ihnen«, sagte Lena.

Gustav versuchte, sich seine Überraschung nicht anmerken zu lassen.

»Was glauben Sie mir?«, fragte Katrin.

Ihr Blick sagte Gustav, dass sie eine Falle witterte.

»Dass Sie sich in Niendorf verliebt haben. Ich kann mir auch keinen schöneren Ort zum Leben vorstellen als diesen. Der Journalistin Emma Falk erging es ähnlich, sie hat vorher in Mannheim gewohnt. Sie sind ja mit Amir befreundet, daher kennen Sie sie vielleicht.«

»Amir ist mein Freund und mein Zeuge«, erwiderte Katrin.

»Ich hatte Ihnen ja gesagt, dass er mich auf dem Balkon gesehen hat. Dass ich Gabriele und Sie mit einer Waffe bedroht habe, tut mir leid, dafür übernehme ich die volle Verantwortung. Aber deswegen können Sie mich doch nicht in eine Zelle stecken.«

»Amir Kaya hat Sie auf dem Balkon gesehen, das stimmt, allerdings konnte er den Zeitpunkt nicht eingrenzen«, entgegnete Gustav.

»Was soll das heißen? Ich habe ihm vom Balkon aus zugewunken und er hat das gesehen. Wo ist das Problem?«, empörte sie sich.

»Wie gesagt, er konnte nicht bestätigen, ob Sie zur Tatzeit auf dem Balkon waren.«

»Fällt er mir also wieder in den Rücken?«

»Nein, er …«

»Doch, das tut er!«, unterbrach sie Gustav mit schriller Stimme. »Was für ein elender Feigling. Aber was will man von einem Mann erwarten, der sich in den Arsch ficken lässt. Der ist wie Volkhard, der stand auch darauf, wenn ich ihn mit dem Dildo hart rangenommen habe, und er hat mich genauso enttäuscht. Männer kommen mit starken Frauen halt nicht klar.«

»Mäßigen Sie bitte Ihren Ton«, warnte Gustav.

»Ist doch wahr. Lässt er sich etwa nicht in den Arsch ficken?« Katrins Augen stachen geradezu hervor.

Ihre Reaktion demonstrierte Gustav gerade sehr eindeutig, wie schnell sich ihre Persönlichkeit änderte, wenn sie unter Druck stand oder ihren Willen nicht durchsetzen konnte.

Volkhard Schubert und Gabriele haben also nicht gelogen, dachte er. Jetzt musste er sie nur dazu bringen, ein Geständnis abzulegen.

»Hier geht es nicht um die sexuellen Vorlieben von Menschen, die Sie kennen. Es geht darum, dass Sie für die Tatzeit kein Alibi haben«, fuhr er fort. »Darüber hinaus haben Sie Personen mit einer Waffe bedroht. Was würden Sie an meiner Stelle tun?«

»Mich freilassen.«

»Sicher? Vielleicht mit einer Flasche Schampus zum Abschied?«, erwiderte Gustav zynisch.

»Ich bin keine Mörderin! Ich habe mich entschuldigt, das mit der Waffe war dumm, ich weiß. Auch dass ich Volkhard unter Druck gesetzt habe, ein gutes Wort für mich einzulegen. Ich hätte wissen müssen, dass er mir in den Rücken fällt. Aber ich habe Bodo nicht ermordet. Das ist doch geradezu lächerlich. Warum sollte ich mein schönes Leben für einen Bauern wie ihn wegschmeißen?«

»Frau Minkley, ich muss Sie darauf aufmerksam machen, dass wir einen Durchsuchungsbeschluss für Ihre Wohnung erwirkt haben. Sollten wir dort Beweise finden, die dafürsprechen, dass Sie Bodo ermordet haben, sieht es gar nicht gut aus für Sie. Unser Gespräch hier ist Ihre Chance, sich Vorteile zu verschaffen. Ihre Mitarbeit kann sich positiv auf die Gerichtsverhandlung auswirken«, erklärte Gustav in dem letzten Versuch, ihr mit Geduld zu begegnen. Ihre Aussagen hatten ihn bisher nicht davon überzeugt, dass sie unschuldig war.

»Sie spinnen doch, ich habe Bodo nicht umgebracht. Wie oft soll ich Ihnen das noch sagen?«

»Niemand wirft Ihnen vor, Bodo absichtlich ermordet zu haben. In einem Gespräch können sich die Emotionen hochschaukeln und dann greift man im Zorn schon mal zum Messer.«

Katrins Augen weiteten sich. »Jetzt verstehe ich, worauf Sie hinauswollen. Aber da muss ich Ihnen einen Strich durch die Rechnung machen. Nur weil ich im Streit mit Gabriele zur Waffe gegriffen habe, heißt das nicht, dass ich Bodo abgestochen habe. So leicht ist das nicht.«

Gustav setzte eine nachdenkliche Miene auf. Katrin war in ihrer Wut unberechenbar, das hatte sie erst am vergangenen Abend eindrücklich bewiesen. Er ging fest davon aus, dass sie Gabriele erschossen hätte, wenn Albert und er nicht rechtzeitig eingeschritten wären.

»Sie können Ihre Unschuld beweisen«, meldete sich nun Lena zu Wort.

Katrin sah sie irritiert an.

»Wie?«

»Durch eine Speichelprobe.«

Dieser Schachzug seiner Nichte war genial. Wenn Katrin wirklich unschuldig war, hatte sie keinen Grund, diese Bitte abzulehnen.

43

»Die Anfrage ist raus«, sagte Tim.

»Wie lange wird es dauern?«, fragte Mads.

»Das hängt von den Kollegen in Frankfurt ab. Soll ich anrufen?«

»Wäre super. Je schneller wir die Bestätigung haben, dass es Katrin Minkley ist, desto früher können wir alle nach Hause.«

»Das mit dem Nach-Hause-Gehen ist ein Scherz, oder?«

Mads lachte. »Ich bin in meinem Büro. Ruf mich an, wenn du was hast.«

»Mach ich.«

Mads verließ den Besprechungsraum.

Wie das Verhör mit Katrin wohl lief? Dass Gustav sie am vergangenen Tag mit einer Waffe in der Hand bei Gabriele getroffen hatte, dazu der Treffer in der Datenbank, all das sprach gegen sie.

Ich hätte jetzt im Verhörraum sitzen sollen, dachte Mads bitter, immerhin leitete er die Ermittlungen, nicht Gustav, doch er konnte nichts daran ändern.

Mads machte einen kleinen Umweg über die Küche, holte sich einen Kaffee und ging zurück in sein Büro, um sich noch einmal alle Hinweise und Ideen anzuschauen, die sie an ihrem Whiteboard angebracht hatten.

»Katrin«, murmelte er. »War's das?«

Er wünschte es sich. Unweigerlich musste er an Jörn denken, der ihn im Anschluss daran sicherlich zwei Wochen lang nerven würde. Warum konnte es nicht nur eine Woche sein?

»Entspann dich, Jörn kann nichts dafür, und in den nächsten zwei Wochen wird bestimmt nicht noch jemand an der Lübecker Bucht ermordet«, sprach er sich Mut zu.

Da er es kaum erwarten konnte, bis Tim eine Erfolgsmeldung schickte, setzte er sich zurück an seinen Schreibtisch und prüfte, ob er neue E-Mails bekommen hatte.

Nichts von Bedeutung.

Es kann nur Katrin gewesen sein, überlegte er. Aber warum hatte sie Bodo nicht erschossen, sondern erstochen?

Mads kratzte sich am Kopf. Vielleicht hatte sie ihre Waffe nicht dabeigehabt. Das würde allerdings im Umkehrschluss heißen, dass sie auf jeden Fall vorgehabt hatte, Gabriele zu bedrohen, und die Waffe nicht spontan im Streit gezückt hatte.

Mads sah wieder auf seinen Bildschirm, als suchte er dort eine Antwort auf seine Frage.

»Tim wird es mir gleich bestätigen, dass Katrin die Täterin ist«, sagte er zu sich.

Er hasste es, auf heißen Kohlen zu sitzen.

Sein Handy klingelte, es war Emma.

»Hallo, Mads. Hast du zwei Minuten?«

»Klar. Worum geht es?«

»Habt ihr Katrin Minkley festgenommen?«

»Woher weißt du das?«

»Von Tobias. Er war mit dem Bürgermeister frühstücken und Lange hat ihm erzählt, dass die Polizei den Mörder gefasst hätte. Gustav und er hätten Katrin heldenmütig daran gehindert, einen weiteren Mord zu begehen.«

Mads schnaubte. »Da hat sich Albert aber weit vorgewagt. Ja, wir haben Katrin festgenommen, weil sie gestern Abend tatsächlich eine Person mit der Waffe bedroht hat, das heißt aber nicht, dass damit der Fall abgeschlossen ist.«

»Welche Person hat sie bedroht?«

»Hat Albert das nicht erzählt?«

»Nein.«

»Dann wirst du es von mir nicht erfahren, das sind laufende Ermittlungen. Wir haben noch kein Geständnis von Katrin.«

»Noch?«

»Vergiss das ›noch‹. Wir haben kein Geständnis.«

»Mehr hast du dazu nicht zu sagen?«, hakte Emma nach.

»Nein, das ist schon viel mehr, als mir lieb ist.«

»War klar.« Emma gab ein abwertendes Geräusch von sich. »Lange muss jetzt also die Pressearbeit für die Polizei machen.«

»Möchtest du wieder gegen mich schießen?«

»Nein, ich wollte nur was klarstellen.«

»Emma, ich habe gerade keine Zeit für so einen Kindergarten. Ich erwarte einen dringenden Anruf«, erwiderte Mads ungeduldig.

»Würg mich ruhig ab, in letzter Zeit behandelst du mich eh wie Luft«, antwortete Emma und beendete das Gespräch.

»Was war das denn?«, murmelte Mads und legte das Handy weg. Emmas Reaktion fand er reichlich übertrieben. Sie wusste doch mittlerweile, dass er niemals einfach so mit der Presse über die Ermittlungen plauderte.

Dass Albert allerdings Tobias gegenüber Informationen rausgerückt hatte, war nicht in Ordnung. Mads würde das bei seinem Onkel ansprechen, auch wenn er nicht davon ausging, dass Gustav seinem besten Freund deshalb die Leviten lesen würde.

Als er das nächste Mal in sein Postfach schaute, waren zwei neue Nachrichten eingegangen, nur leider nicht von Tim. Er arbeitete sie ab, dann wartete er weiter auf den erlösenden Anruf.

Vermutlich ließen die Frankfurter Kollegen sich Zeit, denn auf Tim war absolut Verlass.

Nach einer gefühlten Ewigkeit klingelte das Bürotelefon und Mads sah auf dem Display Tims Nummer.

»Endlich«, seufzte er und nahm das Gespräch an. »Moin, Tim, hast du was?«

»Ich habe vorhin die digitale Akte und ein paar weitere Unterlagen bekommen. Leider sind sie noch nicht vollständig.«

»Ist es Katrin Minkley?«

»Ich muss dich enttäuschen, die DNA ist nicht von ihr.«

»Nicht? Von wem dann?« Damit hatte Mads nicht gerechnet.

»Der Mann heißt Marius Neumann.«

Mads sog scharf die Luft ein. »Nicht dein Ernst?«

»Mein voller. Es gibt keinen Zweifel, es ist die Person, die wegen der gestohlenen Post mit Bodo Ärger hatte. Das Foto passt zu deiner Beschreibung, ich habe es eben an dich versandt, zusammen mit ein paar anderen Daten. Sollte jetzt in deinem Postfach sein.«

Mads klickte die Mail von Tim an und öffnete das Foto. Die Beschreibung von Oli und Ali passte perfekt zu dem Bild des Mannes. Das konnte nur der Marius sein, der sich mit Bodo angelegt hatte.

»Hast du die Anschrift?«

»Die herauszufinden, war leicht. Er ist in Niendorf gemeldet. Die Adresse steht in der Mail an dich.«

»Was hast du noch über ihn herausgefunden? Was haben dir die Kollegen geschickt?«, drängte Mads.

»Laut Melderegister lebt er seit knapp drei Jahren in Niendorf, zuvor saß er zwei Jahre in der JVA Frankfurt, weil er seine Exfreundin krankenhausreif geschlagen hat, nachdem sie sich von ihm trennte. Laut psychologischem Gutachten soll er zu unkontrollierten Wutausbrüchen neigen.«

»Warum zieht so jemand von Frankfurt nach Niendorf?«, sinnierte Mads.

»Vielleicht weil er eine Anstellung hier gefunden hat, oder er wollte nach dem Gefängnis weit weg von allem. Ein Neuanfang.«

»Hat er sich danach noch was zuschulden kommen lassen?«

»In unserer Datenbank findet sich nichts, zusätzlich habe ich eine Anfrage für die anderen Datenbanken gestartet.«

»Ich werde mir diesen Neumann vorknöpfen.«

»Glaubst du, er könnte es sein?«, fragte Tim.

»Ich weiß es nicht. Vielleicht gibt es ja eine einfache Erklärung für die Blutspuren. Im Wald kann man sich schnell an diesen Brombeersträuchern verletzen, ohne es zu bemerken, nur dass der Strauch ausgerechnet in der Nähe von Bodos Grundstück liegt, ist seltsam. Andererseits haben wir noch Katrin Minkley, ich warte eigentlich nur auf ihr Geständnis.«

»Willst du Gustav informieren?«

»Er ist noch im Verhör. Nein, ich werde mir jetzt Neumann allein schnappen. Kann ja sein, dass es eine einfache Erklärung für alles gibt. Dass er seit der Entlassung aus dem Gefängnis nicht mehr strafrechtlich aufgefallen ist, könnte dafürsprechen, dass er keinen Ärger mehr sucht.«

Aber warum legt er sich dann mit Bodo an?, meldete sich ein kritischer Gedanke.

»Brauchst du noch was von mir?«, erkundigte sich Tim.

»Nein, gerade nicht. Falls die Datenbanken doch noch was ausspucken, melde dich bitte.«

»Mach ich.«

Mads beendete das Telefonat. Einen Moment lang dachte er darüber nach, ob er nicht doch Gustav informieren sollte, entschied sich aber dagegen.

»Es ist nur ein Gespräch, das kriege ich allein hin«, sagte er zu sich und rief Petra an, um sich abzumelden, dann nahm er seine Waffe und verließ sein Büro.

Du weißt, dass Gustav dir Vorwürfe machen wird, weil du Neumann allein aufsuchst. Die übereinstimmende DNA macht ihn zu einem Verdächtigen, schoss es ihm durch den Kopf, doch er verdrängte den Gedanken rasch. Er war bewaffnet und alt genug, außerdem, seit wann hatte er Angst vor einem Anschiss seines Onkels?

Kurz vor der Zielanschrift im Pfingstbusch, der schon fast

die Außengrenze Niendorfs bildete, fand Mads einen Parkplatz. Nicht weit von hier lag das Brodtener Steilufer, eine weithin bekannte Steilküste.

Mads ging zur Haustür des Mehrfamilienhauses und klingelte. Wieder einmal ohne Erfolg.

»Moin, du bist doch der Enkel von Jutta, oder?«, sprach ihn eine ältere Dame an, die auf ihrem Fahrrad vor dem Haus zum Stehen kam und abstieg.

»Das bin ich.«

»Zu wem möchtest du?«

»Zu Marius Neumann.«

»Den hast du wohl verpasst, ich bin ihm vorhin begegnet«, erwiderte sie bedauernd.

»Wo?«

»Das war auf der Höhe vom *Café Hermannshöhe*, er war joggen. Er ist übrigens ein ganz angenehmer Nachbar, er grüßt immer und hält einem auch mal die Tür auf.«

»Wissen Sie, in welche Richtung er gejoggt ist?«

»Ja, er läuft die Strecke mehrmals die Woche. Marius ist sehr sportlich, aber wenn ich dich so anschaue, stehst du ihm in nichts nach.« Sie lachte kurz. »Meistens dreht er bei dem Café um und folgt dann dem Wanderweg.«

»Wann haben Sie ihn dort gesehen?«, fragte Mads weiter.

»Vor knapp zwanzig Minuten. Was willst du denn von Marius?«

»Nichts Wichtiges, wollte mich nur kurz mit ihm unterhalten«, antwortete Mads und lächelte. »Vielen Dank auch, Sie haben mir sehr geholfen.« Damit eilte er zu seinem Dienstwagen zurück, stieg ein und fuhr mit quietschenden Reifen los. Er wollte Marius auf keinen Fall verpassen.

Mit etwas Glück würde er ihm auf halber Strecke entgegenkommen, wenn er in die Wieskoppel abbog. Natürlich könnte er auch über Großenhof zurückjoggen, doch das Risiko musste er eingehen.

Wenn er am Steilufer entlangjoggt, wird er die andere Straße nicht nehmen, dachte er und fuhr so weit wie möglich zur Küste, bis die Straße endete, dann stieg er aus und sah sich um. Von Neumann keine Spur.

Mads' Anspannung stieg.

Hatte er ihn verpasst? War er doch eine andere Strecke gelaufen?

Er überlegte, ob er besser wieder zurückfahren und vor dem Haus warten sollte, doch gerade als er ins Auto einsteigen wollte, sah er einen Mann in seine Richtung laufen.

»Neumann«, sagte Mads zu sich und wartete.

Der Jogger kam immer näher, und jetzt hab es keinen Zweifel mehr, es war Neumann. Das Foto, das Tim an die Mail angehängt hatte, schien recht aktuell zu sein.

»Moin, Herr Neumann«, sprach Mads ihn an, als er gerade an ihm vorbeilaufen wollte.

Der Jogger stoppte.

»Moin. Kennen wir uns?«, fragte er.

»Nein, tun wir nicht. Mein Name ist Mads Johannsen. Es geht um Ihre Beschwerde wegen der vermissten Post.«

Neumann runzelte die Stirn. »Sind Sie von der Post?«

»Nein, von der Polizei.«

»Was hat denn die Polizei damit zu tun?«

»Vielleicht haben Sie es bereits aus der Presse erfahren. Bodo Petersen, der Postbote, wurde ermordet. Er hat jahrelang Post entwendet und bei sich zu Hause gebunkert.«

»Ich verstehe immer noch nicht, was das mit mir zu tun hat.«

»Sie haben doch eine Beschwerde aufgegeben«, erwiderte Mads, auch wenn das zunächst reine Spekulation war.

»Das stimmt. Kriege ich meine Post jetzt endlich?«

»Wenn sie bei den gefundenen Sendungen dabei ist, wird sie Ihnen noch zugestellt. Haben Sie Herrn Petersen deshalb auch persönlich aufgesucht?«

Neumann schaute kurz zur Ostsee. Mads folgte seinem Blick und sah dort eine Joggerin. Sie lief auf dem Wanderweg in ihre Richtung.

»Wieso sollte ich das tun? Ich habe eine schriftliche Beschwerde bei der Post aufgegeben«, antwortete Neumann.

»Sind Sie sicher?«, hakte Mads nach, denn Kempcke hatte ihm etwas anderes erzählt. Natürlich war ihm klar, dass Kempcke es mit der Wahrheit nicht so genau nahm, aber an dem Abend, als er davon gesprochen hatte, hatte er nüchtern gewirkt. Woher sonst hätte Kempcke den Namen Marius kennen sollen?

Es sei denn, Gabriele hat Bodo von der schriftlichen Beschwerde erzählt und Bodo hat sich bei Kempcke über Neumann aufgeregt.

Diese Überlegung zog einen anderen Gedanken nach sich: Was, wenn Kempcke ihn angelogen hatte, um Neumann zu belasten und sich aus der Schusslinie zu holen?

»Ganz sicher. Wollen Sie mir unterstellen, dass ich lüge?«, fragte Neumann und holte Mads damit aus seinen Grübeleien zurück.

»Nein, ich stelle nur Fragen. Sie kennen bestimmt den Vogelpark.« Mads wollte für den Moment ausschließen, dass Kempcke ihn in die Irre führen könnte.

»Kenne ich. Worauf wollen Sie hinaus?«

»Wie ich sehe, joggen Sie gern. Sind Sie kürzlich mal in der Ecke gejoggt?«

»Kann schon sein. Niendorf bietet eine Menge Möglichkeiten für Jogger. Sie sehen auch recht sportlich aus, da sollten Sie das doch wissen.«

Neumann wirkte unbeeindruckt, ja nicht mal nervös, sondern eher genervt. Überhaupt nicht wie jemand, der Angst hatte, gleich als Mörder aufzufliegen. Es sei denn, er konnte das gut überspielen. Aber wie passte das dazu, dass er laut Akte der Frankfurter Kollegen zu Wutausbrüchen neigte? Hier und jetzt schien er seine Nerven jedenfalls gut im Griff zu haben.

»Waren Sie am 22. Juli in der Nähe des Vogelparks joggen?«, fragte Mads. Es war an der Zeit, den Druck zu erhöhen. Wenn Neumann log, würde er auch jetzt seiner Linie treubleiben und bestreiten, dass er in der Nähe laufen gewesen war, um sich selbst nicht zu belasten.

Neumann fixierte Mads mit seinem Blick. Zum ersten Mal wirkte er nicht mehr so selbstsicher.

»Nein, nicht, dass ich wüsste. Warum?«

»Weil wir Ihr Blut am abgeknickten Zweig eines Brombeerstrauches dort gefunden haben«, sagte Mads und ließ Neumann ebenfalls nicht aus den Augen.

Nebenbei registrierte er, dass die Joggerin immer näher kam.

44

Joggen half Emma jedes Mal hervorragend, runterzukommen. Nach dem unschönen Gespräch mit Mads hatte sie kurzerhand beschlossen, am Brodtener Steilufer joggen zu gehen, doch kurz vor dem Café Hermannshöhe hatte sie kehrtgemacht und war dem Wanderweg zurück nach Niendorf gefolgt.

Ihre Wut auf Mads war längst verflogen, aber einem Gespräch mit ihr würde er sich trotzdem stellen müssen. So konnte es mit ihnen beiden nicht weitergehen.

Emma ließ den Blick schweifen. Rechts von ihr lagen die Steilküste und die Ostsee.

Kurz vor einer Straßenkreuzung sah sie zwei Männer, die sich unterhielten.

Das ist doch Mads, dachte sie. *Was macht der denn hier?*

Emma bog ab und folgte der Straße.

Dass jemand wie Mads zufällig hier war, um sich einfach so mit einer anderen Person zu unterhalten, konnte sich Emma schwer vorstellen, dafür war er zu berechnend, es musste etwas mit Bodos Tod zu tun haben. Emmas journalistische Neugierde war geweckt.

Sie kam den beiden immer näher.

Da sie sich angeregt unterhielten und sie gar nicht wahrzunehmen schienen, machte sich Emma bemerkbar, als sie die beiden erreichte.

»Moin, Mads.«

»Sie lügen, wir haben Ihre DNA«, hörte sie Mads noch sagen, als der Mann sie plötzlich packte und in den Schwitzkasten nahm.

Emma konnte gar nicht so schnell reagieren, denn fast in derselben Sekunde spürte sie eine kalte Klinge an ihrem Hals.

»Ich gehe nicht in den Knast«, brüllte der Mann.

Emma versuchte, nicht zu schreien, auch wenn alles in ihr genau das wollte. Ihre Beine zitterten und Panik ergriff sie. Ihr angstvoller Blick musste fürchterlich aussehen.

»Herr Neumann, lassen Sie die Frau los. Das bringt doch nichts«, rief Mads und richtete plötzlich seine Pistole auf Neumann.

Mach bloß keine Dummheiten Mads, dachte Emma voll Todesfurcht.

»Waffe runter, sonst steche ich sie ab«, drohte der andere.

»Das kann ich nicht. Bei Bodo mochten Sie einen Grund gehabt haben, weil er Ihre Post geklaut hat, aber diese Joggerin hat Ihnen nichts getan. Lassen Sie das Messer fallen.«

»Ganz bestimmt nicht. Der Postbote hat mich belogen, er hat geglaubt, dass er mich verarschen kann. Sehe ich etwa wie jemand aus, den man zum Narren halten kann?« Emma fühlte, wie die Klinge des Messers immer fester an ihren Hals gedrückt wurde. »Lassen Sie die Waffe fallen, sonst steche ich sie ab«, wiederholte er seine Drohung.

»Verdammt, Mads, tu doch, was er sagt«, platzte Emma angsterfüllt heraus. Sie wollte nicht sterben.

»Mads? Sie kennen sich also«, rief Neumann. »Gut, dann steche ich Ihre Freundin ab.«

Mads' Blick verriet Emma, dass sie eben vermutlich etwas ganz Dummes getan hatte, aber sie konnte gerade keinen klaren Gedanken fassen. Woher sollte sie auch wissen, welchen Plan Mads im Kopf hatte?

Wenn er überhaupt einen Plan hat, huschte ihr ein Gedanke durch den Kopf, der sie in ihrer Panik fast zum Lachen brachte.

»Messer fallen lassen, ich bitte Sie kein zweites Mal. Lassen Sie Emma los und nehmen Sie mich.«

»Ganz sicher nicht«, erwiderte der andere spöttisch. »Sie werden mich doch sofort erschießen, wenn ich die Schlampe gehen lasse, diesen Vorteil gebe ich nicht aus der Hand. Ich bitte Sie jetzt auch kein zweites Mal: Waffe fallen lassen.«

Warum tut er es nicht?, schoss es Emma durch den Kopf. *Ist ihm mein Leben so egal? Ruhig atmen, überlege, wie du dich selbst befreien kannst.*

Doch ihr fiel einfach nichts ein.

Plötzlich spürte sie einen Stich in ihren Hals und warmes Blut floss daran herunter.

Emma schrie kurz auf, beherrschte sich jedoch sofort, aus Sorge, Neumann würde sie dann töten.

»Der nächste geht tiefer«, drohte dieser. »Waffe runter. Ich sage es zum letzten Mal.«

»Ist gut. Ich lege die Pistole ab«, sagte Mads und senkte langsam die Waffe, dann ließ er sie los.

»Geht doch. Jetzt zwei Schritte zurück.«

Mads machte einen Schritt.

»Ich sagte zwei.«

»Lassen Sie Emma gehen. Sie haben doch, was Sie wollen.«

»Erst, wenn ich die Waffe habe«, entgegnete Neumann.

Dann sind Mads und ich tot, dachte Emma, denn Mads hatte soeben den einzigen Vorteil aus der Hand gegeben, den sie hatten.

»Das muss so nicht enden. Wollen Sie wirklich wegen Mehrfachmordes in den Knast? Dann kommen Sie nie wieder raus.«

»Was wissen Sie schon über den Knast?« Neumann machte ein abfälliges Geräusch. »Ich wollte den Postboten nicht töten. Ich bin nach Niendorf gekommen, um ein neues Leben anzufangen, verdammt noch mal. Aber er hat mich provoziert, er hat sich über mich lustig gemacht. Sehe ich etwa wie eine Tunte aus, über die man sich lustig machen kann?«

»Dann lassen Sie uns reden. Es gibt für alles eine Lösung.

Der Staatsanwalt lässt sich bestimmt auf eine Verurteilung wegen Totschlags im Affekt ein.«

Neumann lachte auf. »Ich bin am Arsch, versuchen Sie es gar nicht erst. Ich hau ab. Deutschland sieht mich nie wieder.«

Er ging auf die Waffe zu, Schritt für Schritt, jetzt war sie genau vor seinen Füßen.

Emma wusste, dass sie ihre Angst überwinden und ein Risiko eingehen musste, sonst würde Neumann Mads und sie töten und fliehen.

»Waffe aufheben und keine Dummheiten«, forderte Neumann sie auf, dabei hielt er das Messer noch immer an ihren Hals.

Emma beugte sich leicht vor.

»Der Griff ist zu eng«, sagte sie. »So schneiden Sie mir in den Hals.«

Neumann lockerte den Griff etwas. »Keine Dummheiten. Waffe aufheben.«

Emma beugte sich noch weiter vor, nun konnte sie die Waffe fast greifen.

»Heben Sie die verdammte Pistole endlich auf«, rief Neumann ungeduldig.

»Mit dem Messer am Hals ist das nicht so einfach«, verteidigte sich Emma mit zitternder Stimme.

»Aufheben, bevor ich die Geduld verliere.«

Emma streckte ihren Arm aus, sie konnte die Waffe greifen und hob sie auf.

Neumann packte die Pistole, dabei lockerte er den Griff um ihren Hals ein wenig, die kalte Klinge war nicht mehr zu spüren.

Jetzt reagierte Emma blitzschnell. Sie rammte ihm ihren Ellenbogen in den Bauch, gleichzeitig drehte sie sich zur Seite und sah, wie sich Mads auf Neumann stürzte.

Ein Schuss fiel, als sie zu Boden ging, und die Angst, dass Mads getroffen worden sein könnte, wurde übermächtig.

Als sie wieder auf die Beine kam, sah sie, wie Neumann und Mads sich prügelten. Mads' Pistole lag nur einige Meter entfernt von ihr auf dem Weg.

Emma zögerte nicht, sie packte die Waffe und brüllte: »Hände hoch!« Etwas Besseres fiel ihr nicht ein.

Doch Neumann prügelte sich weiter mit Mads, er schien Emma gar nicht ernst zu nehmen.

Emma war mit der Situation komplett überfordert. Sie hatte noch nie einen Menschen erschossen, also handelte sie wieder spontan. Kurzentschlossen schoss sie in die Luft.

Ein Knall.

Neumann zuckte zusammen, er schien kurz irritiert. Diesen Augenblick nutzte Mads, er verpasste Neumann einen rechten Haken, worauf dieser wie ein nasser Sack zu Boden ging und sich nicht mehr rührte. Ein Wirkungstreffer.

»Die nehme ich wieder«, sagte Mads, griff nach der Waffe und zielte auf Neumann. »Sie sind festgenommen, wegen des Mordes an Bodo Petersen.«

45

Einige Tage später, Niendorf

»Deine Eltern sind echt cool«, sagte Mads.

Victoria und er hatten sich mit ihnen zum Mittagessen in Niendorf getroffen. Sie waren vor fünfzehn Minuten zurück nach Lübeck gefahren, während Mads und Victoria zum Hafen spazieren gegangen waren.

»Die haben dich auch gleich ins Herz geschlossen, vor allem meine Mama.«

»Hey, ich war schon immer Schwiegermamas Liebling.«

»Bild dir bloß nichts darauf ein«, erwiderte Victoria lachend und umarmte Mads. »Ich bin sehr glücklich. Meinen Ex mochten meine Eltern nicht wirklich.«

»Also konnte ich nur gewinnen.«

»Nein, es ist mir wichtig, dass mein Freund und meine Eltern sich verstehen. Ich bin ein absoluter Familienmensch.«

»Deswegen liebe ich dich. Mir ist meine Familie auch sehr wichtig.« Mads gab ihr einen Kuss.

Die Beziehung zu Victoria fühlte sich gut an, verdammt gut, und Mads erwischte sich dabei, dass er darüber nachdachte, wie ihre Kinder wohl aussehen würden. Das hatte er so noch nie gehabt, nicht mal bei Jule, der letzten Frau, mit der er eine längere Beziehung gehabt hatte.

»Ich muss dich jetzt leider verlassen, aber zur Bühnenshow bin ich rechtzeitig wieder da. Jörns Auftritt möchte ich auf keinen Fall verpassen«, sagte Victoria.

»Er wird sich sehr darüber freuen«, erwiderte Mads. Jörn hatte Victoria bereits kennengelernt und sie gleich ins Herz geschlossen, das war nicht zu übersehen gewesen.

Wobei Jörn beinahe jeden mochte, da er überhaupt nicht voreingenommen war. Diese Eigenschaft schätzte Mads an ihm, doch sie machte den jungen Mann gleichzeitig zum leichten Opfer für Leute, die ihn ausnutzen wollten.

Mads gab Victoria einen Kuss und verabschiedete sich von ihr.

Wie um ihm ersatzweise Gesellschaft zu leisten, landete eine Möwe direkt vor ihm, beäugte ihn und hüpfte ein Stück näher heran. Sie schien überhaupt nicht scheu zu sein.

»Na, genießt du auch den Sommer in Niendorf?«, sagte er zu ihr.

»O großer Thor, du weißt, dass Möwen nicht mit Menschen sprechen können, oder kannst du Möwisch?«, hörte er da Jörn sagen.

Mads wandte sich zur Seite und schmunzelte. »Nein, kann ich nicht. Was hast du denn Schönes vor?«

»Spazieren gehen, meinen Kopf frei bekommen für den großen Augenblick.«

»Bist du nervös?«

»Ein wenig schon, ich stand ja noch nie auf so einer Bühne«, gab Jörn ehrlich zu.

»Du wirst es rocken.«

»Ich gebe mein Bestes. Ich hoffe nur, dass nicht zu viele lachen.«

»Niemand wird lachen. Den Mut muss man erst mal haben, auf der Bühne zu stehen.«

»So habe ich das noch gar nicht gesehen«, sagte Jörn und sah schon zuversichtlicher aus. »Ich singe halt gern. Aber glaubst du wirklich, ich bin mutig?«

»Ganz sicher, mutiger als ich. Ich würde mich das nicht trauen.«

Jörn bekam große Augen, dann lachte er. »Ich kann es nicht glauben, dass ich mal mutiger bin als der große Thor. Ach ja, wann beginnt eigentlich mein Praktikum?«

»Sehr bald, Jörn, ich spreche das noch mit Gustav ab.«

Jörn nickte wissend. »Der große und edelmütige Polizeichef muss natürlich seinen Segen dafür geben. Ich hoffe, es dauert nicht allzu lange, ich bin schon so aufgeregt.«

»Wir beeilen uns, versprochen«, gab Mads zurück. Den Mord an Bodo hatten sie aufgeklärt und dadurch zurzeit etwas Leerlauf, somit beste Voraussetzungen, um das Praktikum zu beginnen.

»Schön. Wir sehen uns nachher.« Jörn winkte und entfernte sich in die Richtung von Olis und Alis Imbiss, während Mads seinen Blick wieder zum Hafen richtete.

Die Möwe hatte längst das Weite gesucht.

Wenig später bemerkte er eine andere Person, der er allerdings gerade nicht unbedingt begegnen wollte.

»Moin, Mads«, grüßte Christian ihn.

Mads stand von der Bank auf und erwiderte die Begrüßung.

»Wo ist Lena?«

»Zu Hause, ich bin auf dem Weg zu ihr.«

»Kommt ihr nachher zu Jörns Vorstellung?«

»Das lässt sich Lena bestimmt nicht entgehen«, antwortete Christian und verzog kurz den Mund. »Ich bin mir ehrlich gesagt nicht so sicher, ob sich Jörn damit einen Gefallen tut.«

»Warum?«

»Das ist doch offensichtlich. Jörn ist geistig behindert. Für mich sieht es eher danach aus, als würden sich die Veranstalter einen Scherz auf seine Kosten erlauben. Die Leute werden ihn doch auslachen.«

»Unterschätz Jörn nicht«, entgegnete Mads, obwohl ihn leider ähnliche Gedanken umtrieben, was das Publikum anbelangte. Sicherlich gab es Menschen, die nicht anerkennen wollten, was für eine großartige Leistung es war, dass sich Jörn überhaupt auf die Bühne traute.

»Ich hatte noch keine Gelegenheit, es dir zu sagen, aber

danke, dass Onkel Gustav und du uns unseren Traum ermöglicht«, setzte Christian an.

»Lena ist meine Schwester und der Dank gebührt Albert genauso, er hat sich auch beteiligt. Ich finde es gut, dass die Wohnung nicht verkauft wird.«

»Trotzdem, sie gehört Lena und du hast auf deinen Anteil verzichtet.«

»Sie gehört Lena und mir. Gustav und Albert werden sie kaufen, euch das Geld für euren Hauswunsch übergeben, sobald ihr eines gefunden habt, und die Wohnung anschließend Lena und mir überschreiben. Im Grunde bleibt alles, wie es ist.«

»Du hattest Lena aber zugesagt, dass du auf die Wohnung verzichtest. Das eine hat mit dem anderen nichts zu tun«, beharrte Christian.

»Hör zu, das ist jetzt nicht der richtige Zeitpunkt für so ein Gespräch. Wir alle sollten Onkel Gustav und Albert dankbar sein, dass sie euch dabei helfen, ein Haus mit Garten zu kaufen. Habt ihr schon was in Aussicht?«

»Ich bin noch auf der Suche. Es gab ein ganz gutes Angebot in Bad Oldesloe, aber das ist leider schon weg.«

»Bad Oldesloe? Ich dachte, ihr sucht in Bad Schwartau?«

»Wir sind da örtlich nicht so fixiert«, erwiderte Christian. »Wichtig ist, dass es ein schönes, modernes Haus mit einem großen Garten ist. Ob Bad Schwartau, Bad Oldesloe oder Neumünster ist mir ehrlich gesagt egal.«

»Wie sieht Lena das?«

»Genauso. Hier geht es um uns.«

»Aber sie ist hier großgeworden und ihre Familie wohnt hier«, hielt Mads dagegen.

»Meine Eltern sind auch nach Berlin gezogen, ich sehe da echt das Problem nicht. Mads, du musst verstehen, dass Lena meine Verlobte ist, wir werden heiraten und wir werden eine eigene Familie gründen. Ich weiß, du glaubst, dass du deine

Schwester beschützen musst, aber ich bin ihr Mann. Ich beschütze sie und niemand sonst. Leb du dein Leben und gründe deine eigene Familie mit Victoria, sie macht einen sehr netten Eindruck. Nur misch dich bitte nicht in unser Leben ein.«

Mads fühlte sich von dieser Anklage völlig überrumpelt und musste sich extrem beherrschen, um seiner aufsteigenden Wut nicht sofort Luft zu machen.

»Lena bleibt immer meine kleine Schwester, egal mit wem sie verheiratet ist«, gab er daher kühl zurück.

»Ich muss weiter.« Christian entfernte sich.

Mads sah ihm nach und sein Misstrauen wuchs immer weiter.

»Welches Spiel spielst du?«, fragte er sich, während ihn die Sorge beschlich, dass Christians Einfluss auf Lena stetig zunehmen würde, möglicherweise bald so sehr, dass seine Schwester sich ihm komplett entfremdete und gar nicht mehr auf ihn hörte.

»Wo bist du denn mit deinen Gedanken?«, hörte er da Emmas Stimme, die unbemerkt an seine Bank getreten war. Offensichtlich war heute jeder am Niendorfer Hafen unterwegs.

»Nirgends, habe nur ein bisschen geträumt«, antwortete er, dabei wollte er gerade einfach nur seine Ruhe, um das Gespräch mit Christian zu verdauen.

»Darf ich mich kurz zu dir setzen?«, fragte Emma.

Mads gab sich einen Ruck. Ein wenig Ablenkung konnte nicht schaden. »Was hältst du davon, wenn du uns beiden einen Kaffee holst, bevor du dich setzt?«

»Klar. Wie immer?«

»Wie immer«, antwortete er schmunzelnd und zog seine Geldbörse aus der Hosentasche.

»Denk nicht mal dran. Bin gleich zurück.« Emma lächelte ihm zu, wobei wie gewohnt ihre Grübchen sichtbar wurden, dann ging sie zum *Ahoi Kaffee*.

Mads' Laune besserte sich.

Kurz darauf kam Emma mit zwei Bechern zurück, reichte ihm einen und nahm Platz.

»Danke.«

»Diesen Tag muss ich mir notieren als den, an dem Mads Johannsen sich von mir hat einladen lassen.«

»Darfst du gern, wenn es dich glücklich macht. Du siehst, auch ein Mads ist nicht immer ein sturer Esel, selbst wenn böse Zungen das Gegenteil behaupten«, konterte er.

»Wer hält dich denn für einen Esel?« Mads sah Emma an, dass sie Mühe hatte, nicht zu schmunzeln.

»Ich kenne da eine ehrgeizige und verdammt gute Journalistin, die mir öfter vorwirft, ich wäre stur«, erwiderte er.

»Findest du sie wirklich verdammt gut?«

»Wenn du so fragst, vermutlich nur gut«, erlaubte sich Mads nun einen Scherz und beide lachten.

»Ich habe mich noch gar nicht richtig bei dir bedankt.«

»Wofür?«

»Dass du mir mein Leben gerettet hast. Mal wieder.«

»Streng genommen hast du mir das Leben gerettet«, widersprach Mads.

»Wenn ich nicht so blöd gewesen und in deine Richtung gejoggt wäre, hättest du Neumann einfach so gestellt.«

»Vermutlich. Na ja, du schaffst es immer wieder, ins Fettnäpfchen zu treten«, erwiderte Mads leichthin, denn er wollte Emma nicht eingestehen, dass er große Angst um sie gehabt hatte, weil er wusste, wie unberechenbar Neumann war.

»Ich hoffe, du hast mich trotzdem noch gern.«

Mads sah ihr in die Augen. »Völlig egal, was du tust, Emma, ich werde dich immer gernhaben. Egal ob wir uns fetzen oder nicht, du bist ein wichtiger Teil in meinem Leben und deine Freundschaft bedeutet mir unglaublich viel.«

Emmas Wangen wurden rot, vermutlich hatte sie nicht mit so offenen Worten gerechnet. Wenn er ehrlich war, wusste er auch nicht, warum er das gerade so gesagt hatte, aber es fühlte sich richtig an.

»Ich muss mich übrigens bei dir entschuldigen«, sagte Emma.

»Wofür?«

»Dass ich die letzten Tage ein echtes Biest war.«

»Entschuldigung angenommen. Gab es denn einen Grund?«

Emma sah zu den Booten, sie schien mit sich zu ringen, dann schaute sie Mads an, ihre blauen Augen wirkten nachdenklich, fast unsicher.

»Ich wollte es mir nicht eingestehen, aber ich war eifersüchtig auf Victoria«, erklärte sie dann. »Sie ist in dein Leben geplatzt und all deine Aufmerksamkeit gilt nur noch ihr. Ich habe Angst, dass ich bald keine Rolle mehr in deinem Leben spielen werde. Ja, ich bin mit Stefan zusammen, trotzdem weiß ich, dass du immer ein absolut wichtiger Teil meines Lebens sein wirst. Ich möchte dich nicht verlieren. Du bedeutest mir sehr viel, Mads, auch wenn ich das manchmal nicht zeige.« Ihr Blick wirkte verletzlich, ihre Augen glänzten.

Mads berührten diese Worte ungemein, weil er wusste, dass es sie eine Menge Überwindung gekostet haben musste, das zu sagen.

»Du wirst mich nicht verlieren, Emma. Niemals, ich werde immer für dich da sein.«

Für einen Moment überkam ihn der Wunsch, sie in den Arm zu nehmen und zu küssen, und er glaubte, dass ihr genau dasselbe durch den Kopf ging, denn sie lehnte sich plötzlich ein wenig vor.

»Ich hoffe, wir stören nicht«, ertönte in diesem Moment Amirs fröhliche Stimme. Er kam zusammen mit Pietro und Gregor zu ihnen.

Wo kommen die alle mit einem Mal her, fragte sich Mads und hätte fast laut gelacht. Was sich hier am Hafen abspielte, erinnerte ihn fast an eine Sitcom. Vermutlich lag es aber einfach daran, dass an diesem Tag das Hafenfest startete, daher war ganz Niendorf auf den Beinen.

»Wie könntet ihr stören«, gab Emma zurück und alle begrüßten sich.

»Wohin geht ihr?«, fragte Emma.

»Zur *Seaside Lounge*, Jule wartet da schon auf uns. Vorglühen für die große Show mit Jörn«, erklärte Amir.

»Da wird er sich bestimmt freuen.«

»Und wir erst. Jörn gehört zu uns, logisch, dass wir ihn anfeuern.«

Mads rechnete es der Gruppe hoch an, dass sie Jörn nicht hängen ließen. Je mehr Leute im Publikum Jörn zujubelten, desto größer war die Wahrscheinlichkeit, dass er seine Nervosität verlor.

»Kommt doch mit«, schlug Pietro vor und schaute dabei Mads an.

»Nicht so schüchtern, Herr Johannsen, oder sind dir so viele starke Männer an deiner Seite zu heftig?«, fügte Amir mit einem Augenzwinkern hinzu.

»Du meinst wohl eher Mädels«, stichelte Mads zurück und lachte. »Warum nicht.«

»So mag ich mein Mädchen.« Amir konnte gar nicht mehr aufhören zu grinsen und gemeinsam gingen sie zur *Seaside Lounge,* um danach Jörn beim Singen anzufeuern.

Mads freute sich, dass er sich mit Emma ausgesprochen hatte, und er sah ihr an, dass sie das ebenso empfand.

Das Leben war schön und kostbar, das spürte Mads in diesem Moment wieder intensiv. Es war wichtig, gute Freunde zu haben, die für einen da waren. Gerade hätte er nicht zufriedener sein können, wäre da nicht das Gespräch mit Christian gewesen.

So oder so, Mads würde wachsam bleiben, aber jetzt wollte er sich mit seinen Freunden vergnügen. Es gab keinen Grund für schlechte Laune.

46

Timmendorfer Strand

Gustav war in die alte Fallakte vertieft.

Es war Sonntag und die Dienststelle dünn besetzt, die meisten seiner Mitarbeiter genossen ihren wohlverdienten Feierabend.

»Er ist tatsächlich hier«, hörte er da Albert sagen.

Gustav sah auf. »Was machst du hier?«

»Sollte ich dich das nicht fragen?«

»Das ist mein Büro, warum sollte ich nicht hier sein? Allerdings glaube ich kaum, dass hier eine Zweigstelle vom Rathaus ist. Ich dachte, ihr Politiker arbeitet sonntags nicht?«

»Du machst wohl Witze. Als Bürgermeister bin ich 24/7 im Einsatz. Ich wollte dich zum Hafenfest mitnehmen. Jörn hat doch gleich seinen großen Auftritt, und es schadet sicherlich nicht, wenn sich der Bürgermeister dort blicken lässt.«

»Wir haben noch Zeit. Jutta wollte auch mit«, erwiderte Gustav.

»Ich weiß, ich habe eben mit ihr telefoniert.«

»Woher weißt du überhaupt, dass ich hier bin?«

»Ich bin der Bürgermeister dieser Gemeinde, ich weiß alles.« Albert lächelte breit. »Ich hole uns einen Espresso.«

»Du? Kannst du denn die Maschine bedienen?«

»Schlechter Scherz, ich war schon immer der technisch Versiertere von uns beiden«, gab Albert zurück und verließ das Büro.

Gustav gab ihm in Gedanken recht. In technischen Dingen hatte sich Albert seit jeher besser ausgekannt, Gustavs Stärken lagen in anderen Bereichen.

Mit dem guten Gefühl, gleich einen anständigen Espresso zu bekommen, widmete er sich wieder der alten Fallakte, die er aus dem Archiv geholt hatte. Einige der Akten wurden zwar nach einer bestimmten Frist vernichtet, aber sein Vater hatte eine ganze Zahl von Akten stattdessen im Keller des Gebäudes gelagert, und Gustav hatte diese Angewohnheit übernommen.

»Ich habe deine exklusiven japanischen Kaffeebohnen nicht gefunden und dafür die normalen genommen. Ich hoffe, das ist okay«, sagte Albert, während er zwei kleine Tassen zu Gustavs Schreibtisch balancierte.

»Du verarschst mich, oder? Die Bohnen sind im Oberschrank.« Gustav schüttelte den Kopf. »Wie war das noch gleich mit technisch versiert?«

Alberts Mundwinkel zuckten, dann lachte er laut los.

»Ganz schlechter Scherz«, murrte Gustav.

Albert reichte ihm die Tasse und Gustav gönnte sich sogleich einen Schluck. Das einzigartige Aroma dieses Espressos führte ihm einmal wieder vor Augen, warum er so viel Geld für die Bohnen von Katsuyuki Tanaka aus Tokio bezahlte, der Geschmack war mit herkömmlichen Espressobohnen nicht zu vergleichen.

»Was ist denn nun mit Marius Neumann?«, erkundigte sich Albert.

»Der sitzt in der JVA, was aus ihm wird, entscheidet jetzt das Gericht. Er hat ein Geständnis abgelegt.«

»Kranke Welt. Da wird einer zum Mörder, weil er seine Post nicht erhalten hat.«

»Neumann hat sich da richtig reingesteigert. In den letzten Wochen hat er Bodo mehrmals wegen der fehlenden Post aufgesucht, aber der hat ihn zuerst vertröstet und irgendwann veräppelt. Selbst Neumanns Beschwerde bei der Post schien man nicht ernst zu nehmen, und dann ist er bei seinem letzten Besuch vor Bodos Wohnung ausgerastet. Angeblich weiß er nicht, warum er plötzlich zum Messer gegriffen und zugestochen hat.«

»So ein Unsinn. Er wusste genau, was er tut. Hat er nicht vor einigen Jahren seine Freundin krankenhausreif geschlagen?«

Gustav lehnte sich in seinem Schreibtischsessel zurück. »Hat er, dafür saß er auch ein. Ich nehme an, dass er die Kontrolle über sich verloren und im Affekt zugestochen hat. Er konnte seine Wut nicht mehr kontrollieren, wie damals, als er seine Freundin geschlagen hat.«

»Jetzt ist Bodo tot, wegen so einem Idioten.« Albert schnaubte. »Aber wenn es im Affekt geschehen ist, warum hat er dann das Schlafzimmer durchwühlt? Wollte er euch in die Irre führen, damit ihr glaubt, dass ein Einbrecher Bodo ermordet hat? Diesem Neumann glaube ich kein Wort.«

»Das stimmt so nicht.«

»Wie bitte?« Albert schien überrascht.

»Er hat nach seiner Post gesucht, da er eine wichtige Zusendung aus Holland erwartete.«

»Marihuana?«

»Genau. Im Wert von mehreren hundert Euro. Für jemanden wie Neumann viel Geld.«

Albert pfiff leise durch die Zähne. »Das wird jetzt schon per Post verschickt?«

»Du möchtest gar nicht wissen, was alles per Post verschickt wird. Die Menschen sind da total gestört. Deswegen war Neumann auch so außer sich vor Wut, weil der Verkäufer ihm zugesichert hat, dass er das Paket abgeschickt hätte. Neumann hat dann angenommen, dass Bodo die Drogen für den Eigenbedarf behalten hat, was ihn noch wütender machte.«

»Deswegen hat er das Schlafzimmer durchwühlt.«

»Gut kombiniert, Watson. Er hat geglaubt, dass Bodo sein Päckchen im Schlafzimmer versteckt hat, und deshalb alles auf den Kopf gestellt. Als er unser Klingeln gehört hat, ist er durch den Keller geflohen, über den Gartenzaun gesprungen und in den Wald gerannt, wo er sich an dem Brombeerstrauch verletzt hat.«

»Wäre Mads seiner Spürnase nicht gefolgt, hättet ihr noch immer diese Minkley oder Gabriele im Verdacht.«

»Vermutlich. Deswegen ist Mads auch mein bester Mitarbeiter, neben Lena«, bestätigte Gustav und Stolz schwang in seiner Stimme mit. Es war ein glücklicher Umstand, dass Mads das Blut entdeckt hatte.

»Wie auch immer, ich bin froh, dass wir den Fall so schnell abschließen konnten. Das Ganze hätte für die Gemeinde auch anders ausgehen können.«

»Wieso sprichst du von wir?«

»Ja, du und ich, wir sind schon ein verdammt gutes Team, auch wenn es dir Sturkopp mal wieder schwerfällt, das zuzugeben.«

»Gut, wenn es dich tröstet: Du hattest auch einen kleinen Anteil daran«, erwiderte Gustav augenzwinkernd, denn so unrecht hatte Albert nicht. Mit seiner mutigen Aktion hatte er dazu beigetragen, dass sie Katrin Minkley die Waffe hatten abnehmen können, ohne Blut zu vergießen.

»Damit kann ich leben.« Alberts Mundwinkel hoben sich, dann wanderte sein Blick zu der alten Akte. »Was ist das? Die dürfte doch noch aus Mikkels Zeiten stammen.«

»Das ist die gesamte Fallakte zu dem Feuer, bei dem Bodos Vater ums Leben gekommen ist.«

»Warum schaust du sie dir an?«

Gustav atmete tief ein. »Weil mir die Sache keine Ruhe gelassen hat. Jutta meinte, dass Mikkel uns schützen wollte, wir waren ja noch Kinder, aber ich kann mich an vieles nicht mehr erinnern.«

»Manchen Geist sollte man nicht aufwecken«, warnte Albert.

»Willst du die Wahrheit gar nicht erfahren?«

»Gustav, das liegt mehr als fünfundvierzig Jahre zurück. Nein, möchte ich nicht, weil ich im Hier und Jetzt lebe. Was bringt dir das?«

»Gewissheit. Ich will wissen, was wirklich geschehen ist. Was, wenn die Erinnerungen uns einen Streich spielen?«

Albert verzog das Gesicht. »Was hast du denn herausgefunden?«

»Bin noch nicht fertig. Gib mir fünf Minuten.«

»Dass ich das für einen Fehler halte, muss ich nicht wiederholen. Vernichte die Akte, das interessiert niemanden mehr, nicht mal die neugierige Emma Falk. Bodos Mörder wurde verhaftet.«

Albert leerte seine Tasse, Gustav tat es ihm gleich, anschließend griff er sich den Keks und las weiter in der Akte. Endlich kam er an die entscheidenden Stellen.

»Warum, Papa?«, rutschte es ihm nach einer Weile heraus.

»Was ist los?«

Gustav sah auf. »Woran erinnerst du dich?«

»Das ist wirklich lange her.«

»Bitte, an was erinnerst du dich?«

»Dein Bruder und ich waren auf dem Feld von Bauer Petersen, wir hatten es uns auf einem Strohballen gemütlich gemacht.«

»Wieso seid ihr überhaupt dahin?«

»Keine Ahnung, wir waren Kinder. Auf dem Feld von Bauer Petersen haben wir oft gespielt, er hatte nie was dagegen, weil wir mit Bodo befreundet waren. An dem Tag hatten wir eine Schachtel Zigaretten gefunden, und dein Bruder hatte die dumme Idee, dass wir dort ungestört rauchen könnten.«

»Wo war Bodo an dem Tag?«

»Soviel ich weiß, mit seiner Mutter in Lübeck. Dein Bruder und ich haben geraucht.« Albert verzog angeekelt das Gesicht. »Ich erinnere mich noch genau an den schrecklichen Geschmack. Wir haben die ganze Zeit gehustet, aber wollten einen auf cool machen, bis du plötzlich aufgetaucht bist. Ich sehe deinen wütenden Blick exakt vor mir.«

»Ja, daran erinnere ich mich auch sehr gut. Ich habe euch die Schachtel abgenommen und weggeworfen.«

»Die Kippe, die wir gerade geraucht hatten, hat dein Bruder auf dem Boden ausgedrückt, dann sind wir zurück an den Strand geradelt.«

Gustav nickte nachdenklich. »Davon bin ich auch ausgegangen, aber das stimmt nicht. Ich habe meinem Bruder die Kippe aus dem Mund genommen und sie weggeworfen, ich habe sie nicht ausgetreten.«

»Bist du sicher?«, fragte Albert, seine Augen weiteten sich.

»Ja, ganz sicher. Das steht in einem Schriftstück, in dem Papa meine Aussage notiert hat. Es ist allerdings kein Teil der Fallakte, es ist nur lose am Ende beigefügt, als Anhang. Wir haben uns all die Jahrzehnte selbst belogen.«

»Nun übertreib nicht«, erwiderte Albert. »Wir waren Kinder. Wer erinnert sich bitte genau daran, was vor über fünfundvierzig Jahren passiert ist? Da kann man niemandem einen Vorwurf machen, vieles nehmen wir als Erwachsene verzerrt wahr. Ärgere dich nicht.«

»Es geht um die Wahrheit, Albert«, beharrte Gustav. »Mehr möchte ich doch nicht. Hier in der Akte steht, dass der Zigarettenstummel gefunden wurde, und laut dem Bericht wurde er nicht ausgedrückt. Noch mehr, in der Dokumentation geht man davon aus, dass dieser Zigarettenstummel möglicherweise das Feuer im Stroh entfacht hat. Es war ein sehr trockener und warmer Sommer, daran erinnere ich mich gut. Ich kann mir einfach nicht erklären, warum ich nicht noch mal zurück bin, um den Stummel auszudrücken.«

»›Möglicherweise‹ steht da, nicht sicher. Alles andere ist Spekulation. Warum hättest du zurückgehen sollen? Es war Sommer, es war verdammt heiß und wir Kinder hatten nur Unsinn im Kopf. Wir sind zum Strand geradelt und wollten baden. Als Polizeichef weißt du besser als ich, dass bei Ermittlungen nur mit Beweisen gearbeitet werden darf. Ein ›möglicherweise‹ ist für ein Schuldeingeständnis unbedeutend.«

»Es wurde ja bloß nicht weiter untersucht, weil Papa weitere Nachforschungen unterbunden und den Hinweis als unbedeutend markiert hat. Laut dieser Akte wurden die Hitze und sehr trockenes Stroh, das leicht entzündlich war, als Feuerursache identifiziert. Die Spurensicherung hat sich überhaupt nicht mehr um den Zigarettenstummel gekümmert, er taucht nirgends auf. Es steht nur in dem Bericht, dass das Feuer aufgrund der Trockenheit schnell um sich gegriffen hat, und dann brannte der Bauernhof. Bodos Vater wurde davon im Schlaf überrascht, er konnte sich nicht mehr retten.«

»Du solltest die Akte vernichten«, sagte Albert ruhig.

»Albert, verstehst du denn nicht, Papa hat die Ermittlungen sabotiert, er hat das Ergebnis in seine Richtung gelenkt. Was, wenn ich schuld daran bin, dass es zu dem Feuer gekommen ist und Bodos Vater deswegen sterben musste?«

»Du spinnst. Hast du als Kind je daran gedacht, dass das Feuer wegen des Zigarettenstummels ausgebrochen sein könnte?«

Gustav wiegte den Kopf. »Nicht wirklich, aber das Feuer hat mich nie losgelassen, irgendwie habe ich mich immer verantwortlich dafür gefühlt. Sag jetzt nicht, dass dich das kaltgelassen hat. Warum sonst warst du in Sorge, dass Emma Falk da etwas herausfinden könnte?«

»Weil die Öffentlichkeit unbarmherzig ist. Die Sache hätte eine Dynamik bekommen können, die wir beide nicht mehr unter Kontrolle gehabt hätten, denn die Öffentlichkeit hätte es nicht interessiert, ob wir Kinder waren und das Feuer möglicherweise nur ein Unfall war oder aufgrund der trockenen Hitze ausgebrochen ist. Nein, alles, was die Öffentlichkeit interessiert hätte, wäre, dass der Polizeichef und der Bürgermeister einen tödlichen Unfall vertuschen wollen.«

»Ist es denn am Ende nicht so?«

»Nein, ist es nicht. Das weißt du genauso gut wie ich. Lass das nicht so nah an dich heran. Vor allem, was willst du damit erreichen?« Albert sah ihn verständnislos an.

»Ich will die Wahrheit erfahren, das sagte ich doch.«

»Wem bringt diese Wahrheit was? Mikkel ist tot. Bodos Eltern sind tot, Bodo ist tot. Komm darüber hinweg. Wir waren Kinder. Möchtest du als der Sohn in die Geschichte eingehen, der Mikkels Ansehen ruiniert hat?« Wütend nahm Albert die Akte vom Tisch.

»Was soll das werden?«

»Das einzig Richtige. Ich werde diese Akte vernichten. Sie darf niemals in die Hände von Personen wie dieser Falk gelangen. Du hast nichts Falsches getan. Ich wiederhole mich: Wir waren Kinder, verdammt noch mal, und nur weil die Kippe nicht ausgedrückt wurde, heißt das nicht, dass das Feuer deswegen ausgebrochen ist. In dem Sommer hat es wochenlang nicht geregnet und es war so richtig heiß. Eine Woche vorher gab es ein großes Feuer in Haffkrug, bei dem zwei Personen starben. Auch dort wurden die Ermittlungen eingestellt, weil man davon ausging, dass es die Hitze und die Trockenheit waren, die das Feuer verursachten.«

»Gib mir die Akte wieder«, forderte Gustav.

»Das kannst du vergessen. Ich werde nicht zulassen, dass dir jemand schadet. Mikkel hat das Richtige getan. Er hat seine Kinder, seine Familie beschützt.«

Als wollte Albert seinen Worten Nachdruck verleihen, zerriss er einige Seiten der Akte, und Gustav griff nicht ein, weil er wusste, dass Albert recht hatte, auch wenn das schlechte Gewissen an ihm nagte.

»Kein Wort darüber zu Mads, Lena oder Jutta«, sagte Albert mit ernstem Blick.

Gustav überlegte kurz, dann richtete er sich auf, straffte die Schultern und schaute Albert an. »Du hast recht, das ist es nicht wert. Es bleibt ein weiteres Geheimnis zwischen uns beiden. Verantwortung zu übernehmen, bedeutet eben auch, schwere Entscheidungen zu treffen.«

»Das höre ich gern von dir. Gibt es eine digitale Version?«

»Gibt es nicht. So schnell zieht die Digitalisierung bei der Polizei nicht ein.«

»Im Rathaus auch nicht. Gott sei Dank.« Albert lachte.

Gustav verstand die Anspielung, doch er ersparte sich einen Kommentar.

»Komm, Jutta wartet.«

Eine Stunde später standen Albert, Jutta und Gustav vor der Bühne, um Jörn, der gleich seinen großen Auftritt haben sollte, anzufeuern.

»Wie schön, die Prominenz ist auch da«, stellte Amir fest, als er mit Mads und einigen anderen im Schlepptau zu ihnen trat.

»Jörn hat es verdient, dass wir ihm zujubeln, da nehme ich mich als Bürgermeister dieser Gemeinde nicht aus«, antwortete Albert.

Gustav freute sich für Jörn, dass wirklich alle hier waren, um ihm zu applaudieren, denn er konnte sich lebhaft vorstellen, wie nervös Jörn war, aber wenn er seine Freunde sehen würde, würde die Nervosität sicherlich weichen. Das hoffte Gustav jedenfalls.

»Als Nächstes einen großen Applaus für Jörn, der uns mit einem Song unterhalten möchte«, kündigte der Moderator ihn an.

Die Menge klatschte, dann betrat Jörn die Bühne, er wirkte nervös und wagte kaum, das Publikum anzuschauen. Sein Blick wanderte zu Mads, als suchte er Halt und Motivation bei ihm.

Dass Jörn seinen Neffen bewunderte, stand für Gustav außer Frage, die Geste bewies das nur wieder eindrucksvoll.

Vereinzelt erklang Gelächter.

»Wenn der singen kann, fresse ich einen Besen«, machte sich ein Jugendlicher neben Mads lustig. »So wie der aussieht, trifft er doch keinen Ton.«

Ein paar seiner Begleiter stimmten in das Lachen ein.

»Jörn ist tausendmal mutiger als ihr. Wer von euch würde sich denn trauen, auf der Bühne zu stehen und zu singen?«, fragte Mads und baute sich vor dem Jungen mit der großen Klappe auf. »Schämen solltest du dich.«

Gustav wollte sich dazu stellen, doch Albert hielt ihn am Arm fest.

»Hör zu, Mads, ich will keinen Stress. War nicht böse gemeint, war nur ein Scherz«, versuchte der Junge sich herauszureden. Wie es schien, kannte er Mads. Er war einen Kopf kleiner und höchstens sechzehn Jahre alt.

»Nächstes Mal schalte zuerst dein Hirn ein oder verpiss dich. Das war nämlich kein Scherz, sondern richtig dumm, und eigentlich verdienst du eine Tracht Prügel dafür«, schimpfte Mads.

Der Junge wagte es kaum, Mads anzusehen. »Tut mir leid, kommt nicht wieder vor. Ehrlich, war blöd von mir. Du hast recht.«

Jörn hatte den Schlagabtausch beobachtet, er wirkte extrem nervös und schaute immer wieder zu Mads.

»Kommt, Jörn braucht uns«, sagte Albert plötzlich und ging auf die Bühne.

Gustav folgte ihm reflexartig, auch wenn er nicht wusste, was Albert vorhatte. Oben angekommen, griff Albert nach dem Mikrofon, Jörn trippelte noch immer verunsichert von einem Bein auf das andere.

»Moin allerseits. Unser lieber Jörn möchte uns allen heute ein Lied vortragen, worüber ich mich als Freund und Bürgermeister dieser wunderbaren Gemeinde überaus freue. Lieber Jörn, welchen Song möchtest du zum Besten geben?«

Jörn schaute Albert mit großen Augen an, er schien nicht zu wissen, was er tun sollte.

»Wir sind bei dir Jörn, nur Mut«, sagte Gustav leise zu ihm. »Als Polizist muss man auch schwierige Situationen meistern, und du möchtest doch mit Mads zusammenarbeiten.«

»Das stimmt«, kam es schwach über Jörns Lippen.

»Möchtest du dem Publikum sagen, welches Lied du singen möchtest?«, fragte Albert.

»Ich wollte ›Zuhause‹ von Mitch Keller singen«, antwortete Jörn und lachte dabei etwas schief.

»Toller Song. Hat es einen Grund, warum du ausgerechnet diesen Titel singen möchtest?«, fragte Albert.

Nun leuchteten Jörns Augen. »Weil er wunderschön und Niendorf mein Zuhause ist. Hier habe ich viele liebe Freunde, auf die ich sehr stolz bin, wie ihr beide und Mads und Amir.« Jörn winkte ihnen zu. »Lena und Emma habe ich auch sehr lieb, und Victoria, Jule, Pietro und Gregor. Oli und Ali habe ich auch lieb, vor allem ihre leckeren Fischbrötchen.«

Wieder lachte Jörn und das Publikum stimmte mit ein.

Jörn winkte Oli und Ali zu, die zurückwinkten und zur Ermutigung laut pfiffen.

»Wie könnte ich Oma Jutta nicht lieb haben«, fuhr Jörn fort, »sie gibt mir immer ein Eis oder ein Stück Kuchen und Kaffee aus, wenn sie mich sieht. Da ist sie nicht wie Mads, der ab und zu echt streng mit mir ist, weil ich zu viel Eis esse. Aber ich weiß ja, dass er das nur macht, weil er mich lieb hat. Eis hat nämlich viele Kalorien.« Jörn fasste sich an den Bauch.

Das Publikum lachte, und Gustav hatte den Eindruck, dass Jörn gar nicht mehr nervös war und bereit, das Lied zu singen.

»Möchtest du jetzt anfangen?«, fragte Albert.

»Ja, aber ich habe das Lied ein bisschen verändert.«

»Wir sind gespannt.«

Albert und Gustav traten einen Schritt zurück und dann fing Jörn an zu singen. Das Publikum lauschte gebannt und auch Gustav wollte seinen Ohren nicht trauen – Jörn konnte tatsächlich singen, die Töne saßen und Gustav erwischte sich dabei, dass er den Refrain mitsingen wollte.

»Ich spiel das Spiel des Lebens …«, begann Jörn und dann kamen die Passagen, die er verändert hatte. »… hier gehöre ich hin, nach Niendorf, weil ich hier zu Hause bin. Hier in Niendorf ist mein zu Hause, ich lebe dafür.«

Das Publikum tobte und plötzlich sangen alle mit, selbst die Jugendlichen, die ihn vorhin noch ausgelacht hatten.

Gustav verstand, warum Jörn sich ausgerechnet diesen Song ausgesucht hatte. Er wollte allen erzählen, dass Niendorf sein Zuhause war, dass er glücklich war, hier zu leben, und wo hätte er so einen Song besser vortragen können als auf dem Niendorfer Hafenfest?

Nachdem Jörn zu Ende gesungen hatte, folgten langer Applaus und Jubel.

Jörn war überwältigt und weinte vor Glück, sodass Gustav ihn in die Arme nahm.

»Das hast du sehr gut gemacht, Jörn«, sagte Gustav und ließ seinen Blick durch die Menge wandern, die Jörn mit »Zugabe«-Rufen feierten.

Dass die Menschen heute so ausgelassen feiern konnten, freute ihn, erinnerte ihn jedoch auch daran, warum das so war: weil er und Albert dafür Sorge trugen, dass das Verbrechen draußen blieb. In diesem Augenblick war er mit sich im Reinen, denn deswegen war er Polizist geworden, damit die Menschen in seiner Gemeinde sich keine Sorgen machen mussten, wenn sie das Haus verließen oder nachts das Licht löschten, um zu schlafen.

Während er seinen Blick durch die Menge wandern ließ, erweckte ein Mann seine Aufmerksamkeit, der Christian anstarrte. Dieser bemerkte das offenbar, er sagte ein paar Worte zu Lena, dann entfernte er sich mit schnellen Schritten und verließ mit dem Mann den Hafen.

Leider konnte Gustav nicht sehen, wohin die beiden gingen, doch das Schauspiel war beunruhigend. Es wirkte nicht so, als würden sich zwei Freunde treffen.

Sofort musste Gustav an Mads' Worte denken, der Christian nicht über den Weg traute. Er konnte nur hoffen, dass die Szene eben harmloser war, als seine Fantasie es ihm vorgaukeln wollte, und er ermahnte sich, nicht denselben Fehler zu machen wie Mads, Christian vorzuverurteilen. Seine Nichte hatte sich für diesen Mann entschieden und bisher hatte er sich tadellos verhalten.

Er und Albert hatten sich zudem über Christian informiert und nichts gefunden, was Mads' Vorurteile ihm gegenüber rechtfertigen würde. Die Szene mit dem Mann eben war also vermutlich harmlos.

»Ich kann leider nur dieses Lied«, holte Jörn ihn aus seinen sorgenvollen Gedanken in die Realität zurück.

»Sing es einfach noch einmal, Jörn, das Publikum wünscht es sich. Möchtest du?«, fragte Albert.

»Klar!« Jörn strahlte über das ganze Gesicht und fing erneut an zu singen, und diesmal sangen alle von Beginn an mit, auch Gustav, der beschloss, dem eben Gesehenen nicht zu viel Bedeutung beizumessen.

– Ende –

Anmerkungen des Autors

Wenn Sie bei diesen Zeilen angelangt sind, heißt es, dass Sie das Buch bis zum Ende gelesen haben und sich die Zeit für meine Anmerkungen nehmen. Darüber freue ich mich sehr, denn dieser Teil ist eine nützliche Ergänzung zu den Geschichten, die ich schreibe.

Ich hoffe, dass Ihnen der Krimi gefallen hat, dass Sie einige Stunden in die Welt der Johannsens eintauchen konnten, ein wenig mitgeraten haben und erst zum Schluss darauf gekommen sind, wer der Mörder war.

Diesmal hat es Bodo erwischt, einen beliebten Postboten.

Mal Hand aufs Herz: Wer kennt denjenigen, der einem regelmäßig die Post zustellt, wirklich?

Ich muss gestehen, ich nicht. Zwar macht die Person, die mir meine Post bringt, immer einen freundlichen und höflichen Eindruck, aber kann man daraus auf ihre Persönlichkeit schließen?

Möglich. Oftmals jedoch nicht, was sicherlich jeder bestätigen kann.

Der Zusteller Bodo jedenfalls ist von seinem Leben überfordert, der Tod der Mutter setzt ihm schwer zu und wahrscheinlich hat er auch den Tod des Vaters, der bei einem Feuer ums Leben kam, nie wirklich verarbeitet. Als Ausweg sucht er die Flucht in die Welt der Computerspiele und später in die Welt der Drogen. Dass er überlastet ist, zeigt sich auch in der Tatsache, dass er irgendwann anfängt, Postsendungen in seinem Keller zu horten, was ihm leider am Ende zum Verhängnis wird.

Dass in der realen Welt ebenfalls Postsendungen verschwinden, ist kein Geheimnis. Die Angaben dazu sind recherchiert und belegbar, auch was die Zuverlässigkeit der Post anbelangt. Der Verband für Post und Telekommunikation (DVPT) schätzt die Zahl der täglichen Verluste auf bis zu 70.000 Briefe und 2.000 Pakete.

Neben dem Themenkomplex Post geht es in diesem Krimi unter anderem wieder um die Gefahren, die das Internet birgt. Manche Leser werden sich vielleicht fragen, ob es sich mit Morddrohungen im Netz wirklich so verhält, wie in diesem Buch geschildert, und ich muss sagen: Leider ist es so. Es gibt immer wieder verrückte Menschen, die online andere Menschen bedrohen, sie persönlich aufsuchen oder gar planen, sie zu töten.

Gerade unter Gamern ist der Fall um den »Drachenlord« sehr bekannt. Der Mann hinter dem Pseudonym hat sich über Youtube und ähnliche Medien mit anderen angelegt, worauf er von Gamern und anderen an seinem Wohnort belagert und mit dem Tod bedroht wurde. Sie können gerne einmal nach dem Stichwort »Drachenlord« googeln. Das Internet ist leider voll von verrückten Menschen, vermutlich, weil es einfacher ist, jemanden online zu bedrohen als von Angesicht zu Angesicht.

Zurück zu der Familie Johannsen.

Wie haben Sie das Geheimnis von Albert und Gustav aufgenommen?

Teilen Sie Alberts Meinung, dass man die Geister der Vergangenheit nicht wecken sollte? Schließlich waren die drei damals Kinder. Oder glauben Sie, dass diese Kinder am Ende dafür verantwortlich waren, dass Bodos Vater sterben musste?

Wird das Ereignis irgendwann doch ans Tageslicht kommen und den beiden zum Verhängnis werden oder für immer vergessen sein?

Ein zukünftiger Band der Reihe wird darauf eine Antwort liefern, die ich Ihnen heute noch vorenthalten möchte.

Nun zu Mads und Emma.

Wie es ausschaut, ist es Mads mit Victoria sehr ernst, gleichzeitig gibt Emma ihm zu verstehen, dass sie ihn als Freund dennoch nicht verlieren möchte.

Ist es möglich, dass seine Liebe zu Victoria Emma die Augen geöffnet und ihr klargemacht hat, dass Sie Mads liebt? Sollte es so sein, stellt sich die Frage, ob auch Mads weiterhin tiefe Gefühle für Emma hat und ihr seine Liebe gesteht oder zu Victoria hält.

Dann sind da noch Lena und Christian, die sich eine gemeinsame Zukunft aufbauen wollen.

Mads, Gustav und Albert versuchen, ihr den Traum vom Eigenheim zu erfüllen, doch gleichzeitig scheint Christian alles daran zu setzen, Mads Einfluss auf Lena einzuschränken. Oder schätzt Mads das Ganze falsch ein?

Ist es nicht normal, dass ein Mann für seine Frau da sein möchte und es als selbstverständlich ansieht, dass er die Hauptrolle im Leben seiner Frau spielt und nicht der Bruder?

Sie sehen, es gibt noch einige offene Fragen, die im nächsten Band hoffentlich eine Antwort finden.

Nur so viel kann ich verraten, im folgenden Krimi der Reihe geht es um eine Wasserleiche und es wird spannend.

In diesem Sinne hoffentlich bis bald an der Lübecker Bucht und zu Gast bei der Familie Johannsen.

Ihr *Salim Güler*

Wichtige reale Locations im Buch

Ahoi Kaffee, Niendorf
Hansa-Park, Timmendorfer Strand
Bayside Hotel, Scharbeutz
Café Wichtig, Timmendorfer Strand
Roof, Scharbeutz
Cafe Fitz, Timmendorfer Strand
Casa Grande, Travemünde
Café Hermannshöhe, Travemünde

Ausgedachte Locations:
Seaside Lounge Niendorf
Olis und Alis Imbiss
Das Küsteneck

Eine Bitte / Werke

Sollte Ihnen das Buch gefallen haben, würde ich mich sehr über eine kurze positive Bewertung im Internet freuen.

Weitere Bücher, als Ebook oder als Taschenbuch erhältlich:

Köln/Mannheim/Lübeck Thriller/Krimi:
Band 1: *Narben*

Köln Krimi:
Band 1: *Die Stillen müsst ihr fürchten* – Tatort Köln
Band 2: *Fürchte die Nacht* – Tatort Köln
Band 3: *Dann war Stille* – Tatort Köln
Band 4: *Wenn Tote nicht schweigen* – Tatort Köln
Band 5: *Sterben ohne Tod* – Ein Köln-Lübeck Krimi
Band 6: *Niemand* – Tatort Köln
Band 7: *Oh du Stille* – Tatort Köln
Band 8: *Gespalten* – Tatort Köln
Band 9: *Schmerz* – Tatort Köln
Band 10: *ELKE* – Tatort Köln/Lübeck
Band 11: *In der Nacht* – Tatort Köln
Band 12: *Totes Leben* – Tatort Köln
Band 13: *Der Herzenmacher* – Tatort Köln
Band 14: *Stille Wut* – Tatort Köln
Band 15: *Der Fremde* – Tatort Köln
Band 16: *Zorn* – Tatort Köln
Band 17: *Schuld* – Tatort Köln
Band 18: *Tödliche Lügen* – Tatort Köln
Band 19: *Gewagtes Spiel* – Tatort Köln
Band 20: *Abgründe* – Tatort Köln
Band 21: *Wut und Herz* – Tatort Köln / Paris (1)
Band 22: *Mord und Herz* – Tatort (2)

Küstenkrimi:

Band 1: *Küstenkind*
Band 2: *Küstenschmerz*
Band 3: *Küstenstolz*
Band 4: *Küstenherz*
Band 5: *Küstenträne*
Band 6: *Küstenhass*
Band 7: *Küstenkalt*
Band 8: *Küstennachbarn*
Band 9: *Küstengier*
Band 10: *Küstenleid*
Band 11: *Küstenpost*

Lübeck Krimi:

Band 1: MORD §78 – Ein Lübeck Krimi
Band 2: VERSTUMMT – Ein Lübeck Krimi
Band 3: SEBASTIAN – Ein Lübeck Krimi
Band 4: TOTENBLÄSSE – Ein Lübeck Krimi

Frankfurt Krimi:

Band 1: Das Fenster – Ein Frankfurt Krimi

Mannheim Thriller/Krimi:

Band 1: *Der Würger*
Band 2: *Unwürdig*
Band 3: *Lüge*
SNIPER – Kaltes Blut

Walters Weg

Pandemie: Der Beginn

1830: Ein Rémy Roman

Geh nicht mit – Thriller

Die Schuld in uns – Thriller

MORGEN LERNST DU WIE MAN WEINT – Thriller

Honigblau

Täuschung

Wüstengrab

Nächstenliebe (Das Jesus Sakrileg)

Thriller Miniserie: Peter Walsh

I Walsh Zurück – (Peter Walsh Thriller 1)
Wut – (Peter Walsh Thriller 2)
Abrechnung – (Peter Walsh Thriller (3)
Ein Tag zum Sterben – Ein Peter Walsh Thriller

Gerne können Sie auch direkt mit mir in Kontakt treten, alle Informationen dazu finden Sie auf Facebook und Instagram:

https://www.facebook.com/salimgueler.autor
https://www.instagram.com/salimgueler

oder auf meiner Homepage:

www.salim-gueler.de

Herzlichen Dank für Ihre Unterstützung

Ihr
Salim Güler

Der Autor

Salim Güler, aufgewachsen in Norddeutschland, studierte in Köln Wirtschaftswissenschaften und promovierte an der TU-Chemnitz.

Schon als Schüler begann er mit dem Schreiben von selbsterfundenen Geschichten und diese Leidenschaft ließ ihn bis heute nicht los.

In seinen Romanen finden sich immer wieder gesellschaftlich aktuelle Themen, die er geschickt in eine fiktive und hochspannende Geschichte einzubetten versteht.

Seine Bücher landen regelmäßig in den Bestsellerlisten der Amazon und Bild Verkaufs-Charts. Mit mehr als 2 Millionen verkaufter Bücher gehört er zu den beliebtesten und erfolgreichsten Krimi- und Thriller-Autoren Deutschlands.

Güler ist sehr am Austausch mit seinen Leserinnen und Lesern interessiert und freut sich daher über jeden Kontakt, entweder über Facebook oder über seine Homepage.

www.salim-gueler.de

https://www.facebook.com/salim.gueler.autor

https://www.instagram.com/salimgueler

Marcus Hünnebeck

Die Tätowierte

Nach einem brutalen Mord wird der waghalsige Fluchtversuch der Täterin von der Polizei vereitelt. Anfangs schweigt sie im Präsidium, bis sie nach Lukas Sommer verlangt. Nur ihm will sie sich offenbaren. Sommer fragt sich, woher sie von ihm wusste. Doch ein Tattoo auf ihrem Oberschenkel erinnert ihn an das nie aufgeklärte Schicksal eines spurlos verschwundenen Ehemanns und liebevollen Vaters. Obwohl die Mörderin im Gefängnis sitzt, hält sie weiterhin die Fäden in der Hand und stellt eine pikante Forderung. Sommer ahnt, dass dies der Beginn eines tödlichen Spiels ist.

Taschenbuch, 258 Seiten, € 12,90 [D]
ISBN 978-3-98845-016-6